수호지

제2권

영웅들의 백룡묘 모임

시내암 지음/ 최송암 옮김

태을출판사

머리말

'수호지'는 중국 명나라 때 시내암이 쓴 장편소설로서, 주인공인 송강을 중심으로 108명의 협객들이 양산의 호숫가에 산채를 짓고 양산박(梁山泊)이라 일컬었으며, 조정의 부패를 통탄하고 관료의 비행에 반항하여 백성들의 갈채를 받는 이야기이다.

등장하는 인물들의 성격이 매우 다양하며, 노지심, 이규, 무송 등과 같은 신분이 낮은 정의한이나, 임충, 양지, 송강 등과 같은 지주 출신자 또는 봉건 정권을 섬긴 적이 있는 활발하고 용감한 사나이들이 중심 인물이다.

이 작품은 힘차고 발랄한 표현으로 계급과 유형이 상이한 인물을 그려내고, 이들 인물의 생활을 통하여 봉건 통치 집단의 암흑성과 서민의 어려운 생활, 용감한 투쟁 정신과 감정 등을 나타냈다.

이 작품의 탁월한 인물 묘사의 기술과 표현 예술은 중국 소설 중에서 단연 뛰어난 것이다.

'수호지'의 줄거리는 송나라와 원나라 때에 많은 사람들, 예능인, 문인 등의 손으로 창조되었던 것을 시내암이 정리한 것인데, 송대의 '선화유사'에서는 수호의 36명의 영웅 이야기가 있고, '계신잡지'에 의하면 송나라 말의 공성여가 36명의 화찬을 만들었다고 하며, '곡해총목제요'에 의하면 송나라의 화가 이숭이 화상을 그렸다고 한다.

또 '취옹담록'이나 원나라의 잡극(雜劇)에서도 수호의 인물들이 나오며, 명나라 고유의 '백천서지'에는 시내암이 쓴 '충의 수호지' 100권이 기록되어 있다.

그 일부를 제하고 편수한 것이 곽훈의 100회본이며, 이것이 조본(祖本)이 되어 여러 종류의 '수호지'가 출판되었는데, 그 중에서 양정견의 120회본 '충의수호지전'을 청나라 초에 김성탄이 다시 손질한 '제5재자서 수호지' 70회본이 유행하게 되었고, 이후로 '수호지'는 오랜 세월 동안 불후의 명작으로 전해졌고, 현대에 이르러 중국의 4대 기서(奇書) 중의 하나로서 유명하다.

수호지
제2권/ 영웅들의 백룡묘 모임
차례

제7장
반금련과 서문경/ 9

제8장
무대의 주살/ 55

제9장
쾌활림 탈환/ 101

제10장
복수의 박도/ 124

제11장
청풍산의 호걸/ 154

제12장
송강의 귀양길/ 210

제13장
송강의 시조/ 231

제14장
영웅들의 백룡묘 모임/ 248

제7장
반금련과 서문경

 무송이 청하현에 돌아가 형님을 뵈려고 하다가, 양곡현에 와서 도두가 될 줄 누가 알았겠는가? 무송은 상관께 고하고 형님을 찾아 뵈려고 마음먹고 있었다. 그런데 하루는 현 앞에서 쉬고 있는데, 자신을 보고 외치는 소리가 들렸다.
 "너는 언제 돌아와서 도두가 되었냐? 그리고 어찌하여 나를 찾지 않는가?"
 이때 무송이 고개를 돌이켜보고는 절을 했다. 이 사람은 다른 사람이 아니라, 무송의 친형으로 무대랑(武大郞)이라고 했다.
 "서로 이별한 지 일 년이 되었는데, 형님은 무슨 일로 이곳에 와서 계십니까?"
 "무송아, 네가 떠난 후에 일 년이 지나도, 어찌 한 번도 편지를 하지도 않고 소식이 없어, 내가 너를 원망도 하고 생각도 많이 했다."
 "무슨 일로 원망도 하고 생각도 하였소?"

"내가 너를 원망하기는, 네가 술이 취하여 사람을 때리고 달아났을 때, 너 때문에 관사에 잡혀 가 고생하였으니, 그로써 너를 원망하였고, 너를 생각하기는 내가 근일에 장가들어 사람을 데려오니, 청하현 파락호 자제들이 거리낌없이 사람을 업수이 여기어 집에 와서 장난하니, 만일 네가 집에 있다면 누가 감히 내 집에 와서 방구나 뀌겠는가? 내가 그러기 때문에 집식구를 데리고 피하여 이곳에 방을 세내어 있는데, 어떻게 너를 생각하지 않겠는가?"

원래 무대와 무송이 한 어머니 소생이나, 무송은 키가 팔 척이며 풍모가 당당하여 한 몸에 천백 근 기력을 가졌으니, 만일 그렇지 않았다면 경양강 고개에서 어찌 범을 때려 잡았겠소. 그러나 저 무대는 그렇지 못하여, 신장이 오 척에 차지 못하고 면모도 초라하여 남 보기에 우습게 생겼으므로, 청하현 사람들이 무대의 키가 작고 외모가 보기에 흉하고 하여 별명을 지어 부르기를 삼촌정곡수피(三寸丁穀樹皮)라 했다.

청하현에 대호의 집에서 사환으로 있는 여자가 성은 반(潘)이요 이름은 금련(金蓮), 나이는 이십 세인데, 인물이 반반하여 그 대호가 사랑하여 가까이 하려고 하니, 금련이 듣지 않고 주파(主婆)에게 알리니, 대호가 이것으로 빌미로 하여 일부러 혼인제구를 준비하여 일푼전을 받지 않고 무대에게 시집 보냈다.

무대가 금련을 취한 후부터, 청하현의 부랑파락호 자제들이 무대의 인물이 심약한 것을 업수이 여기고, 무대의 집 앞에 와서 기탄 없이 비웃었다.

"한 덩이 고깃덩이가 개 입에 떨어졌다."
하고 무수히 못살게 구니, 무대가 그 곳에서 살지 못하고 반금련을 데리고 집을 옮겨 양곡현에 이르러, 자석가에 방을 얻어 날마다 구운 떡을 지고 저자에 나가 팔아다가 그날그날 사는데, 오늘 아우 무송을 만났다.

"일전에 거리의 사람들이 크게 떠들며 이야기를 하고 있는 것을 들었는데, 호랑이를 퇴치한 무가 성 가진 호걸이 지현님의 눈에 들어 도두에 임명되었다던가 하기에, 나는 혹시 너의 일이 아닌가 하고 생각은 했지만, 이제 뜻밖에 너를 만나게 되었구나. 이제 장사를 끝낼 터이니, 함께 집으로 가자꾸나."

"형님은 집이 어디십니까?"

무대가 손을 들어 한 곳을 가리켰다.

"저 앞에서 멀지 않은 곳이다."

무송이 형님을 위하여 짐을 대신 지고, 무대를 따라 두어 모퉁이를 지나 자석가에 이르러 다방 옆집에 다다르니, 무대가 문 앞에서 불렀다.

"여보, 문을 여시오!"

하니, 포렴을 걷고 금련이 나오며 말했다.

"여보시오, 오늘은 어찌 이렇게 일찍 들어오십니까?"

"시동생을 데리고 왔으니, 당신은 빨리 나와서 인사하오."

하고 짐을 받아 안으로 들여다 두고 돌아와 말했다.

"너는 들어가 네 형수와 인사하여라."

무송이 이 말을 듣고 들어가 금련과 인사를 나누자 무대가 말했다.

"형수는 앉아서 무송의 절을 받으십시오."

무송이 공손히 절을 했다. 금련이 무송을 붙들어 일으키며 말했다.

"도련님은 예를 그만 하십시오. 제가 불안합니다."

무송이 말했다.

"형수는 불안하게 생각하지 마십시오."

"제가 옆에 있는 왕건낭에게 들었는데, 호랑이 잡은 호걸이 고을로 들어온다고 하기에 제가 가서 구경하려고 하였더니, 때를 놓치고 안타까워하였는데, 오늘 도련님이 오셨으니, 다락에 올라가서 말씀하십시다."
하고 세 사람이 함께 다락 위로 올라갔다. 자리를 잡고 금련이 무대를 보며 말했다.

"나는 도련님을 모시고 앉았을 터이니, 당신은 내려가서 주식을 장만하여 도련님을 대접하시오."

"참 좋은 말이니, 너는 조금 기다려라."
하고 무대가 다락에서 내려가고 금련은 무송의 그 장대한 것을 보고 속으로 생각했다.

'무송은 한 어머니 소생인데도, 이 사람은 이렇게 기골이 장대한데, 내가 만일 이런 사람에게 시집왔던들 일생을 남에게 멸시받지 않고 살 것을, 내 저 삼촌정곡수피는 삼분은 사람이요 칠분은 귀신이다. 내가 어떻게 원통하지 않겠는가? 무송은 호랑이를 잡았으니, 필연 기력이 많을 것이요, 또 장가들지 않았으니, 저를 달래어 내 집에 와서 있게 하면 저간에 나의 소망은 이루어질 것이다.'
하고 두 볼에 웃음이 가득하여 무송을 보고 말했다.

"도련님은 이곳에 오신 지 얼마나 되십니까?"

"며칠 전에 왔습니다."

"도련님은 어느 곳에 계십니까?"

"아직 현리에 있습니다."

"그러시면 도련님이 편하지 못하겠습니다."

"내 한 몸이니 모든 일에 어려운 것이 없고 일찍이나 늦게나 토병이 대령하고 있습니다."

"토병이 시중든 것이 어찌 편하시겠습니까? 내 집에 오셔서 형제분이 같이 있어 조석을 제가 정성껏 모실 것이오니, 어찌 토병들의 더럽게 하는 음식에 비하겠습니까?"

"형수의 후의는 감사합니다."

"도련님의 청춘은 몇이나 되셨습니까?"

"지금 스물다섯 살입니다."

"저보다 세 살 위이십니다. 도련님은 어디 계시다가 이리 오셨습니까?"

"창주 땅에 있다가 일 년 만에 형님을 뵈오려고 왔는데, 이곳에 형님이 계실 줄은 정말 뜻밖입니다."

"어찌 한 입으로 다 말하겠습니까? 제가 형님을 만난 후로 남에게 업수이 여김을 받고 견디지 못하여 이곳에 이사왔거니와, 도련님의 풍채 같으면 누가 감히 업수이 여기겠습니까?"

"우리 형님은 본분을 지키는 사람이라, 무송의 어리석은 인물과 같지 않습니다."

"이것은 도련님이 저를 속이는 말씀이십니다."

"형님은 평생에 자기 힘에 고분한 일은 해하지 않으실 것이니, 남과 시비를 벌여 싸우지도 않으실 것입니다."

하는데, 무대가 삶은 고기와 채소 등을 사 가지고 와서 부엌에 두고 다락 위에 올라왔다.

"여보, 당신은 내려가 음식을 장만하여 먹게 하오."

금련이 혀를 차며 나무랐다.

"여보, 당신은 일을 알지 못하는구려. 도련님이 혼자 앉아 계신데, 어떻게 나를 보고 내려가서 장만하라고 하오?"

"형수는 너무 그리 신경 쓰지 마십시오."

"어찌 옆집 있는 왕건낭을 청하여 음식을 좀 만들어 달라고 하지 않으시오? 참 딱도 하십니다."

무대가 즉시 왕건낭을 불러서 술과 안주를 장만하여 다락에 올라와 탁자에 벌리니 어육과 채소 등이었다. 술을 데워 금련 보고 술을 따르라 하여 권할 때, 금련이 사양하지 않고 잔을 들어 무송에게 권했다.

무송이 몸을 공손히 하여 잔을 받았다.

무대는 다만 술만 걸르고 있으니, 금련이 웃음을 띄워가며 시중을 들었다.
 "도련님은 어선을 잡수소서."
하고 한 덩이를 골라 무송에게 권하니, 무송은 성품이 곧은 사람이라 다만 친형수의 정의로 알았으나, 금련은 창녀 출신이라 사람의 마음을 낚고 기예에 익숙하고 무대는 착하고 약한 사람이라, 어찌 사람의 눈치를 알겠소 금련이 삼사 배 술을 마시고 춘정이 무르녹아 한 쌍 눈이 무송의 몸을 훑어보며 떠나지 않으나, 무송은 다만 머리를 숙이고 다른 일을 살피지 않았다.

 이날 수십 배 술을 먹은 후에, 무송이 일어나니, 무대가 말했다.
 "아니, 술을 좀 더 먹고 가지?"
 "다음날 다시 오겠습니다."
 무대와 금련이 다락에서 내려 보낼 때, 금련이 말했다.
 "도련님은 행리를 수습하여 집으로 오십시오. 만일 그렇지 않으면 남의 비웃음을 받을 것입니다. 친형제는 딴 사람에게는 비하지 못할 것입니다. 당신은 정갈한 방을 치우고 도련님을 이곳에 와서 있게 하십시오."
 "네 형수의 말이 옳으니, 현제는 내 집에 와서 같이 있어라."
 "이미 형님과 형수의 뜻이 그러시다면 오늘 저녁이라도 오겠습니다."
 "도련님은 일찍 오십시오. 오래 기다리게 하지 마시구요"
 무송이 형님을 작별하고 자석가를 떠나 현아에 이르러 보니, 지현이 청상에 앉아 공사를 하고 있다. 무송이 청상에 올라 품했다.
 "소인의 친형이 자석가에서 살고 있기 때문에 소인이 형의 집에 가 있고, 조만간에 와서 사후하겠습니다. 마음대로 하지 못하여 상공의 허락을 바랍니다."

"이것은 우애 있는 일이니 내가 어찌 막겠는가? 너는 매일 일찍 현아에 와서 사후(司侯)하라."

무송이 사례하고 행장을 수습하여 토병들에게 지우고 무대의 집에 이르렀다. 바라보니 금련이 밤에 황금을 얻은 양 기쁜 듯이 웃으며 내려오고, 무대는 토병이 지고 온 보따리를 받아 방을 깨끗이 치우고 등상(登床)을 하나 놓고 화로를 하나 놓아 주니, 무송이 행리를 안돈하고 토병을 분부하여 보내고 일찍이 자고 이튿날 아침에 일찍 일어났다.

금련이 황망히 양치 그릇과 세숫물을 가져다 무송이 세수를 마친 후, 두건을 찾아 쓰고 현아에 돌아가 획묘(劃卯)를 하려고 하니, 금련이 말했다.

"도련님은 일찍이 와서 밥을 자시고 다른 곳으로 가지 마십시오."

"예, 다녀오겠습니다."

하고 현아에 들어와 사후하다가 오후에 돌아가니, 금련이 곱게 단장을 하고 저녁을 정이 차려 세 사람이 앉아 밥을 먹을 때, 금련이 두 손으로 차를 부어 무송을 주었다. 무송이 말했다.

"형수는 너무나 그렇게 하지 마십시오. 너무 이렇게 하시면 무송이 불안하오니, 토병으로 하여금 시중들게 하겠습니다."

금련이 낙락 연성하며 말했다.

"도련님은 어찌 이렇게 푸대접하십니까? 골육 친지를 버리고 다른 사람으로 시중을 들게 하시려고 하시니, 만일 토병을 시켜 시중들게 하시면 모든 것이 깨끗하지 못할 것이오니, 제가 그 깨끗지 못한 것을 곁에서 보지 못합니다."

"정히 그러시다면, 토병을 부르지 않겠습니다."

하고 은낭을 내어 소고기와 양고기, 채소와 과품을 사다가 이웃 사람을 청하여 잔치하고 인정을 끼치니 무대가 또 잔치하며 기뻐했다.

며칠이 지난 후, 무송이 한 필 비단을 내어 금련의 옷을 지어 입으라고 했다. 금련이 웃으며 좋아했다.
"도련님은 어찌 그리 은을 많이 허비하십니까? 이미 도련님이 제게 입으라고 주시니 제 마음이 몹시 황송합니다."
무송이 그후로부터 무대의 집에 있고 무대는 여전히 떡 팔러 나갔다. 무송이 날마다 현아에 들어가 사후하고 공사 있으면 늦게 돌아오고 공사 없으면 일찍 돌아오니, 금련이 좋은 반찬과 따뜻한 방에 대접을 융숭하게 하며 기꺼움을 이기지 못하여 하니, 무송은 아무렇지 않게 지냈다.

금련이 늘 무송을 희롱하여 시험하나, 무송은 심지가 굳센 사나이다. 조금도 알은 체하지 않더니, 세월이 유수 같아 겨울을 당했다.
이때는 십이월 어느날 일이다.
연일 삭풍이 세차게 불고 동운이 하늘을 덮더니, 하루 밤새에 큰 눈이 내려 날이 훤히 밝자 천지는 완전한 은세계요 그대로 옥건곤(玉乾坤)이다.
무송이 아침 일찍 일어나 고을에 들어가더니, 한낮이 되어도 돌아오지 않고 무대도 또한 돌아오지 않는다. 반금련이 옆집 왕건낭을 시켜 좋은 술과 고기를 사다 두고 화로에 불을 붙여 무송이 쓰는 방에서 혼자서 생각했다.
'오늘은 내가 먼저 저를 시험하여 보겠다. 제아무리 부처가 아니거든, 어찌 마음이 움직이지 않을 것인가?'
하고 혼자서 처마 밑에서 기다렸다. 조금 있으려니까 무송이 눈을 밟으며 돌아오는데, 금련이 얼굴에 웃음을 띠며 황망히 맞이했다.
"도련님이 오늘은 매우 추우시겠습니다."
무송이 문에 들어와 전립(氈笠)을 벗어 눈을 털려고 하는데,

금련이 두 손으로 받으려고 하니, 무송이 만류했다.
"형수는 너무 수고하지 마십시오. 제가 혼자서 털겠습니다."
하고 벽에 건 후, 전대를 끄르고 앵가록 저사전포(鸚哥綠紵紗戰袍)를 들고 금련이 말했다.
"도련님은 수고하지 마시고, 저를 주시면 털어 걸겠습니다."
무송이 불안한 것을 감추고 전복을 주니 금련이 말했다.
"오늘은 도련님이 일찍이 일어나 가시더니, 어찌 일찍 돌아오시지 않으셨습니까?"
"고을에서 아는 사람을 만나 술 먹느라고 늦었습니다."
"추우실 텐데 이리 오시어 불을 쪼이십시오."
"네, 참 좋습니다!"
하고 유화(油靴)를 벗고 등상에 앉아 불을 쪼이는데, 금련이 문에 빗장을 지르고 안주와 술을 가지고 방에 들어와 탁자에 벌이는 것을 보고 무송이 의아해하며 물었다.
"형님은 어디 가셨습니까?"
"아직 돌아오지 않으셨으니, 우선 한 잔 드십시오."
"형님을 기다려 같이 먹읍시다."
"언제까지 기다리겠습니까?"
말이 끝나기 전에 술이 나왔다.
금련이 한 손에 주전자를 들고 무송의 앞에 서니 무송이 말했다.
"형수는 앉아 계십시오. 제가 혼자서 술을 따라 먹겠습니다."
"도련님은 염려하지 마시고 앉아 불이나 쪼이십시오."
하고 손에 잔을 들고 무송에게 권하니, 무송이 받아 마시니 금련이 또 한 잔을 부어 권하며 말했다.
"날이 몹시 추우니 한 잔 더 드십시오."
"형수는 너무 신경 쓰지 마십시오."
하고 받아 마신 후에 무송이 친히 한 잔을 부어 금련에게 권하

니, 금련이 잔을 받아들고 도화같이 붉어오르는 양볼에 교태를
지으며 말했다.
"도련님께서 내가 들으니, 기생을 친하여 고을에 두었다고
하니, 그 말이 사실입니까?"
"형수는 남의 말을 곧이 듣지 마십시오. 저는 원래 그런 사
람이 아니올시다."
"내가 그런 말을 믿지 않으나, 도련님의 말이 마음과 같지
않을까 합니다."
"형수는 만일 제 말을 믿지 않으시거든 형님보고 물어 보십
시오."
"형님이 무엇을 알겠습니까? 만일 그런 것을 다 알 것 같으
면 떡장사를 않을 것입니다. 도련님은 한 잔 더 드십시오."
하고 계속하여 몇 잔을 권하니, 자연히 금련이 술기운이 돌았
다. 춘정이 동하기 때문에 어떻게 참겠소. 말끝마다 농담이요,
아무리 무송을 시험하나 무송은 속으로 짐작은 하지만, 할 수
없이 무대가 돌아오기만 기다렸다.
금련이 다시 술을 더 데우러 가는 것을 무송이 혼자서 화로
의 불을 모으려니, 금련이 술을 데워 가지고 오며 한 손으로
주전자를 들고 한 손으로 무송의 어깨를 치며 말했다.
"도련님의 옷이 얇아서 춥겠습니다."
무송이 몹시 불쾌하였으나, 대답을 하지 않으니, 금련이 무송
의 대답하지 않는 것을 보고 음심(淫心)이 불같이 일어나 무송
의 눈치를 살필 겨를도 없이 무송이 들고 있는 화젓가락을 앗
으며 웃고 말했다.
"도련님이 화로에 불을 모으니, 내가 도련님과 불을 같이 모
아서 같이 쪼입시다."
무송이 마음속으로 심히 불쾌하나 아무 소리도 않으니, 금련
이 음심이 점점 동하여 혼자서 술 한 잔을 부어서 반은 마시고

반을 남겨 가지고 무송을 바라보았다.
"도련님은 만일 마음에 있거든, 이 반 잔 술을 마십시오."
하는 것을 무송이 두 손으로 잔을 뺏어 땅에 던졌다.
"형수는 참 염치도 없습니다! 어찌 부끄러운 줄도 모르고 이런 말을 하시오?"
하며 손을 밀치니 그대로 나동그라질 뻔했다.
무송이 눈을 부릅뜨고 말했다.
"이 무송은 하늘을 이고 땅을 디디는 호걸입니다. 돼지와 개 같은 행실을 하지 않을 것이요. 만일 무슨 바람이 불어 풀 끝이 움직이면 무송이 눈에는 형수로 알아볼지 모르지만, 이 주먹은 형수를 알아보지 않을 것이니, 다시는 그런 염치없는 말을 하지 마시오."
금련이 얼굴이 새빨개지며 술상을 걷어 다락 아래로 내려가며 압안의 말로 중얼거렸다.
"내가 심심하여 농담 좀 하였기로, 사람을 알아보지 못하고, 존경 지도(尊敬之道)를 아는 이라면 무슨 도리리요?"
하며 상을 가지고 돌아갔다. 무송이 혼자 방에서 기운이 분분하더니, 미시는 되어 무대가 떡을 팔고 돌아와 문을 열라 하니, 금련이 문을 여는데, 무대가 들어와서 짐을 부엌 앞에 벗어 놓고 보니 금련의 두 눈에서 눈물이 흐르며 눈이 부었는데, 무대가 물었다.
"당신 누구와 싸웠소?"
"도무지 당신이 모든 일을 떳떳이 하지 못하니, 남들이 나를 업수이 여기지 않습니까?"
"누가 당신을 업수이 여긴다는 얘기요?"
"당신이 누구를 물으면 어떻게 할 것이요? 무송이 눈맞고 돌아오기에, 저의 추운 것을 생각하여 술을 데워다가 주었더니, 가만히 술을 먹다가 나를 희롱하니, 어찌 분하지 않겠습니까?"

"내 동생은 그럴 사람이 아니오. 옛날부터 근실한 위인인데, 그런 소리를 마오."
하고 무송의 방에 들어오며 불러 말했다.
"무송아, 너 점심 먹었느냐? 안 먹었으면 나와 같이 먹자."
무송이 반 시각이나 대답없이 있다가, 전립 쓰고 전포 입고 전대 띠고 신 신고 아무 대꾸도 하지 않고 문으로 나가니, 무대가 물었다.
"너는 어디로 가느냐?"
무송이 대답하지 않고 가는 것을 보고 무대가 들어와 제 처보고 물었으나, 제 처 역시 대답하지 않으니, 무대가 무슨 일인지 몰라서 궁금히 여기었다.
"이 풀통같이 미혹한 것이 또 어디 있을 것이요? 제가 부끄럼을 견디지 못하여 달아난 것인데, 내가 다시는 저놈을 집에 두지 않을 것이요."
"동생이 돌아갔으니, 남이 비웃을 것이요."
"그 미친 놈이 틀린 사람이지요. 저놈이 나를 희롱하는 것은 부끄럽지 않고 다른 사람이 동생이 떠난 것은 비웃을까 겁이 난단 말이요? 당신이 저놈을 잊지 못하면 저놈과 살고 나는 한 장 문서를 하여 주면 내 마음대로 가겠소."
무대가 다시 입을 열지 못하고 집에 있으려니까 무송이 토병 하나를 데리고 와서 모든 행장을 수습하여 토병에게 지워서 갔다. 무대가 따라나오며 불렀다.
"무송이 너는 무슨 일로 가느냐?"
"형님은 묻지 마십시오. 만일 말을 하면 정말 입이 더러워지기 때문에, 나는 나 편할 대로 하겠습니다."
무대가 감히 다시 묻지 못하고 제 가는 대로 버려 두고 제 처는 처대로 안에서 투덜거렸다.
"흥! 참 좋은 친형제다. 형수를 겁간하려고 하나, 그것은 분하지 않고, 이른바 저를 도리어 못살게 하여 사람을 상한 것 같구려!"
　무대는 저 계집이 투덜거리는 말을 듣고 어찌된 일인지 알지 못하나, 다만 무송은 현아에 있고 무대는 전과 같이 떡 팔러 다니다 늘 무송을 찾아보고 돌아오니, 그 계집이 무대를 꾸짖었다.
　"다시는 찾아보지 말우."
하니, 무대가 그 뒤로는 감히 찾아보지 못하더니, 세월이 흘러 어느 사이에 겨울이 다 가고 봄이 되었다.

　한편 지현이 하루는 청상에 앉아 가만히 생각하니, 자신이 도임한 지 두어 해에 금은을 얻어두었으나, 동경에 보내어 다시 좋은 곳으로 옮겨가게 주선 못하는 것은 가다가 중도에 도적을 만나 잃음이 있을까 겁이 나서 주저하더니, 맹연히 생각했다.
　'영웅이자 겸하여 심복인을 얻으려면 무송보다 더 나은 사람이 없을 것이다.'
하고 즉시 무송을 불러 의논했다.
　"내 친척이 동경에 있는데, 내가 한 짐 예물을 보내고 겸하여 부탁할 일이 있는데, 길에서 도적을 만날까 하여 주저하였는데, 너를 생각하니, 저런 호걸로서 큰 낭비할 것이 없을 것이니, 나를 위하여 수고하기를 사양하지 말고 한 번 다녀오라."
　"소인이 상공의 은혜를 입었으니, 어찌 상공의 분부를 거역하겠습니까? 다녀오라고 하시면 소인이 일찍이 동경을 가서 보지 못하였으니, 겸하여 구경도 하려고 합니다."
　지현이 기뻐하여 술 석 잔을 상주고 예물을 타점(打點)하여 보내려고 했다.
　이때 무송이 지현의 균지를 듣고 하처에 나와, 은냥을 가지고 토병을 데리고 술 한 병과 어육과 과일 등을 사 가지고 자석가에 이르러 무대의 집에 찾아가니, 무대가 떡을 팔고 돌아오다가 무송이 오는 것을 보고 크게 기뻐하여 토병이 가지고 온 것을 받아들어 가니, 금련이 여정(餘情)이 그치지 아니했다가 무송이 주육을 장만하여 가지고 오는 것을 보고 혼자 생각했다.
 '저놈이 무슨 생각으로 또 왔을꼬? 내가 다시 저놈을 달래야겠다.'
하고 다락에 올라가 곱게 단장을 하고 화려한 수의복을 맵시있게 차린 후, 다락에서 내려와 무송을 맞아 절했다.
 "도련님, 어찌 오랫동안 오시지 않으셨습니까? 제가 마음이 불안하여 형님을 보고 찾아 뵙고 모시고 오라 하였으나, 찾지 못했다 하시더니 오늘 찾아주시니 기쁘기 한량없는데, 어찌 도련님이 많이 근로하시어 주식을 가지고 오셨습니까?"
 "무송이 오늘 두어 마디 할 말이 있어서 왔습니다."
 "그러시다면 다락에 올라가 말씀하십시다."
하고 세 사람이 다락에 올라가 앉을제, 무송이 형님과 금련을 사양하여 상좌에 앉히고 무송은 대면하여 앉은 후, 토병을 시켜 술과 안주를 가져다가 탁자에 벌이고 술을 부어 형님을 권할 때, 금련의 눈이 무송의 신상을 떠나지 않았다.
 술이 다섯 순이 지낸 후에 무송이 술을 부어 손에 들고 무대를 향하여 말했다.
 "오늘 제가 지현의 심부름으로 동경으로 떠나는데, 멀면 두 달이요 빨리 오면 사오십 일이 될 것입니다. 그러니 제가 돌아오기 전에 무슨 일이 있어도 미리 부탁하오니, 형님의 위인이 유약하오니, 제가 만일 이곳에 없으면 필연 남들에게 업신여김을 받기 쉬울 것입니다. 가령 날마다 열 채반 떡을 팔았거든 오늘부터는 다섯 채반 떡을 팔고 날마다 늦게 나가고 일찍 집에 돌아오며 남과 술 먹거나 다투지 말고 집에 돌아온 후, 발을 내리고 남들이 와서 욕을 할지라도 들은 척 말고 두었다가 내가 돌아온 후, 의논하십시다. 형님이 만일 내 말대로 하려고 하거든 이 술을 잡수십시오."

무대가 잔을 받아들고 말했다.

"현제의 말이 옳으니, 내 그대로 하겠다."

무송이 또 한 잔을 부어 금련을 대하여 일렀다.

"형수는 사리 분별이 분명한 사람이니 무송이 여러 말 아니하려니와, 우리 형님은 위인이 질박하여 모든 일을 형수의 주선하는 것을 믿어 행할 것이나, 옛말에 이르러 밖을 장하게 하는 것이 안을 굳세게 하는 것만 같지 못하고 울을 튼튼히 하여야만 개가 들어오지 못합니다."

금련이 무송의 허다한 말을 다 듣더니, 얼굴에 한쪽으로 붉은 기운이 귀밑으로 솟아 일어나며 무대를 가르쳐 말했다.

"당신이 저렇게 용렬하고 잔약하니, 나무래서 쓸데없거니와 내가 당신을 만난 후로 개미새끼 하나도 집에 든 일이 없었거든, 어찌 울타리가 실하지 못하여 개가 들어온 일이 있었기에 어지러운 말을 하여 이 사람을 침노(侵擄)하시오."

무송이 웃으며 말했다.

"형수께서 조심성이 저러하시니 다시 부탁할 말이 없거니와 무송은 늘 사람의 말이 마음과 같지 않는 것을 탓하였는데, 형수의 말이 시원합니다. 무송은 마음놓고 갔다 올 것이니 술을 마십시오."

금련이 잔을 뿌리치며 다락 아래로 내려가며 말했다.

"네가 총명하고 영리하다 하였는데, 맏형수는 부모와 같다는 것은 알지 못하는고. 내가 당초에 시집올 때에 동생이 있다는 것을 듣지 못하였는데, 어디서 되지 못한 것이 나타나 집안어른 노릇을 하려고 하니, 나는 눈꼴이 사나워 아니꼽고나."

하며 울고 내려갔다.
 무송과 함께 술을 먹는데, 무송이 절하고 하직했다.
 "현제는 어느 때 떠나며 언제쯤 올 것이냐?"
하며 눈물을 흘리는데, 무송이 형의 눈물 흘리는 것을 보고 마음에 측은하여 위로하며 말했다.
 "형님은 일체 장사하시지 마십시오. 집에 편히 계시면 제가 그 동안 쓸 것을 보내 드리겠습니다."
 무대, 무송과 같이 다락에서 내려 문 앞에 이르러 무송이 말했다.
 "형님은 부디 제가 이르는 말을 잊지 마십시오."
하고 토병을 데리고 현아로 돌아와 행장을 수습하고 이튿날 떠날제 지현에게 하직하니, 지현이 벌써 수레 하나에 예물을 싣고 토병과 차근차근한 심복 반당(心腹伴堂) 두 사람을 명하여 무송과 같이 동경으로 떠났다.
 이때 두 무대랑이 무송을 보낸 후, 다락에 올라가니, 그 계집이 트집잡으며 나무라니, 무송이 이르던 말을 생각하고 분기를 참고 탓하지 아니하여, 제가 하는 대로 그대로 두고, 그 후로 떡을 반 짐씩 받아 가지고 늦게 나가고 일찍이 돌아와 발을 내리고 문을 닫고 집에 들어 있었으니, 금련이 그 거동을 봄에 마음에 불이 일어나는데, 이에 무대의 뺨을 가르치며 꾸짖어 말했다.
 "이 어리고 바보 같은 위인이 아무 물정을 아지 못하고, 다만 문을 걸고 머리를 움치고 있으니, 이웃 사람이 병신으로 알 것이오. 그놈의 말을 곧이 듣고 남의 치소를 돌아보지 아니합니까?"
 무대가 말했다.
 "남의 치소와 시비를 돌아보아 무엇하리오. 우리 현제의 말이 절절이 옳으니, 사람의 시비는 없을 것이다."

금련이 더욱 노하여 꾸짖어 말했다.
"이 둔탁한 물건이 남자 되어 가사를 스스로 주장하지 못하고 남의 말대로 하려고 하시오?"
무대가 손을 들어 말했다.
"내 동생의 말이 금옥 같은 말이오."
하고 날마다 장사 나가는 것을 늦게 나가고 일찍 돌아오니, 날마다 다투다가 오래되어 날이 지나가니, 무대가 돌아오면 으레 문을 닫고 발을 거두니 무대가 보고 마음속으로 기뻐했다.
'이제 집이 이러하면 정말 좋을 것이다!'
하고 그 달이 다 지내니 정월이 되었다.

하루는 무대가 돌아올 때가 다 되어서 금련이 먼저 발을 거두려고 문간에 나가니, 마침 한 사람이 처마 밑으로 지나오다가 공교롭게 금련이 발을 거둘제 손이 미끄러지며 발 걷는 막대를 놓쳤다. 그 막대가 내려지며 그 사람의 두건을 맞혔다. 그 사람이 걸음을 멈추고 꾸짖으려고 하다가 눈을 들어보니, 인물이 반반한 젊은 부인이라, 분이 머리끝까지 오르던 것이 봄눈 녹듯이 노기가 사라지고 웃음을 머금고 보니, 그 부인은 꾸짖지 않는 것을 다행히 여겨 옥 같은 손을 들어 예를 차리고 사죄했다.
"제가 발을 걷다가 잠깐 실수하여 관인의 머리를 맞혔으니, 대단히 죄송합니다."
그 사람이 한 손으로 두건을 바로 쓰며 허리를 굽혀 말했다.
"아니, 별말씀을 다 하십니다. 괜찮으니, 염려 마십시오."
하며 서로 쳐다보고 있는데, 마침 옆집에 차 파는 왕건낭이 내다보았다.
"나는 어떤 분인가 하였더니, 대관인이 아니십니까?"
그 사람이 웃으며 말했다.

"소인이 저 낭자를 많이 충동하였소."
금련이 웃으며 말했다.
"관인은 저의 죄를 용서하십시오."
그 사람이 또 웃으며 말했다.
"부인은 너무 그러지 마십시오. 소인이 불쾌합니다."
하며 두 눈을 금련의 몸에서 떼지 아니하여, 칠팔 자 돌아보며 팔자 걸음을 지어 가지고 가고, 금련은 발을 걷어 막대를 집어 들이고 문을 닫고 들어가 무대가 돌아오기를 기다렸다.

그 관인이라는 사람은 도대체 성명이 무엇이며 어디 사는 누구인가?

그 사람은 원래 이 양곡현에 한 파락호 재주(破落戶在主)로, 바로 고을 앞에서 생약포를 내고 있는 서문경(西門慶)이라는 사람이다. 요즈음 새로 발신(發身)하여 돈냥이나 좋이 잡은 까닭에 사람들은 그를 서 대관인이라고 불렀다.

그러나 어려서부터 인물이 간사하고 성실하고 믿음직스럽지 못하며, 또한 창봉쓰기를 좀 안다고 잘난 체하는 자다. 그처럼 돈냥이나 쥐고 또 남에게 대관인이라 불리고 있으니, 아마 제 생각에는 제 세상이나 만난 듯 싶었던 것인지, 곧잘 사이좋게 지내다가도 좀 비위에 틀리면 관인들에게 뇌물을 써 가며 애매한 사람을 죄인으로 몰기가 일쑤다.

그래서 고을 사람들은 은근히 꺼려오는 터이다.

이 서문경이가 그러고 나서 반 시각이 채 지나지 않아서 다시 자석가에 나타났다.

바로 서문경이 다방에 이르러 발친 아래 등상에 앉으니, 왕파가 웃으며 말했다.

"대관인이 아까는 매우 좋아하시더니요?"
서문경이 웃으며 말했다.
"할멈은 이리 좀 앉게. 아까 그 젊은 댁네는 누구 집이며 어떤 사람의 집안 식군가?"
"그 낭자는 염라대왕의 누이요, 오도 대장군의 딸인데, 대관인은 그것을 아셔서 무엇하시렵니까?"
"왕파는 실없는 말 말고 바른 말을 하게."
"대관인이 어찌 그 사람을 모르십니까? 그 집 남자는 현 앞에서 음식 파는 사람인데요."
"그러면 대추죽 파는 서삼(徐三)인가?"
왕파가 손을 저었다.
"그러면 은(銀) 팔러 다니는 이 서방인가?"
왕파 머리를 흔들었다.
"그도 아니오."
"그렇다면 정말 모르겠는데."
왕파는 히히 웃으며 말했다.
"이 사내는 거리에서 군떡 팔러 다니는 무대랑이오."
서문경이 무릎을 쳤다.
"아니, 삼촌정곡수피라고 하는 무대랑 말인가?"
"예에! 그 사람 말입니다!"
서문경이 탄식했다.
"참 정말 좋은 양의 고기가 개 입에 떨어졌구나!"
"자고로, 좋은 말에다 어린아이를 태우고 인물이 고운 계집이 못생긴 사나이를 만난다 하니, 이것은 월하노인의 인연을 공교롭게 맺은 것이니, 어찌 인력으로 하겠습니까?"
얘기를 듣던 서문경이 느닷없이 물었다.
"왕파는 내가 여기 차값이 얼마나 있지?"
"그리 많지 않으니, 염려하지 마십시오."
"왕파의 아들이 어떤 사람과 장사 나갔다고 했는가?"
"객상을 따라 회상(淮上)으로 나갔는데, 아직 돌아오지 아니하였으니, 생사를 알지 못하겠습니다."

"어째서 나와 같이 있게 하지 않았는가?"

"대관인께서 붙들어 주셨다면 참 좋았을 것을요."

"돌아오거든 다시 의논하세."

하고 몇 마디 하더니 돌아갔다가, 반 시각이 못 되어 또 와서 등상에 앉으며 차를 달라고 하기에 할멈이 물었다.

"대관인 오매탕(五梅湯)을 잡수시겠습니까?"

"그거 참 좋소! 거 가져오게!"

왕파가 오매탕을 가져다주었다.

서문경이 받아마시고 잔을 탁자 위에 놓고 물었다.

"저 오매탕이 참 좋으니, 왕파의 집에서 만들었소?"

"이 늙은 사람이 한 세상에 중매질하기에 집에 들어앉아 있지 못하니, 어느 사이에 만들겠습니까?"

"나는 할멈의 오매탕을 물었는데, 어찌 중매 노릇하던 얘길 꺼내는가?"

"이 늙은 사람이 대관인이 중매 노릇하라시는 줄 알고 잘못 대답하였습니다."

"왕파가 하는 말은 충분히 철석 같은 사람이라도 달랠 수 있을 것이니, 나를 위하여 한 곳의 친사를 의논하여 주면 후하게 갚음이 있을 것이오."

"대관인 댁의 부인이 만일 아시면 이 늙은 사람이 뺨맞기를 면하지 못할까 합니다."

"우리집 사람은 정말 착한 사람이라 집안의 가인(佳人)을 벌여 두었으나 큰 소리없이 지내니, 만일 내 마음에 맞는 사람이 있으면 얻어 가까이 두려고 하니, 왕파가 나를 위하여 중매할 수 있을까?"

하고 말하며 머리를 돌이켜 무대의 집을 보며 한탄했다.

"내 마음에 꼭 맞는 사람을 알지 못하여 한하오."

"좋은 곳은 있으나, 대관인께서 흡족해하실지 의문입니다."

"만일 나를 위하여 좋으면 일을 이룬 후에 후하게 사례하겠소이다."

왕파가 말했다.

"워낙 인물은 뛰어났으나, 나이가 조금 많아서 염려합니다."

"두세 살 위라도 상관없소."

"그 낭자 무인생이오니 범띠지만, 지금 마흔세 살인데, 대관인의 뜻은 어떠하십니까?"

서문경이 실소했다.

"왕파는 중풍 들린 말로 나를 조롱하고 있구려."

하고 껄껄 웃고 갔다.

날이 저물어 왕파가 막 불을 켜려고 하는데, 서문경이 또 들어온다. 들어와서 등상에 앉더니 무대의 집만 바라보는 것을 왕파가 말했다.

"대관인께서 화합탕(和合湯)을 한 잔 드시렵니까?"

"참 좋은 말이니, 달게 하여 가져 오게!"

왕파가 화합탕을 두 손으로 들어 서문경에게 주었다. 서문경이 받아마시고 몸을 일으키며 말했다.

"왕파는 전부 계산하여 두면 내일 한꺼번에 갚겠소."

"염려 마시고 가셔도 좋습니다."

서문경이 웃으며 돌아가고 그날 저녁은 아무 일 없이 지냈다. 이튿날 일찍이 일어나 문을 여니 벌써 서문경이 문 밖에서 서성이고 있었다.

왕파가 문을 여니, 서문경이 들어오며 왕파와 인사하고 무대의 집만 바라보았다.

왕파는 짐짓 모르는 체하니, 서문경이 차를 청했다. 왕파가 웃으며 말했다.

"대관인이 날마다 오시니, 더운 차를 마십시오."

하고 탁자 위에 잔을 놓으니, 서문경이 권했다.
"왕파도 앉아서 같이 먹는 것이 어떻소?"
왕파가 싱글벙글 웃으며 말했다.
"대관인께서 무슨 뜻으로 먹으라고 하십니까?"
서문경이 웃으며 대꾸했다.
"왕파 옆집에서 무엇을 판다고 하였나?"
"그 집에서 파는 것은 바닷물에 초를 타서 팝니다."
"왕파는 중풍 들린 말을 하지 말고 바른 말을 하게. 저 집에서 구운 떡을 판다고 하니, 사오십 개를 쓸 곳이 있는데, 그 사람이 벌써 나갔는지 모르겠군."
"대관인이 살려고 하시면 잠깐 기다려서 돌아오거든 살 것이지, 일부러 그 집에 가서 무엇하겠습니까?"
"왕파의 말이 옳소."
하자 차를 마신 후에 한참 앉았다가 몸을 일으키며 말했다.
"전부 달아두게."
"염려하시지 마십시오."
서문경이 웃고 나갔다. 왕파가 다방에 앉아 바라보니, 서문경이 가면서 계속하여 머리를 돌이켜 무대의 집을 바라보며 갔다.
왕파 싱긋이 웃더니 반 시각도 지나지 않아 다시 서문경이 들어왔다. 왕파가 웃으며 놀렸다.
"대관인을 오래 뵙지 못하여 얼굴을 잊게 되었습니다."
서문경이 껄껄 웃고 앉으며 돈을 내어 왕파를 주었다.
"그 동안 먹은 차값으로 먼저 받아 두게."
"아이! 왜 이렇게 많이 주십니까?"
"무엇이 많다고 할 것인가?"
왕파는 은근히 기뻐했다.
"이 늙은 사람이 보니 대관인이 마음에 연연하는 일이 있는가 싶으오니, 관전엽아차(寬前葉兒茶)를 한 잔 드시는 것이 좋을 것입니다."
 서문경이 웃으며 말했다.
 "왕파는 어찌 내 심사를 미리 아시오?"
 "무엇이 알기 어렵겠습니까? 옛사람이 일렀으니, 문에 들거든 마음 속의 사연을 묻지 말고 다만 용모를 먼저 보라고 하였으니, 이 늙은 사람이 관인의 동정을 보고, 어찌 모르겠습니까?"
 "왕파가 벌써 나의 심사를 짐작하였으니, 내가 다시 닷 냥 은자를 주지."
 왕파가 웃으며 말했다.
 "이 늙은 것이 대관인의 일을 십분이나 짐작하는데, 대관인은 귀를 대면 내가 이르겠습니다."
 서문경이 귀를 기울여 왕파의 말을 들었다.
 "대관인의 마음에 점찍은 일은 옆의 집에 사람인데, 내가 어찌 모르겠습니까?"
 "왕파의 슬기로운 지혜는 수하육가를 업수이 여기겠소. 내가 왕파를 속이지 않을 것이니, 내 과연 그때 발막대에 맞을 적에 그 부인의 낯을 한 번 본 후, 삼혼 칠백(三魂七魄)이 어디로 갔는지 알지 못할 것이오. 왕파가 능히 수단을 부려볼까 싶소."
 왕파가 싱긋이 웃으며 말했다.
 "이 늙은 것이 대관인을 속인 것이 아니올시다. 우리집에 차 파는 것이 삼 년 전 유월 초삼일 눈이 올 적에 차를 한 번 팔아 보고, 오늘까지 팔아보지 못하였습니다."
 서문경이 의아해 물었다.
 "왕파의 말을 도무지 알아듣지 못하겠네."
 "이 늙은 몸이 평생에 중매로 늙었으니, 풍정을 말할 것 같으면 철석이라도 이 늙은이 말에 벗어나지 못합니다."
 "왕파가 만일 나의 말을 이루어 준다면 다시 열 냥 은자를 더 주어서 관재를 장만하게 하여 주겠소."

"대관인은 내 말을 들으십시오. 풍정을 말할 것이오니, 다섯 가지 일이 다 겸비된 뒤라야 시작될 것이옵니다. 첫째는 반악(潘岳)의 풍채를 겸하고, 둘째는 양물이 큰 줄 알아야 할 것이오. 셋째는 등통(鄧通)의 재물은 겸하여 돈이 많고, 넷째는 매사를 참고 일이 되어가는 대로 할 것이오. 다섯째는 마음을 정성껏 먹고 돈을 아까워하지 않은 연후에 행할 것입니다. 이 다섯 가지 일이 완비된 후, 행할 것입니다."

"왕파를 속이지 않을 것이니, 내가 비록 반악의 잘난 것은 따르지 못하나 추물은 면하였고, 등통과 석숭의 재물은 비하지 못할지언정 빈궁은 면하였고, 자소(自少)로 외도에 익숙하니, 그런 일에 어찌 돈을 아끼며 힘을 쓰지 않겠소. 왕파는 염려 말고 일만 이루면 후하게 갚겠소."

왕파가 말했다.

"대관인이 비록 다섯 가지 일이 다 완비되었다 하여도 그 중에 어려운 고비가 또 있습니다."

"그건 또 무슨 일이오?"

"관인은 이 늙은 사람의 잔소리가 많다고 이상하게 여기지 마십시오. 여러 가지 일에 꾀하는데, 모두 서로 마음에 맞게 되어야 서로 의논할 수 있을 것입니다만, 조금만 맞지 않게 되어도 이루지 못합니다. 내가 아는 바는 대관인이 인색하지 않지만, 만에 하나 재물을 아끼면 이 일을 이루지 못합니다."

"이 일은 가장 쉬우니, 왕파의 말대로 하지."

"대관인이 돈을 아끼지 않으신다면 이 늙은이 한 번 쓸 계교를 일러 드릴 터이니, 대관인이 찬찬히 듣고 시행하십시오."

"무슨 일이라도 왕파의 말대로 해봅시다."

"오늘은 관인께서 그대로 돌아가시고, 반 년 후에, 즉 서너 달 지나거든 다시 와서 의논합시다."

서문경이 꿇어앉아 애원했다.

"왕파는 나를 애태우지 말고 빠른 시일 내에 이루게 하라."

"관인은 조급히 굴지 마십시오. 이 늙은 사람의 행하려고 하는 계교는, 비록 위로 무성왕(武成王)에 미치지 못하나, 손무자의 여병(女兵)을 거느리고 적병을 파는데 버금가지 않을 것입니다. 내가 이제 대관인께 일러드리겠습니다. 저 사람은 청하현 대호인가의 수양딸이어서 두 손으로 하는 바느질 솜씨가 능란합니다. 우선 백릉 한 필, 남주 한 필, 백견 한 필, 솜 열 근을 사서 저를 주십쇼. 그러면 이 늙은이가 저 집 낭자를 찾아가 보고 슬쩍 귀띔 하거든요. 시주관인 한 분이 내 수의감을 떠다 주셨는데, 바느질을 맡기려 해도 도무지 마땅한 사람이 없어 그러니 낭자가 좀 수고를 해주어야 되겠소. 하여서 들어주지 않으면 애당초 글렀고 요행히 들어준다면 일이 한푼은 성사된 일입니다. 다음에 내가 저를 보고 우리집에 와서 바느질을 해 달라고 청하는데, 듣지 않고 굳이 자기 집으로 가져가서 한다면 또 그른 게고 만약 두말없이 우리집으로 와서 하겠다면 일이 두푼은 이루어진 것입니다. 대관인께서 첫날은 내게 들리지 마십시오. 둘째날도 오시지 마십시오. 하지만, 그 사람이 첫날 한 번 내 집에 왔다가 아무래도 제집에서 하니만 못하다고 둘째날부터 안 온다면 또 글렀고, 만약에 이튿날도 여전히 와서 한다면 일이 서푼은 되어가는 것이지요. 대관인께서는 셋째날 오정쯤 해서 여기로 나오십시오. 문 밖에서 기침을 한 번 점잖게 하시고 나를 찾으세요. 그럼 내가 곧 나와서 방 안으로 모셔드릴께요. 그때 만약 그 사람이 대관인이 들어오시는 것을 보고 그대로 일어나서 제집으로 가 버린다면 또 틀렸고, 만약에 그대로 그 자리에 가 앉아 있다면 일이 네푼까지는 된 것입니다. 그때 대관인 어른이 바로 내게 수의감을 떠 주신 시주관 인이시라고 말을 하거든, 대관인께서는 그 사람의 바느질 솜씨를 많이 칭찬하십시오. 그래서 아무 대꾸가 없으면 또 틀어졌고, 만약 제가 무어라고들 대답을 한다면 일이 오푼까지는 순조로운 셈입니다. 그럼 내가 있다가 이 낭자가 이렇듯 수고를 하여 주시니, 이 은혜를 어찌 다 갚겠느냐 하면서, 대관께서 마침 오신 길에 내 대신 이 낭자한테 한 턱 쓰세요라고 할 것이니, 곧 돈을 내놓으십시오. 그때에 낭자가 그만 일어나 나가버린다면 또 끝나겠지만, 만약에 그대로 그 자리에 가 앉아 있다면 일이 육푼은 성사된 것입니다. 나는 돈을 받아들고 자리에서 일어나며 한 마디 슬며시 던집니다. 낭자는 내가 잠깐 나갔다 들어올 동안에 대관님 모시고 얘기나 하세요 하고 말이죠. 그때 제가 갑자기 일어나 집으로 가겠다면 사람을 억지로 붙들어 앉힐 수 없는 노릇이니 틀렸고, 만약 그대로 앉아 있다면 일이 칠푼까지는 들어선겁니다. 나는 문 밖으로 나가서 안주를 장만하여 가지고 돌아옵니다. 그리고 그 사람을 보고서 슬쩍 말하거든요. 낭자 일은 천천히 하고 이리 와서 약주 한 잔 드시우. 대관인께서 낭자를 대접하신다고 모처럼 한 턱 쓰신 게니. 그때 제가 한 상에서 먹기 싫다고 나가버리면 또 글렀고, 만약에 말로는 가야겠다면서 몸은 꼼짝 않는다면 일은 아주 팔푼까지 되어가는 겁니다. 술이 웬만치 들면, 나는 술이 없다고 더 사 오마 하고 밖으로 나와 밖에서 문을 걸어버립니다. 그때 제가 깜짝 놀라 방에서 뛰어나온다면 아주 끝났지만, 만약에 내가 문을 닫아 거는 것을 보고도 태연히 있다면 일이 구푼까지 다된 것입니다. 다음엔 급히 굴지 마시고 천천히 몇 마디 수작이나 하시다가 소맷자락으로 슬쩍 젓가락을 떨어뜨리십시오. 그리고 허리를 굽혀 젓가락을 끌어올리시는 척하고는 그 사람을 살짝 꼬집으세요. 그때 그만 질겁을 해서 소리라도 지른다면 십년 공부 도로아미타불이요, 만약에 그래도 가만히 있으면, 그것은 저도 다 뜻이 있어서 그러는 것이니, 일은 아주 온전히 이루어진 게 아니겠습니까? 듣고 나니 이 계교가 어떠합니까?"

 듣고 나자 서문경이 기뻐하기를 마지않았다.

 "비록 위모 능연각(凌烟閣)에까지는 참예하지는 못하여도 과연 계교가 참 좋구나!"

 "주시마 하시는 은자 열 냥이나 부디 잊지 마십시오."

 "잊을 리 있겠는가. 일은 언제부터 시작하려는가?"

 "오늘이라도 곧 하죠. 무대가 돌아오기 전에 가서 대관인의 재물이 많이 있다고 자랑을 할 터이니, 대관인은 사람을 시켜 비단과 은자를 보내주십시오."

 "일이 바로 시작되면 약속된 것을 어찌 잊겠소!"

하고 왕파를 작별하고 시장에 나가서 좋은 능라 명주와 솜과 열 냥 은자에 닷 냥을 더 보태어 반당을 시켜 왕파의 다방으로 보냈다.

 왕파는 물건과 은자를 받은 후에 반당을 보내고 반금련을 찾아갔다. 무대의 집에 이르러 반금련을 맞아 다락 위에 올라 좌정한 후에 왕파가 슬쩍 떠보았다.

 "요사이는 어찌 낭자가 우리집에 와서 차를 자시지 안 하십니까?"

 "요사이는 몸이 피곤하여 가지 못하였습니다."

 "댁에 혹 책력이 있으시면 이 늙은이 좀 보여 주시지요 옷마를 날을 가리려고 합니다."

 "할머니는 무슨 옷을 지으려고 하십니까?"

 "이 늙은이가 열흘에 아홉날은 병이 나서 앓는 고로, 수의를 지어 두려고 하는데, 이 근처에 부자 양반이 이 늙은이를 불쌍하고 측은하게 생각하여 능라 명주와 좋은 솜을 보내 주신 지 오래인데, 올해는 몸이 더욱 더 앓는 고로, 이제 윤달을 만났으니, 며칠만 수고를 끼쳤으면 족하지만, 어느 누가 기꺼이 지어 주겠습니까? 이 늙은 몸이 곤란한 것을 한탄합니다."

반금련이 웃으며 말했다.
"만일 내 솜씨가 곱지 못한 것을 탓하시지 않으신다면, 할머니를 위하여 지어 드리겠습니다."
왕파가 이 말을 듣고 얼굴에 웃음이 가득하여 기뻐했다.
"만일 낭자의 높은 솜씨로 수의를 지어 주신다면 이 늙은이가 죽어도 좋은 곳으로 갈 것입니다. 전부터 들으니, 낭자의 솜씨가 좋다는 말은 많이 들었습니다. 감히 어찌 청하겠습니까?"
"어찌 그럴 리가 있겠소? 다만 할머니를 위하여 지어 드리지요."
하고 책력을 내어 황도 길일(黃道吉日)을 가리니 왕파가 사례했다.
"만일 낭자가 손수 지어 주신다면 다시 무슨 날을 따로 택하겠습니까? 이 늙은이가 전에 사람을 시켜 택일하여 오라고 하였더니, 내일이 황도 길일이라 하나 이 늙은 사람은 황도길일이 얼만큼 좋은지 잘 모르겠습니다."
"수의 짓기는 황도 길일이 제일인데, 무슨 다른 날을 택하겠소?"
"이미 낭자께서 마음이 그러시다면 이 늙은 사람이 내일 시작할 것을 부탁드립니다."
"할머니는 너무 사양하지 마십시오. 내일 시작합시다."
"수의를 짓는데, 이 늙은 것이 곁에 와서 볼 것이오나, 가게를 볼 사람이 없어 걱정입니다."
"너무 걱정 마십시오. 제가 내일 조반 후에 가겠습니다."
왕파가 여러 말로 사례하고 다락에서 내려와 제집으로 돌아와서 서문경에게 기별하고, 재후 명일(再後明日)을 약속하고, 이튿날 아침에 왕파 집안을 깨끗이 소제하고, 좋은 술과 과일과 차감을 사다 두고 기다렸다.

이때 무대는 밥을 일찍 먹고 군떡 지고 저자로 나간 후에, 금련이 발을 내리고 뒷문으로 나와 왕파의 집에 들어와 자리를 정하자, 왕파는 더운 차와 맛있는 과일과 온갖 음식을 내어 대접한 후에, 금련이 손씻고 양치질하고 능라를 내어 자를 들고, 길고 짧은 것을 헤어 상자에 넣은 후에, 옥수를 들어 바느질을 시작했다.
　왕파는 연신 솜씨가 묘하다고 칭찬하기를 거듭했다.
　"이 늙은 것이 육칠십 년을 살아서 바느질 솜씨에 익은 사람을 많이 보았으나, 낭자의 솜씨 같은 분은 처음 보았습니다."
하고 한낮이 되니 왕파 주식을 장만하여 낭자를 대접하고, 한참 쉬고 다시 시작하여 낮이 석양에 이르자, 그 낭자가 거두어 치우고 내일을 언약하고 돌아갔다.
　마침 무대가 돌아와 문에 들어오니, 그 낭자가 발을 내리고 문을 닫으니, 무대가 방에 들어와 낭자의 낯이 붉은 것을 보고 말했다.
　"당신, 어디 가서 술을 먹었소?"
　"곁에 왕건낭이 나를 보고 수의를 지어 달라고 하기에 갔더니, 낮에 점심을 먹으라고 하기에 먹고 왔소."
　"그렇다고 어찌 남의 것을 거저 먹을 수야 있소? 약간 은자를 가지고 가서 주식을 장만하여 답례하오. 옛말에 이르기를 먼데 일가가 가까운데 이웃만 못하다 하니, 그대는 저 사람의 것을 공짜로 먹지 말고 답례하여 인정을 끼쳐 두오."
　금련이 쾌히 응낙했다.
　이때 왕파가 계교를 정하여 반금련을 속여 제집으로 불러온 연후에, 이튿날 식후에 무대가 나가기를 기다려 뒷문으로 와서, 금련을 불러내어 저의 집으로 가서, 한편으로 옷을 지으며 한편으로 차를 내다가 대접했다.
　이날 점심때가 되자 반금련이 돈을 내어 왕파를 주며 말했다.
"할머니는 나를 위하여 주식을 장만하여 먹게 하십시오."
"어찌 그런 도리가 있겠습니까? 이 늙은 것이 낭자를 불러다가 내 옷을 짓거든, 낭자의 돈을 허비하게 하면 이 늙은 사람의 인사가 아닙니다."
"이것은 우리집 바깥양반이 분부한 일이니, 만일 할머니가 따르지 않으시면, 이것은 푸대접하시는 것이올시다."
"바깥양반이 그렇게 명하시고 낭자의 마음이 그러시면 이 늙은 것이 기꺼이 받아 두겠습니다."
하고 제 돈을 더 보태어 좋은 음식과 희귀한 과일을 사 가지고 와서 은근히 권했다. 그 뒤로는 연하여 금련을 날마다 불러다 주식을 대접하고 꿀 같은 말로 꾀어 사흘이 지낸 뒤, 왕파가 무대가 나가는 것을 보고 뒷문에 와서 불렀다.
"낭자, 이 늙은 것이 큰맘 먹고 청하러 왔소."
금련이 다락 위에서 쫓아 내려오며 반색하며 말했다.
"지금 제가 가려고 하였는데."
하고 둘이 서로 붙들고 왕파의 집에 와서 옷을 지으며 차를 먹고 하다가 때가 한낮은 되었다.
이때 서문경이 약속한 날을 기다려, 제 삼일날 두건을 새로 하여 쓰고 옷을 새로 한 벌 깨끗한 것으로 갈아입고 너댓 냥 은자를 가지고 자석가에 찾아왔다. 다방 앞에서 기침을 하며 말했다.
"왕파는 어찌하여 여러 날 보지 못하겠소?"
왕파가 일부러 모르는 척 물었다.
"그 누구신데 이 늙은 것을 찾습니까?"
"내가 왔소."
왕파가 나와 보고 웃으며 반겼다.
"나는 누군가 하였더니, 시주대관인 아니십니까? 이 늙은 것이 대관인을 모셔다 수의를 짓는 것을 보시게 하려고 하였더니, 마침 잘 오셨습니다."
하고 옷소매를 이끌고 방으로 들어오며 낭자에게 말했다.
"원래 시주는 이 늙은 것의 수의감으로 능라 단필을 주셨다는 관인이십니다."
하니, 서문경이 그 낭자를 대하여 인사하니, 낭자가 황망히 바느질하던 몸을 일으키며 예를 차렸다.
왕파는 낭자를 가르치며 서문경을 보고 치하했다.
"대관인께서 수의감을 안 주셨으면 일 년이라도 장만할 길이 없고, 또 이 낭자의 솜씨가 아니었으면, 감은 있으나 될 길이 없습니다. 이 낭자의 솜씨가 워낙 뛰어나니 대관인은 구경하십시오."
서문경이 바느질하는 것을 이윽히 보다가 갈채하여 말했다.
"참 좋으신 솜씨이십니다! 이른바 신선의 솜씨이십니다."
그 낭자가 웃으며 말했다.
"대관인은 실없는 말 마십시오."
서문경이 왕파를 보고 물었다.
"왕파 감히 묻는데, 이 낭자는 어느 댁 부인이시오?"
"대관인은 잘 생각하여 보십시오."
"내가 어찌 알겠소."
"이 낭자는 옆의 댁에 무대랑의 부인이시며, 요전날 발막대로 맞으시고도 아프지 않다고 하시더니 잊으셨습니까?"
그 낭자가 얼굴이 붉어지며 사죄했다.
"요전날 우연히 실수한 일이오니, 관인께서는 너무 기분 나쁘게 생각지 마십시오."
"어찌 그러함이 있겠습니까?"
"대관인께서는 한 번 풀어지신 사람의 허물을 다시 말하지 않으니, 참 좋은 분이십니다."

"전일에는 소인이 알지 못하였더니, 원래 무대랑의 낭자였습니까? 소인이 알거니와 대랑은 정말 법도를 지키는 사람이오. 비록 길거리에서 물건을 팔고 있으나, 대소 사람들이 아무도 이 사람을 칭찬않는 사람이 없고 또 성품이 순량하여 정말로 만나기 어려운 사람인가 합니다."

"그도 그러려니와 이 낭자가 무대랑에게 시집온 후로부터 모든 일에 서로 화합합니다."

그 낭자가 말했다.

"저는 아무 쓸데없는 물건입니다. 아무 말씀을 하시지 마십시오."

"낭자의 말이 그릅니다. 옛부터 내려오는 말에 연약한 것은 입신 지본(立身之本)이요 강맹(强猛)한 것은 취화 지도(取禍之道)라고 하였습니다. 저희는 대랑의 선량한 것을 존경합니다."

왕파가 또 곁에서 한바탕 추켜세워 준 뒤에 서문경과 금련이 서로 낯을 대하여 앉으니, 왕파가 또 말했다.

"낭자, 이 관인을 아십니까?"

"잘 모릅니다."

"저분은 본현에서 유명하신 재주로서, 지현상공과 절친한 사람이오. 집에 돈이 산같이 쌓였고 생약포자를 하시는데, 재물은 북두에서 높고 쌀은 창고에서 썩어나며, 누런 것은 금이요 흰 것은 은이요 둥근 것은 구슬이요 빛나는 것은 보배요 물소머리의 뿔과 코끼리의 상아와 그 밖에 재보(財寶)를 어찌 다 이루 말하겠습니까?"

왕파는 이렇게 충동질해 놓고, 서문경은 겸양하는 것을 그 낭자는 머리를 숙이고 바느질만 하며 들을 뿐이었다.

서문경이 반금련의 자태를 보고 즉각에 가까이 못하는 것을 아쉬워했다. 왕파가 이때 두 그릇 차를 갖다가 한 잔은 서문경에게 주고 한 잔은 반금련에게 주며 말했다.

"낭자는 대관인을 모시고 차를 드십시오."

금련이 차를 든 후에 가만히 추파를 흘려 정을 보내니, 왕파가 서문경을 보며 한 손으로 뺨을 어루만지니 서문경이 알아듣고 뛸 듯이 기뻐했다. 왕파가 가만있다가 별안간 말했다.

"대관인이 오시지 않으셨으면, 이 늙은 것이 감히 청하지 못하였을 것입니다만, 마침 인연이 있어서 대관인이 오셨으니, 손한 사람이 두 주인이 없다는데, 옷감을 대주시는 분은 대관인이시고 낭자는 수고를 하시니 제가 대접하리다."

그 말에 서문경이 어찌 할멈의 돈을 쓰겠냐고 하며 수건에 싼 은자를 내어주니 금련이 말했다.

"어찌 관인의 은을 허비하시어 저를 대접하겠소?"

하며 입으로는 사양하나 몸은 움직이지 않는다. 왕파가 문 밖으로 나가며 일렀다.

"낭자는 수고를 헤아리지 말고 대관인을 모시고 계시오."

"할머니는 염려하시지 말고 다녀오시오."

하고 꼼짝하지 않는 것을 보니 벌써 서문경에게 뜻이 기울어졌더라.

서문경의 두 눈은 금련의 몸에서 떠나지 않고 금련이 또한 추파를 보내며 서문경의 준수한 인물을 사모하여 심중에 칠팔푼 의사가 있어 머리를 숙이고 바느질만 했다.

오래지 않아 왕파가 익은 음식을 사 가지고 돌아오니, 살찐 오리와 삶은 소고기와 귀한 과자며 온갖 채소를 탁자에 벌이고 금련을 보며 권했다.

"낭자는 관인과 같이 즐기는 것이 어떠하시오?"

"할머니께서 관인을 대접할 것이지, 저는 당치도 않습니다."

하며 또한 꼼짝하지 않았다.

"이 늙은 것이 주식을 사 가지고 온 것은 전부가 낭자를 위하여 한 것인데, 낭자께서 저런 말씀을 하시오?"

하고 세 사람이 함께 탁자에 모여 앉아 술을 먹었다.
 서문경이 술 한 잔을 가득 부어 들고 말했다.
 "낭자는 이 술 한 잔을 드십시오."
 반금련이 웃으며 술잔을 받아 사례했다.
 "앞으로 관인의 후의를 감사합니다."
 "이 늙은 사람이 낭자의 주량을 아오니, 아직 마음놓고 몇 잔 더 잡수시오."
 서문경이 저를 들어 왕파를 주며 말했다.
 "왕파는 나를 위하여 저 낭자에게 좋은 안주를 자시게 하시오."
 왕파가 웃으며 연한 고기를 두어 조각을 집어 금련에게 권하니, 술이 세 순배나 들어왔다.
 다시 술을 더 가져오라 하고 서문경이 물었다.
 "낭자의 청춘은 얼마나 되시었습니까?"
 "아무것도 모르는 게 나이만 먹어 스물셋이옵니다."
 "저보다 다섯 살 아래이십니다."
 "어찌 관인은 하늘을 가지고 땅을 비하십니까."
 왕파가 한 술 떠서 부추겼다.
 "이 낭자는 성정이 차근차근 한데다가, 온갖 여공에 익지 않은 것이 없고 제자백가서(諸子百家書)의 모를 것이 없습니다."
 "어디 가서 저런 낭자를 맞았는가? 무대랑은 참 복도 많은 사람이오."
 "감히 묻습니다만, 대관인댁에 허다한 부인이 계신데, 어찌 저러한 낭자가 없겠습니까?"
 서문경이 별안간 탄식했다.
 "이 사람은 명이 박하여 아직까지 저런 낭자를 만나지 못하였소."
 "대관인의 원부인은 사람이 참 좋으신 분이신데?"

"그런 말 하지 마시오. 우리 본처가 살아 있으면 왜 집에 내세울 사람이 없어 걱정하겠소? 집에 있는 식구 숫자만 많지 아무 쓸데 없이 밥만 치우는 식충(食蟲)이들이지, 무슨 시원한 일이 있겠소"

금련이 참견한다.

"대관인의 본부인이 돌아가신 지 몇 해나 되었습니까?"

"우리집의 원처는 일찍이 서로 만난 사람이라 모든 일에 영리하고 사리가 똑바로 하여 집안일에 근심이 없더니, 불행히 죽은 지 지금 삼 년이 지남에 집안의 일이 엉망진창이라 이 사람이 집에 있어도 집안이 불안하오."

"대관인은 이 늙은이의 고지식한 것을 좋지 않게 보지 마십시오. 원부인이 계신다 하여도 저 낭자의 자태는 따라오지 못할 것입니다."

"그야 내 원처가 살았다고 하여도 낭자의 저 인물은 따라가지 못합니다."

왕파가 웃으며 말했다.

"관인께서는 등가상에 정이 많은 낭자 있다 하시더니, 어찌 청하시어 이 늙은 것에게는 보여 주시지 아니 하십니까?"

"비록 그 여자가 노래를 부를 줄 안다 하지만, 다른 것은 무엇을 내세울 것이 있겠소?"

"대관인이 또 이 교교와 같이 좋게 지내지 않았습니까?"

"그 사람도 데려다가 집에 놓았으나, 만약 낭자와 같으면 벌써 정처로 들어 앉혔을 것이오."

"만일 지금 같이 계신 낭자 중에 관인의 마음에 드는 이가 있으면 관인의 집안일 걱정은 없을 것입니다."

"우리 부모 안 계시니 내가 내 뜻대로 하는데, 마땅한 사람이 없어 근심이오."

"어찌 마음에 드는 사람을 만나기 쉽겠습니까?"

"그렇다고 없기야 하겠소만 처궁이 박하여 만나지 못하여 이렇겠지."
하고 왕파와 같이 잇달아 수작하며 저 낭자의 춘정을 시험하여 왕파가 말했다.
"참, 이제 술이 잘 들어가는데, 마침 술이 떨어졌으니, 관인은 저 낭자와 같이 계시면 이 늙은 것이 술 한 병을 더 사 가지고 오겠습니다."
"왕파의 말이 지당하니, 술을 사 가지고 오는 길에 내 수건 속에 은자 있으니, 가지고 가서 좋은 과일을 더 사 가지고 오게."
왕파는 은자를 가지고 다락에서 내려오며 금련의 거동을 살펴보니, 금련이 술을 몇 잔 먹은 데다가 춘심이 동하는지라, 서문경과 왕파의 수작하는 것을 듣고 칠팔 푼 마음에 있어 머리를 숙이고 아무 말 없이 있었다. 왕파가 금련을 보며 얼굴에 웃음을 잔뜩 담고 말했다.
"이 늙은이 술을 더 사다가 관인과 낭자의 수고로움을 사례하겠습니다만, 낭자는 수고를 생각지 마시고 관인을 모시고 잠시만 앉아 계시오. 병에 술이 조금은 남아 있으니, 관인과 두 분이 잡수시면 좋을 것입니다."
낭자가 말했다.
"내가 어찌 관인을 모시고 있겠소?"
반금련이 말은 그렇게 하나, 꼼짝않고 앉아 있었다.
왕파가 나오며 밖으로 문을 걸고 술을 사러 가다가 다방에 나와 앉았다.
이때 서문경이 손수 술을 부어 금련에게 권할 때, 소매로 탁자를 치니 상에 놓였던 젓가락이 떨어짐에 일이 공교롭게 금련의 무릎에 내려졌다.
서문경이 황망히 젓가락을 집는 체하고 몸을 굽혀 금련의 다리를 만지니 옥 같은 살이 부드러워 사람의 마음을 동하는데, 금련이 웃으며 말했다.

"관인은 젓가락을 찾지 않으시고 남의 다리와 발을 주무르시니, 이게 무슨 뜻입니까?"

"낭자는 소인의 한 조각 사모하는 마음을 위로하십시오."

금련이 서문경에게 마음이 있었으나, 어찌 다른 행동이 있으리오. 손으로 서문경을 안고 말했다.

"당신이 이미 나에게 마음이 있는데, 낸들 어이 당신에게 정이 없겠소?"

하고 서로 뺨을 문지르며 왕파의 방에서 옷을 벗고 자리에 누워 운우 지락(雲雨之樂)을 이루어 여산 약해(如山若海)한 정이 형용하지 못한지라, 한참 후에 다시 일어나 옷을 정돈하였는데, 왕파가 문을 열고 들어오며 크게 노하여 꾸짖었다.

"당신들은 참 좋은 일을 하는구려?"

서문경과 반금련은 깜짝 놀라 아무 말도 하지 못하고 있었다.

왕파가 금련을 보고 말했다.

"내가 낭자보고 수의를 지어 달라고 하였지, 언제 남의 사내 도적질하라고 합디까? 무대가 알면 나에게 죄를 핑계할 터인데, 내가 먼저 찾아가서 얘기하겠소."

하고 말을 마치자 몸을 돌이켜 나간다. 금련이 황망히 왕파의 치마를 붙들고 빌었다.

"할머니는 화를 잠깐 참으시오!"

서문경이 또 말했다.

"왕파는 소리를 좀 낮추라! 이웃사람들이 들을까 두렵소!"

"그러면 내가 당신들의 일을 용서할 것이니, 한 가지 일을 나 하라는 대로 하겠소?"

"한 가지가 아니라 열 가지라도 하겠소."

"그렇다면 오늘부터는 날마다 무대를 속이고 와서 대관인과 즐기는 언약을 배반하지 않아야 용서하지, 그렇지 않으면 무대에게 알리겠소."

"그런 일이라면 할머니가 말씀하시지 않으셔도 내가 먼저 그리 하려고 하는데, 더 부탁하지 마시오."

"대관인은 더 부탁할 말이 없거니와 이제 모든 일이 다 되었으니, 준다고 하는 것을 잊으시지 않으셔야지, 만일 잊으시면 무대에게 이르리라."

"왕파는 염려 마오. 그것은 내가 잊지 않을 것이오."

하고 다시 세 사람이 술을 먹었다. 날이 저물으니, 금련이 말했다.

"무대가 돌아올 때가 되었으니, 돌아가렵니다."

하고 뒷문으로 들어가니, 마침 무대가 돌아왔더라.

이때 왕파가 서문경보고 물었다.

"제 계교가 어떠합니까?"

"참말 묘한 계교였소! 내가 집에 돌아가 한 타래 백은을 보내주겠소. 이왕에 약속한 것도 갖다 주지."

"보내기만 기다릴 것입니다. 그 대신 재촉하지는 않을 것입니다. 이 늙은 몸이 죽어 북망산으로 돌아갈 때까지 잊지 마십시오."

서문경이 껄껄 웃고 돌아갔다. 금련이 그 뒤로는 날마다 수의 짓는다 핑계하고 왕파의 집에 와서는 서문경과 뒹굴며 붙어지내게 되었다. 두 사람은 아교와 같이 한시도 떨어지지 못할 사이가 되어버렸으니, 옛말에 나쁜 말은 금새 널리 퍼진다고, 반 달도 채 되기 전에 인근 근처에서는 모르는 사람이 누구 하나 없게 되었고, 모르는 것은 그저 남편인 무대뿐이었다.

한편 이 고을에 운가(雲哥)라고 불리는 사내 녀석이 있었다. 집에 늙으신 부친을 봉양하며, 이 꼬마놈은 대단히 약고 꾀가 많아서 평소에는 관아 앞에 있는 이곳저곳의 선술집을 돌아다니며 철따라 과일을 팔고서 그날그날 지내고 있었는데, 서문경으로부터 언제나 뭣이든 팔아 용돈을 마련하고 있었다.
　어느날 일이다.
　운가는 배 한 채반을 들고 서문경을 찾아갔으나, 서문경이 집에 있을 리 없다. 운가는 그저 있을 만한 곳을 다 찾아보았으나, 볼 수가 없다.
　그때 누가 알려 준다.
　"너 서문경을 만나려면 자석가로 가 봐라."
　"자석가요?"
　"그래, 왜 왕파 다방이 있지 않느냐? 요새는 거기 가서 노상 산단다."
　"그건 무슨 일인데요? 거기 가시나요?"
　"아니, 너 여태 그거 모르니? 서문경이 무대 부인하고 정분이 나서 그래. 날마다 그 집에서 몰래 만나고 한단다. 꼭 만나려면 그 집에 가 보아라. 너는 어린아이이니까 들어가도 상관없을 것이다."
　운가는 곧 배 채반을 들고 바로 자석가에 이르러 왕파 다방에 들어서니, 이때에 왕파가 등상 위에서 앉아서 솜을 펴고 있었다. 운가가 배 채반을 놓고 왕파를 향하여 절하며 말했다.
　"할머니 안녕하십니까?"
　"네가 무슨 일로 우리집에 왔느냐?"
　"대관인을 뵈옵고 돈을 좀 빌리려고요. 밑천을 만들어 남는 것이 있으면 아버지를 봉양하려 합니다."
　"대관인이라니, 어떤 대관인 말이냐?"
　"할머니 아시면서 공연히 또 물으십니까?"

"대관인도 성이 있지 않느냐? 그러니 성도 없이 어떤 대관인 말이냐?"
"서씨 성을 가진 서 대관인 말씀입니다."
하고 안으로 들어가려고 하자, 왕파가 문을 가로막으며 꾸짖었다.
"아, 요녀석이 어딜 함부로 들어가려고 하느냐! 다 사람의 집에 각각 내외가 있지 않느냐?"
"제가 잠깐 들어갔다 오렵니다."
"이 바보 녀석아! 어찌 서 대관인이 내 집에 계시냐?"
"할머니는 혼자서 감추어 두고 맛있는 것을 먹지 말고 우리도 좀 먹게 하십시오."
"이 자식이 무슨 엉뚱한 말을 하느냐?"
"말굽 찍는 칼도 채소를 썰지 못한단 말을 모르시오? 혼자서만 몰래 하는 것 같지만, 그 일을 누가 모릅니까? 만일 나를 속이려고 하시지만, 떡 파는 형님이 아시면 반드시 야단납니다."
왕파는 떡 파는 사람이 야단난다는 말을 듣고 심중에 대노하여 꾸짖었다.
"이 미혹한 원숭이 새끼놈! 이 늙은이 집에 와서 개방귀 같은 말을 다하네!"
"나를 보고 원숭이 새끼라고 하시면 할머니는 마박육(馬泊六)이 되거라!"
왕파가 크게 노하여 운가를 붙들고 마구 치니, 운가가 발악하며 고래고래 소리 질렀다.
"이 할미가 무슨 일로 나를 치느냐!"
왕파가 노하여 꾸짖었다.
"저 원숭이 새끼가 어찌 내 집에 와서 큰소리를 하느냐?"
하고 뺨을 두어 번 쳐서 내쫓으니, 운가 맞고 나오며 투덜댔다.
"늙은 교충(蛟蟲)이 무슨 일로 나를 치는가!"

하며 거리 위에서 욕을 하니, 왕파가 배 담은 채반을 거리에다 내던지니 배가 사방으로 쏟아졌다. 운가가 배를 주워 담으며 왕파를 가리키며 소리 질렀다.
"이 늙은년아! 너는 아무 일 없을 줄 아느냐? 내가 오늘은 갔다가 다시 와서 말해 주겠다."
하고 가버렸다.
이때 운가가 왕파에게 두어 번 맞고 나니, 분기를 풀 곳이 없어서 배 채반을 들고 거리 위에서 무대랑을 찾을 때, 두어 구비 길을 돌아오다가 보니 무대가 떡을 지고 길 건너편에서 오고 있었다.
운가가 걸음을 멈추고 서서 무대를 보고 말했다.
"여러 날을 만나보지 못하였더니, 그 동안에 오리 고기로 떡을 만들어 먹었소? 저렇게 살이 올랐게?"
무대가 짐을 벗어 놓고 대답했다.
"내가 늘 이 모양으로 다니니 무슨 살이 쪘겠는가?"
"전날 들으니, 형님 집에 보리등게 있어 오리를 키운다 하더니, 아마도 잡종이 섞여 집에 있기 쉬울 것이오."
"우리집에 오리를 키우지 않는데, 무슨 보리등게가 있겠느냐?"
"아무리 그런 일이 없다고 하여도 솥에 넣고 끓이면 형 몸에서 오리냄새가 날 거요."
"이 불민한 원숭이 새끼야. 나를 비웃지만 말고 말을 자세히 하여 주면 되지 않느냐. 내 계집이 남의 집 사나이 도적질할 일이 없는데, 어찌 나를 보고 오리라고 하느냐?"
"형의 계집이 남자 도적질 않고 도적이 형의 계집을 도적질한 것도 있는가?"
무대가 운가를 붙들고 말했다.
"너는 자세한 말을 일러 주려무나."

"형님은 나를 잡지 마시오. 저쪽에 앉아 말하겠소."
 무대가 운가를 끌고 평평한 땅을 가리어 앉힌 후, 무대가 운가를 보고 말했다.
 "좋은 아우야, 너는 숨기지 말고 자세히 알려 주려무나. 우선 구운 떡 열 개를 먼저 주겠다."
 "구운 떡 가지고는 말하지 못할 것이니, 형이 돈을 내어 나를 술 한 잔만 사 주면 그때는 말하겠소."
 "네가 술을 먹을 줄 알면 나를 따라오너라."
하고 짐을 지고 운가를 데리고 조그만 술집을 찾아 앉은 후, 군떡을 팔아 고기를 사서 주인을 찾아 술을 가져오라고 했다. 술을 먹으며 또 재촉했다.
 "좋은 아우야, 너는 숨기지 말고 어서 일러라!"
 "형은 너무 성급히 굴지 말고 내가 술하고 고기를 먼저 먹고 말할 터이니, 듣고 성내어 급히 굴지 마시오. 내가 도와서 함께 할 것이니."
 무대가 아무 말도 안 하고 기다리다가 운가가 술과 고기를 다 먹기를 기다려 다시 물었다.
 "형은 내 머리를 좀 만져 보시우."
 무대가 운가의 머리를 만져 보더니, 두어 곳 부푼 곳이 있어 물었다.
 "왜 머리에 상처가 났나?"
 "이제야 형에게 말하겠소. 내 오늘 배 한 채반을 가지고 서문경을 찾아다니다가 거리 위에서 사람이 말하기를 왕파의 집에서 무대의 낭자와 정분이 나서 날마다 만나 즐긴다 하기에, 돈을 빌리려고 갔다가 왕파 고년이 나를 들여보내지 않고 도리어 매만 죽도록 맞고 쫓겨 나왔으니, 어찌 분하지 않겠소? 그래서 형님을 찾아왔소이다."
 무대가 아무 말 못하고 잠자코 있다가 다짐했다.

"네 말이 과연 정말인가?"

운가가 웃으며 말했다.

"형님은 과연 마음이 어둡고 흐린 사람이오. 저희들이 즐겨 가며 지내도 형님 혼자만 모르고 있으면서, 이제 나를 보고 사실인지 아닌지 묻는단 말이오?"

"참 네 말이 옳다. 내가 너한테 속이지 않겠다. 저 계집년이 날마다 왕파의 집에 가 수의를 짓는다고 하고 저녁에 돌아오면 얼굴이 붉기에 내가 늘 의심이 나더니, 정말 네 말을 들으니, 그렇기가 쉽다. 이제 떡짐을 너에게 맡기고 가서 저 간부 놈을 잡겠다."

"참 형님두 딱하시오! 나이는 많으나, 어찌 그렇게 어리석으시오? 왕파 그년이 얼마나 빠르다고 또 서문경이 만만치 않으니, 쫓아가 본댔자 저희들의 수단을 어찌 당하겠소? 또 이 세년놈이 비밀리에 신호라도 정하여 놓았으면, 형님이 들어가는 것을 보면 왕파년이 먼저 음녀를 숨기고 서문경이 나와 치고 간사에 고소하여 도리어 죄를 뒤집어 씌운다면, 저는 돈 있고 세력이 있기 때문에 누가 감히 당하겠소? 잘못하다가 목숨까지 빼앗길 것 같으니, 조심해야 하오."

"듣고 보니, 네 말이 옳다. 그러하며 지금 내가 분한 것을 어디 가서 풀겠는가?"

"나도 저 늙은 할멈에게 맞은 것이 분하오. 내가 가르쳐 줄 터이니, 오늘은 들어가서 전과 조금도 다르게 하지 말고, 내일 아침에 떡을 지고 나오면, 내가 골목에 숨어 있다가 서문경이 들어가는 것을 보고 손짓할 것이니, 멀리 가지 말고 나를 기다리면, 내가 먼저 들어가서 왕파를 꾸짖으면, 저년이 필연코 나를 치려고 하여 나올 것이니, 그러면 내가 머리로 그년의 가슴을 받아 밀어버리면 움직이지 못하게 될 것이오. 그때 빨리 방으로 들어가 음녀 간부를 잡을 것이오. 이 계교가 어떠하오?"

"거 참 좋은 말이다! 이것이 다 현제의 공이다. 내 두 꾸러미 돈을 줄 터이니, 쌀을 사서 아버지를 잡숫게 하여라. 그리고 내일 일찍이 와서 나를 기다려라."

운가가 돈을 얻어 가지고 집으로 돌아간 후, 무대는 술값을 주고 남은 떡을 지고 돌아갔다.

원래 금련이 보통 때에는 무대를 타박하고 하였는데, 요즈음에는 스스로 미안한 감을 느꼈는지, 모든 일에 고분고분하고 비위를 잘 맞추니 무대가 무척 흡족해 했다.

이날 늦은 후에 무대는 돌아와 전과 같이 있으니, 금련이 물었다.

"여보, 약주 잡수시렵니까?"

"밖에서 아는 사람을 만나서 같이 술 한 잔 먹고 왔소."

금련이 저녁밥을 차려 와 둘이서 먹고 그 밤을 무사히 지내고, 이튿날 일찍 일어나서 떡을 두어 채반을 만들어지고 나갔다.

금련이 온 마음이 서문경에게 있는 터에 무대가 떡을 지고 나가는 것이 전날보다 많고 적은 것을 어떻게 알 것이냐? 이날 무대는 떡 팔러 나가고 금련은 왕파의 다방에 와서 서문경을 기다렸다.

이때 무대가 떡을 지고 나오다가 자석가에 도착해 운가를 만나니, 배 담은 채반을 가지고 왕파의 다방을 건너다보고 있었다.

무대가 말했다.

"어떻게 할까?"

"아직 너무 이르니, 한 바퀴 더 돌아오슈."

무대가 떡을 지고 나는 듯이 가서 떡을 팔고 올라온 것을 운가가 말했다.

"이 근처에서 보고 있다가, 내 배 채반이 땅에 떨어지는 것을 보고 곧바로 쫓아들어 오시오."

무대가 응낙하고 떡짐을 내려놓고 기다렸다.

이때 운가가 배 채반을 들고 다방으로 들어가며 호령했다.

"이 늙은 할멈이 어제 무슨 일로 나를 쳤느냐?"

왕파도 역시 어제 분한 마음이 다 풀리지 못하여 있는 판인데, 욕을 하고 들어오는 것을 보고 뛰어나오며 꾸짖었다.

"이 원숭이 새끼놈이 늙은이 하는 일에 왜 간섭을 하며, 오늘 또 찾아와서 욕하니, 너를 가만 두지 못하겠다!"

운가가 소리를 크게 질러 꾸짖었다.

"이 늙은 할미년아! 서방질이나 시킬 줄 알지, 무슨 일을 할 줄 알겠느냐?"

그 할미가 크게 노하여 운가의 머리털을 휘어잡고 힘껏 내리쳤다.

운가가 호통쳤다.

"참 잘 친다!"

하고 배 채반을 땅에 던지고 달려들어, 도리어 할멈을 안고 머리로 할멈의 가슴을 들이받아 벽에다 밀어대니, 벽에 기대어 쓰러지지는 않으나, 어찌 몸을 마음대로 움직일 것이오. 할멈은 소리를 지르고 운가는 죽으라 하고 늙은 가슴팍을 들이받고 있었다.

이때 무대가 옷을 거두치고 걸음을 빨리하여 나는 듯이 방으로 쫓아 들어가니, 할멈이 무대를 막으려 하나, 운가가 죽으라 하고 머리로 가슴을 들이받고 있으니, 몸을 어떻게 빼겠소. 할 수 없이 소리를 지를 수밖에 없었다.

"무대가 왔소!"

하고 찢어지는 소리로 말하는 것이 고작이었다. 방 안에 있었던 계집년은 크게 당황하여 뛰어와서 어쩔 수 없이 문을 열지 못하게 누르고 있고, 서문경은 벌벌 떨며 침대 밑에 기어 들어가 숨었다. 무대는 문이 있는 곳까지 쳐들어와서 문을 밀었으나, 아무리 해도 열리지 않았다.
 "너희 년놈들, 정말이구나!"
하고 떠들어대기만 할 뿐, 어찌할 도리가 없었다. 여자는 문을 누르면서, 허둥지둥 크게 놀라는 서문경을 보고 앙칼지게 쏘아 부쳤다.
 "뭐예요! 평소에는 주먹이다 막대기다 하면서 힘자랑 하는 소리만 하더니, 이렇게 되고 보니깐, 이건 뭐 전혀 쓸모가 없지 않아요? 그림에 그린 호랑이만도 못하니, 말이에요!"
하니, 이것은 분명히 서문경에게 치고 달아나라고 이르는 말이다. 서문경이 상 밑에서 금련의 말을 듣고 비로소 깨달아 몸을 달려 문을 열고 쫓아나오며 소리쳤다.
 "너는 잘난 체 하지 말아라! 내가 잘 알고 있다!"
 무대가 손을 벌리고 서문경을 잡으려고 하는 것을 서문경이 발을 들어 한 번 차니, 무대는 키가 작아서 바로 앞으로 앞가슴을 채여 나가 떨어지고 서문경이 이 틈을 타서 달아났다.
 운가가 밖에서 이 광경을 보고 형세가 불리하니, 왕파를 놓고 달아났으나, 이웃사람들이 서문경의 잘못을 알고들 있지만, 누가 남의 일에 끼어들겠소.
 왕파가 무대를 붙들어 일으키니 입으로 피를 흘리고 얼굴빛이 노랗게 되니 금련을 불러서 냉수를 가져오라고 하여 먹이었다. 비로소 정신이 조금 드는 것을 둘이서 붙들고 뒷문으로 해서 집에 돌아와 침상에 누이고 밤을 무사히 지냈다.
 이튿날 서문경이 왕파의 집에 와서 아무 일 없는 것을 확인했다.
 그 뒤로는 금련과 마음놓고 즐기며 무대가 죽기만 기다렸다.

제8장
무대의 주살

 그 뒤 무대는 몸을 움직이지 못하고 닷새 동안을 누워서 앓고 있으나, 누가 미음 한 그릇 약 한 첩을 지어다 간호하여 주려고 하겠는가. 아침 저녁도 얻어 먹지 못하여 금련을 불러도 들은 척도 않고 대답도 안 한다.
 그리고는 샛서방을 보러 분세수 곱게 하고 몸단장을 곱게곱게 매만지며 찾아 갔다가는 밤이 늦게야 돌아오면, 얼굴에는 춘색을 띠었으니, 무대가 어찌 분하지 않으랴만, 자기 몸을 움직이지 못하니, 꿀꺽꿀꺽 참고 있다가 참을 수 없어 한마디했다.
 "이 죽일 년아! 참 너는 잘 논다! 이년아 내가 네 샛서방질하는 것을 보고 잡으려고 하는데, 네년이 샛서방을 부추켜 내 가슴을 차고 달아나게 하였지. 나는 지금 죽으려고 하여도 죽지 못하고 살려고 하여도 살길이 없다. 이년아 너는 기분 좋아라 다니며 샛서방과 즐기며 조금도 거리끼지 않으니, 내가 네 년과 다투지는 못하지만, 내 아우 무송의 성미를 네년도 대강 짐 작하지만, 오래지 않아 일을 마치고 돌아오면, 네 년을 그냥 둘 줄 아느냐? 네 년이 만일 나를 구원하여 이 아픈 것을 낫게 하여 주면 무송이가 돌아와도 지난 일을 말 안 하겠지만, 네 년이 나를 돌보아 주지 않으면, 무송이 돌아온 후에 낱낱이 말하겠다."

금련이 대답하지 않고 왕파의 집으로 가서 무대의 하던 말을 낱낱이 말했다.

서문경이 듣고 말했다.

"내가 깜박 잊었구나! 경양강 위에서 호랑이 잡던 무 도두는 천하에 유명한 호걸이다. 내가 이제 낭자와 정의가 두터워 서로 사랑하는 마음에 앞뒤를 미처 생각하지 못하였구나. 이제 이 일을 어떻게 하였으면 좋을까?"

그러나 왕파는 조금도 놀라지 않는다.

"무엇이 그렇게 무서울 것이 있습니까? 이 늙은 사람은 하나도 겁나지 않습니다."

"내가 지금 정신이 없어 아무 생각이 나지 않으니, 어떻게 해야 할는지 왕파는 신출 귀몰한 계교를 가르쳐 주구려."

"길게 부부가 되려고 하시오, 잠시만 부부가 되려고 하시오?"

"왕파의 말을 도무지 알아듣지 못하겠소."

"만일 짧게 되려 한다면 오늘로서 서로 손을 떼고 헤어져 무대를 극진히 간병하고 공손히 하여 무송이 돌아와도 말하지 않게 하는 것이오. 만일 길게 부부 되는 것은 약간 놀랠 일이 있으나, 계교는 극히 묘하여 말하기가 좀 어려울 것 같습니다."

"왕파의 묘계로 우리들이 길게 부부가 되려면 비록 조금 놀래는 일이 있더라도, 어찌 따르지 않겠소."

"이것은 멀리 있는 것이 아니라 대관인댁에 있습니다."

"아니, 비록 내 눈망울을 쏜다고 하여도 아끼지 않겠소."

"저놈이 병들었으니, 계교는 행동에 옮기기에 좋은데, 대관인은 집에 가서 독약 한 봉을 갔다가, 약 다릴 적에 넣어 먹이면 죽을 것입니다. 죽은 후에 불에 태워 흔적을 없애면 무송이 돌아와도 누구보고 물어 보며, 옛날부터 내려오는 말이 형수 시동생간에는 서로 알은 체 못한다 하니, 마음대로 다시 시집가기로 무어라고 하겠습니까? 소상과 대상이 지난 후에 대관인은 댁으로 데려가면 그만 아닙니까? 이 계교가 어떠합니까?"

"다른 것은 다만 죄 될까 두렵고, 그렇지 않으면 근심이 될 것이오."

"풀을 없애려면 뿌리를 아주 없애야 되며, 없애지 않으면 내년 봄에 다시 싹이 납니다. 대관인은 빨리 가서 비상이나 가져오십시오. 내가 낭자를 가르쳐 무대를 죽일 것이니, 성사한 후에 내게 후히 사례하십시오."

"그것은 그렇지만, 우선 내가 지금 가서 비상을 가져오지."

하고 떠나 오래되지 않아 한 봉을 갔다가 왕파에게 주었다.

왕파가 받아서 금련을 주면서 일렀다.

"낭자는 내가 가르치는 대로 하시오. 낭자는 돌아가서 웃는 얼굴로 무대를 병구완하는 척하면, 무대가 심통약을 지어 달라고 할 것이오. 그러면 약을 지어다가 다릴 적에 비상을 섞어서 먹이면 독약인지라 창자가 끊어지는 것 같아 소리를 지를 것이니, 그때 이불을 뒤집어 씌워 숨을 쉬지 못하게 하고, 먼저 물을 끓여 두었다가, 무대가 죽고 나거든 이불을 벗기고 보면 반드시 일곱 구멍으로 피를 흘리고 혀를 빼물었을 것이니, 배수건에다 더운물을 적셔 피 흔적을 닦고 관에 넣어서 내다가 불에 태우면 귀신도 모를 것이니 무슨 걱정이 있겠소?"

"내 손에 힘이 없는데, 시신을 어떻게 만지겠소?"

"그것은 어려울 것이 없으니, 일이 끝나거든 벽을 두드리면 내가 가서 도와주리다."

왕파는 비상을 빻아서 가루를 만들어 주었다. 그러자 금련이가 가지고 뒷문으로 집에 돌아와 다락에 올라와서 무대를 보니, 목숨이 넘어갈 것 같아 금련이 침대가에서 앉아서 거짓 우는 것을 무대가 보고 물었다.
 "네가 왜 우느냐?"
 "내가 잠깐 마음을 잘못 생각하여 남의 꼬임에 빠져 큰 죄를 짓고, 그놈이 당신을 발로 한 번 차서 저렇게 병이 들었으니, 내 마음이 칼로 찌르는 듯 아프지만, 당신이 나를 믿지 않는 고로, 감히 약을 지어오지 못하오."
 "당신이 나를 구하여 살려 준다면 그 얼마나 고마운 일이겠소. 전에 잘못을 조금도 나무라지 않고 무송이 돌아오더라도 일체 그런 말을 않을 것이니, 곧 약을 지어다가 내가 이렇게 앓는 것을 구하여 주오."
 금련이 응낙하고 급히 왕파의 집에 가서 약을 지어 온 것을 가지고 돌아와 무대를 보이며 말했다.
 "의원이 이르기를 이 약을 밤이 좀 깊은 뒤에 다려 먹고, 이불을 뒤집어쓰고 땀을 내면 다음날은 가볍게 일어난답니다."
 하니 무대가 말했다.
 "참 고맙소. 나를 살려주니 좀 수고스럽지만, 잠을 못 자더래도 기다려서 약을 다려 먹게 하여 주오."
 "그것은 걱정 마십시오. 제가 잡숫게 하여 드리겠습니다."
 하고 날이 저문 후에 등불을 켜고 먼저 가마에 물을 끓이고 경공을 들으니, 삼경이 되었다.
 그릇에 물을 떠 가지고 다락에 올라와 물었다.
 "여보, 약을 어디다가 두었소?"
 "내 자리 밑에 있으니, 곧 내려오오."
 금련이 자리를 걷고 약을 들고 나가더니, 얼마 안 있어 약을 들고 들어와서 비녀를 빼어 약을 저으며 왼손으로 무대를 잡아 일으키고 약을 먹으라 하니, 무대가 약그릇을 들어 약을 맛보더니 금련을 보고 말했다.
"여보 이 약이 굉장히 먹기가 어렵구려."
"무엇이 먹기 어렵소. 의원이 말하길 독한 약은 입에서 쓰고 병에는 좋다고 하니, 어서 드시오."
무대가 다시 먹으려고 하는데, 금련이 그대로 먹여 버렸다. 금련이 무대를 팽개치고 다락에서 내려오니, 무대가 물었다.
"약이 들어가니, 창자가 끊어지는 것 같으니, 어떻게 하지?"
금련이 대답하지 않고 이불을 가지고 온몸을 뒤집어씌우고 덮으니, 무대가 소리 질렀다.
"내가 답답하여 못살겠다!"
"당신은 잠깐만 참으시오. 의원이 이르기를 이불을 뒤집어쓰고 잠을 자면 병이 낫는다고 합디다."
했다. 무대가 다시 움직이려고 하는데, 금련이 급히 무대의 이불을 뒤집어씌운 그 위에 올라앉아 죽을 힘을 다하여 누르고 온몸으로 이불 귀를 덮어 꼼짝도 못하게 했다.
무대가 그 속에서 두어 번 헐떡거리다가 창자가 끊어지니, 오호 애재라! 삼혼 칠백(三魂七魄)이 황천으로 향했다.
금련이 그제야 이불을 벗기고 보니, 무대가 일곱 구멍으로 피를 흘리고 죽었다.
금련이 겁이 나서 침상에서 급히 내려 황망히 벽을 두드리니, 왕파가 얼른 알아듣고 뒷문으로 와서 기침을 하니, 금련이 뒷문을 열고 들어오라 했다.
"무엇이 어렵겠소? 내가 낭자를 위하여 일을 거들어 주겠소"
하고 그 왕파가 옷을 걷고 더운물을 한 동 떠 가지고 베수건을 담아 가지고 다락 위에 올라와서, 이불을 벗기고, 무대의 입시울의 피를 먼저 씻고 일곱 구멍으로 흐르는 피를 깨끗이 씻고, 새 옷 한 벌을 내다가 무대의 시신에 입히고, 금련과 같이 다락에서 내려와 널 한 개를 가져다 시신을 얹고, 머리를 다시 비끼고 두건을 씌우고 옷을 입히고 헝겊으로 얼굴을 덮은 후에 왕파는 저의 집으로 돌아갔다.

저의 손으로 남편을 죽이고 나서 반금련은 하늘도 무섭지 않던지 이웃이 떠나가게 울었다.

그런데 자고로, 세상에 여자들의 울음이 세 가진데 혈성(血誠)으로 소리를 지르며 우는 것이 진정 울음이고, 눈물은 내나 소리가 없으면 읍이요, 눈물은 없고 소리만 지르는 것을 건호읍(乾號泣)이라고 한다. 반금련의 울음은 바로 건호읍이었다.

날이 미처 밝기 전에 서문경은 궁금하여 남모르게 왕파의 집에 찾아와서 자세한 것을 물으니, 왕파가 낱낱이 말하여 서문경이 은자를 내어 놓으며 관재를 사서 시신을 수습하라 하고 금련을 불러서 상의하니, 금련이 말했다.

"무대가 이미 죽었으니, 나는 당신에게 의탁할 것입니다."

"그것을 어떻게 낭자가 걱정하도록 하겠소."

왕파가 다시 말한다.

"혹 아시는지 모르지만, 이 고을 단두 하구숙(團頭何九叔)이 여간 차근차근한 사람인데, 꺼리는 것은 만약에 와서 보고 수상쩍은 데가 있다 해서 염을 해주지 않는다면, 그 노릇을 어떻게 하나요?"

"아, 그것은 염려 말게! 하구숙이 내 말이라면 무시를 하지 못할 테니!"

"그렇다면 대관인은 빨리 가서 보내 주십시오."

서문경이 나간 후에 왕파는 관재를 사 오고 또 향촉과 지전을 사다가 금련을 주니, 금련이 밥을 짓고 국을 끓이며 등불을 켜 놓으니, 그때에야 와서 조상했다.

금련이 거짓으로 얼굴을 가리고 우니, 모든 사람들이 물었다.

"무대랑이 무슨 병으로 작고하셨습니까?"

금련이 울며 대답했다.

"심통병을 앓다가 날마다 심하여지기로 간밤 삼경에 결국 돌아가셨습니다! 앞으로 어찌 혼자 살겠소?"

하고 목이 메어 거짓 우니 이웃 사람들이 거짓말인 줄 알지만, 누가 구태여 사실을 말하겠소. 다만 말했다.

"산 사람은 어떻게 살든지 살지만, 죽은 사람이 가엾지요. 그러하니, 낭자는 너무 걱정하지 마시오."

금련이 사례하니, 여러 사람들은 모두들 집으로 돌아갔다.

왕파가 관재를 사고 돌아오다가 하구숙을 청하여 염하는데, 필요한 물건을 사 가지고 중을 둘이나 청하여 가지고 밤에 예를 올리려고 했다.

이때 하구숙이 먼저 화반을 보내어 염할 제에 천천히 걸어 자석가에 이르니, 서문경이 술집에서 있다가 하구숙이 오는 것을 보고 물었다.

"구숙은 어디 가시오?"

"소인은 이 앞에 떡 파는 무대의 시신을 염하러 갑니다."

"그러시다면 잠깐만 나 좀 봅시다."

하구숙이 서문경을 따라 한 곳에 이르러 자리를 잡는데, 서문경이 상좌에 앉으라고 권하니, 하구숙이 사양했다.

"소인이 어떻게 대관인과 마주 앉겠습니까?"

"하구숙은 그렇게 괄세 말고 앉으시오."

하여 두 사람이 앉자 서문경이 주인보고 술을 가져오라고 하여 권할 때, 하구숙이 속으로 의심이 나서 생각했다.

'이 사람이 한 번도 나와 같이 술 먹은 일이 없는데, 오늘은 이렇게 은근히 술을 권하니, 무슨 일이 있나 보다.'

하고 술을 먹었다. 한 반 시각이 못 되어서 문경이 소매 속에서 은자 열 냥을 내놓으며 말했다.

"적다고 하지 말고 우선 받아 두시오. 내일 또 사례하겠소."

하구숙이 손을 마주 잡고 사양했다.
"소인이 조금도 도와 드린 일이 없는데, 어찌 대관인께서 주시는 것을 무단히 받겠습니까? 대관인께서 혹시 저를 부리실 곳이 있다고 하시더라도 감히 받지 못할 것입니다."
서문경이 다시 말했다.
"구숙은 정떨어지는 말을 하지 마오. 아주 받아 두면 할 말이 있소."
"말씀하십시오. 소인이 분부대로 하겠습니다."
"다른 일이 아니라, 지금 염하러 가는 저 집에 무대의 시신을 염할 때, 모든 일을 적당히 하여 덮어서 말이 없게 하오."
"이만 일에 어찌 대관인의 은자를 받겠습니까?"
"그러지 말고 받아 두시오. 만일 받지 않는다면, 이것은 내가 부탁하는 것을 거절하는 것으로 알겠소."
하구숙이 혼자서 생각했다.
'서문경은 관부를 출입하여 무서울 것이 없는 사람이다.'
하고 마지못하여 받았다.
서문경이 크게 기뻐하여 함께 다락에서 내려와 술집을 나오며 다시 당부했다.
"이 일을 구숙 혼자서만 알고 입밖에 내지 말라. 다음에 후히 갚을 날이 있을 것이오."
하구숙이 속으로 의심하나, 할 일이 없이 무대의 집에 이르러 화반에게 물었다.
"무대가 무슨 병으로 죽었다고 하더냐?"
"심통병으로 죽었다고 합니다."
하구숙이 발을 들고 들어가니, 왕파가 나와 맞으며 말했다.
"오랫동안 기다렸소."
"오다가 볼일이 조금 생겨서 늦었소."
이렇게 이야기하고 있는데, 무대의 처가 흰옷 입고 다락 위에서 내려오니, 하구숙이 위로했다.
"낭자는 너무 근심하지 마십시오. 대랑이 이미 세상을 떠나셨으니, 어떻게 하겠소?"
금련이 얼굴을 가리고 거짓 울며 말했다.
"어찌 할 말을 다 이르겠습니까. 불행히 졸부(拙夫)가 심통병으로 세상을 하직하였으니, 어떻게 살아야 할는지 몰라 슬퍼집니다."
하구숙이 그 낭자를 살펴 보고, 가만히 생각했다.
'내가 일찍이 무대의 아내가 천하 절색이라 들었는데, 보지 못하였더니, 정말 저렇게 잘생겼구나. 서문경이 나에게 은자를 주는 것이 필연 곡절이 있는 것이구나.'
생각하며 천추번을 치우고 흰 집으로 덮은 것을 들고 정신을 모아 자세히 보다가 소리를 한 번 크게 지르고 뒤로 자빠지매, 입으로 피를 토하니 손톱이 푸르고 낯빛이 금(金)빛 같으니, 하구숙의 생명이 위태롭게 되었다.
이때 하구숙이 땅에 자빠지니, 모든 화반(火伴)들이 구호하는데, 왕파가 일렀다.
"이것은 중독하는 것이니, 빨리 물을 갖다 얼굴에 뿜으라."
하여 한참 후에 하구숙이 깨어나니, 또 왕파가 말했다.
"우선 하구숙은 부축하여 집에 돌아가 몸조리하게 하시오."
화반들이 문짝을 떼어 하구숙을 눕히고 집에 돌아오니, 구숙의 아내가 침상에 누이고 화반을 보낸 후에 구숙을 붙들고 울며 말했다.
"당신이 나갈 적에는 웃는 낯으로 가더니, 어찌 이 모양으로 돌아오십니까?"
하며 앉아 우는 것을 하구숙이 가만히 부인을 토닥이며 말했다.
"걱정하지 마오. 나는 아무 일 없소. 아까 무대의 집에 갈 적에 약포하는 서문경을 만났는데, 나를 불러서 술을 먹이고 은자를 주며 이르기를, 염하여 입관할 때 모든 일을 뒤덮어 누설하지 않게 하오, 하기에 내가 의심을 품고 무대의 집에 이르러 그 낭자를 보니 좀 지나치게 이쁘게 생겼으므로 무슨 곡절이 있다 생각하고, 정작 시체 방에 들어가서 천추번을 들고 무대의 시체를 보니 낯빛이 검푸르고 일곱 구멍으로 피를 흘린 흔적이 있고 입시울에 잇자국이 분명히 있으니, 틀림없이 독살을 당한 것이오. 내가 이것을 알리려고 하나 내세울 사람이 없고, 공연히 서문경과 원수만 질 것이고 그냥 우물쭈물했다가는 그 동생이 전날에 경양강 위에서 호랑이를 맨주먹으로 쳐 잡은 무도두인데, 저 사람은 사람을 죽이는 것쯤은 눈 하나 깜짝이지 아니하는 마군(魔君)이오. 돌아오면 반드시 발각이 될 것이오."
 이 말을 듣자 그 아내가 말했다.
 "내가 요 며칠 전에 듣자니, 뒷골목서 사는 교노아(喬老兒)의 아들 운가가 무대를 도와 자석가에서 간부를 잡았다고 하던데, 그것이 그 일과 관계가 있군요. 당신은 근심하지 마시고 천천히 생각하는 것인데, 그리 어려울 것이 무엇이겠습니까? 화반을 보내어 염하게 하고 저희들이 만일 장사 지내는 것을 늦추어서 무송이 돌아오기를 기다려서 장사 지내면 아무 시비도 생기지 않을 것이로되, 만일 불에 살라 버리면 반드시 무슨 탈이 있을 것입니다. 그러니 화장할 때쯤 나가서 조상하시고 남들이 보지 못하는 사이를 타서 한 덩어리 뼈를 훔쳐다 은자와 함께 두었다가, 제가 만일 돌아와서 우리보고 연유를 묻지 않으면 우리도 또한 모르는 체하여서 서문경의 좋은 의를 그대로 지속할 것이요, 무송이 우리보고 물으면 그것으로 대답하는 것이 좋을 것입니다."
 하구숙이 다 듣고 탄식했다.
 "집안에 어진 아내가 있으면 시끄러운 일이 없다고 하더니, 과연 그대의 말이 옳은 말이구려!"

하고 곧 화반에게 분부했다.
"나는 지금 몸이 불편하여 가지 못하니, 너희들이 가서 염하여 주고, 어느날 장사 지내는지 잘 알아보고, 그 곳에서 주는 돈이 있거든 너희들이 골고루 나누어 갖고 나한테는 보낼 생각을 하지 말라."
화반들이 응낙하고 무대의 집에 가서 일을 마친 후, 돌아와 알렸다.
"그 낭자가 말하길 사흘 후에 출빈하여 성 밖에서 나가서 화장한다 합니다."
구숙이 곧 화반을 보내고 그 아내보고 말했다.
"당신의 말이 맞았소 내가 먼저 뼈를 훔쳐 와야겠소"
이때 왕파가 힘써 금련을 도와서 모든 일을 주선하여 중을 청하여 경문을 외우고, 제 삼 일에는 모든 화반이 와서 무대의 관을 메어 내니, 이웃 사람들이 모여서 보내고 금련은 효복(孝福)을 입고 따라가며 길 위에서 거짓 울며 다가가 성 밖에 와서 관을 내려놓고 화장했다.
하구숙이 손에 지전을 들고 화장터에 오니, 왕파와 금련이 말했다.
"참 일전에 병환이 나셨더니, 그만 하시니 다행입니다."
"소인이 얼마 전에 대랑의 군떡 열 개를 먹고 값을 주지 못하였는데, 이제 돌아가셨으니 지전을 살라서 갚으려고 합니다."
왕파가 말했다.
"구숙이 이렇게 신의가 있으니, 이 늙은 사람이 대신 치하하겠소"
하니 하구숙이 겸손해했다.
"이것은 소인이 하려고 하는 마음이오니, 왕파와 낭자는 안심하십시오."
하고 스스로 화장하는 가운데 가서 화젓가락을 가지고 불을 모으다가 남몰래 뼈를 거두어 몸을 감추고 하직하고 돌아왔다.

금련이 화장한 후에 남은 재를 연못에 들이붓고 모든 이웃 사람들과 함께 돌아왔다.

이때 하구숙이 집에 돌아와 두 덩어리 뼈와 은자와 장사에 왔던 사람의 성명이며 연월일을 기록하여 베줌치에 넣어 벽상에 걸어 두었다.

금련이 집에 돌아와 다락 위에 상청을 차리고 영패를 상 위에 세우고서, 망부 무대랑 지위라고 쓰고, 그 앞에 유리등 하나를 달고 그 속에 경문과 기번, 금은, 채단, 지전 등속을 쌓아두고, 날마다 서문경과 같이 다락 위에서 마음놓고 즐기니, 전날에 왕파의 다방에 와서 닭과 개 도적하듯 틈을 타서 즐기는 때 비하겠소.

집안에 거리낄 사람이 없으니, 마음대로 취락하여 세월을 보내니, 거리 위에 원근은 물론하고 모를 사람이 없으나, 서문경은 남을 모함하고 해코지하는 위인이기 때문에 누가 알은 체하겠소.

악극 생비(樂極生悲)하고 흥진 비래(興盡悲來)라는 옛말이 있듯, 세월이 빨라 어언간에 사십여 일이 되었다.

이때 무송이 지현의 명을 받아 거장을 호송하여 동경 친척의 곳에 갖다 두고, 몇 날을 머물러 동경을 두루 구경하고, 회서를 맞아 일행을 거느리고 양곡현에 돌아왔다. 전후에 오십일 되었으니, 갈 때는 겨울이었는데, 올 때에는 이월 초순이라 몸이 피곤하고 심사가 편치 않아 자연 정신이 황홀하여 바삐 돌아와 형을 보려고 하는 마음이 불 같은지라, 길에서 술도 먹지 아니하고 주야로 행하여 현리에 이르러 먼저 회서를 지현께 전하니, 지현이 크게 기뻐하여 무송에게 한 둘레 큰 은과 주식을 내려주니, 무송이 하처에 돌아와 옷을 갈아입고 방문을 잠그고 자석가로 왔다.
 양편의 이웃 사람들은 무송이 돌아온 것을 보고 모두 놀래어 땀을 흘리며 가만히 의논들 했다.
 "전면에 소장의 화가 일어났더니, 태세 대왕이 돌아왔으니, 어찌 그만 두겠소? 필경은 큰일이 날 것이다!"
 이때 무송이 문앞에 이르러 발을 들고 몸을 옮겨 다락 밑에 이르니, 상청을 차려 놓았고 영패에 망부 무대랑 지위(亡夫武大郞之位)라 하였는데, 무송이 어안이 벙벙하여 두 눈을 씻으며 다시 보았다.
 "내 눈이 어두웠는가? 어떻게 하여 이렇게 될 리가 있겠소?"
하고 소리를 질렀다.
 "아주머니, 무송이 돌아왔습니다!"
 이때에 서문경이 금련과 함께 즐기는데, 무송의 소리를 듣고 놀라 똥과 오줌을 싸며 뒷문으로 왕파의 집으로 달아났다. 금련이 대답했다.
 "도련님은 잠깐 기다리십시오! 제가 내려가겠습니다!"
 본시 금련이 무대를 약 먹여 죽인 후에, 거상을 입지 않고 날마다 얼굴에 분바르고 몸단장을 곱게 하고, 서문경과 날 가는 줄 모르고 즐기더니, 별안간에 무송의 부르는 소리를 듣고 허둥지둥 얼굴에 분을 지우고 머리에 장식을 뽑고, 붉은 치마를 벗고 흰 치마와 베옷을 입은 후에, 다락 위에서 거짓 울며 내려오니, 무송이 말했다.
 "도대체 형님은 언제 돌아가셨습니까? 무슨 병환으로, 또 어떤 약을 쓰셨습니까?"
 "형님은 도련님이 떠나신 지 10일쯤 되었을 때, 갑자기 가슴을 앓으시고 8일인가 9일인가 드러누우시게 되어, 기도를 해보기도 하고 점도 쳐보았고, 약이란 약은 모두 잡숫게 해드려 간호하여 드렸지만, 어쩐 일인지 낫지 않고 결국 돌아가시게 된 것입니다. 뒤에 남은 나는 아주 서러워서……."
 옆집의 왕파도 기미를 듣고서, 발각이 나면 큰일이라고 생각하고 황급히 금련의 말을 이어받아 맞장구를 치면서 사연을 늘어놓았다. 무송은 잠시 동안 가만히 생각하고 있다가, 잠시 후에 말했다.
 "우리 형님이 전에 이런 병이 없었는데, 어떻게 그 병에 죽게 하였소?"
 왕파가 곁들여 대답했다.
 "도두의 말이 틀렸소. 하늘에는 측량치 못할 비바람이 있고 사람에게는 조석간에 화복이 있는데, 어찌 항상 무사하기를 바라겠습니까?"
하자 금련이 말했다.
 "저 왕파가 수고를 하였으니, 나는 정신이 나간 것 같아 무엇을 하였겠소!"
 말이 끝나자 더욱 흐느끼니, 무송이 말했다.
 "어느 곳에 장사지내셨습니까?"
 "나는 한 몸뿐이지요. 여자인데 어디 가서 산을 구할 수 있겠소. 삼일이 지나, 어찌 할 수가 없어서 성 밖에 나가서 화장하였소."
 "형님이 돌아간 지 며칠이나 됩니까?"
 "내일이면 이십칠일이 됩니다."
 무송이 침음(沈吟) 반향에 몸을 일으켜, 현아에 돌아와 방문을 열고 들어가서 흰옷을 한 벌 갈아입고, 저자에 가서 삼띠를 한거리 사서 허리에 두르고, 도병을 시켜 쇄은자를 가지고 철물점에 가서 등이 두껍고 날이 얇은 해완 첨도(解腕尖刀)를 사오라 하여 몸에 감추고, 토병을 보고 문을 잠그라 하고 가게에 가서 들르고 집에 이르러 문을 두드리니, 금련이 다락에서 내려와 문을 열었다.

무송이 영상에 나아가 등촉을 밝히고 잔을 부어 놓고 들으니, 경점이 이경이었다. 몸을 일으켜 절하고 한바탕 통곡한 후에 스스로 일렀다.
　"형님! 형님! 음혼(陰魂)이 아직 멀리 가시진 않으셨겠지요? 혼령이 있으시거든 부디 저의 말씀을 들어 주십시오. 형님 평시에 마음이 연약하시는 분이라 돌아가신 후에 무슨 분명하신 것이 있겠습니까? 형님! 어쩌면 그리도 허무하게 돌아가셨습니까? 그래 만약에 형님께서 원통한 죽음을 하시기라도 했다면, 부디 현몽(現夢)이라도 하시어서 제게 일러 줍시오. 형님, 원수는 이 아우가 맹세하고 갚아드리겠습니다."
　잔에 술을 가득 부어 영전에 올리고 명용 지전(冥用紙錢)을 불사른 다음에, 무송이 그대로 목을 놓아 통곡하니, 양쪽 이웃 사람들이 무송의 곡성 소리를 듣고 다 겁내고 있다.
　반금련이는 방 속에 앉아서 거짓 울음을 또 한바탕 울었다.
　무송은 제사를 파하고, 밥과 국을 나누어 토병을 먹여 자리 깔고 옆문에서 자게 하고, 스스로 영상 옆에 자리 펴고 홀로 누워 자고, 금련은 다락 위에 올라가니, 밤은 삼경이 되었다.
　무송이 잠이 오지 않아 몸을 뒤척이며 토병을 보니, 코를 골고 잠이 깊어 죽은 사람 같다. 영상 앞에 유리 등광(琉璃燈光)이 깜박하는데, 때는 사경 이점(四更二點)을 쳤다.
　무송이 스스로 탄식했다.
　"우리 형님 생전에 나약하셨으니, 돌아가신 뒤에 무슨 일이 분명하시겠소!"
　말이 채 끝나기도 전에 영상 아래로서 일진 광풍이 일어나 찬 기운이 사람을 침노하고, 음풍이 등잔불을 불며 벽상에 걸린 지전을 어지럽게 날렸다.
　무송은 머리털이 그대로 일어선다.
　무송은 정신을 가다듬어 자세히 지켜보니, 영상 아래로부터 어이한 사람 하나가 몽롱하게 형상을 나타내어 말했다.
"현제야, 내가 죽은 것이 참말 원통하구나!"
무송이 분명하지 못하여 가까이 나가 물으려고 하는데, 다시 보니 형적이 묘연하고 음풍도 스러지고, 자기 자리에서 앉아 움직이지 아니했다.
무송이 스스로 비몽 사몽인 것을 깨달았다. 토병을 돌아보니, 잠이 깊이 든 것을 보고 속으로 생각했다.
'내가 형님의 죽음이 분명하지 못한데, 나를 보고 일러 주러 찾아왔다가, 내 신기(神氣)를 이기지 못하여 사라졌다!'
이렇게 생각하니, 마음을 놓지 못하고 밝기를 기다려 토병을 불러서 물을 데워오라 하여 세수하고 앉았는데, 금련이 다락에서 내려와 말했다.
"도련님이 이 밤에 심히 괴로워하셨습니다."
무송이 말했다.
"형님이 정말 무슨 병으로 돌아가셨습니까?"
"도련님, 어제 하던 말을 잊었습니까? 먼저 가슴앓이로 죽었다고 하지 않았습니까?"
"약은 누구의 약을 쓰셨나요?"
"그 약봉지가 여기 있습니다."
"어떤 사람이 관재를 사왔습니까?"
"옆집 왕파가 사왔습니다."
"누가 와서 염을 하여 입관하였습니까?"
"하구숙이 와서 염하고 입관하였습니다."
"잘 알았습니다. 그럼 잠깐 현아에 다녀오겠습니다."
하고 일어나 토병을 보고 물었다.
"너희들 혹시 단두 하구숙을 아느냐?"
"모두 어찌 잊어버리셨습니까? 전일에 와서 도두를 만나 뵙고 경하하던 그 사람이 하구숙입니다. 사자가 골목에서 살고 있습니다."
"너희들은 나를 인도하여라."
토병이 무송을 모시고 하구숙의 집에 갔다.
"하구숙이 집에 있나?"
하구숙이 막 일어나는데, 무송의 부르는 소리를 듣고 팔다리가 떨려 미처 두건을 찾아 쓰지도 못하고, 급급히 은자와 뼈 넣은 베주머니를 품속에 넣어 가지고 뛰어나와 맞았다.
"무 도두, 동경서는 언제 돌아오셨습니까?"
"어제 돌아온 길일세. 할말이 좀 있는데, 나와 같이 요 앞까지 가 주지 않겠나?"
"도두께서는 저희 집에서 잠깐 차나 마시고 가십시다."
"신경 쓰지 말게."
하구숙은 무송이 이끄는 대로 동구밖 술집으로 갔다.
무송이 주인을 불러 양각주를 청하자, 구숙이 몸을 일으켜 말했다.
"소인이 한 번도 도두를 모시고 술 먹어본 일이 없는데, 무슨 일로 이러십니까?"
"가만히 좀 기다리게."
하구숙이 마음속으로 짐작할 수 있었으나, 가만히 있었다.
주인이 일변 술 걸으는데, 무송이 아무 말 없이 술만 먹고 있었다. 하구숙이 은근히 등덜미에 식은땀이 흐르나, 아무 소리 못하고, 그가 권하는 술을 마셨다.
이윽고 술이 제법 두어 순배 돌았을 때, 무송이 문득 옷자락을 보기 좋게 걷어올리더니 품속에서 칼날이 시퍼런 첨도(尖刀) 한 자루를 꺼내어서 탁자 위에다 탁 꽂아 놓으니, 주인이 보고 눈이 둥그래지며 입이 벙벙하여 감히 바로 보지 못했다.
하구숙이 이것을 보자 얼굴은 그대로 흙빛이 되어, 어찌할 줄 모르는데, 무송이 두 팔을 걷어붙이며 칼자루를 콱 움켜쥐고 하구숙에게 말했다.
 "내가 비록 사실을 알지 못하나, 다들 그 잘못이 있는 것은 알고 있네. 그러니 조금도 두려워하지 말고 다만 바른대로 하나도 빼놓지 말고 우리 형님의 돌아가신 연고를 말하여 주면, 자네에게는 조금도 누가 되지 않도록 하겠네. 그러나 단 한 마디라도 거짓말을 하면 이 칼이 인정이 없으니, 자네는 바른대로 일러 주게. 우리 형님의 죽은 경위가 어떠하던가?"
 무송이 말이 끝내고 두 손으로 무릎을 짚고 눈을 부릅뜨고 하구숙을 바로 쏘아보니, 하구숙이 베주머니를 내어 탁자 위에 놓으며 말했다.
 "무 도두는 부디 고정하십시오! 이 베주머니 속에 모든 증거물이 들어 있습니다."
 무송이 그 베주머니를 열어 보니, 검은 뼈 두 덩어리와 은자 열 냥이 들어 있는 것을 보고 무송이 말했다.
 "아니? 이것이 무슨 증거물인가?"
 "소인은 아무것도 모르고 집에 있는데, 정월 이십일에 다방 하는 왕파가 있어 소인을 불러 무대랑의 시체를 수습하여 달라고 하기에, 소인이 허락하여 무대랑댁으로 가는데, 자석가에 이르니, 본현 앞에서 생약포하는 서문경이 소인을 맞아 함께 술집에 들어가 술 한 병을 사준 후에, 서문경이 은자 열 냥을 내어 소인을 주며 하는 말이, 무대랑의 시신을 염할 때에 적당히 덮어두어 말이 밖에 새 나가지 않게 하라고 하였습니다. 그래서 저 사람이 어떠한 인물인지는 도두께서도 잘 아시는 터가 아니십니까? 그래서 안 받을래야 안 받을 수가 없어서, 술을 먹고 은자를 가지고 무대랑댁에 갔습니다. 가서 보았더니, 일곱 구멍에 피 흐른 흔적이 분명하고 입술에는 잇자욱이 완연히 있는 것을 보면, 이것은 분명히 독약을 먹여 죽인 것이 확실합니다만, 주장하는 분이 안 계시고, 부인 역시 가슴앓이로 돌아가셨다 하니, 섣불리 혼자서 들추어냈다가, 잘못하면 남에게 원수만 샀지 별수가 없겠기로, 내 스스로 혀 끝을 깨물어 살맞은 것처럼 하여 집으로 돌아와서, 화반을 시켜 염하게 하니, 소인은 한 푼도 받은 일이 없고, 그리고 삼일 후에 성 밖에 나가서 화장한다고 하여, 소인이 지선 백 개를 사 가지고 산 위에 올라가서 인정을 쓰는 체하여, 왕파와 형수를 위로하고 슬며시 이 뼈를 얻어다가 집에 두었던 것입니다. 자, 보십시오. 이 뼈가 빛이 검고 푸른 게 독약을 자시고 돌아가신 것이 분명합니다. 소인은 또 이 종이에다 연월일과 그때 장례에 참례했던 사람들의 이름을 적어 두었으니, 도두께서 참고하십시오. 소인이 아는 것은 이것뿐입니다."

"그렇다면 간부는 어떤 사람이오?"

"소인은 간부가 누구인지 잘 모릅니다. 남들이 전하는 말을 들으니, 배장사하는 운가라는 아이가 있지 않습니까? 언젠가 그 애하고 무대랑하고 다방에서 간부를 잡으려고 한바탕 소동이 일어났다고 합니다. 제 생각에는 운가한테 물어 본다면 자세한 것을 아실 수가 있을 것 같습니다."

"그렇다면 수고스럽지만, 나하고 그 애한테 찾아가 보세."

무송은 칼과 뼈 두 개와 은자 열 냥을 몸에 감추고, 술값을 치른 뒤, 하구숙과 함께 운가의 집으로 갔다.

문앞에 닿자 마침 운가가 배광주리를 가지고 나왔다.

하구숙이 불러 물었다.

"운가야, 너 도두를 알고 있느냐?"

"그야 호랑이를 잡아올 때 뵈었으니 알지만, 두 분이 저를 찾아 무엇하시려고 그러십니까? 나는 연로하신 아버님이 계셔서, 내가 없으면 봉양할 사람이 없기 때문에 두 분과 함께 관사에 가서 일을 보아 드릴 수가 없습니다."

"참, 너는 정말 영리한 아이로구나! 내가 은자 닷 냥을 너에게 줄 터이니, 이것으로 노친네를 봉양하시게 하여 놓고, 나를 따라 와 말을 좀 듣자."

운가가 생각하여 보니,

'닷 냥 은자를 가졌으면 사오십 일이라도 넉넉히 봉양할 수 있을 것이다.'

하고 이에 은자를 받아 가지고 집에 가서 저의 아버지를 드리고, 두 사람을 따라 거리에 나와 밥 파는 집에 들어가서 밥을 사서 먹으며 운가에게 물었다.

"운가야, 네가 아직 나이가 어리나 부모님께 극진한 효성스런 마음이 있기 때문에 너에게 닷 냥씩이나 주었지만, 이 일이 끝나면 열댓 냥 은자를 더 줄 것이니, 너는 조금도 숨기지 말고 자세하게 좀 일러 주었으면 고맙겠다. 어찌하여 우리 형님이 너하고 다방에 가서 간부를 잡으려고 하였는지?"

"제가 도두에게 자세한 말씀을 드리겠습니다만, 들으시고 화는 내지 마십시오. 올 정월 십삼일 날 배 한 채반을 가지고 서문경을 찾다가, 길가 가겟집 사람들이 서문경을 보려면 자석가 왕파의 집에 가거라. 그 사람이 요즈음 무대의 낭자와 같이 정분이 나서 날마다 그곳에서 만나 즐긴다 하기에, 왕파의 다방으로 갔더니, 그 늙은 개 같은 년이 앞을 막고 들어가지 못하게 하면서 나를 때리고 배 채반을 길바닥에 내동댕이치니, 제가 어찌 분하지 않겠습니까? 그러기에 대랑을 찾아가서 그런 말을 하였더니, 대랑이 나보고 같이 가서 간부를 잡자고 하기에, 내 말이 서문경은 사람이 간악하고 남을 해코지 잘하며 또한 돈이 있고 하여 대랑이 잡지도 못하고 도리어 그 사람의 해를 입을 것이니, 그대와 약속하고 내일 서문경이 왕파의 집으로 들어가는 것을 보고 나서 내가 먼저 들어가서 배광주리를 길거리에다 던지고, 그 늙은 년을 붙들고 움직이지 못하게 할 것이니, 대랑은 그 틈을 타 안으로 들어가 간부를 잡으시오. 이렇게 약속하고, 그 이튿날 왕파의 다방 근처에 있다가, 서문경이 들어가는 것을 보고, 배 채반을 길에다 내동댕이치고 그 늙은 년을 욕하며 달려들어, 머리로 가슴을 받고 벽에 밀어부치고 움직이지 못하게 하였습니다. 이때 무대랑이 들어가며 소리를 지르고, 방문 밖에 서서 문을 열라 하더니, 생각하지 않았던 서문경이 문을 밀치고 나오며 한 번 차니, 대랑이 무심결에 복장을 채여 뒤로 넘어졌습니다. 서문경은 그 틈을 타 달아나고, 그 부인이 나와 대랑을 붙들어 일으키니, 벌써 움직이지 못하는데, 나 역시 황망하여 달아났습니다. 그 후 육칠일이 지난 후에 들리는 소문에 대랑이 죽었다 하니, 어찌하여 죽었는지는 잘 모릅니다."

"네 말이 정말이지?"

"제가 어찌 뉘 앞이라고 거짓말을 하겠습니까? 비록 관부에 들어가도 이 말은 고치지 않겠습니다!"

"네 말이 참 옳다!"

하고 밥을 다 먹은 후에 하구숙이 말했다.

"소인은 돌아가도 관계없겠습니까?"

"아니! 아직 좀 관부에까지 같이 들어가서 증인을 서 주어야 될 것이 아닌가?"

하고 현아에 들어갔다.

지현이 의아해하며 물었다.

"네가 대체 무슨 일로 들어왔느냐?"

무송은 공손히 꿇어앉아 지현에게 아뢰었다.

"소인의 친형수 반금련이 서문경과 통간하다가, 독약으로 소인의 형을 죽이기까지 이르렀습니다. 이 두 사람의 증인을 얻어 감히 상공 안전에 아뢰는 바입니다."

듣고 나자, 지현은 먼저 하구숙과 운가의 초사(招辭)를 받고 난 다음에는 아전들과 의논했다.

그러나 지현과 아전들은 벌써 서문경의 부탁과 뇌물을 받았기 때문에 마지못하여 하구숙과 운가의 초사를 받았으나, 서로들 서문경을 두둔하여 싸고 도니, 명백한 처단을 아니하고 지현이 갑자기 말했다.

"무송아, 너는 본현에 있는 도두이니 모든 법을 알지 않느냐? 자고로, 간상(奸狀)을 잡는 법이 둘이 같이 있는 것을 잡아야 달리 말이 없는 것이요, 하물며 살인 공사는 시신을 가지고 해야만 하는데, 이제 죽은 것을 불에 태웠으니, 무엇을 증거물로 하여 옥에 가둘 것인가? 네 일을 명백히 않으려는 것이 아니라, 일이 실로 증거 없으니, 이 일을 급하게 하지 못할 것이라. 그러니 너는 물러가 있거라. 만일 조사해 보아야 할 일 같으면 다시 생각하여서 시행하겠다."

무송이 품에서 거무죽죽한 뼈 두 덩어리와 은자 열 냥과 문서 한 것을 한 장을 내어 가지고 아뢰었다.

"이것이 분명한 증거이옵니다."

"아직 좀 기다려라. 신중히 의논하여 일이 명백한 후에야 너를 잡아다가 다스리겠다."

하구숙과 운가는 그만 가려고 하다가, 무송이 만류하는 고로, 현아에 서 있었다.

서문경은 제 심복을 현리에 보내어 상하를 불문하고 마구 은자로 인정을 썼다.

이튿날 일찍이 무송이 청 밑에 이르러 지현을 재촉하여 서문경을 잡아 문초하려고 하나, 그 관원들이 머뭇거리며 서문경의 뇌물을 많이 먹어서 뼈와 은자를 도로 내주며 말했다.

"무송아, 너는 남의 말을 곧이 듣고서 서문경과 원수지게 하지 말아라. 저 일이 확실하지 못하니, 가히 대변(對辯)하지 못할 것이니, 너는 남들의 부추키는 말을 곧이 듣지 말아라. 내 눈으로 본 일도 믿을 길이 없는데, 하물며 등 뒤의 말을 어떻게 곧이 듣겠느냐??"
 "황공하옵니다. 상공께서 해결하여 주시지 않으시면 소인이 다시 의논하겠습니다."
하니, 은자와 뼈를 도로 내어주기에 하구숙에게 다시 주며, 운가와 함께 자기 방으로 돌아와 토병을 시켜 밥을 차려 하구숙과 운가를 대접하고 말했다.
 "내가 잠깐 밖에 다녀올 테니 좀 기다리게."
하고 서너 너덧 토병을 데리고 저잣거리에 나와 연와 필묵과 너덧 장 종이를 사서 몸에 감추고, 토병 두 사람을 시켜 돼지 한 마리와 오리 닭 한 쌍과 과일, 채소 등과 술 두 통을 사 오게 했다.
 그리고 그는 토병들에게 들려서 자석가로 갔다.
 시각은 벌써 사시(巳時)는 되었다.

 반금련이는 서문경의 밀통으로 관가에서 무 도두의 소송을 받아들이지 않은 것을 알고 있었기 때문에, 조금도 겁내지 않고 혼자서 기뻐했다.
 '제가 나를 어떻게 할 것이냐?'
하는데, 무송이 대문에 들어서자 곧 금련을 찾았다.
 "아주머니, 잠깐만 내려오십쇼."
 반금련은 천천히 다락에서 내려오며 물었다.
 "네! 왜 그러시지요?"
 "형님이 돌아가신 지 49일이 되지요. 그 동안 여러 가지로 이웃 사람들의 신세를 졌을 테니, 오늘은 내가 대신하여 주연을 베풀고 사례하고자 생각합니다."
라고 말한 뒤, 졸개에게 일러서 불전에 두 자루의 촛불을 켜게 하고 향을 피우고 지전을 늘어놓았다. 차릴 물건을 정돈한 뒤에 커다란 접시에 드높게 주식, 과일을 담고서 방에 차려 놓아 주었다.

"그러면 손님 접대를 부탁하겠습니다. 지금부터 가서 모셔오도록 하지요."

무송은 먼저 왕파의 집을 찾아가서 청하니, 왕파는 사양했다.

"내가 무슨 일로 보아 주었다고 도두께 인사를 받겠소."

"아니올시다. 이번 일에는 다른 분들보다 댁의 공로가 제일 큽니다. 아무것도 차려놓은 것이 없으나, 잠깐만이라도 꼭 와 주셔야 하겠습니다."

왕파는 할 수 없이 가게를 닫고 무송을 따라왔다.

무송은 반금련에게 일렀다.

"형수는 주인이 되시어 이분에게 약주나 권하여 주십시오."

왕파는 벌써 서문경에게 들어서 알고 있는 터이라, 아주 마음을 턱 놓고 앉아서 잔을 받는다.

무송은 다시 나가서 이웃에게 은 장사하는 요이랑(姚二郎)을 청했다.

"소인은 지금 바쁘오니, 도두의 성의만은 감사합니다만 못 가겠습니다."

"술 한잔 잡수시는데, 무엇이 그렇게 바쁘십니까?"

하고 요이랑을 청하여다가 왕파의 바로 밑으로 앉히고, 또 대문앞 건너편에 사는 두 사람을 청했다.

조사랑 중명(趙四郎仲銘)이 무송을 따라왔다. 그 술 팔던 호정경(胡正卿)을 청하니, 이 사람은 아전 출신이어서 무송의 뜻을 짐작하고 오지 않으려고 하였으나, 무송의 강권으로 끌고 와서 사랑 아래 앉혔다.

왕파에게 물었다.

"댁 옆에 사시는 분의 이름이 무엇입니까?"

"저 사람은 찐떡을 파는 장공(張公)이오."

무송이 곧 가서 청했다. 장공은 놀라며 말했다.

"도두께서는 저에게 무엇을 물으시려고 하시는지?"
"심려 마십시오. 그런 일이 아닙니다. 이웃에 계신 분들에게 폐를 끼치고 일찍이 갚지 못하고 지냈기 때문에 술 한 잔을 나눌까 하여서입니다."
"아, 별말씀을 다하십니다! 저는 댁에 수고한 일이 없습니다. 도두께서 이렇게 불러 주시니, 어찌 감당하겠습니까?"
"잠깐만 다녀오십시오. 술 한 잔인데, 무엇을 사양하십니까?"
장공이 무송에게 끌려와 요이랑 아래 앉게 했다. 원래 사람들이 다시 돌아가려 하나, 피하지 못한 것은 토병들이 앞문을 지키고 있기 때문이었다.
무송이 청하여 온 여섯 사람은 일자로 앉게 하고, 왕파와 금련은 마주 앉게 했다. 무송은 등삼을 가로놓고 토병들을 시켜 앞뒷문을 잠그라고 했다.
토병에게 명하여 술을 치라 하고 여러 사람들에게 권했다.
"여러분들을 이 사람이 인사도 차릴 줄 모르며, 그리고 아무 것도 없이 오시라고 하여 죄송합니다만, 어서 많이 들어주십시오."
손들은 일제히 말했다.
"우리들이 일찍이 한 번 도두를 대접한 일도 없는데, 오히려 도두의 술 먹기가 염치없습니다."
"원 별말씀을 다하십니다. 여러분들 마음을 놓으십시오."
하고 다만 토병을 시켜 술을 권했다. 손들이 속으로는 불안하여 하다가 그 중에 호정경이 말했다.
"죄송합니다. 제가 집에 좀 급한 일이 있어서 먼저 가 보아야 하겠습니다."
"여기를 들어오신 이상에는 마음대로 가지 못할 것입니다."
호정경이 심중에 걱정하며 생각했다.
'이미 좋은 뜻으로 불러서 대접하는 줄 알았더니, 대체 우리

들을 이 안에다가 이렇게 가두어 놓고 어쩌려고 그러나?'
 모두들 답답하고 불안하기가 비길 데 없었다. 그러나 앞문, 뒷문은 토병들이 지키고 있고, 더구나 무송은 맨주먹으로 경양강 호랑이를 때려 잡은 천하장사이다. 그대로들 앉아서 주는 술이나 받아먹을 수밖에 다른 방법이 없었다.
 무송은 토병에게 다시 술을 자꾸 권하라고 하여, 모두 일곱 순배가 돌고 나자 문득 손을 들어 멈추라고 토병들에게 명했다.
 "잠깐 술상을 물려라. 좀 쉬었다 하자."
 그 말을 듣자 모두들 이때를 타서 돌아가야겠다 생각하고 황망히 자리에서 일어선다.
 그러나 무송은 두 손을 벌리고 서서 그들을 막는다.
 "잠깐만 그대로 앉아 계십시오. 내가 여러분께 긴히 여쭐 말씀이 있어서 그럽니다. 그런데 여기 모이신 여러분 중에 어느 분이 글씨를 잘 쓰시나요?"
 요이랑이 호정경을 가리키며 말했다.
 "이분이 본래 이원 출신(吏員出身)이시죠. 글씨가 참 얌전하십니다."
 무송이 호정경을 향하여 공손히 허리를 굽혀 청했다.
 "그러시면 선생께서 수고 좀 해 주셔야겠습니다."
하고 말을 마치자 두 소매를 걷어올리고, 품에서 첨도를 빼어 손에 들고 호안(虎眼)을 부릅뜨고 말했다.
 "여러분은 놀래지 마십시오. 소인이 억울한 일이 있어 이럽니다. 원수는 각각 임자가 있는 것이니, 모든 이웃 어른들로 하여금 증인을 삼으려고 하는 것입니다. 그러하니, 조금도 겁내지 마십시오."
하고 왼손으로 금련을 훔쳐 잡고 오른손으로 왕파를 가리키니, 모든 이웃 사람들이 뜻밖의 일에 황급하여 두려워 제각기 얼굴만 서로 쳐다보며 감히 말 한 마디도 못한다.

무송은 그들을 보고 말했다.
"이 사람이 비록 추솔(醜率)하나 죽기를 두려워하는 사람이 아니오. 오늘 이 일은 제 형님을 위하여 원수를 갚으려고 하오니, 여러분들에게 행패를 부리려는 것은 아닙니다. 그러나 한 분이라도 먼저 이 자리를 뜨시는 분은 이 칼로 찔러 죽이고 상명(償命)하여야 조금도 겁내지 않습니다."
모든 사람이 움직이지 못했다.
무송이 왕파를 쳐다보며 꾸짖었다.
"이 늙은 년아, 내 말을 들어라! 우리 형님의 목숨을 상한 것은 다 네가 꾸민 일이니, 천천히 묻겠다."
하고 머리를 돌려 금련을 바라보며 꾸짖었다.
"이 음부야, 들어라! 네가 우리 형님을 무슨 일로 살해하였는지 자초 지종을 자세히 말하면 네년을 살려 줄 것이나, 그렇지 않으면 이 자리에서 죽음을 면하지 못할 것이다!"
금련이가 앙큼하게 시치미를 딱 떼면서 펄쩍 뛰었다.
"아니, 이게 무슨 말씀이십니까? 형님은 이미 심통병으로 돌아가셨는데, 아니 제가 무슨 상관이 있다고 그러십니까?"
그 말이 미처 끝나기도 전에 무송은 칼을 들어 탁자에 탁 꽂고, 왼손으로 금련의 머리채를 휘어잡고, 오른손으로 그의 멱살을 휘어잡고 앉았던 탁자를 발로 차버리고 번쩍 들어다가 영상 앞에다가 동댕이치고, 한 발로 그 가슴을 밟고 서서는 다시 칼을 뽑아서 오른손에 쥐고 왕파를 향하여 꾸짖으며 호령했다.
"이 개 같은 늙은 년아, 이실 직고하지 못하겠느냐?"
왕파는 이 곳을 벗어나 달아나려고 하나, 토병들이 지키고 있으니 어떻게 벗어나겠소. 할 수 없이 대답했다.
"도두는 고정하십시오! 이 늙은 것이 차근차근 말하겠소!"
무송이 토병을 불러 필연과 종이를 가져오라 하여, 탁자 위에 벌려 놓고 호정경을 보고 말했다.

"미안합니다만, 저년이 부는 대로 한 마디 불면 한 마디 쓰시고, 두 마디 불면 두 마디 쓰십시오."

호정경이 부들부들 떨며 말했다.

"그렇게 하겠습니다……."

하고 손에 붓을 들고 말했다.

"왕파는 빨리 말하시오!"

"내가 남의 집 일에 무슨 관계가 있다고 무엇을 말하라고 하시오?"

무송이 또 소리를 지르며 꾸짖었다.

"이 개 같은 년이 또 딴소리를 한다! 내가 이미 다 알고 있는데, 네년이 어떻게 잡아떼느냐? 만일 네년이 불지 않으면 내가 먼저 음부를 죽이고, 다시 이 늙은 년을 죽이겠다."

하고 칼을 들어 금련의 얼굴을 향하여 두어 번 찰싹찰싹 때리니 금련이 황망히 말했다.

"제가 죽을 때라 잘못하였습니다! 그리고 모든 일을 처음부터 바른대로 대겠습니다! 부디 목숨만 살려 주십시오!"

무송이 반금련을 끌어다 영상 앞에 꿇리고 소리질러 꾸짖었다.

"이 더러운 년아, 바른대로 말하려면 빨리 말해라!"

반금련이 놀래어 혼백이 몸에 붙지 아니하여 이실 직고했다.

"어느날 발을 걷다가 잘못하여 막대로 서문경의 두건을 때린 일로, 그 후에 왕파의 청으로 그의 수의를 지어 주려고 드나들다가 이미 통간하게 되고, 그 뒤에 형님이 왕파의 다방에서 서문경이의 발길에 채여 자리에 눕게 되자, 왕파의 말이 독약을 먹여 죽이고 그 시체를 화장하여 흔적을 없애면 관계치 않다 하여, 남의 흉계를 잘못 좇아 그대로 한 것이오니, 청하옵거니와 도두는 용서하여 목숨만 부지시켜 주십시오."

무송이 호정경을 명하여 한 마디 한 마디를 그대로 적게 한 다음, 왕파를 향하여 꾸짖었다.
"이 늙은 여우 같은 년아! 이래도 잡아뗄 테냐? 어서 바른대로 대어라!"
왕파가 반금련을 흘겨보았다.
"네가 좋다고 놀아나고서는, 왜 내게 다 미루냐?"
하며 낱낱이 바른대로 대었다.
무송은 다시 호정경에게 명하여 왕파의 부는 것을 일일이 받아쓰게 한 다음, 왕파와 금련의 수결을 받고 모든 이웃 사람의 수결을 받은 후에, 토병을 시켜 왕파를 결박하여, 초사를 거두어 품에 넣고, 토병을 시켜 잔에 술을 따라 오라 하여 영상 앞에 올리고 두 계집을 그 앞에 꿇어앉혔다.
무송이 저도 모르게 눈물이 비오듯하니, 영상전에 고했다.
"형님은 혼령이 있으시면 오늘 사제 무송이가 형님을 위하여 원수를 갚고 한을 풀겠습니다!"
하고 토병을 시켜 지전을 사르니, 금련이 형세가 심상치 않은 것을 보고 소리를 지르려고 하니, 무송이 머리채를 잡아 거꾸로 끌어다가 영상 앞에 놓고, 가슴을 헤치고 배를 가르고 오장(五臟)을 내어 영상 위에 놓고, 다시 칼을 들어 머리를 베니 피가 흘러 자리에 가득했다. 모든 사람이 눈을 가리고 얼굴을 외면하며 감히 말하지 못했다.
무송이 토병을 불러 다락에서 내려가, 이불을 가져오라 하여 금련의 머리를 싸고 칼을 집에 꽂은 후, 손 씻고 모든 이웃 사람을 향하여 말했다.
"여러분은 저의 일을 이상하게 여기지 마시고 잠깐 다락 위에 올라가 계시면 무송이 곧 다녀오겠습니다."
여섯 사람은 단 한 시간을 이 집에 있기가 싫었지만, 어찌할 수 없는 노릇이다.
그들은 마침내 다락 위로 올라갔다. 무송은 토병에게 분부하여, 왕파를 잔뜩 묶어서 그도 다락 위에 데리고 올라가 있게 한 다음, 네 명 토병으로 다락 문을 단단히 지키게 하고, 자기는 보에다가 싼 반금련의 머리를 옆에 끼고, 그 길로 서문경의 생약포를 찾아갔다.

무송은 가게 안에 앉아 있는 주관을 보고 물었다.

"대관인이 집에 계신가요?"

주관이 대답했다.

"지금 밖에 나가시고 안 계십니다."

"주관께 할 말이 있으니, 잠깐 나오시기를 바랍니다."

주관이 무송의 성품을 아는 고로, 감히 거역하지 못하고 따라나왔다.

무송은 주관을 데리고 조용한 골목 안으로 들어가, 얼굴빛을 바꾸면서 칼을 뽑아 손에 들고 말했다.

"네가 죽고 싶으냐, 살고 싶으냐?"

주관이 황망하여 꿇어앉았다.

"소인이 일찍이 도두께 지은 죄가 있습니까?"

"네가 죽고 싶거든 서문경의 간 곳을 일러 주지 말고, 살려거든 바로 일러라. 서문경이 지금 어디 있는가?"

"대관인께선 아까 손님 한 분이 오셔서 같이 사자교 아래 술집으로 가셨습니다."

무송이 듣고 몸을 돌이켜 갔으나, 주관이 반 시각이나 움직이지 못하다가 겨우 갔다.

이때 무송이 나는 듯이 사자교 술집에 이르러 술집 주인을 보고 물었다.

"서 대관인이 어떤 사람과 술 먹고 있소?"

"재주 한 대관과 길가 다락 위에서 먹고 있습니다."

다락 위에 올라가서 창틈으로 들여다보니, 서문경이 윗자리에 앉고 한 사람은 대면하여 앉고, 기생이 둘이나 좌우로 앉아서 술을 권했다.
　무송이 보자기를 헤치고, 피 흐르는 머리를 내어 왼손으로 들고 오른손에 칼을 들고 뛰어들어가며, 금련의 머리를 들어서 서문경의 낯을 향하고 던지니, 서문경이 무송을 바라보며 소리를 지르며 일어나 한 발로 창틀을 디디고 달아날 길을 찾았으나, 다락 밑에는 큰길이어서 뛰어내려가지 못하고 당황하여 안절부절못했다.
　무송이 손을 들어 술상을 들어서 던지니, 두 계집이 놀라서 움직이지 못하고, 같이 술 먹던 재주는 손과 발을 부들부들 떨며 어쩔 줄을 몰랐다.
　서문경이 왼손으로 무송을 잡는 척하다가 오른편 발을 날려 무송을 찼으나, 무송이 또 다가들어 오며 몸을 기울여 살짝 피하며, 서문경의 발에 칼 든 손이 채여 쟁강 소리가 나며 무송의 칼이 큰길에 떨어졌다.
　서문경이 무송의 칼 없는 것을 보고 우습게 여겨, 왼손으로 무송을 잡는 체하고 오른손을 들어 무송을 내려치려 할 때, 무송이 벌써 서문경의 겨드랑이 밑으로 쫓아 내달으며, 오른손으로 어깨와 머리를 잡고 왼손으로 다리를 잡아 한 소리를 지르며 다락 밑으로 던지니, 서문경이 첫째는 무대의 원혼이 서리었고, 둘째는 천리가 용서 않고, 셋째는 무송의 그 호랑이 잡던 힘을 어떻게 당하겠는가? 머리는 밑으로 가고 다리는 위로 되어 거꾸로 내려가며 길거리에 떨어졌다.
　양쪽에서 구경하던 사람이 어느 누가 안 놀라겠소 무송이 손을 놀려 탁자 아래 금련의 머리를 집어 가지고 창 밖에 나오며, 길을 향하고 뛰어내려 칼을 집어 가지고 서문경을 보니, 거의 죽어가며 땅에 자빠졌다.
　무송이 칼을 들고, 서문경의 머리를 베어 금련의 머리와 함께 싸고, 칼은 집에 꽂은 후에, 자석가로 돌아와 토병을 불러 문을 열라 하고 들어와, 음부와 간부의 머리를 영상 위에 놓고 술을 부어 놓은 후에 눈물을 뿌리며 고했다.

"형님의 영혼이 멀리 가시지 않았으면, 오늘날 소제가 형님을 위하여 원수를 갚고 한을 씻었으니, 이제 천계에 올라가시어 편안히 지내십시오!"

하며 한바탕 통곡하고 나서, 토병을 시켜 다락 위에 있는 모든 사람을 내려오라 하여, 왕파를 앞세우고, 무송이 칼을 가지고 머리 두 개를 들고 모든 이웃 사람을 보고 말했다.

"제가 한마디 말씀드릴 것이 있으니, 아직 좀 기다리십시오!"

모든 사람들이 손을 모아 대답했다.

"도두는 말씀하십시오. 우리들은 말씀하시는 대로 하겠습니다."

이때 무송이 모든 사람들을 휘 둘러보고 말문을 떼었다.

"이 사람이 형님을 위하여 원수를 갚고 한을 풀어드리려고 큰 죄를 지었으니, 죽기를 면하지 못할 것입니다. 그 사이에 여러분들을 놀라시게 하여 심히 불안합니다. 이 사람이 이번에 들어가면 생사를 예측하지 못할 것이오니, 영연을 태워버리고, 집안에 있는 집물을 모든 이웃 여러분들께 의논하시어 팔아다가 돈을 만들어, 이 사람이 갇힌 후에 옥리에 쓰는 것을 분별하여 주십시오. 이 사람은 지금 바로 현아에 들어가서 자백하렵니다. 여러분들은 함께 들어가서, 이 사람의 죄가 중하고 가벼운 것을 생각지 마시고, 다만 이 사람을 위하여 듣고 본대로 증인이 되어 주신다면 고맙겠습니다."

그리고 곧 그 자리에서 위패와 지전을 태워서 깨끗이 하고, 이어 그 중에 있었던 통나무를 두 개 가지고 내려와서, 속을 살펴보고 이웃사람에게 팔아서 돈을 만들어 달라고 부탁을 했다. 그리고 무송은 왕파 할멈을 일으켜 세우고, 두 개의 모가지를 손에 쥐고서 관청에 출두했다.

　이때에 이 고을 안이 진동하여 길거리에 구경하는 사람이 이루 헤아릴 수 없었다. 지현이 먼저 이 소식을 듣고 깜짝 놀라 청상에 나와 보니, 무송이 뜰아래 오른쪽에 꿇고, 그 앞에 간부와 음부를 죽인 칼과 머리 두 개를 놓고, 왕파는 가운데 꿇리고 모든 이웃사람들은 왼쪽에 꿇어앉아 있었다.
　무송이 품속에서 호정경이 쓴 초사를 내어 처음부터 끝까지 상관에게 고했다.
　지현이 들은 후에 먼저 왕파를 불러 올려 초사를 받으니, 무송의 올린 것과 같고 모든 이웃 백성들의 초사를 보니, 하나도 틀림이 없었다.
　다시 하구숙과 운가를 올려 물은 앞뒷 말이 같았다.
　초사를 거둔 후에, 영리한 아전을 명하여 모든 백성들 데리고 자석가에 가서 반금련의 시체를 검시하고, 사자교 술집에 가서 서문경의 시체를 검시하고, 확실한 문서를 만들어 현아에 와서 고하니, 지현이 즉시 아전을 시켜 문안을 꾸미라 하고, 무송은 큰칼을 씌워 가두고, 왕파는 큰칼 씌워서 따로 죽은 죄인 가두는 옥에 내리고, 모든 사람들은 문방에 있게 했다. 지현이 생각했다.
　'무송은 의기 있는 호걸이오. 또 생각하니, 동경에 다녀온 공이 있는데, 은근히 저의 일을 주선하여 주려고 했다. 더욱이 저의 좋은 곳이 많으니, 애석한 것을 이기지 못했다.'
　아전들을 불러 의논했다.
　"생각하여 보니 무송은 의기 있는 호걸이다. 그러니 저의 초사를 고쳐, 금련이가 무송이 저의 죽은 형의 제사를 지나지 못하고 하여 서로 다투다가, 금련이 영상의 신주를 앗으려고 하다가 죽었다 하고, 서문경은 근본이 금련을 통간하였는데다가,

금련이를 위하여 편들어 주려고 하다가, 서로 싸우다가 죽었다 라고 함이 어떻겠소?"
하여 문서를 만들어 무송을 빼돌리려고, 한 장 공문을 지어 동평부에 가서 모든 사람과 죄인의 결과를 기다리게 했다.
 양곡현이 적은 고을이나 의기 있는 사람이 많은 고로, 상호 재주들이 재물을 걷어 무송을 주고, 주식을 보내어 무송을 먹게 하는 사람이 많았다.
 무송이 하처에 이르러 행장을 찾아 토병을 맡기고, 은자 열 닷 냥을 내어 운가를 주어 늙은 아버지를 봉양하게 하고, 데리고 있던 토병들에게 주식을 나누어 먹이었다.
 당하에 현리 지현의 공문을 맡아 가지고 하구숙, 운가와 뼈와 칼이며 모든 증인을 서 줄 사람을 데리고 동평부로 오니, 한 읍이 떠들썩하더라.
 이때 동평부윤 진문소가 아전의 아뢰는 것을 듣고 황망히 공청에 올려, 진문소는 공명 정직한 관원인데다, 저 일을 다 알고 모든 사람을 청전에 불러들인 뒤에, 양곡현은 공문을 보고 각 사람의 초사를 받은 후에, 일을 저지르던 칼을 봉하여 관고에 넣고, 무송은 칼 씌워 가벼운 죄인 가두는데 내리고, 왕파는 큰 칼 씌워 죽을 죄인 가두는 곳에 가두고, 아전과 의논하여 공문을 만들어 양곡현으로 돌려 보내고, 하구숙과 운가와 모든 이웃 사람들은 먼저 훈계하여 저의 집으로 돌아가 영을 기다리게 했다.
 서문경의 집안 식구는 본부에 가둬 처분이 내린 후에 결말을 하려고 했다. 하구숙, 운가며 모든 마을 사람들은 현리를 쫓아가고 무송을 뇌옥에 가두니, 토병이 밥을 지어 주고 시중을 들었다.
 이때 동평 부진 부윤은 무송의 열렬한 호걸인 것을 아껴 때때로 의견을 물으니, 이러기 때문에 절급과 뇌자들이 감히 인정을 박절하게 하지 못하고 도리어 주식을 대접했다.
 진 부윤이 문서를 고쳐 가볍게 만들어 정사로 보낼제, 형부 관원에게 따로 연락을 했다. 조정에서 모여 죄를 결판할 때, 왕파는 음흉한 뜻으로 계집을 시켜 독약을 본남편에게 먹여 죽이고, 친시동생을 쫓아내어 집에 있지 못하게 하고, 형에게 제사를 지내지 못하게 하였으니, 필경 사람을 죽이기에 이르렀고, 남녀 윤기를 상하게 하였으니 능지 처참할 것이오. 무송은 비록 형의 원수를 갚기 위하여 간부를 죽였다 하나, 사람을 죽인 것을 그냥 둘 수 없으니, 등 사십 척을 쳐서 이천 리 밖에 귀양을 보내고, 음부와 간부는 비록 죄가 중하나 벌써 죽었으니 물론 하고, 그 밖에 사람들은 놓아 돌려 보내고, 문서가 도착하는 날에 즉시 행하여라 했다.
 동평부윤 진문소는 문첩을 본 후에 무송을 불러내어 청 아래 이르니, 조정에서 온 처분을 읽어 알리고, 큰칼을 벗기고 작은 칼을 씌운 후에 양볼에 자자하여 맹주 뇌성현으로 귀양보냈다.
 모든 옥졸이 왕파를 앞세우고 동평부 저잣거리에 나와 능지 처참했다.
 이때 무송은 행차 칼을 쓰고 맹주로 떠났다. 가다가 네 거리에서 왕파의 죽는 것을 구경하고 가는데, 요이랑(姚二郞)이 무대의 재산을 팔아 은으로 바꾸어 가지고 와서 무송을 주고 작별했다.
 무송이 칼 쓰고 공인 두 사람과 함께 동평부를 떠나 맹주로 향할 때, 공인 두 사람이 무송이 호걸인 것을 아는 고로, 길 가는데 조심하여 모시고, 감히 늑장을 부리지 못하나, 무송이 공인들의 근실한 것을 보고 탄복하여, 가는 길에 금은을 가지고 주육을 사서 마음대로 먹으며 걸어갔다.

 무송이 삼월 초에 사람을 죽이고 갇혀 있다가, 이제야 맹주로 가니, 때는 유월이었다. 날마다 이글이글 오르는 햇빛이 돌을 달구고 금을 녹이려 든다.
　새벽같이 떠나고 한낮에는 쉬고, 이렇듯 길을 가기 이십여 일, 세 사람은 맹주령이라는 험한 고개를 오르니, 때는 사시(巳時)쯤 되었다.
　무송이 말했다.
　"그대들은 행하여 술집을 찾아들어 술 사 먹고 쉬는 것이 좋을 것이오."
　공인들이 대답했다.
　"도두의 말씀이 옳습니다."
하고 세 사람이 고개를 향하여 올라왔다. 머리 산 언덕 아래 몇 칸 안 되는 초가집이 있고, 시냇가로 푸른 버드나무를 심었고 버들 사이로 주기가 보였다.
　무송이 손을 들어 가리키며 말했다.
　"저기 보이는 것이 주기가 아니냐? 술집인가 보다."
하고 세 사람이 고개를 내려오는데, 산가에서 나무꾼이 한 사람이 내려오는 것을 보고 무송이 불러 물었다.
　"여보시오, 말 좀 물읍시다. 이곳이 무엇이라 부릅니까?"
　그 나무꾼이 대답했다.
　"저 고개는 맹주령이오. 저 고개 밑에 큰 나무가 있는데, 저곳은 유명한 십자파(十字坡)라고 합니다."
　무송이 들은 후에 공인과 함께 이르러 보니, 길머리에 큰 나무만 있는데, 여섯 아름은 되고, 그 뒤에 다른 덤불이 얽히었더라.
　천천히 걸어서 나무를 지나고 한 곳 술집에 닿으니, 그 안에 난간 친 방이 있고, 난간 옆에 한 부인이 앉았는데, 머리에 누런 금차 금비녀를 꽂았고 초록 앵가삼(草綠鸚哥衫)을 입고, 두 젖가슴을 드러내고 살짝 옆으로 한 송이 꽃을 꽂고 앉았다가,

무송과 공인 두 사람이 들어오는 것을 보고, 부인이 몸을 일으켜 벽 위에 걸린 붉은 치마를 내려 가는 허리에 떨쳐 입고 분(粉)을 가지고 얼굴을 매만지고 웃음을 머금으며 물었다.

"손님들은 우리집에 들어오시어 잠시 다리나 쉬어 가십시오. 내 집에 좋은 술과 연한 고기가 있으며, 또 점심을 드시려면 만두가 있습니다."

무송이 공인 두 사람과 같이 깨끗한 등상을 가려서 앉은 후, 전대를 끌러 놓고 보따리를 내려놓고 앉은 뒤에 공인이 말했다.

"이곳엔 행인이 없으니, 잠깐 칼을 벗어 놓고 술 한 잔을 편히 자시는 것이 좋겠습니다."

무송이 응낙하고, 공인 두 사람이 봉한 것은 떼고 칼을 벗겨 상 밑에 놓고, 웃옷을 벗어 창 밑에 거니, 그 부인이 얼굴에 아름다운 웃음을 머금고 말했다.

"손님들은 술을 얼마나 잡수시렵니까?"

"적고 많은 것을 묻지 말고 가져 오시오. 고기 대엿 근도 썰어 가져 오시오. 우리가 다 먹은 후, 값을 후히 드리겠소"

그 부인이 또 물었다.

"만두는 잡숫지 않으시렵니까?"

무송이 대답했다.

"한 이삼십 개만 갖다 주시오. 점심 대신으로 먹겠소"

그 부인이 기쁘게 웃으며 안으로 들어갔다. 한참 있다가 술한 통과 국 세 사발과 젓가락 세 개와 고기 두 소반을 내다가 탁자 위에 벌이고, 술을 치며 만두를 삶아다가 놓았다. 공인들이 젓가락으로 먹는데, 무송이 만두 한 개를 헤치고 속을 보더니 문득 입을 열었다.

"이 만두 속은 사람의 고기로 만든 것이요, 개고기로 만든 것이오?"

그 부인이 웃으며 말했다.

"손님은 실없는 소리 마십시오. 청평 세계(淸平世界)와 탕탕 건곤(蕩蕩乾坤)에, 어찌 사람의 고기로 만두를 하겠습니까? 개고기는 맛이 적어서, 우리집은 조상 때부터 황소고기로 합니다."

"내가 강호상으로 다닐 적에 들으니, 대십자파(大十字坡)를 누가 감히 지나가리오. 살찐 사람은 만두 속에 넣고 마른 사람은 바다에 던진다 하니, 그러기 때문에 묻소."

그 부인이 말했다.

"그것은 손님이 지어내는 소리지요. 그럴 리가 있습니까?"

"내가 저 만두 속을 보니, 터럭이 사람의 터럭 같으므로 의심스럽소."

부인이 대답하지 않고 웃는 것을 무송이 또 물었다.

"당신 집의 어른은 어찌 보지 못하겠소?"

부인이 말했다.

"외방(外方)에 나가 장사를 하고, 아직 돌아오지 않았소."

무송이 또 물었다.

"그러면 혼자서 쓸쓸하시겠소?"

그 부인이 속으로 생각했다.

'저놈이 도리어 나를 돋우나, 이른바 불나비가 등잔을 쳐서 제 스스로 제 몸을 상하는 것이다. 내가 저놈을 그냥 두지 못하겠다.'

"실없는 말은 그만 하고 술이나 더 잡수시고, 우리집 뒷마당이 시원하니, 편히 쉬어 가시오."

무송이 가만히 생각했다.

'저 여자가 나를 좋게 생각하지 않았으니, 필경 나를 어떻게 하나 두고 봐야겠다.'

"여보시오, 이 술이 싱거우니, 이 술 말고 좀 술맛이 좋은 것이 있으면 몇 잔 먹었으면 좋겠소."

"술은 좋은 것이 있으나, 술빛이 흐려서 손님상에 내놓지 못합니다."
"그 참 좋소. 빛이 흐리면 맛이 더욱 좋은 것이니, 아무 염려 말고 가져 오시오."
그 부인이 마음속으로 빙그레 웃고 안으로 들어가 흐린 술 한 통을 내어 왔다. 무송이 그 술을 보고 말했다.
"참 이 술이 좋구나!"
그 부인이 속으로 웃으며 사발에 부었다. 그러자 무송이 말했다.
"이 술은 데워 먹었으면 더 좋겠소."
"손님이 정말 술을 잡수실 줄 아십니다."
하며 속으로 웃으며 생각했다.
'저 적배군이 빨리 죽기를 원하는구나. 술이 더우면 독이 빨리 발작하니, 내 수중에 물건이 되는 것이다.'
하고 더운 술을 세 사발을 쳐놓고 말했다.
"손님은 좋은 술을 잡수어 보십시오."
그런데 저 공인 두 사람이 무엇을 알겠소 아무 생각 없이 들어 마시고, 무송은 또 말했다.
"여보시오, 나는 전부터 안주 없는 술을 먹지 못하오. 고기를 더 썰어다 주시오."
그 부인이 응낙하고 안으로 들어가는 것을, 무송이 술을 술상 밑에다가 엎질러버리고 거짓 입맛을 다시며 칭찬했다.
"아! 이 술맛이 참 좋으니, 사람의 속을 충동하오."
그 부인이 거짓 들어가는 체하다가 도로 나와 손뼉을 치며 소리쳤다.
"꺼꾸러져라!"
하는데, 공인 두 사람이 천지가 아득하여 뒤로 자빠지는 것을, 무송이 또한 두 눈을 감고 등상 옆으로 쓰러지며, 그 부인이 하는 말을 듣는다.
"저놈이 내 다리 씻은 물을 먹었다."
하고 일하는 사람을 부르니, 안에서 나이 어린 놈이 두어 명 나오더니, 먼저 공인을 메어 안으로 들어가고, 그 부인은 보따리와 전대를 집어 들고 가는데, 정말 묵직하여 금은이 들은 것을 짐작하고 껄껄 웃으며 좋아라 했다.
"오늘은 큰 고기를 세 마리 잡았으니, 만두에 쓰기에 긴할 것이오. 또 이런 재물을 얻었다."
재물을 들여다 두고, 다시 나와 무송을 끌어 들여가는 것을 보니, 두 놈들이 무송을 메여 가려고 하나, 어찌 꿈쩍이나 하겠소. 땅에 누운 것이 천백 근이나 되는 것 같아 들지 못하는 것을, 그 부인이 혀를 차며 말했다.
"너희들은 무엇에 쓰겠느냐? 술이나 밥은 남과 같이 먹고 쓸 곳은 한 곳도 없고, 매사에 내가 직접 하게 하니, 너희들을 무엇에 쓰겠는가!"
하고 녹사 적삼(錄紗赤衫)을 벗어 젓가슴을 드러내고 붉은 비단 띠를 끌러 난간에 걸고 살짝 드니, 무송이 승세하여 부인을 잡아 땅에 눕히고, 몸을 날려 두 다리로 부인을 끼고 가슴에 올라타니, 부인이 엉겹결에 당한 변이라 무송의 몸으로 눌렸음을 보고, 한편으로 부끄럽고 분하여 돼지 멱따는 소리를 지르는데, 심부름꾼 두 사람이 달려들어 구하려고 하니, 무송이 눈을 부릅뜨고 소리를 크게 지르니, 두 놈이 놀래어 움직이지 못했다.
그 부인이 무송에게 눌려 소리를 지르며 말했다.
"호걸은 저를 용서하십시오!"
하고 아무리 움직이려고 한들 추호도 빈틈이 있겠소 문 앞에 한 사람이 나뭇짐을 지고 이르러 보니, 무송이 그 부인을 타고 앉았는 것을 보고 급히 들어오며 말했다.
"호걸은 고정하시고 소인의 말씀을 들으십시오!"

무송이 뛰어 일어나며 한 발로 그 부인을 누르고 눈을 들어 그 사람을 보니, 머리에 청사 요면건(靑紗凹面巾)을 쓰고 몸에 백포삼(白布衫)을 입고 발에 마혜를 신고 허리에 전대를 띠었으며, 얼굴이 모지고 수염이 엉성하게 나고, 나이 삼십오륙은 되었더라. 무송을 보고 공손히 말했다.

"호걸의 높은 존함을 알고저 합니다."

"나는 나가는데 성을 변하지 않고, 앉으면 이름을 고치지 않습니다. 내 성은 무(武)요 이름은 송(松)입니다."

그 사나이가 놀라며 물었다.

"경양강에서 호랑이를 맨주먹으로 잡던 무 도두십니까?"

"네, 그렇습니다."

그 사람이 머리를 숙여 절하며 말했다.

"무 도두의 높은 존함을 들은 지 오래이더니, 오늘에야 천행으로 존안을 뵈었습니다."

무송이 말했다.

"저 부인은 그대의 아내이시오?"

"네, 소인의 처입니다. 눈이 있으나, 태산을 몰라뵈었으니, 무슨 일로 도두에게 거슬려서 노할 일을 저질렀는지 모르겠습니다만, 소인의 낯을 보아 용서하소서."

무송이 웃고 부인을 일으키며 말했다.

"내가 보아 하니, 두 분이 심상한 양반이 아닌 듯 싶은데 원하오니, 성명을 알았으면 합니다."

그 사람이 급히 부인을 불러 절하여 뵈이라 하니, 그 부인이 황망히 옷매무새를 고치고 나와 절하는데, 무송이 답례했다.

"아까 아주머니를 많이 화나게 하였으니, 괴히 여기지 마십시오."

"눈이 있으나 좋은 분을 알아보지 못하고, 잠깐 잘못하였사오니, 바라옵거니와 아주버님은 용서하시고 안으로 들어가 이야기나 하십시다."

"두 분의 높으신 존함을 듣고저 하는데, 또한 어찌하여 제 이름을 아십니까?"

그 사람이 절하며 말했다.

"소인의 성은 장(張)이요 이름은 청(靑)이올시다. 원래 이곳 사람이옵고, 이곳에 광명사라고 하는 절이 있었는데, 소인은 채원을 돌보았는데, 잠깐 사소한 일을 참지 못하고 광명사를 불지르고 중을 많이 죽였습니다. 그후 오래되니 다시 죄를 들추는 사람이 없으므로, 이곳에서 행인을 겁탈하는데, 하루는 한 늙은 손님이 짐을 지고 오기로, 그 늙은 것을 우습게 여겨 서로 쥐고 있는 것을 앗으려고, 서로 싸워 이십여 합에 이르러서는 그 사람이 막대기를 한 번 쳐서 소인을 쓰러뜨렸습니다. 원래 그 노인도 소싯적에 겁탈하던 양반이라 소인이 한낱 작은 재주를 가지고 있는 것을 사랑하여 데리고 자기 집에 돌아가 허다한 무예를 가르치고, 또 자기 딸을 주어 사위를 삼아 이곳에 머물러 살며 술집을 내고, 지나다니는 객인들에게 몽한 약을 먹여 그 고기는 만두 속에 넣고 소인은 나무를 지고 성 안에 들어가서 날마다 팔아 가며 날을 보내며, 소인이 평생에 호걸 사귀기를 일삼는 고로, 강호상의 사람들이 부르기를 채원자 장청(菜園子張靑)이라 하고, 소인의 처의 성은 손(孫)이온데, 전부 저의 부친이 가르침을 연습하여 이삼십 인이 감히 당하지 못합니다. 남이 부르기를 모야차 손이랑(母夜叉孫二郞)이라고 부릅니다. 아까 소인이 돌아올 적에 처의 소리지르는 것을 듣고 무슨 일인지 알지 못하였더니, 도두를 거슬리게 할 줄 알았겠습니까? 소인이 일찍이 집안 식구보고 일러두기를 세 가지 사람을 해치지 말라고 일렀는데, 첫째는 떠돌아 다니는 승도(僧徒)입니다. 일찍이 좋은 부귀를 하지 못하고 출가하여 고초를 겪고 다니는 터이라, 한 번은 영웅을 상할 뻔하였으니, 이 사람은 연안부 노충경략상공의 장전 제할관이며, 성은 노요 이름은 달이온데, 세 주먹으로 진관서 정도를 쳐죽이고 오대산에 올라가 머리 밀고 중이 되어 그 등에 꽃으로 수를 놓은 고로, 사람들이 부르기를 화화상 노지심이라 합니다. 이 사람은 철선장 한 자루를 가졌는데, 무게가 팔십이 근이온데, 먼젓번에 이곳을 지나다가 제 처가 지심이 살찐 것을 탐내어 몽한 약을 먹여 인육방에 들여다 놓고 목숨을 끊으려고 할 때, 소인이 마침 돌아와 그 선장이 보통 것이 아니기에 황망히 구하여 서로 의형제를 맺었습니다. 그런데 요즈음 들으니, 이룡산 보주사에 청면수 양지라는 사람과 같이 그곳을 웅거하였으니, 몇 번을 편지하여 오라고 하였으나, 아직껏 가지 못하였소."

무송이 역시 대꾸했다.

"나 역시 저 사람들이 강호상에 다닐 적에 그 이름은 많이 들은 기억이 있소."

장청이 또 말했다.

"정말 원통한 일이 하나 있습니다. 중 하나가 키가 팔 척이요 늠름한 호걸인데, 소제가 조금 늦게 돌아왔기 때문에 이미 죽었습니다. 그가 입던 장삼, 계도 한 쌍과 도첩 한 장을 두었는데, 다른 것은 귀하지 않으나, 일백단팔 염주(一百單八念珠)를 사람의 뼈로 만든 것이오. 계도는 빈철로 만든 것이라 사람을 얼마나 죽였는지 모르나, 깊은 밤 삼경이면 칼 제 혼자 웁니다. 소인이 구하지 못한 것을 시시로 한탄하는 바이오. 둘째는 기녀의 무리로 이 사람들의 가는 곳마다 사람을 위하여 노래 부르며 약간의 은전을 얻어 노자를 보태 쓰나, 만일 저 사람들을 해하면 강호상에서 사람들의 비웃음을 받습니다. 셋째는 각처에서 죄짓고 귀양가는 사람입니다. 그중에는 영웅 호걸들이 많으니, 행여 상하지 말라고 하였는데, 그것을 생각하지 않은 집안식구가 소인의 말을 듣지 않고 도두에게 죄를 지었습니다.

만일 소인이 늦게 돌아왔으면 제 어떻게 죽기를 면하였겠습니까? 제 행위로 보면 당장의 요절을 내실 것이오나, 도두는 널리 용서하십시오."

손이랑이 말했다.

"처음에는 그런 생각을 않았으나, 아주버님이 희롱된 말로 나를 시험하시며, 곁의 보따리를 보니 두둑하기에 자연히 그런 생각을 하였습니다."

"내가 괜히 희롱하겠습니까? 아주머니가 내 보따리를 두둑한 것을 보고 욕심을 내는 것을 보고서, 그러기에 거짓 희롱을 하여 아주머니 마음을 떠본 것이오. 술을 주기에 거짓 먹는 체하고 땅에 버리고 중독된 것같이 하였더니, 아주머니가 나를 들려고 하여 아주머니를 쳤으니, 아주머니는 고깝게 여기지 마시오."

장청이 껄껄 웃고 무송을 청하여 뒷곁으로 들어가 자리를 정하고 술을 먹을 때, 무송이 말했다.

"형장은 공인 두 사람을 구하여 주십시오."

장청의 부부가 무송을 이끌고 인육방에 이르러 보니, 벽 위에 인피가 몇 장이 걸렸고 들보 위에 일곱 여덟의 사람의 다리를 달고, 공인 두 사람은 등상 위에 내동댕이쳐져 있었다. 무송이 말했다.

"형장은 어서 구하여 주십시오."

"도두는 무슨 죄로 어느 곳으로 귀양가십니까?"

무송이 서문경과 반금련을 죽이고 귀양가는 전후 사정을 세세히 말했다.

다 듣고 나자 장청이 무송을 대하여 말했다.

"우리가 도두를 권하여 나라에 거역하라는 것이 아니라, 만일 뇌성영에 가시면 허다한 고초를 겪을 것입니다. 공인 두 사람을 죽이고 아직 소인의 집에 있다가, 만일 낙초하실 마음이 계실 때에는, 소인이 손수 모시고 이룡산 보주사에 올라가 노지심, 양지와 함께 취의하시는 것이, 어찌 편하시지 않겠습니까?"

"형장이 소제를 위하시어 하시는 말씀은 감사합니다만, 무송이 평생에 성정이 천하의 강한 놈을 치고 약한 사람을 구하려고 하는데, 저 두 사람이 길에서 정성껏 나를 모시고 왔으니, 내가 만일 무고히 저 사람을 해할 것이면 하늘이 나를 미워할 것입니다. 형장이 나를 사랑하거든 저 공인 두 사람을 해치지 마십시오."

"도두의 마음이 그러하시다면, 이것은 의기를 중하게 여기시는데, 소인이 어찌 그 뜻을 어기겠습니까?"
하고 화반(火伴)을 불러 공인을 구하라 하니, 손이랑이 해독약을 풀어서 공인의 입에 부으니, 한 반 시각 후에 공인 두 사람이 잠을 깬 것같이 일어나 무송을 보고 말했다.

"우리들은 왜 이렇게까지 술에 취해 떨어졌었지? 역시 이 집 술은 기막히게 좋은 술인데, 조금밖에 입에 대지 않았는데, 그렇게 취해 떨어지다니, 돌아갈 때도 들러서 가야겠는걸."

그들의 말에 무송은 웃음을 터뜨렸다. 장청과 손이랑도 웃었지만, 두 사람의 관리는 영문도 모르고 눈이 휘둥그래져 있었다.

이때 닭과 오리를 잡고 상을 차려 포도나무 밑에 벌이니, 장청이 무송을 청하고 또 두 공인을 청하여 술을 먹을제, 무송이 공인에게 상좌에 앉으라고 하니, 공인이 어찌 즐겨 듣겠소 듣지 않으니, 무송이 아래 앉고 장청은 마주 앉고 손이랑은 귀퉁이에 앉아, 심부름꾼 두 사람이 돌려가면서 술을 부어 놓으며, 장청의 부부 술을 권하여 무송을 대접할 때, 햇빛이 저물어 가니, 장청이 계도를 내어 무송을 보이었다. 무송이 자세히 보니 과연 듣던 대로 보도였다. 한두 달에 공력을 들여 만든 것이겠는가? 하여 칭찬하며 서로 강호상 일을 말하며, 또한 산동 급시우 송공명이 의를 중히 여기고 재물을 우습게 아는 고로, 천하 호걸로 이제 죄짓고 도망하여 시 대관인 집에 있는 것을 말했다. 두 공인이 놀라 입을 벌린 채, 이에 밑으로 내려가 절하며 말했다.

"도두는 소인들을 불쌍히 여기소서."

무송이 대답했다.

"너희 두 사람이 충심으로 나를 모시고 이곳까지 왔는데, 어찌 그대들을 해할 마음이 있겠소 우리들은 강호상의 일을 말하는 것이지, 그대들을 말하는 것이 아니니, 그대들은 무서워 말고 내일 맹주성에 이르니, 또 서로 사례할 것이 있을 것이오"

하고 밤이 으슥한 후, 장청의 집에서 자고 이튿날 떠나려고 하니, 장청이 어찌 기꺼이 보낼 것이오. 연하여 사흘을 쉬고 떠날 제, 무송이 장청의 부부에 은혜를 고마워하여 서로 나이를 따져 보니, 장청이 무송보다 아홉 해 위였다. 의형제를 맺은 다음, 장청이 술을 내다가 전송할 때, 은자를 내어 무송의 보따리에 넣고 열 냥은 공인 두 사람에게 나누어 주니, 무송이 그들의 은혜 큰 것을 이기지 못하여 눈물을 뿌리며 작별하고 맹주로 떠났다.

반나절이 못 되어 성 안에 들어와 당청에 이르러 동평부 공문을 올리니, 부윤이 문서를 보고 무송을 본 연후에, 공인을 돌려 보내고 스스로 문첩을 만들어 무송을 뇌성영으로 보냈다.

당일에 공인들이 무송을 호송하여 뇌성영에 이르러, 무송이 눈을 들어보니 뇌성영 앞에 큰 패를 세우고 패에 크게 석 자를 썼는데, 안평채(安平寨)라 하였더라. 공인이 무송을 혼자 방에 두고 문서를 맡아 돌아갔다.

제9장
쾌활림 탈환

　무송이 홀로 방에 있는데, 먼저 갇힌 죄수 십여 명이 찾아와서 무송을 보고 일러 주었다.
　"호걸이 새로 왔으니, 이곳에 인정을 쓰는 것을 모르실 것이라 알려드리려고 왔습니다. 만일 비호하는 서간을 가지고 왔거든 인정 쓸 은자를 한데 가지고 계시오. 오래지 않아 차발이 올 것이니 즉시 주시오. 비록 살위봉(殺威棒)을 맞아도 가볍게 맞을 것이니, 만일 인정을 쓰지 않으면 굉장한 괴로움을 받을 것이오. 우리도 당신과 같은 일반 죄수기 때문에 특별히 일러 주는 것입니다. 우리들은 그대가 처음에 왔기 때문에 아직 모를까 하여 일러 드립니다."
　무송이 사례했다.
　"그대 여러 사람이 찾아와서 알려 주시니 감사합니다. 소인의 몸에 넉넉한 은자가 남았으니, 제가 만일 호의로 대하면 주지만, 잘난 척하면 한 푼도 주지 않겠소."

모든 죄수들이 또 이르기를,

"호걸은 그러지 마시오. 옛부터 관가는 무섭지 않으나, 소관처(所官處)가 어렵다 하고, 사람이 낮은 첨하(簷下)에는 머리를 숙이지 않지 못하더라 하니, 매사를 조심하는 것이 좋을 것입니다."

하는데, 차발 하나가 나타나니, 모든 죄수들은 슬금슬금 흩어졌다. 무송이 보따리를 풀어놓고 단신방(單身房)에 앉았는데, 그 사람이 들어오며 물었다.

"어느 놈이 새로 온 죄인이냐?"

"소인입니다."

"네가 눈과 귀 있으면 내가 입을 열기를 기다리니, 들리는 말에 네가 경양강에서 호랑이를 때려 잡은 호걸로서 양곡현에서 도두를 다녔으니, 모든 일을 알면서 저렇게 모른 체하니, 내가 감히 이곳에 와서 두려운 사람이 없다고 여기는가?"

무송이 말했다.

"네가 와서 인정 돈을 달라고 하는 것 같은데, 네 말이 강약하니, 반 푼도 줄 것이 없다. 만일에 잘난 척하면 내게 한 쌍 주먹이 있으니, 그것으로 줄 것이요, 남은 은자는 내가 혼자 스스로 술 사 먹겠다. 네가 나를 어떻게 하여 양곡현으로 도로 보내지는 못할 것이다."

차발이 화가 머리끝까지 치밀어 쿵쾅거리며 돌아갔다. 모든 죄수들이 몰려와서 걱정했다.

"호걸은 저 사람을 성내서 가게 하였으니, 큰일나겠습니다. 이제 가면 반드시 관영 상공께 말하고 그대를 못살게 굴려고 할 것이니, 어찌 해야 좋겠소?"

"그까짓 것 두렵지 않소. 저 하는 대로 하라지. 만일 글로 하면 글로 하고 힘으로 하면 힘으로 할 것이오."

하고 말하고 있는데, 공인 서너 사람이 오더니 물었다.

"단신방의 새로 귀양 온 무송이 어느 누구요?"

"나요! 여기서 달아나지 않을 것인데, 무슨 일로 소리를 크게 지르느냐?"

왔던 공인이 무송을 잡아 점시청 아래 이르니, 관영이 청상에 앉았고, 공인 칠팔 명이 무송을 청 아래에 꿇리니, 관영이 소리 질러 칼을 벗기라 하고 꾸짖었다.

"네가 새로 온 죄인이면 태조 무덕황제(太祖武德皇帝) 지으신 법에 일백 살위봉을 치라 하신 것을 네가 아느냐? 좌우는 저놈을 엎어놓고 매를 시작하여 쳐라."

하니, 모든 군한들이 명을 받아 무송을 형틀에 동여매려 하는데, 무송이 말했다.

"묶지 말고 그대로 힘껏 쳐라. 만일 단 한 번이라도 피하면 호랑이 잡던 호걸이라 할 수 없고, 한 번이라도 아프다 하면 양곡현에 유명한 남자 아니오."

양쪽에 섰던 사람이 모두 웃으며 말했다.

"이것은 어떤 놈이기에 죽을 줄을 모르는구나? 어디 네가 매를 견디어 보아라!"

"만일 인정을 쓰고 매를 가볍게 맞으려면 마음이 시원하지 못할 것이오."

양쪽 사람들이 모두들 웃었다. 군한이 소리지르고 매를 치려 하는데, 홀연 보니 관영의 곁에 한 사람이 섰는데, 스물너더댓 살은 되어 뵈고 얼굴이 희고 세 가래 수염이 준수한데, 흰수건으로 머리를 동이고 몸에 청사 전복을 입고 허리에 푸른 전대를 두르고 서 있다가, 관영의 귀에다가 무슨 말을 하더니 관영이 말했다.

"무송아, 이번에 오는 길에서 무슨 병을 앓았느냐?"

무송이 말했다.

"소인은 길에서 앓은 일도 없이 술도 먹고 밥도 잘먹고 무사히 왔습니다."
 "저 사람이 길에서 병을 앓아 아직도 병이 가시지 못하였으니, 아직 두었다가 때리겠다."
 양쪽 군한들이 조용한 소리로 일러 주었다.
 "무송아, 너는 길에서 병을 앓았다고 하여라. 이것은 상공께서 너를 두호하시려고 하시는 것이니라."
 무송이 말했다.
 "내 일찍이 병 앓은 일이 없고 기분좋게 맞아야 시원할 것이오. 두었다가 맞을 것이면, 어찌 답답하여 견디겠소?"
 양쪽에 서 모든 사람들이 다들 웃으니, 관영이 또 웃으며 말했다.
 "이 사나이가 열병을 앓고 일찍이 취한(取汗)하지 못하였기 때문에 미친 말을 하는 것이니, 저의 말을 듣지 말고 아직 데려다가 단신방에 두어라."
 군인들이 대답하고 무송을 이끌어 단신방에 두고 갔다. 모든 죄수들이 나타나 물었다.
 "그대는 관영 상공께 무슨 긴밀한 서신이라도 전한 것이 있는가?"
 "그런 것 없소."
 "그러면 이번에 때리지 않고 두는 것은 좋은 것이 아니니, 날이 어두워 밤이 되면 반드시 그대를 죽일 것이오."
 "어떻게 죽인답니까?"
 "날이 저문 후에 두 그릇 찰밥을 하여 배불리 먹이고 옥으로 데리고 가서, 참노끈으로 목을 동이고 벽에 거꾸로 세워 두면, 반 시각이 지나지 않아 죽소. 이것을 분조(盆弔)라고 하지요."
 "또 어떻게 죽이는 것이 있소?"
 "또 한 가지는 처음에는 먼저와 똑같이 배불리 먹이고 베자루를 지어 모래를 담아 네 몸을 누르면, 한 시각이 지나지 않아 죽으니, 이것은 토포대(土布袋)라고 하지요."
 "또 다른 법이 있소?"
 "그 두 가지가 두렵고, 다른 것들은 두려울 것이 없소."
하며 서로 말하는데, 군인 두 사람이 큰 합을 들고 오더니 물었다.
 "어느 분이 새로 오신 무 도두이십니까?"
 무송이 말했다.
 "나요. 왜 그러시오?"
 "관영 상공이 점심을 보내어 도두께 드리라고 합니다."
 무송이 갖고 오라고 하여 보니 한 그릇 육탕과 면이요 큰 병에 술이 가득하니, 무송이 가만히 생각했다.
 '어찌 점심을 보내어 나를 먹게 하는가. 우선 먹고 보자.'
하고 술과 음식을 다 먹고 나니, 군인이 그릇을 거두어 가지고 갔다.
 무송이 방 안에 앉아 생각하며 스스로 냉소했다.
 '제가 어떻게 하나 두고 보자.'
하니, 날이 저문 후에 아까 왔던 군인이 또 큰 합을 가지고 들어온다. 무송이 물었다.
 "네가 어찌 또 오는가?"
 "저녁 진지를 가지고 왔습니다."
하고 탁자에 벌이고 여러 가지 채소와 큰 주전자의 술과 구운 고기와 생선탕과 큰 사발의 밥이었다. 무송이 곰곰이 생각해 보나, 별 뾰족한 수가 없다.
 '이 밥을 먹이고 밤이 늦은 후에 필시 죽이려고 하지만, 우선 먹고 보자. 먹고 죽은 귀신이라도 배부른 귀신이 될 것이다.'
하고 다 먹은 후에 군인이 그릇을 거두어 가지고 가더니, 오해지 않아 군인이 한 사람을 데리고 오는네, 큰 통에 더운물을 가지고 와서 무송에게 말했다.

"목욕하십시오."
하는 것을 무송은 생각했다.
'아마 목욕한 후, 죽이려 하는가 하는데, 내가 무엇이 두려우랴. 우선 깨끗이 씻고 보겠다.'
하고 통에 뛰어들어 씻고 나오니, 또 수건을 주는 것을 무송이 닦은 후에 옷을 갈아입고 여러 사람들이 물을 가져가더니, 초경은 되어서 금침을 가지고 와서 자리와 베개를 살펴 준 후, 물러갔다. 무송이 방문을 걸고 혼자 생각했다.
'이것은 무슨 뜻인지 끝을 보아야겠다.'
하고 그날 밤을 잘 자고 일찍 일어나 문을 여니, 어제 왔던 군인이 세숫물을 가져왔다. 무송이 세수한 후에 그 사람이 무송을 위하여 머리 빗기고 두건을 씌어 주고 가더니, 또 한 사람이 합을 가지고 들어오니, 그 속에 밥과 채소와 육탕이라. 무송이 그 밥을 먹을제, 그 사람이 계속하여 술을 세 사발 권했다. 무송이 술과 고기를 먹은 후에 차를 올리니 무송이 받아 마셨다. 그 사람이 권하기를,
"이곳이 머물기가 마땅치 못하오니, 도두께서는 안으로 들어가시어 깨끗한 방을 쓰시게 하십시오."
하고 그릇을 거둔 후에 무송을 청하여 함께 가려고 하니, 무송이 속으로 생각했다.
'이제야 나를 죽이려고 하는가 보다. 내가 이제 들어가서 어떻게 하는가 좀 보자.'
행장과 보따리를 수습하여 군인이 한 곳에 이르러 문을 여는데, 무송이 보니 아주 극히 정갈한 방이요 상락과 집물이 전부가 새것이었다.
무송이 방 안에 들어와 생각했다.
'나를 옥 속에 옮기고 죽이려고 하는 것인가 하였더니, 어찌 어떻게 이런 정한 방에 옮겨 줄 것을 생각이나 하였을꼬?'

하더니 또 군인이 주전자를 들고 들어오더니, 네 가지 과실과 닭 한 마리와 익은 떡을 벌이고 무송을 권한다.
 '나를 정한 방으로 옮기게 하고 또 좋은 음식을 권하니, 모든 죄수들이 하던 말과 지금 대접하는 거동이 매우 딴판이니, 필연 무슨 일이 있다.'

 삼사 일이 지낸 뒤에도 여전히 먹을 것이 나오는 고로, 하루는 무송이 조반을 먹고 밖에 나와 한가히 거닐고 있는데, 모든 죄수들이 물도 긷고 나무도 패고 온갖 일을 각각 맡아서 하니, 이때는 유월 염천인데, 날이 극히 더우나 어디 가서 쉬겠소 무송은 뒷짐지고 거닐면서 물었다.
 "그대들은 쉬지도 못하고, 어찌 저렇게 수고들 하시오?"
 모든 죄수들이 말했다.
 "도두는 모르시는 말씀 마십시오. 우리는 이곳에 있는 것이 하늘에 신선 놀음이나 같소 이 판국에 더운 것 찬 것을 가리리오. 만일 인정을 쓰지 못하면 옥 속에 갇혀 살고 싶어도 살지도 못하고 죽고 싶어도 죽을 수도 없고, 쇠사슬과 칼로 몸을 잠가 일신을 마음대로 기동하지 못하는데, 어떻게 이 일을 어렵다 하겠소."
 무송이 듣고 천왕당 뒤로 돌아가며 구경하는데, 한 자리 청석돈대(靑石敦臺)가 있었다. 그 돌은 깃대를 꽂는 돌이다. 무송이 돌 위에 한참 앉았다가 방에 돌아왔더니, 군인이 또 주식을 가지고 왔기에 무송이 참지 못하여 물었다.
 "그대는 누구의 집 반당인데, 날마다 주식을 가져다가 나를 공양하였는가?"
 그 군인이 대답했다.
 "소인이 전날 도두께 품하지 않았습니까? 소인은 관영 상공 댁 종인이올시다."

"네가 날마다 가져오는 음식은 어떤 사람이 보내던가?"
"관영 상공댁 소관영이 보내시는 음식입니다."
"나는 귀양온 죄수이며 소관영을 조금도 알지 못하는데, 어찌 음식을 보내어 나를 먹게 하는가?"
"그런 일을 소인이 어찌 알겠습니까? 소관영이 이르시거늘, 삼 개월이 지난 후에 말씀하시겠다 하십니다."
"이것도 또한 괴이한 일이오. 내가 살찌기를 기다려 죽이려고 하는 것인가? 이러한 불분명한 주식을 내어 먹게 하니, 너의 소관영이 어떠한 사람이며 나와 언제 사귐이 있기에 주식을 보내어 먹게 하느냐?"
"전날 도두 처음으로 점시청에 이르시던 때에, 흰수건으로 손을 싸고 섰던 이가 소관영이올시다."
"청사 전복(靑紗戰服) 입고 섰던 사람이 아닌가?"
"바로 그분입니다."
"내가 매를 맞을 뻔할 때, 관영 상공께 말씀하여 구하던 사람인가?"
"과연 그러합니다."
"이 또한 알 수 없는 일이다. 나는 청하현 사람이요 저는 맹주 사람인데, 전부터 서로 알지 못하였는데, 어찌 저렇게 은혜를 베푸는가? 반드시 무슨 연고가 있고나."
하고 그 사람의 성명을 물었다.
"성은 시(施)요 이름은 은(恩)입니다. 주먹과 창막대를 잘 씁니다. 그래서 사람이 부르기를 금안표(金眼彪) 시은(施恩)이라고 합니다."
무송이 생각했다.
'이 사람도 반드시 호남자(好男子)일까 싶다.'
하고 이에 말했다.
"너는 소관영을 청하여 나와 서로 만나게 하라. 그렇지 않으면 주식을 먹지 않을 것이다."

"소인이 감히 그렇게 못합니다."

"소관영만 청하여 나와 서로 만나기만 하면 그만이다."

그 사람이 두려워 가지 못하고 무송이 조급해하자, 그 사람이 마지못하여 들어가 무송의 말을 자세히 전하니, 시은이 듣고 나와서 무송을 보고 먼저 절하는데, 무송이 황망하여 말했다.

"소인은 관하의 한낱 죄수이온데, 일찍이 존안을 뵈옵지 못하였는데, 전일에 매 맞을 것을 구하여 주시고 또 날마다 좋은 술과 좋은 음식을 주시니, 공도 없이 중한 상을 받는데, 소인의 마음이 편하겠습니까?"

"소제가 오래 형장의 높으신 존함을 들은 것이 귀에 우레 같았는데, 다만 길이 멀어 서로 만나지 못하였습니다. 오늘에 다행히 서로 뵈오니, 어찌 삼생의 연분이 아니겠습니까. 존안을 뵈옵고자 하나 대접할 예물이 없는 고로, 부끄러워 나오지 못하였습니다만, 형장이 재촉하심에 나왔습니다."

"아까 심부름하는 사람에게 들으니, 삼 개월이 지낸 후에 말한다고 하니, 이게 무슨 뜻이오."

"촌놈이 일을 알지 못하고 말을 조심하지 못하여 형장이 이미 알게 되었습니다만, 어찌 급히 말씀하겠습니까."

"이것은 어린 아이 일이오. 만일 이르지 않으면 무송이 답답하여 가슴이 터질 것입니다. 무슨 일인지 이르시오. 나는 참고 있지 못할 것입니다."

"형장이 급히 알려고 하시니 소제가 고합니다만, 형장은 대장부요 호걸이시니, 무슨 일을 의논하면 반드시 시행하시려니와, 다만 형장이 수천 리를 오셔서 피곤하실 것이라, 삼 개월을 조리를 하여 기력이 아주 충분하여지시기를 기다려 그때, 자세히 말씀드리려고 한 것입니다."

무송이 이 소리를 듣고 껄껄껄 웃고 말했다.
"소관영은 들으시오. 내가 작년에 학질에 걸려 석 달을 앓고 경양강에서 술이 취하여 세 주먹으로 호랑이를 쳐잡았는데, 지금이야 말씀해 무엇합니까?"
"그럼 오늘은 이왕에 저물었으니, 아직 참고 며칠을 더 조리하여 귀체 완전한 후에 말씀드리겠습니다."
"그대가 이르는 말이 내 기력이 없다 하니, 천왕당 앞에 청석이 무게가 얼마나 되오?"
"아마 한 오백 근은 될 것입니다."
"그럼, 그대와 함께 가보십시다."
"술을 먹고 가서 보십시다."
"가보고서 돌아와 술을 먹으려오."
하고 둘이 천왕당 앞에 나오니, 모든 죄수들이 소관영이 나오는 것을 보고 다 몸을 굽혀 인사를 했다.
무송이 청석가에 이르러 돌을 한 번 흔들어 보더니, 시은을 보고 말했다.
"과연 돌이 크고 힘이 약하니, 움직이기 어렵구려."
"사오백 근 되는 돌을 어찌 가볍게 여기겠습니까?"
무송이 웃으며,
"정말 그럴까? 여기 있는 여러 사람들은 잠깐 물러들 서시오. 내 이 돌을 들어보겠소."
하고 옷을 걸어 허리에 꽂고, 몸을 굽혀 돌을 안고 가볍게 들어 가슴에 붙이고 한바퀴 돌아 소리지르고 던지니, 땅에 떨어지며 한 자 남짓 땅에 박혔다.
모든 죄수들이 다 놀랬는데, 무송이 다시 그 돌을 들어 공중에 던지자, 한 길이나 올라갔다가 다시 내려오는 것을 무송이 두 손을 두어 벌려 가지고 받아 먼저 놓였던 데 놓고, 몸을 돌이켜 시은을 보며 말했다.

"이만하면 기운이 완전하다고 하시겠소?"
 모두들 보았으나, 얼굴 하나 붉어지지 않고 숨도 차서 헐떡이지 않으니, 시은이 무송에게 전했다.
 "형장의 기력이 범인에게 비하지 못할 것입니다. 정말로 천신이올시다!"
 모든 죄수들이 일시에 절하며 말했다.
 "정말 신인이올시다!"
 시은이 무송을 청하여 저의 집으로 돌아와 청상에 앉은 뒤에 무송이 말했다.
 "소관영이 이제는 가히 나를 쓸 만하다고 생각하는가? 무슨 일이든지 말하면 내가 다 이룰 것이오."
 시은이 말했다.
 "잠시만 앉아 계시면 가친이 나오셔서 서로 보신 후에 말씀드리겠습니다."
 "네가 무슨 일을 시작하려거든 후딱후딱 할 것이지, 아녀자의 일같이 하면, 그것이 큰일을 하는 법이 아니오."
 시은이 손을 마주 잡아서 공경한다는 뜻을 표하는 예를 하며 대답했다.
 "형장은 잠시 앉아 계시면 소제가 세세한 말을 고하겠습니다."
 "소관영이 무슨 말이든지 하오."
 이때 시은이 무송을 보고 말했다.
 "소제가 어렸을 때부터 강호상에 돌아다녀 사부를 만나 온몸에 웬만한 무예를 가졌는 고로, 맹주와 안성에서 소제를 일컬어 금안표라고 합니다. 이곳 동문 밖에 일좌시정이 있는데, 그지명이 쾌활림(快活林)이라고 합니다. 산동과 하북의 객상의 무리들이 다 와서 장사를 하는 곳으로, 백여 곳 큰 가게와 수십 처 내기하는 도방(賭坊), 태방(兌坊)이 있었습니다. 소제가 한편으로는 제 몸의 재주를 믿고 한편으로는 영내의 죄수가 팔구십 명이 있기에, 데리고 그곳에 가서 크게 주점을 벌이고 모든 점주들에게 상례전을 받도록 언약한 뒤에, 그곳에 일패(一霸)로 대접을 하니, 도박하는 곳에서 또한 이문을 보내고 각처에 드나드는 기생의 무리들이 그곳에 오면 소제를 본 연후에 다른 곳에 가서 놀기 때문에, 매월 말에는 이식전(利息錢)이 이삼백 금이 되어 남자의 지기가 쾌활하게 지냈습니다. 근일에 본현 안에 새로 온 장단련(張團練)이 동로주에서 와 도임하고 한 사람을 데리고 왔으니, 그놈의 성명은 장충(蔣忠)인데, 키가 구 척이니 강호상에서 일컫기를 장문신이라고 하는데, 그놈이 장대할 뿐 아니라 일신의 재주가 넉넉하고 권법과 씨름이 유명하여, 스스로 이르기를 삼년 전에 태악에 올라가 씨름을 하였는데, 적수가 없어서 온 세상 천지에 짝이 없다고 자랑하고, 소제의 술집을 강제로 탈취하려 하기에, 처음에 소제가 순순히 주겠습니까? 저놈과 싸우다가 이기지 못하고 한바탕 맞아서 두어 달을 일어나지 못하다가, 요즈음 겨우 일어났으나, 상처가 아직 다 낫지 못하여 수건으로 손을 동여 매었으니, 저놈은 정패도 감의 친밀한 사람이요 나는 뇌성영 관영의 아들이라, 세력으로는 서로 당할 수가 없으니, 저놈과 다투지 못하고 끝없는 한을 품고 있었습니다. 들으니, 형장은 대장부이시기 때문에, 어떻게 해서라도 소제의 무궁한 원기를 갚고 쾌활림을 다시 빼앗고, 장문신을 쳐서 쫓아 주시면 죽어도 눈을 감을 것입니다. 다만 두려워하는 것은 형장이 길에서 고생하시어 기력이 충실하지 못하시어 아직 삼사 개월을 더 참아 말씀을 드리려고 하였더니, 생각지도 않은 그 바보 같은 놈이 경솔히 말씀을 하였기 때문에 소제가 자세한 일을 고합니다."

무송이 듣기를 다하고 껄껄 웃고 물었다.

"장문신이 머리가 몇이며 팔이 몇이나 됩니까?"

"머리 하나에 팔이 두 개입니다."

"나는 생각하기를 머리 셋, 팔 여섯의 나탁(哪矺)의 용력(勇力)이 있는가 하였더니, 원래 머리 하나에 팔 둘뿐이면 무엇이 어렵겠습니까?"

"소제는 힘이 약하고 재주가 적은 고로, 저놈을 대적하지 못하였습니다."

"내가 자랑하는 말이 아니라, 내 일신에 숨은 재주로 천하의 강악한 놈을 만나면 차고 싶은지라, 이미 저놈이 그렇게 강하다면, 어찌 참겠소? 이제 술이 있거든 가지고 가며, 길에서 먹으며 저곳까지 가서, 저놈을 잡아 호랑이와 같이 때려잡을 것이니, 내 주먹이 태중하여서 그놈이 죽으면 내 스스로 상명(償命)하겠소."

"형장은 잠깐 앉아 계시면 가친이 나오시면 서로 보신 후에 행할 만하면 행하시고, 너무 성급히 서둘러 하실 것이 못됩니다. 내일 사람을 저곳에 보내어 탐지하여, 그놈이 제 집에 있으면 그 다음날에 갈 것이요, 만일 집에 없으면 다시 의논하십시다. 공연히 미리 가서 풀을 쳐 뱀을 놀라게 하여 무엇하겠습니까?"

무송이 초조하여져서 말했다.

"그러하니 여태까지 쾌활림을 잃고 찾지 못하였지요. 어찌 남자들이 하는 일이 그다지 천천히 하겠소? 지금 가면 지금 칠 것이지, 어찌 내일모레를 기다리겠소?"

시은이 힘을 다하여 말리는데, 병풍 뒤에서 노관영이 나오며 말했다.

"호걸은 너무 조급히 굴지 말라. 내가 네 말을 들은 지 오래였는데, 오늘에야 다행히 만나보니, 자식이 검은 구름을 헤치고 밝은 날을 만난 것과 같을 것이니, 후당에 들어가 말하겠다."

무송이 따라 안에 이르니, 노관영이 말했다.

"장사는 우선 거기 좀 앉구려."
"소인은 죄수이온데, 어찌 감히 상공과 한자리에 앉겠습니까?"
"장사는 사양하지 말고 어린 자식이 장사를 만난 것이 천만다행한 일인데, 어찌 그리 겸양한단 말이오?"
무송이 무례한 것을 사죄하고 앉은 후에, 시은은 전면에 섰으니, 무송이 말했다.
"소관영은 어찌 앉지 아니하시오?"
"아버님이 계셔서 내가 어찌 앉겠소 형장은 염려하지 마십시오."
"그러하오시면 소인도 어이 감히 앉겠습니까?"
하자 노관영이 말했다.
"장사의 말이 그러하니, 이곳에 바깥사람들이 없으니, 너도 앉아라."
하고 주효와 과품을 내어 놓고 노관영이 친히 술을 부어 권했다.
"장사의 영웅이 이러하니, 누가 공경하지 않겠소 미진한 자식이 근본 쾌활림에서 장사하는 것이 재물을 탐하여서 그런 것이 아니라, 실로 맹주의 장관이요 호협한 기상을 더함이었는데, 뜻밖에 장문신이 세를 믿고 강폭한 것을 믿고 이곳을 강탈하니, 장사의 영웅이 아니면 원수를 갚고 한을 풀지 못할 것이오. 장사가 만일 내 어린 자식을 저버리지 않으려면 이 술을 마시고 자식의 네 번 절하는 것을 받아라."
"소인이 무슨 재덕이 있기에 감히 소관영께 예를 받겠습니까?"
시은이 네 번 절하니, 무송 역시 황망히 답례하고 의형제를 맺었다.
이날 무송은 몸을 가누지 못할 만큼이나 취하도록 마셨다.

시은은 무송을 부축하여 방에 들어가 편히 쉬게 했다.

　그 이튿날 시은 부자가 상의했다.
　"도두가 어제 몹시 취하였으니, 반드시 술에 상하였을 것이니, 어찌 오늘 보내겠습니까? 오늘은 다른 사고가 있다고 보내지 말고, 사람을 보내어 장문신이 있는가 탐지하여 후명일에 가게 합시다."
하고 이날 시은이 와서 무송을 보고 말했다.
　"오늘은 소제가 사람을 보내어 탐지하여 저놈이 있고 없는 것을 안 연후에, 그 이튿날 형장을 청하여 가시게 하겠습니다."
　"그것은 그렇다 하지만, 내가 하루를 지체하면 내가 민망하여 견디기 어렵소"
하고 아침을 먹고 난 후, 영밖에 나와 거닐다가 방에 돌아와 점심때가 되니, 점심을 내어 무송을 대접하는데, 안주는 전에 몇 갑절인데, 술은 두어 잔밖에 되지 않아 무송이 무심히 여겼는데, 오후에 또 주식을 가져왔는데, 술은 적고 음식은 많은 고로, 무송이 그제서야 속으로 의심이 나서, 이것을 가지고 온 사람보고 물었다.
　"너희 상공이 오늘은 음식을 보내되, 술은 적고 안주는 많으니, 그게 무슨 뜻인고?"
　그 사람이 대답했다.
　"도두를 속이지 않겠습니다. 오늘 아침에 노관영이 소관영과 의논하시기를, 어제 술이 많이 취하셔 몸이 상하였을 것이니 내일 가시게 하자 하고, 오늘은 술을 적게 보내십디다."
　무송이 또 물었다.
　"그러면 내가 술에 취하여 일을 그르칠까 염려하였나?"
　"네, 그렇습니다."
　무송이 껄껄 웃고 이날을 지난 후에, 이튿날 일찍이 일어나

세수하고 머리에 만자 두건을 쓰고 몸에 흙색 옷을 입고 허리에 홍견융사대(紅絹絨絲帶)를 두르고 발에 팔답마혜(八搭麻鞋)를 신고, 고약 한 장을 뺨에 붙여 자자한 것을 감추고 앉았는데, 시은이 다가와 조반 먹기를 청하니, 무송이 조반을 먹고 나자 마부에게 말을 가져다가 타게 하니, 무송이 말했다.

"내가 각기증이 없는데, 말을 타 무엇하겠소. 그런데 내가 부탁할 것이 있는데, 현제가 들을지?"

"형장의 말씀을 어찌 제가 듣지 않겠습니까?"

"내가 성 밖에 나갈 때에 무삼 불과망(無三不過望)을 어찌 할까?"

"형님이 말씀하시는 무삼 불과망이라는 말의 뜻을 깨닫지 못하겠습니다."

무송이 껄껄 웃고 말했다.

"내가 너보고 이를 것이니, 너는 내 말대로 하여 내 마음을 즐겁게 하여라. 장문신(蔣門神)을 치러 갈제, 성 밖에 나가 지나다가, 술집이 있으면 나를 청하여 세 사발을 먹고 가게 할 것이요, 만일 먹지 못하면 무사히 지나가지 못한 것이니, 이것이 무삼 불과망이니라."

시은이 듣고 가만히 생각하고는 말했다.

"동문에서부터 쾌활림까지 시오 리쯤 되는데, 술집도 십오 개쯤 되니, 술집마다 세 사발씩 먹는다면, 삼사십 사발이 됩니다. 그러니 어떻게 장문신을 치려고 하십니까?"

무송이 껄껄 웃고 말했다.

"내가 취하면 재주를 발휘하지 못할까 겁을 내어 그러는가? 나는 술이 없으면 재주도 없고 술이 취하면 재주를 발휘하느니라. 그러므로 내가 일분 취하면 일분 기력이 나고 십분 취하면 십분 기력이 나니, 만일 대취한 뒤 기력과 담력이 나지 않았으면 경양강 위에서 호랑이를 어이 쳐 잡았겠소? 취한 후에는 치기도 쉽고 손에 힘도 오르고 형세 더하니, 어찌 취한 것을 염려하겠소."
"그러시다면 저의 집에도 좋은 술이 있습니다. 그러나 취하시면 실수하실까 하여 형장을 대접하지 못하였는데, 형장이 취한 후에 기력이 나신다면 반당을 시켜 술을 가지고 술집마다 세 사발씩 드시게 하겠습니다."
"그렇게만 하여 준다면 내 뜻에 합당하니, 장문신을 내 마음대로 쳐서 여러 사람들의 한바탕 웃음거리를 만들 것이다."
하고 안평채(安平寨)를 떠나 맹주 동문을 나서 사오백 보를 왔을 때, 길옆에 주막이 있고 주망자(酒望子)가 보이니, 두 사람이 주막에 들어가서 집에서 가져온 주효(酒肴)를 탁자에 벌이어 놓고 무송이 말했다.
"술을 붓되, 잔을 내지 말고 사발에 부어라."
하여 연하여 세 사발을 마시고 나오니, 그 사람이 그릇을 거둬 가지고 앞 술집으로 갔다.
때는 칠월 천기라, 더운 기운이 사라지지 아니하고 금풍이 잠깐 이는 듯하여, 무송이 가슴을 풀어헤치고 이삼 리는 가더니 술집에 주망자가 보이니 시은이 걸음을 멈추고 말했다.
"형장, 이 집은 탁주 파는 집이니 어떻게 할까요?"
"아무 술이든지 먹고 가면 되지 않는가!"
하고 무송이 대답하며 들어가 세 사발을 마시니, 전후 십여 차 술집에서 술을 먹었으니, 육칠분 취기가 있었다. 이에 시은에게 물어 보았다.
"이곳에서 쾌활림이 얼마나 남았느냐?"
시은이 손을 들어 가리키며 말했다.
"저 앞에 멀리 뵈는 수풀이 쾌활림이올시다."
무송이 시은을 보고 말했다.
"그러면 너는 다른 곳에 숨었다가, 내가 찾기를 기다려라."

"좋고 말고요. 소제는 숨어서 기다리려니와, 형장은 조심하시고 경솔히 마십시오."

"그 일은 염려놓고, 사람을 보내 술이나 가지고 앞 술집에 가서 기다리다가, 술이나 들게 하라."

시은이 신신 당부하고 스스로 사라졌다. 무송이 삼사 리를 가다가 술집을 만나 또 세 사발을 먹고 보니 시간이 사시(巳時)는 되었다. 윗가슴을 풀어헤치고 육칠분 취하였으나, 만취한 체하고 앞으로 자빠질 듯 뒤로 꺼꾸러질 듯 비틀비틀하며 수풀 앞에 이르니, 금강 대한(金剛大漢)이 백포 적삼을 풀어헤치고 평상에 앉아 파리채를 들고 더위를 피하는데, 무송이 거짓 취한 체하고 눈을 비껴 떠보고는 가만히 생각해 보았다.

'저놈이 필시 장문신이구나.'

하고 앞을 지나쳐 이십 보를 다 못 가서 큰길 사거리 어귀에 큰 술집이 있고 처마에 주망자를 세우고, 그 옆에 적은 기를 꽂고 기에 금자(金字)로 쓰기를 하양 풍월(何陽風月)이라 했다. 난간에는 푸른 칠한 기를 두 개 꽂았다.

거기에 쓰기를 취리(醉裡)에 건곤대(乾坤大)를 호중(壺中)에 일월장(日月長)이라 하였고, 한편에서는 고기를 다루고 한편에서는 만두를 만들고, 부엌에 큰 술독을 세 개나 땅에 반이나 내밀게 묻었고, 중간 큰 방에 한 젊은 계집이 앉았는데, 이는 장문신이 맹주에 와서 새로 얻은 계집이었다.

본래 기방 출신으로 음률에 모를 것이 없었다.

무송이 안으로 들어가 등상에 앉으며 두 손으로 탁자를 집고 두 눈으로 그 계집을 뚫어질 듯이 보니, 그 계집이 낯을 돌려 외면했다.

무송이 자세히 보니, 주점 안에 칠팔 명 반당이 심부름을 하고 있었다.

무송이 탁자를 두드리며 말했다.

"술집 주인은 어디 있느냐?"
한 사람이 나오며 말했다.
"손님은 무슨 술을 원하십니까?"
"우선 두 통 술을 가져오라."
 젊은 사나이가 궤 위에 가서 말하자 부인이 술을 떠 주니 가져와 무송의 앞에 놓는데, 무송이 목을 늘여 냄새를 맡고 머리를 흔들며 말했다.
"이 술을 먹을 수 없으니, 다른 것으로 가지고 와라."
 젊은 사나이가 무송의 취한 것을 보고 위에 와서 부인보고 말했다.
"술을 바꾸어 줍시다."
 그 부인이 다른 술을 떠서 주는데, 가져다가 무송을 보이니 무송이 받아 맛보고 말했다.
"이 술도 틀렸으니, 바꾸어 오라."
 그 젊은이가 꾹 참고 위에 와서 부인을 보고,
"저 사람이 취하였으니, 가리지 말고 술을 바꾸어 줍시다."
 부인이 상품주를 떠 주었다. 또 가져가 무송을 보고 보라고 하니, 무송이 한 모금 마셔 보고 말했다.
"이 술은 그만 하면 쓰겠지만, 너의 주인의 성이 무엇이냐?"
"장가입니다."
 무송이 말했다.
"어찌 이가라고 아니 하는가?"
 그 부인이 노하며 말했다.
"저놈이 어디서 술 처먹고 취하여 이곳에 와서 주정하는고?"
"이집 주인 마님이라면 어쩌겠다는 거냐? 내 술시중을 든다고 해서 나쁠 것 없지 않느냐?"
 그 부인이 화가 잔뜩 나서 소리 질렀다.
"저놈이 죽으려고 하는구나!"

하며 마루로 뛰어내리려고 했다. 무송은 재빨리 포삼 자락을 걷어 젖히고 날쌔게 마루 위로 뛰어올라가니, 마침 내려오는 여자하고 정면으로 부딪쳤다. 무송은 억센 사나이니만큼 여자가 견뎌 낼 턱이 없었다.

무송은 한 손으로 여자의 허리를 잡아채고 손으로 머리편을 가루로 부수어 버리고 머리를 소리개 채듯 잡아챘다. 머리 위로 치켜들어 올렸는가 했더니, 갑자기 술독 속으로 거꾸로 박았다.

무송이 마루로부터 내려오니, 주막의 반당 중에 힘에 자신이 있는 젊은 놈들이 일제히 달려들어 왔다. 무송은 슬쩍 손을 뻗어서 한 놈을 끌어당기어 양손으로 잡아올려 같은 큰 독에 던졌다. 계속하여 달려든 다른 한 놈도 머리를 쥐고 휘익 한 바퀴 돌려서 역시 같은 술독 속으로 던졌다. 이어 이번에는 두 놈이 함께 덤벼들었는데, 한 놈은 주먹으로 또 다른 놈은 발로 걸어차 버려 일격에 처치해 버렸다. 다만 한 놈이 잽싸게 도망쳐 갔다. 무송이 뒤를 따라 쫓아갔다.

그놈은 하늘을 날 듯 장문신에게로 달려갔다. 장문신은 이 소식을 듣고 급히 밖으로 뛰어나왔다. 그러자 마침 그곳에 무송이가 와서 길 한복판에서 마주치게 되었다.

우습게 보고 달려드는 것을 무송이 두 주먹으로 먼저 장문신의 뺨을 때리려고 하다가, 갑자기 몸을 돌려 달아나니 장문신이 크게 노하여 쫓아 들어가며 잡으려고 했다. 이때 무송이 몸을 돌이켜 오른쪽 다리를 날려 장문신의 아랫배를 차니, 장문신이 두 손으로 아랫배를 움켜쥐고 앉는 것을, 무송이 오른쪽 발로 장문신의 이마를 찼다.

장문신이 뒤로 나가 자빠지는 것을, 무송이 쇳덩어리 같은 주먹을 들어 머리와 코를 가리지 않고 쳤다.

원래 장문신을 주먹으로 후려치는 척하고 몸을 돌려 달아나다가 다시 오른쪽 발로 면상을 차는 법은 유명한 옥환보(玉環步)이며 원앙각(鴛鴦脚)이었다.
 이것은 무송의 평생 배운 재주를 다한 것이었다.
 장문신을 한바탕 치니, 무송의 신력을 어떻게 견딜 수 있겠소. 장문신이 땅에 엎드려,
 "아이구, 살려줍쇼!"
하고 빌었다.
 무송이 말했다.
 "만일 네가 목숨이 아깝거든, 내가 이야기하는 세 가지를 들어 줄 수 있겠느냐?"
 장문신이 대답했다.
 "세 가지가 아니라 삼백 가지라도 분부대로 하겠사오니, 그저 목숨만 살려주십시오."
 이때 무송이 장문신을 보고 말했다.
 "첫째는 네가 오늘로 쾌활림을 떠나되, 모든 것을 다 원주인 금안표 시은에게로 돌려 보내라. 둘째는 내가 이제 너를 살려 줄 것이니, 이곳의 모든 영웅을 청하여, 그 앞에서 시은에게 빌기를 먼저 잘못한 것을 용서하여 달라고 하여라. 셋째는 네가 오늘로 이곳을 떠나서 맹주 지방을 잊지 못하여 하다가는, 나를 한 번 만나면 한 번 치고 두 번 만나면 두 번 치고 열 번 만나면 열 번 칠 것이고, 중하면 목숨이 빼앗길 것이니라. 가볍다 하여도 일신이 성하지 못할 것이다."
 장문신이 말했다.
 "소인 다 시행하겠습니다."
 무송이 손을 놓으니, 장문신이 입술이 부르트고 코가 부러지고 유혈이 낭자하니, 무송이 장문신을 보고 꾸짖었다.
 "경양강 고개 위에서 호랑이를 주먹으로 때려 죽였는데, 하물며 네까짓 좀도적놈쯤이야!"

하니, 장문신이 비로소 그가 무송인 줄 알고 더욱 겁이 나서 살려주십시오 했다.

이때 마침 시은이 건장한 청년 십여 명을 데리고 그 자리에 이르렀으나, 이미 무송이 장문신을 이긴 것을 보고 시은의 기쁨은 컸다. 수하 장정들과 더불어 무송을 옹위하고 서니, 무송이 다시 한 번 장문신을 보고 분부했다.

"원주인이 이곳에 와서 있으니, 너는 지금 곧 내가 이른 대로 처리하여라."

장문신이 애걸하며 말했다.

"호걸께서는 잠시 안으로 들어가서 앉으십시오."

무송 일행이 주점 안으로 들어가 보니, 집안에는 온통 흐르는 것이 술이었다. 부인이 비로소 술독에서 나오니, 전신에 술을 뒤집어 쓰고 장문신을 붙들고 통곡하는 것을 보고 무송이 꾸짖었다.

"너희들은 빨리 떠나라!"

장문신이 밖에 나가서 수레와 화반을 얻어 가지고 와서 계집을 태워 보내고, 한편으로 진상두민(鎭上頭民)을 청하여서 시은에게 사죄하니, 시은이 술과 안주를 내어다 무송을 상좌에 앉히고, 두민(頭民)들이 차례로 자리를 정하여 앉은 후에 술이 두어 순배가 지난 후에 무송이 말했다.

"내가 양곡현에서 사람을 죽이고 이곳에 귀양와서 들으니, 이 쾌활림은 시은이 개창한 곳인데, 장문신이 제 힘만 믿고 남의 것을 공연히 빼앗아 제것을 만들었는데, 모든 이웃이 나에게는 아무런 관계도 없으나, 내 성품이 본래 강하다고 하는 놈은 치고 싶으므로, 천하에 저렇게 도리에 밝지 못한 놈을 어찌 버려 두겠소? 만일 길에서 옳지 못한 일을 보면 칼을 뽑아 싸우다가 죽어도 원통치 않으니, 오늘 저놈을 한 번 쳐서 여러 사람의 해를 덜 것이나, 모든 이웃 사람들을 보아 용서하니, 오늘로 이곳을 떠나야지 만일 다시 내 눈에 보이면 경양강 고개 위의 호랑이와 같이 만들 것이다."
하니, 그제서야 모두가 호랑이 잡은 무송인 것을 알고 일시에 몸을 일으켜 장문신을 대신하여 빌었다.
 "호걸께서는 고정하십시오. 저희들이 이제 이곳에서 떠나가게 하겠습니다."
 장문신이 한 번 혼이 난 뒤에는 정신이 혼미하여 아무 말도 못하고 얼굴에 부끄러운 빛이 가득하여 여러 사람을 하직하고 달아났다.
 무송은 이웃 사람들과 취하도록 마시고, 다음날 해가 높은 뒤에 노관영이 오니, 쾌활림을 찾은 것을 알고 무송에게 사례하고 연일 잔치하여 즐기며, 그곳에 사는 대소 인민은 무송의 이름을 듣고 누가 아니 탄복하겠소. 그 뒤로 술집을 중수하고 노관영은 안평채로 돌아갔다.
 그 뒤로 시은이 장문신의 거취를 알아보았으나, 어디로 갔는지 알지 못하고, 그곳의 각 주점과 도방(賭坊), 태방(兌坊)의 무리가 전보다도 간전(間錢)을 많이 내어, 무송을 부모와 같이 공경하며 따랐다.

제10장
복수의 박도

 세월은 유수와 같아 어언간 여름철이 다 가고 시원한 바람이 이는데, 시은은 날마다 무송과 무예를 익히는데, 하루는 군인 너댓 명이 준마 한 필을 이끌고 주점 점원에게 묻는다.
 "어느 분이 호랑이 잡던 무 도두이냐?"
 시은이 보니 이 사람들은 맹주도수 어병마도감 장몽방(孟州道守禦兵馬都監張蒙方)의 친수인(親隨人)이니 시은이 말했다.
 "너희들이 무 도두를 찾아서 무엇하려느냐?"
 군인이 대답했다.
 "도감상공(都監相公)의 균지(鈞旨)가 여기 있으며, 무 도두께서 호걸이심을 아시고 한 번 만나보기를 원하시며, 특별히 모셔 오라고 당부하십니다."
 시은이 가만히 생각해 보았다.
 '저는 상사 도감이고 부친도 저놈의 관하에 매였고, 겸하여 무송은 뇌성영에 정배 온 죄인이니 저의 소관이니 안 보내지

못할 것이다.'
　이에 무송을 대하여 말했다.
　"장 도감상공의 곳에서 온 사람이온데, 말을 가지고 형장을 모시러 왔으니, 어떻게 하시렵니까?"
　무송이 성품이 곧은 사람이라 앞뒤를 생각하지 않고,
　"이미 나를 보시려고 하시면, 내가 가서 뵙지."
하고 옷을 고쳐 입고 차인(差人)과 함께 부중(府中)에 이르니, 장 도감이 맞아 자리를 하고 말했다.
　"내가 들으니, 너는 대장부요 사내이기 때문에 사람을 위하여 사생을 돌보지 않는다 하니, 이것은 나의 평생 원하는 것인데, 너는 나의 친수인이 되어 함께 있는 것이 어떠하냐?"
　무송이 대답했다.
　"소인이 뇌성영의 죄인이온데 상공의 사랑하심을 힘입어 곁에 두신다면, 어찌 사양하겠습니까?"
　도감이 크게 기뻐하여 과일과 술을 내다가 손수 극진히 권하니, 무송이 감격하여 행장을 가져다 장 도감 부중에서 머물게 되었다.
　장 도감이 매일 무송을 청하여 술먹고 안팎없이 출입하여 친척이나 다름없고 때를 맞춰 옷을 진배하니, 무송이 생각했다.
　'도감상공이 이렇듯 사랑하니, 실로 얻기 힘든 기회이다.'
하고 도감이 일이 있으면 무송과 의논하기 때문에 마을 사람들이 금은과 비단을 보내는 것이 무수하니, 무송이 버드나무 상자 하나를 사서 받은 물건을 그 속에 보관했다.

　세월은 흘러 어느덧 8월의 중추 가절이 되었다.
　장 도감은 깊숙이 안에 들어 있는 원앙실에 연석을 마련하고 중추의 달을 감상하며 무송도 그곳에 불러서 술을 대접했다. 이 자리에는 도감의 부인을 비롯하여 안에서만 일하는 여자들

일동도 참석하고 있었으므로, 무송은 재삼 거절하였으나, 장 도
감은 아무리 하여도 듣지 않고 동석을 강요했다. 무송은 할 수
없이 훨씬 말석에 몸을 작게 오그리고 얌전하게 앉아 있었다.
무송은 한 잔 두 잔 하다 순식간에 6, 7잔을 비웠다. 장 도감은
하인에게 일렀다.
"호걸의 술자리에는 작은 잔으로는 재미가 없다. 은으로 만
든 큰잔을 가지고 와서 부어 주어라."
말하며 취해 기분이 좋아서 있었는데, 취기가 돌수록 차츰차
츰 예의 범절도 잊게 되어 들입다 퍼마셨다. 장 도감은 마음에
두고 있는 옥란(玉蘭)이라는 종 아이를 불러서 노래를 부르게
했다.

이 명월이 몇 대나 있는고
술잔을 잡고 천천히 묻도다.
알지 못하는 것이, 천상 궁궐에서는
이 저녁에 어쩐 해인고
내가 바람을 타고 돌아가고저 하니,
다만 경루옥 위 높은 곳에
찬 것을 이기지 못할까 두려워하노라.
일어서 춤추며 청영을 희롱하니,
어찌 인간에 있는 것 같을까!
주렴을 높이 걷고
사창을 내리니
비치는 달빛에 잠을 이루지 못하는구나.
한을 품어서 되겠느냐만은
어찌하여 이별할 때 달만 둥근가?
인간의 슬픔과 기쁨
이별과 만남이 있으되,

어두웠다가 밝았다가 찼다가 줄어드는 것은
예부터 있었다.
바라거니와 사람들은 장수하여서
만리 월색을 함께 즐기어라.

노래를 마치고 각 사람 앞에 만복을 비니 장 도감이 말했다.
"옥란아, 술을 부어 무 도두에게 권하여라."
옥란이 술을 부어 무송에게 권하니, 장 도감이 껄껄 웃으며 말했다.
"이 계집이 웬만큼 자색이 있으니, 택일하여 무 도두의 처(妻)를 삼아 줄까 한다."
무송이 대답했다.
"소인이 무슨 사람이온데 상공댁 택권(宅眷)으로 처실을 삼겠습니까?"
장 도감이 웃으며 말했다.
"너는 사양하지 말아라. 내가 이미 정했다."
술이 수십 배에 이르니, 무송이 잔뜩 취하여 그 자리를 피하여 돌아와 자려고 했지만, 배가 불러서 곧 자지 못했다.
무송이 옷과 두건을 벗고 뜰에 내려와 초봉 한 자루를 가지고 몇 차례의 봉술을 시험했다.
그때 별안간 후당에서 외치는 소리가 들렸다.
"도적이야!"
'내가 도적을 잡아 상공의 은덕을 갚겠다.'
하고 무송이 초봉을 들고 내당으로 들어가는데, 옥란이 마주 나오며 말했다.
"도적이 들어와 화원 쪽으로 갔습니다."
무송이 화원 쪽으로 들어가다가 등상에 걸려 엎어지니, 그때 양쪽에서 군인 수십 명이 내다르며 소리 질렀다.

"도적이 여기 있다!"
하고 밧줄로 동여 청 밑에 이르니, 당상에 등불이 휘황한데 장 도감이 무송을 꾸짖었다.
"이 적배군이 원래 도적의 눈이요 도적의 마음이요 도적의 심장이기에, 내가 너를 인도하려고 하였는데, 뭣이 부족하여 도적질을 하느냐?"
무송이 크게 소리질러 대답했다.
"도적질은 내가 한 것이 아니오. 하늘을 이고 땅을 디디고, 어찌 그런 짓을 하였겠습니까?"
"저놈이 저렇게 변명하니, 저놈의 세간을 뒤져서 장물을 찾아보아라."
모든 군인들이 무송을 이끌고 방에 들어와 상자를 열고 보니, 옷 밑에 금은 패물이 감추어 있었다. 무송이 이 일을 당하고 보니 입이 뻣뻣하여 입을 딱 벌리고 아무 말도 못하니, 군인이 상자를 가져다가 청상에 놓았다.
장 도감이 보고 크게 노하여 말했다.
"아! 이런 놈이 어찌 이런 짓을 할 줄을 알았겠느냐? 이미 장물이 있으니, 이른바 호랑이는 구제하여도 사람은 구제하지 못한다 하는 말이 옳은 말이다. 날이 밝거든 처치해야겠다."
무송이 아무리 억울하여도 어디에 호소하겠는가? 군인이 무송을 끌어다가 기밀방(機密房)에 하옥하고, 그 밤에 장 도감이 지부를 보고 부탁하고, 또 상하에 인정을 쓰고 이튿날 범인과 장물을 지부에게 보냈다.
지부가 무송을 쳐서 초사를 받을제, 무송이 아무리 변명하나, 어찌 곧이 들으리오.
도리어 꾸짖기만 했다.
"이놈이 본대 적배군인데, 어찌 도적질에 익숙하지 않겠느냐? 좌우는 사정 두지 말고 쳐라."

양쪽에서 옥졸이 내달아 몹시 치니 무송이 견디지 못하고 거짓 자백하니, 지부가 그제야 하옥시켰다.
무송이 생각해 보았다.
'장 도감 저놈이 계교로 나를 모함하니, 내가 반드시 원수를 갚고야 말겠다.'
시은이 이 일을 알고 부친과 의논하니, 노관영이 말했다.
"이 일은 장단련이 장문신을 위하여 장 도감을 부추겨 만든 일이며, 또한 인정을 쓰고 하는 일이니 목숨을 해치기 쉬운 일이다. 너는 강 절급을 잘 알지 않느냐? 절급에게 인정을 후히 쓰고 사람을 구하여 내라."
시은이 황금 백 냥을 가지고 강 절급을 찾아가 주선하기를 간청했다.
강 절급이 세세한 일을 다 이르고 말했다.
"당안 섭 공목(堂案葉孔目)의 위인이 강직한 사람이라 무송을 감히 해치지 못할 것이니, 이제 형이 부탁하시니 옥중 일은 내가 담당할 것이나, 다만 섭 공목에게 길을 얻어 일찍이 귀양이나 가게 하시오."
시은이 또 섭 공목과 가까운 사람을 통하여 일백 냥 은자를 보내고 일찍이 선처하여 주기를 청했다.
섭 공목의 정직한 마음에 무송의 호걸된 것을 아껴 살리려고 하는데, 인정을 받고 가벼운 죄안에 옮겼다.
지부가 장 도감의 뇌물을 많이 받은 고로, 지체하다가 또 시은의 뇌물이 들어오니, 무송을 귀양보내려고 했다.
시은이 그제야 술과 안주를 장만하여 가지고 뇌리(牢裡)에 나가 옥졸들을 대접하고, 무송을 만나 슬쩍 장 도감의 일을 말했다. 그리고 지금 정배 보내게 주선을 한 것을 알렸으나, 무송은 후에 보자며 아무 말도 않았다.
시은이 세 번이나 옥에 찾아가서 무송을 만나니, 이것을 장단련의 심복인이 알고 장단련에게 알리고, 장단련은 장 도감에 알렸다.
　장 도감은 즉시 사람을 시켜 금백(金帛)을 싸 가지고 지부를 찾아가서 이 일을 알렸다.
　지부는 오직 뇌물을 탐내는 사람이기 때문에, 그 후로는 늘 사람을 사수로에 보내어 지키고 있다가 간인만 보면 곧 꾸짖어 보내니, 이 말을 전하여 듣자 시은은 감히 다시 무송을 찾아가지 못하고, 오직 강 절급을 통하여 겨우 그의 소식만 듣고 있었다.

　무송이 옥에 갇힌 지 그럭저럭 두 달 가까이 되었다.
　당안 섭 공목은 하루바삐 무송의 사건을 해결하려고 지부를 찾아보고 전후 곡절을 낱낱이 밝혀서 아뢰자, 지부는 이 사건을 섭 공목에게 맡기고 자기는 발뺌을 했다.
　두 달이 차자, 무송의 뺨에 자자하고 적은 칼 씌우고 공인 두 사람을 시켜 압령(押領)하여 보냈다.
　무송이 매맞을 때에 시은이 인정을 많이 썼기 때문에 중하게 상하지 않았지만, 귀양길에 오르니 억울함을 머금고 공인과 같이 갈제, 시은이 무송을 맞아 술집에 들어갔다. 무송이 시은을 보니 머리를 싸고 손을 싸맸기 때문에 무송이 물었다.
　"너를 오래 만나보지 못하였는데, 왜 그렇게 상하였나?"
　"소제가 옥에 세 번 찾아갔더니, 지부가 알고 옥에 들어가는 것을 엄금하고 한쪽으로는 장문신이 군한을 데리고 와서 소제를 치고 물건을 다 부수고 해서, 집에서 병을 조섭하다가 형님이 은주로 귀양가신다고 하기에 솜옷을 두 벌 지어 형님께 드리고저 왔습니다. 가시는 길에 입으시고 오리 두 마리를 삶아 가지고 왔습니다. 가면서 잡수십시오."
　하고 공인을 보고 술 한 잔 먹자고 하였더니, 듣지 않고 말했다.
 "무송 저놈은 적배군인데, 어떻게 저와 같이 술을 들겠소"
 시은이 두 놈의 말하는 것이 불손한 것을 보고 은자 열 냥을 내어 공인을 주었더니, 그놈들이 받지 않고 무공의 등을 밀며 빨리 가자고 하는데, 무송은 모르는 척하고 갔다. 시은이 무송을 보고 말했다.
 "아무리 보아도 저놈들이 심상치 않으니, 형님은 도중에 조심하십시오."
 "그것은 염려 말게. 비록 제놈들이 열 놈이라도 내가 겁내지 않는다."
하니, 시은이 하직하고 돌아갔다. 무송이 같이 가는데, 오 리쯤 가다가 공인이 저희들끼리 말했다.
 "어찌 사람들이 오지 않느냐?"
 무송이 속으로 냉소하며 말했다.
 '저 에미 애비를 모르는 놈들이 감히 나를 치려고 하니, 아마 그만 살고 싶은 놈들인가 보다.'
하고 시은이 가져다 준 오리를 뜯어 먹으며 사오 리쯤 더 갔는데, 그 앞에서 두 놈이 박도를 끌고 술집에 있다가, 공인이 무송을 데리고 오는 것을 보고서는 내달아 공인과 인사하고 같이 가는데, 서로 눈짓으로 신호했다.
 무송이 모르는 척하고 가다가 큰 내를 만나 외나무다리가 놓였고 패루를 세웠는데, 현관에 비운포(飛雲浦)라고 썼는데, 무송이 일부러 물어 보았다.
 "여기가 무슨 동네요?"
 "네 눈은 멀었느냐? 저 패루에 쓴 것을 보지 못하느냐?"
 "내가 잠시 용변 좀 보고 갑시다."
하고 다리가에 앉았다. 박도 가진 놈이 무송의 앞에 나오는 것을 무송이 일어서며 소리지르고 발을 날려 그 놈을 차서 물속으로 떨어뜨렸다. 또 한 놈이 급히 무송에게 달려드는 것을 무송이 가슴을 차서 물에 던지니, 공인 두 놈이 놀라 달아나려고 하는 것을 무송이 소리를 질렀다.

"너희들은 어디로 가려고 하는가?"

쓰고 있던 칼을 분질러 두 조각 내어 들고 따라가니, 공인들이 혼비 백산하여 제대로 움직이지 못하는 것을, 무송이 먼저 한 놈을 쳐죽이고 박도를 집어 또 한 놈이 마저 죽였다.

먼저 물에 떨어졌던 놈이 기어올라와 달아나려고 하는 것을 한 놈은 죽이고, 한 놈은 주먹으로 때려 눕히고 꾸짖었다.

"너희들은 어떤 놈들이냐? 그 근본을 말하라!"

그놈이 애걸하며 말했다.

"소인들은 장문신의 도제이온데, 사부의 명으로 없애라는 부탁으로 왔습니다."

무송이 말했다.

"지금 장문신은 어디 있느냐?"

"소인이 올 때에 장 도감의 집 원앙루에 있었습니다."

"그렇다면 너를 살려 주지 못하겠다."

하고 박도로 쳐죽이고 다리 위에서 한참 생각을 했다.

이때 장 도감이 장단련, 장문신을 위하여 원수갚을 것을 청하여 무송의 목숨을 해하려고 하였는데, 생각밖에 네 사람이 도리어 무송에게 죽은 것을 어떻게 알 수 있겠소 그때 무송이 다리 위에서 주저하다가, 원한이 충천하여서 만일 장 도감을 죽이지 못하면 어떻게 한이 풀리겠소 하고, 죽은 놈이 지녔던 요도하고 박도를 골라 가지고 맹주성으로 돌아오니, 어둑어둑할 때였다.

무송이 급히 장 도감의 집 뒤 화원에 다다르니 문안에 마구가 있었다. 무송이 밖에서 엿보는데, 이때에 마부 놈이 문여는 소리가 나 무송이 어두운 곳에 몸을 숨겼다.
 이때는 초경 삼점(初更三點)이었다.
 마부 놈이 등을 걸고 옷을 벗고 침상에 올라 잠을 청했다. 무송이 이르러 문을 흔드니, 마부 놈이 잠결에 문 흔드는 소리를 듣고 외쳤다.
 "어떤 도적놈이 내 옷을 훔치러 왔느냐? 아직 이르다!"
 무송은 박도를 문에 세워 놓고 허리에 찬 칼을 빼어 들고 더욱 세게 문을 두드렸다.
 마부는 약이 올라 침상에서 뛰어내려, 벌거벗은 채로 막대기를 잡아쥐고, 문의 빗장을 풀고 문을 열려고 했다. 순간 무송이 문을 밀어젖히고 뛰어들어가 마부를 휘어잡았다. 마부는 놀라 소리를 지르려고 하였으나, 보자니 불빛에 번쩍거리며 빛나는 상대방의 칼날에 움찔했다.
 "솔직히 말해라! 도감은 지금 어디 있느냐?"
 "장단련님, 장문신님과 세 분이서 하루 종일 술추렴을 하셨고, 원앙실에서 지금도 계속하고 계십니다."
 "거짓말이 아니겠지?"
 "제가 거짓말을 하겠습니까! 목숨만 살려주십시오……."
 "그런가? 그럼 너도 살려둘 수 없다!"
하고 한 칼로 베어 죽인 것을 마구에다가 집어 넣고, 칼을 꽂고 등불 밑에서 시은이 주던 옷을 갈아입고, 헌옷을 전대에 싸서 벽에다 걸고, 등불을 끄고 박도를 가지고 문에서 나와 담을 넘어들어 갈 때 달이 돋아올랐다.
 무송이 담을 뛰어넘어 각문을 열고 들어와 문을 닫고 등불이 환한 곳을 찾아가니, 부엌인데, 하인 둘이서 솥가에 엎드려 투덜댔다.
 "원! 종일 뒷바라지를 하고 밤이 되어도 쉬지 못하니, 손님 두 분이 염치도 모르는 사람이다. 지금들 취하였으니, 어느 때나 루에서 내려올 것인가?"
하며 투덜투덜 했다. 무송이 박도를 벽에 걸고 요도를 뽑아보니 피가 아직도 마르지 않았다.

문을 열며 들어가 먼저 하나를 죽이니 남은 사람이 달아나려고 했지만, 걸음이 떨어지지 않고 입이 뻣뻣하여 말이 나오지 않은 고로, 무송이 달려들어 칼을 들어 베어 시체들을 부엌에다 들이치고, 불을 끄고 달빛을 쫓아 내당에 들어갔다. 원래 무송이 내당에 출입하였으니, 길을 알아 빨리 원앙루로 난간을 붙들고 가만히 기어 누상에 올라갔다.

이때에 뒷바라지를 하는 하인들이 밤이 깊었으니, 다른 데로 가서 자고 인적이 고요했다. 다만 들으니, 장 도감이 장단련과 장문신들과 같이 술을 먹으며 말할 때, 장문신이 칭찬하는 것을 들을 수 있었다.

"상공이 소인을 위하여 원수를 갚아 주셔서 감사합니다. 따로 정중하게 하례하겠습니다."

장 도감이 사양하여 말했다.

"내가 저 형제 장단련의 낯을 보지 않았으면, 어찌 즐겨 그런 일을 하며 전재를 허비하겠소? 저놈 처치하기가 상당히 힘들었소. 하지만, 지금쯤은 벌써 목을 잘랐을 것이니 걱정 마시오."

장단련이 말했다.

"저놈이 비운포에서 목을 자르라 하였으니, 내일 아침에 돌아오면 반드시 알 것이오."

또 장문신이 웃으며 하는 말이,

"소인 역시 도제를 보내어 힘을 합하여 그놈을 죽이라고 하였으니, 빠른 시간에 무슨 기별이 있을 것입니다."

무송이 그 말을 듣고 속에서 분통이 불같이 치솟아 하늘 끝까지 오른 것 같아, 왼손에 칼을 들고 오른손으로 문을 획 밀치고 달려드니, 등촉이 휘황하고 달빛이 조용한데, 각 사람 앞에 배반(排盤)을 거두지 않았더라. 장문신이 무송이 달려드는 것을 보고 급히 달아나려고 하는데, 무송의 칼을 들고 몸을 돌이켜보니, 장 도감이 달아나려고 하는 것을 무송이 칼을 들고 귀와 어깨를 비스듬히 찍어 죽였다. 장단련은 원래가 무관 출신이라 비록 창황중이나 기운과 담력이 있어 달아나지 못할 줄 알고 걸상을 집어 들고 무송을 치려고 했다.

무송이 맞잡아 밀치니 장단련이 많이 취하였고, 아무리 맑은 정신으로 달려든다 하여도, 어찌 무송을 당하리오. 한 번 밀치니 뒤로 나가떨어져, 무송이 따라들어가며 칼을 들어 베었다. 다시 몸을 돌이켜 세 놈의 머리를 한데 모아 놓고, 탁자에 남은 음식을 마음껏 먹은 뒤에, 죽은 놈들의 옷을 찢어 피를 묻혀 벽 위에다 크게 쓰기를, 살인자 타호 무송(殺人者打虎武松)이라 하고, 금은 기명을 몸에 감추고 누 아래로 내려오는데, 부인의 소리가 났다.

"누상 위에 관인들이 취하였으니, 너희들이 붙들어 모셔라."

말이 끝나며 누상으로 올라오는 것을, 무송이 난간 옆에 몸을 숨기고 자세히 보니, 한 계집은 자기를 뒷바라지하여 주던 계집이요 한 계집은 자기를 잡던 계집이다. 두 계집이 방에 들어와 보니 세 사람의 죽음이 흩어져 있는데, 깜짝 놀라 말도 못하고 나오는 것을, 무송이 칼을 들고 두 년을 다 죽이고는 혼자서 생각했다.

'시작한 노릇이니 닥치는 대로 다 죽이자.'

하고 누 아래로 내려오는데, 부인이 말했다.

"누 위에서 무슨 일로 지저귀느냐?"

하며 올라오는데, 큰 사나이가 내려오는 것을 보고 부인이 놀라며 물었다.

"너는 어떤 사람이냐?"

'무송이 대답하지 않고 칼을 들어 부인을 낯을 쳐 죽일제, 칼이 들지 않아 칼을 달빛에 보니 칼날이 무디었다.
 주방에 들어가 박도를 집어 가지고 나오는데, 전날 노래 부르던 옥란이 차환을 데리고 누 위에 올라오다가, 부인이 죽은 것을 보고 혼비 백산하니, 무송이 박도를 들어 옥란을 베고 도 차환들을 마저 죽였다.
 무송이 손이 미끄러워서 안으로 들어가며 서너 명 부녀를 다 죽였다.
 무송이 마음이 후련하여 그제야 달아나려 밖으로 나와, 전대에 헌옷을 내려 가지고 박도를 끌고 나오며 가만히 생각하니, 날이 밝으면 잡히기 쉬우니 성을 넘어 도망해야겠다.
 성에 올라가 보니, 원래 명주성이 그렇게 높지 않아 초봉을 멀리 던지고 박도를 짚고 뛰어 평지에 내려와, 시은이 준 팔답마혜를 신고 경점을 들으니, 사경 이점(四更二點)을 알렸다. 무송은 박도를 손에 들고 동쪽을 향하여 달아났다.

 그러나 무송은 멀리 가지 못하고 몸이 피곤하여 한 고묘(古廟)를 찾아들어가 박도를 세우고 전대를 끌러 놓고 잠을 청했다. 그 순간 밖에서 요구창(撓拘搶) 두 개가 양쪽으로 들어와 누르고, 칠팔 명 사람이 들어오더니 무송을 밧줄로 결박했다.
 "이놈을 대가에게 보내라!"
하니, 무송이 어찌 벗어나리오.
 "이놈이 온몸에 피투성이니, 아마 사람을 죽이고 도망하는 놈인가 보다."
 무송이 아무 말 없이 가다가 초가집에 이르러 묶인 채 방에 갇히었다. 무송이 보니 들보에 서너 짝 사람 다리가 걸렸으니, 무송이 생각했다.
 '내가 이렇게 죽을 줄 알았으면, 차라리 맹주부에 자수하여

법대로 죽어서 밝은 이름이나 후세에 전하는 것만 못하구나!'
하는데, 여러 놈이 무송의 전대가 두둑한 것을 보고 말했다.
"우리는 이런 기름진 물건을 얻었으니, 빨리 대가의 집에 보내자."
하는데, 밖에서 대답하는 소리가 들렸다.
"내가 여기 왔으니, 너희들은 아직 손을 대지 말아라!"
하며 두 사람이 들어오는 것을 보니 앞에는 장청(張靑)이요 뒤에는 손이랑(孫二郞)이었다. 무송을 보고 깜짝 놀라며 말했다.
"아니 무송 도련님이 아니세요?"
무송이 크게 기뻐하며,
"형수는 나를 구하여 주십시오!"
장청 부부가 급히 묶인 것을 끄르고 옷을 입게 하니, 두건은 벌써 찢어졌다.
원래 장청이 여러 곳에 술집을 내고 있는 것을 무송이 모르니까, 장청이 무송을 앉히고 예를 끝마친 후에 물어 보았다.
"어떻게 하여 저렇게 되었는가?"
"한 마디로 말씀드리기가 어렵습니다. 그때 형님을 이별하고 뇌성영에 들어가니, 관영의 아들 금안표 시은의 부탁으로 쾌활림을 찾아주고 장문신을 쳤다가, 장문신이 장단련과 부동하여 장 도감을 꾀어 계교를 베풀어 이리이리 하여, 나를 해하려고 하기 때문에 장 도감의 일문과 장단련과 장문신을 죽여 무궁한 원한을 풀고 달아나다가, 몸이 곤하기에 고묘에 들어가 자다 저 사람들에게 잡혀 왔습니다."
그 사람들이 사죄했다.
"우리들이 내기하는 본전이 없기에 수풀 속에서 장사할 것을 기다리고 있었습니다. 마침 대가가 오시는 거동을 보니, 온 몸에 피투성이가 되고 고묘로 들어가기에, 어떠한 사람인 줄은 모르나 장대가(張大哥)가 전부터 말씀하시기를, 사람을 잡는 데는 살려 잡으라고 하셨기 대문에, 요구창으로 대가를 잡아왔습니다. 눈이 있으나 몰라 뵈었으니, 죄를 용서하십시오."
 장청 부부가 껄껄 웃으며 말했다.
 "너희들이 아무리 사로잡아 왔으나, 저 동생이 만일 잠들지 않았으면, 어찌 감히 잡아올 수 있었겠는가?"
 무송이 말했다.
 "내가 열 냥 은자를 줄 터이니, 나누어 써라."
 장청이 또 삼십 냥 은자를 주어 보내고 무송을 보고 말했다.
 "현제를 이별하고 한시도 마음을 놓은 적이 없소"
 손이랑이 말했다.
 "소문에 도련님이 술이 취하여 장문신을 쳤다 하더니, 그 빌미로 화를 당할 뻔하였습니다. 도련님이 고단하실 터이니, 오늘은 편히 쉬시고 내일 다시 뵙지요."
 한편 장 도감의 부중에서 화를 면한 사람들이, 날이 밝으니 비로소 군한을 데리고 맹주 지부에게 알리니, 지부가 깜짝 놀라 우선 범인의 얼굴을 그려 방방 곡곡에 붙이고 엄포하며, 사람을 장 도감 집에 보내어 조사하니, 먼저 마부를 죽이고, 그 뒤로 차환 두 명을 죽이고, 그 곁에 행흉하던 칼을 버렸고, 누 위에 장 도감 일원과 종인 두 명과 장단련과 장문신을 죽였고, 벽 위에다 혈서로 살인자는 타호 무송이라고 했고, 누 밑에는 부인을 죽였고, 난간 밑에 옥란과 양낭을 죽였으니, 전후하여 죽은 수가 열다섯 명이오.
 또한 금은 기명을 훔쳐 갔다고 알리니, 지부가 대경 실색하여 각 문에 전령하여 문을 닫고 죄인을 잡으려 하는데, 비운포 이정이 또 네 사람이나 다리 아래서 죽었다는 것을 알아차렸다.
 사흘을 수색하였으나 잡지 못하고, 백성의 집을 가가 호호 차례로 뒤져, 잡는 자에게 상전 삼천 냥을 주고, 만일 죄인을 숨겼다가 들통나면 죄를 같이 받는다고 했다.

이때 무송이 장청의 집에 있는데, 소문이 분분하여 많은 공인이 촌방에 덮였는데, 장청 부부가 무송을 보고 말했다.
"우리가 죄를 두려워하는 것이 아니라, 현제가 만일 불편한 것이 있으면 어떻게 하겠나? 내 생각 같아서는 안전하게 피신할 곳이 있는데, 자네가 가려고 할는지 의문이군."
"내 생각 역시 이곳에는 있지 못할 것이오. 집으로 돌아갈 길이 없으니, 형님이 만일 좋은 곳이 있다면, 어찌 안 가겠습니까?"
"그곳은 청주 관하 이룡산인데, 그 속에 보주사라고 하는 절이 있고, 그 절 안에 나의 형님되시는 노지심이라는 분과 청면수 양지와 같이 그곳에 웅거하고 있는데, 청주 관군 포도의 무리들도 이들을 바라보지 못하는 터이니, 자네가 거기만 가서 있는다면 아무 일 없으리라고 믿네. 편지 한 장을 써 줄 테니 어떻겠나? 가 볼 텐가?"
무송이 대답했다.
"형님이 이르신 곳을 소제가 늘 가려고 하여 보았으나, 인연이 닿지 않더니, 일이 공교롭게 몸둘 곳이 없는데, 이룡산으로 가는 것이 제일 상책일 것입니다. 형님이 편지를 써 주신다면 당장이라도 가겠습니다."
장청이 즉시 편지를 써서 주고 주식을 갖추어 무송을 전별할 때, 손이랑이 장청을 보고 말했다.
"당신이 도련님을 저대로 보낸다면 멀리 가지 못하고 잡힐 것이오."
무송이 말했다.
"제가 왜 잡히기 쉬우며 또 가지 못한다고 하시오?"
손이랑이 말했다.
"도련님 모르는 말씀이십니다. 지금 관가에서 문서를 만들어 삼천 관 상전을 주마 하고 얼굴 모습을 그려서 곳곳에 방을 붙여 놓았고, 도련님의 두 뺨에 자자한 것이 분명한데, 길에서 무사하기를 어떻게 바라겠습니까?"
 장청이 말했다.
 "고약 두어 장을 뺨에 붙이면 어떻게 알아보겠소?"
 손이랑이 웃으며 말했다.
 "천하에 당신만 꾀가 있다고 생각하시오. 허다한 공인들이 눈이 밝고 수단이 빠르니 어떻게 속이겠소? 내게 방법이 있으나, 도련님이 듣지 않을까 합니다."
 무송이 대답했다.
 "화를 피하고 재앙을 도망하는 사람이 무엇을 가리겠습니까?"
 손이랑이 껄껄 웃으며 말했다.
 "제가 말할 것이니 도련님은 이상하게 생각지 마십시오."
 "어찌 그런 말씀을 하십니까?"
 "연초에 중 하나가 이곳을 지나는 것을 잡아 만두 속에 쓰고, 그 중이 지녔던 옷과 직철(直裰) 한 벌과 푸른색 띠와 도첩(度牒) 한 장과 백팔 염주가 남아 있습니다. 사람의 정박이뼈로 만든 염주요 계도 한 쌍이 있는데, 칼집을 상어 가죽으로 하고 빈철로 만든 계도인데, 세상에 보기 드문 보도입니다. 이 칼이 밤마다 스스로 우니, 이제 난을 피하시어 도망가시려면 머리를 깎고 중이 되어 얼굴에 금인을 감추고 도첩으로 몸을 호위하시면 체격도 비슷하니, 전세(前世)에 마련된 일이 아니겠습니까? 그 사람의 이름으로 행세하시어 가신다면, 누가 감히 의심하겠습니까? 어떠십니까?"
 장청이 손뼉치며 말했다.
 "참, 당신의 생각이 정말 좋소! 자네 생각에는 어떠한가?"
 무송이 말했다.
 "형수씨의 말씀이 좋습니다만, 내가 출가한 사람과 같지 않을까 걱정입니다."
 장청이 말했다.
 "현제는 시험을 하여 어떤가 보면 되지 않겠는가."
 손이랑이 방에 들어가 보따리를 내어다가 풀어놓고 허다한 옷을 입혀 주니, 무송이 보니 바로 제 옷을 입은 것 같았다. 검은 직철을 입고 계도를 차고 백팔 염주를 목에 걸고 승모를 쓴 뒤에 장청의 부부가 손뼉을 치며 말했다.
 "전생에 타고난 화상이오!"
 무송이 거울을 갔다가 비춰 보고 박장 대소하는 것을 보고 장청과 손이랑도 같이 웃었다.
 "정말 중과 같다!"

 그날 저물게 길을 떠나가는데, 이때는 시월 말이었다. 추위를 무릅쓰고 오십여 리를 갔는데, 한 높은 고개를 만나 고개 위에서 동쪽을 바라보니, 고요한 달빛이 반공에 걸렸고 한참 사면을 살피는데, 앞쪽 수풀 속에서 사람의 웃는 소리가 나니 혼자 말로 이르기를,
 "이상도 하다. 이런 높은 산꼭대기에 무슨 사람의 웃음소리가 나는가?"
 하며 찾아들어가 보니, 소나무 숲속에 초가집이 하나 있는데, 한 십여 칸 되는 암자였다. 그런데 그 옆에 문짝 두 개를 활짝 열어젖히고, 한 선생이 젊은 계집을 안고 달빛을 우러러보며 서로 희롱하니, 무송이 보고 분통이 터져 속으로 꾸짖기를,
 "이 놈이 출가한 놈으로서 아무도 보지 않는 높은 산중이라고, 어찌 저런 음란한 행실을 하는데, 온당한 일이겠는가? 한 칼에 베어버리겠다."
 하고 계도를 뽑아 달빛에 비추어 보니 심히 칼날이 날카롭다.
 '이 칼이 내 손으로 들어온 뒤에 아직 시험하여 보지 못했으

니, 저놈을 시험해 보겠다.'
하고 칼을 품고 암자문을 두드렸다. 그랬더니 선생이 문을 탁 닫고 아무 대꾸를 않는다. 무송이 크게 노하여 돌을 하나 주어다가 문을 쳤다.

그러자 옆에 조그만 문이 열리며 어린아이가 나오며 꾸짖어 말했다.

"아니 어떤 사람인데, 반야 삼경에 남의 집 문을 부수려고 하시오."

무송이 크게 노하여 눈을 부릅뜨고 말했다.

"저 조그만 놈을 먼저 죽여 내 분을 풀겠다."
하고 계도를 한 번 드니 그 아이의 머리가 땅에 떨어졌다.

바로 그때 뒤미처 선생이 쫓아나오며,

"어떤 놈이 나의 도동을 죽이느냐?"
하고 소리를 크게 지르며, 손에 두 자루 칼을 들고 휘두르며 무송에게 달려드니, 무송이 껄껄 웃으며 말했다.

"내가 너를 두려워하면 사람이 아니다."
하고 계도를 빼어들고 선생을 대하여 밝은 달 아래서 서로 싸우는데, 수십 합에 이르러 무송이 소리를 지르며 몸을 돌려 한 칼로 선생을 베니, 몸뚱아리가 땅에 거꾸러졌다. 무송이 크게 소리쳤다.

"안에 있는 낭자는 나와서 내 말을 들어라. 그대를 죽이지 않을 것이다."

그 낭자가 나와서 절을 하니, 무송이 말했다.

"절은 하지 말고 이곳 지명이 무엇이며, 그 자가 어떠한 사람인지 바로 말하여라."

그 낭자가 울며 말했다.

"저는 고개의 밑의 장 태공의 딸이오며, 산 위에 산소가 있는데, 저 선생이 어디서 오셨는지 모르지만, 제 집에 와서 묵으며 스스로 음양 술수에 익다 하며, 저를 보고 나쁜 마음을 먹고 몇 달 동안에 우리 부모를 다 죽이고, 저를 위협하여 죽고 사는 것을 마음대로 못하여 참고 있었습니다. 저 선생의 도동도 근처에서 붙들어 온 것이고 이 고개는 오공령(蜈蚣嶺)이라 부르고, 저 선생의 별호는 비천오공 왕도인(飛天蜈蚣王道人)이라고 하였습니다."

"너의 친척이 있느냐?"

"비록 친척이 있으나, 다들 농사를 짓는 사람이니, 어찌 감히 나서겠습니까?"

"저 선생에게 금은이 있느냐?"

낭자가 대답했다.

"상자 속에 일이백 냥 은자가 있습니다."

"무엇이든지 있거든 빨리 금은과 행장을 챙기어 달아나도록 하라. 이 절을 불사르겠다."

"사부는 들어오셔서 술 한 잔 드십시오."

무송이 말했다.

"네가 나를 음해하려고 하느냐?"

"제 머리가 몇이나 되기에 그런 일을 하겠습니까?"

무송이 그 부인을 따라들어가 탁자에 벌인 술과 고기를 먹을 제, 그 낭자는 금은을 수습하여 약간의 은자를 무송에게 주니 무송이 말한다.

"나는 돈을 탐내서 한 것이 아니니 낭자나 가져가거라."

하고 시체 둘을 모으고 불을 놓아 암자를 불지르고, 계도를 칼집에 꽂고 그 밤으로 걸어서 고개를 내려와 청주로 가는데, 십여 일이나 지내는 동안에 술집과 향촌마다 방을 붙이고 곳곳마다 단속이 심하나, 무송이 이미 행자가 되었으니, 의심하는 자가 없었다.

십여 일을 걸어오니, 때는 동짓달 천기여서 날씨가 몹시 추워서 무송이 길에서 술을 많이 먹었으나, 여전히 추우니 급히 걸어서 조그만 언덕에 올라오는데, 앞쪽을 바라보니 높은 산이 하나 있어 상당히 험하여 보였다. 무송이 언덕을 지나서 삼사 리쯤 와서 보니 술집 하나가 있었다. 문 앞에 맑은 시내가 있고 집 뒤에는 난산 괴석이었다.

　무송이 언덕에서 내려와 술집 앞에 와 보니 원래가 시골 주막이라 무송이 술집에 들어가 앉으며 주인을 보고 말했다.

　"술 두 통만 가져오고 무슨 고기가 있거든 두어 근 썰어 오구려."

　술집 주인이 말했다.

　"채소는 있습니다만 고기만은 없습니다."

　"그러면 술을 덥게 하여 가져오구려. 우선 추우니."

　주인이 응낙하고 가더니 양각주(兩角酒)를 가져오고 채소와 안주 그리고 큰 사발을 앞에 벌이니, 무송이 순식간에 술과 채소를 다 먹고 다시 술을 가져오라 하여 먹을제, 원래 무송이 술을 많이 먹어 거나하게 취했다. 또 네 통을 먹어 찬바람이 한 번 얼굴에 부니 일시에 취하여 횡설 수설 소리를 했다.

　"주인 당신네 집에 찐 개고기라도 없느냐? 당신들 먹으려고 둔 것이라도 파시오. 내가 값을 후히 치르겠소."

　주인이 말했다.

　"내가 아직까지 출가한 사람이 고기를 먹는 것을 보지 못하였소. 사부는 이제 많이 취하였으니, 다른 데로 가서 사서 잡수시오."

　무송이 말했다.

　"내가 당신 것을 공짜로 먹지 않았건만, 어찌 팔지 않소?"

　술집 주인이 말했다.

　"처음부터 술은 있으나, 고기는 없다고 했지 않소."

　무송이 다시 말하려는데, 밖에서 한 큰 사나이가 서너 명을 데리고 들어오니, 술집 주인이 얼굴에 웃음을 띠고 말했다.
"어서 이리 오셔서 앉으십시오."
그 사나이가 말했다.
"내가 아까 부탁한 것을 다 준비하여 놓았소?"
술집 주인이 웃으며 대답했다.
"닭은 벌써 삶아 놓았습니다. 오시기만 기다리고 있었습니다."
그 사나이가 말했다.
"청화병(青花甁)에 넣은 것을 어디다 두었소?"
"저쪽에 있습니다."
그 사나이가 여러 사람을 데리고 무송의 앞을 쓸고 지나가서 맞은편에 앉으니, 따라 온 네 사람은 그 사나이의 아래에 앉은 후에, 술집 주인이 청화병에 술을 내어 봉한 것을 떼고 주전자에 부으니, 무송이 보기에 정말 좋은 술이었다. 향긋한 향취가 바람에 묻어 살며시 코에 전해 오는데, 무송이 먹고 싶은 마음이 불같아 뺏어 먹지 못하는 것을 한했다.
술집 주인이 또 삶은 닭 한 마리를 쟁반에 담고 또 소고기를 썰어 가지고 나와 그 사나이 앞에 늘어놓는 것을 보고, 무송이 자기 앞을 보니 다만 한 사발 술과 채소 한 접시뿐이어서, 어찌 분하지 않을까. 이른바 눈요기는 하나 배는 고프니, 이에 분기를 이기지 못하여 주먹으로 탁자를 땅 치며 소리를 꽥 질러 꾸짖었다.
"이 주인놈아! 사람을 너무 업신여기지 말아라!"
술집 주인이 급히 나오더니 말했다.
"사부는 너무 조급하게 굴지 말고 조용히 말씀하십시오."
무송이 두 눈을 부릅뜨고 말했다.
"네가 사람을 어떻게 보고 이러는지 모르겠다. 청화병의 술과 소고기며 닭고기는 어째 나에게는 팔지 않느냐?"

주인이 다시 말했다.

"청화병의 술과 닭고기와 소고기는 다 손님이 댁에서 가져가 보관한 것이고, 저희는 자리만 빌린 것이니, 사부는 고정하십시오."

무송이 먹고 싶은 마음에 그 말을 믿지 않고 소리를 버럭 질렀다.

"엉터리 같은 수작하지 마라!"

"제가 지금까지 출가하신 분이 법에 없는 말씀하시는 것을 못 보았습니다."

무송이 말했다.

"내가 무슨 법 없는 말을 하던가?"

술집 주인이 코웃음을 하며 대꾸했다.

"출가한 승인이 어찌 그리 조급히 구십니까?"

무송이 크게 노하여 일어나며 다섯 손가락을 벌려 술집 주인의 뺨을 후려쳤다. 술집 주인이 맞고 자빠지는데, 맞은편에 앉아 있던 큰 사나이가 크게 노하여 뛰어 일어나며 무송을 가리키며 꾸짖었다.

"네 이 중놈이 본분을 지키지 않고 손으로 사람을 치느냐? 출가한 사람은 모진 마음을 두지 말라 한 것을 불경에서 보지 못하였느냐?"

무송이 대답했다.

"내가 저놈을 쳤는데, 네가 무슨 간섭이 있어 나에게 잘난 척하고 나오느냐?"

"좀 같은 중놈이 어찌 감히 내 말에 대답을 하느냐?"

무송도 크게 노하여 탁자를 밀치고 일어나며 대꾸했다.

"네가 누구보고 무엇이라 하느냐?"

그 큰 사나이가 웃으며 말했다.

"이놈이 감히 죽고 싶어 나와 겨루려고 하느냐? 이것은 태세의 머리털을 건드리는 격이로구나."
하고 팔을 휘두르며 말했다.
"이놈아, 죽고 싶거든 나와 겨루어 보자."
무송이 또한 대꾸했다.
"내가 너 같은 것을 두려워하면 이렇게 나다니지는 않는다."
하고 문 밖으로 나가려고 하니, 그 큰 사나이가 먼저 나갔다. 무송도 따라 문 밖으로 나왔다. 그 큰 사나이가 무송의 몸집 큰 것을 보고 대적하기 어려울 것 같아 문 밖에 몸을 숨겨 무송이 나오기를 기다렸다.

무송이 쫓아나가니, 그 사나이가 손을 벌려 무송을 잡으려 했지만, 어찌 무송의 신력(神力)을 당할 것이오. 두 손이 무송의 품속에 들어 마치 어린아이 안긴 것 같으니, 조금도 움직이지 못하는데, 촌 친구 너덧 명이 어찌 잡을 엄두를 내겠소. 무송이 그 사나이를 잡아 누르고 삼사십 번을 친 후, 그대로 들어 시내 속에 던지니, 따라왔던 놈들이 놀라 하기를 마지않으며 물속에 들어가, 그 사나이를 건져 가지고 달아났다.

무송이 웃으며,
"이놈들이 없으니, 내 혼자 술먹기 좋구나!"
하고 도로 들어가 사발을 들고 술을 부어 먹으며 탁자 위에 있던 소고기, 닭고기를 마음대로 먹었다. 젓가락도 필요없이 두 손으로 집어서 반 시각도 못되어 다 먹었다.

마음껏 마시고 먹고 난 무 행자는 옷소매를 둘둘 말아 등에 묶고 가게를 나와서 개울을 따라 걸어갔다. 그런데 북풍이 불어닥쳐 술기운이 올라, 그저 이리저리 비틀거리며 걸어나갔다.

선술집을 나와서 4, 5리도 채 가기 전에 길 옆의 흙담 안에서 붉은 개가 한 마리 뛰어 나오더니 무송을 향하여 짖어 댔다. 무송이 뒤돌아보니 커다란 붉은 개가 짖으면서 뒤를 쫓아왔다. 쫓아도 도망가지 않고 자꾸 따라오며 짖어 대는 그놈의 개가 매우 비위를 거슬려서, 갑자기 오른손으로 칼을 빼들고 큰 걸음으로 쫓아갔다. 개는 개울 기슭을 따라서 도망가면서도 짖어 댔다. 무송은 칼로 내리쳤으나, 공연히 허공을 칠 뿐 힘이 빠져서 흔들흔들 비틀거리고 고꾸라져 개울 속으로 거꾸로 굴러떨어지니 도저히 일어날 수가 없었다. 계절은 겨울이라 개울물은 줄어들어서 한두 자 정도의 깊이밖에는 되지 않았지만, 그 차가움이란 말로 다 할 수 없을 정도였다. 간신히 기어서 올라오기는 하였지만, 온몸이 흠뻑 젖었고 칼을 찾으니, 개울물 속에 잠겨져 있었다. 무송이 몸을 굽혀서 칼을 주워 올리려고 하였을 때, 술에 취한 그는 첨벙하고 개울로 떨어지고 말아서, 물속에서 철썩철썩 발버둥질만 할 수 밖에는 다른 재간이 없었다.

 겨우 정신을 차려 일어서려고 하는데, 언덕 위로 한떼 사람이 풍우같이 달려오니, 앞선 큰 사나이는 누런 옷을 입고 손에 초봉을 들고 등뒤에 수십 장객이 따르는데, 다 각각 손에 무기를 갖고 있었다.

 여러 사람이 개 짖는 것을 보고 가리키며 말했다.

 "저 물 속에 있는 놈이 곧 행자이니, 그 놈인가 봅니다."

 말이 끝나기도 전에 아까의 큰 사나이가 옷을 갈아입고 박도를 가지고, 삼사십 명의 장객을 데리고 호로 일성에 무송을 잡으려고 술집으로 오다가, 무송이 물에 빠진 것을 보고 누런 옷 입은 사람에게 말했다.

 "저놈을 잡아 주시오!"

 그 큰 사나이가 여러 사람에게 일렀다.

 "저놈을 잡아 장상으로 데리고 가라."
하니, 사오십 명이 일시에 달려드니 무송이 잔뜩 취하였는데, 어떻게 벗어나겠소. 물속에서 잡히어 오 리쯤 가니, 큰 장원이 있는데, 담이 높고 양쪽에 창송(蒼松)과 양유목(楊柳木)이 자욱히 둘려 있었다.
 무송을 장내로 잡아 돌려 오더니 옷을 벗기고 계도를 빼앗고 큰 나무에 묶고 큰 사나이가 분분했다.
 "우선 한 묶음 등채를 가져오라. 저놈을 때려 가며 자세히 묻겠다."
하고 대여섯 번을 치는데, 안에서 한 사람이 뒷짐지고 나오며 말했다.
 "그 웬 사람인가?"
 그 사람을 보자 두 사나이는 손을 맞잡고 서서 대답했다.
 "사부, 말씀을 들어보십시오. 오늘 소제가 아는 사람을 너덧 명을 데리고 함께 양쪽 술집에서 술을 마시는 중에, 저놈이 공연히 소제를 때려 시내에다 꺼꾸러 치고, 내가 준비한 술과 고기를 다 먹고 문 앞의 개천에 꺼꾸러졌기에 잡아왔습니다. 뺨에 두 줄 금인이 있는 것을 보니 저놈이 필연 도적놈이 머리를 깎고 도망하는 놈인가 싶어, 차근차근 쳐서 근본을 안 후에 관사(官司)에 보내어 다스리려고 합니다."
 잠시 멈추고는 이어 입을 열었다.
 "저놈이 나를 때렸으니, 저 머리 붉은 나귀놈을 힘껏 때려서 죽거든 불에 태워 나의 분한 기운을 풀겠습니다."
하고 등채를 들어치니 그 사람이 말했다.
 "잠깐 기다려라. 어디 좀 보자."
 이때 무송이 술이 조금 깨어서 마음에 헤아림이 있어, 다만 눈을 감고 아무 소리도 않는 것을, 그 사람이 무송의 얼굴을 자세히 보더니 불러 물었다.
 "우리 현제 무송이 아닌가?"
 무송이 그제야 눈을 떠 그 사람을 보고 말했다.
 "아니, 형님이 아니십니까?"
 "빨리 지 묶은 것을 풀어 주게."

그 누런 옷 입은 큰 사나이와 먼저 맞던 사나이가 일시에 놀라며 말했다.

"저 중놈이 어떻게 사부의 현제가 됩니까?"

그 사람이 웃으며 말했다.

"내가 늘 말하던 경양강 위에서 호랑이를 쳐 잡던 무송이오. 이제 무슨 일로 중이 되었는지는 나도 모르오."

그 큰 사나이가 급히 무송을 묶은 것을 풀고, 다른 옷을 갖다가 입힌 뒤에, 붙들어 초당에 들어와 절할 때, 그 사람이 놀래고 기꺼이 무송을 붙들고 말했다.

"현제 아직 취한 것이 깨지 못하였으니, 아직 정신을 차리거든 이야기합시다."

무송이 그 사람을 만나니 기쁨을 이기지 못하나, 술이 취하여 아직 깨이지 않아, 물을 먹어 취한 기운을 차린 뒤에 그 사람에게 절하고 옛정을 폈다.

원래 이 사람은 다른 사람이 아니라 운성현 송강(鄆城縣宋江)인데, 자는 공명(公明)이니, 무송이 이르기를,

"형님께서는 시 대관인의 장상에 계신 줄로만 알았는데, 어찌 하여 이 곳에 와 계십니까? 이것이 꿈이 아닙니까?"

송강이 말했다.

"현제를 시 대관인 장상에서 이별한 뒤 반 년이나 그곳에 머무니, 집안 소식이 궁금하기에 부친께서 걱정하실 것이므로 송청을 보내었더니, 그 후에 소식을 들으니, 주동, 뇌횡 모두가 모든 일을 돌보아 집안에 별다른 일이 없고, 관사에서도 적이 풀렸으니 돌아오라 하였고, 공 태공이 누누이 사람을 보내어 오라고 하기에 집에 돌아가는 길에, 공 태공의 사람을 만나 이리로 와서 있는데, 이곳이 백호산이며 집은 공 태공의 장원인데, 아까 형제에 맞던 사람이 공 태공의 작은아들인데, 저 사람의 성격이 조급하여 남들과 다투기를 좋아하는 고로, 남들이

부르기를 독화성 공량(獨火星孔亮)이라고 하네. 저 누런 옷입은 사람은 공 태공의 큰아들인데, 부르기를 모두성 공명(毛頭星孔明)이라고 하네. 저 형제들이 창봉을 즐겨 하는 고로, 내가 몇 가지 재주를 가르쳤기 때문에, 나를 보고 사부라고 부르네. 내가 이곳에 와서 있은 지 반 년이 되었는데, 이제 청풍채로 불원간에 떠나려고 하는 참이네. 내가 시 대관인 장상에 있을 때에 사람이 전하는 말을 들으니, 현제가 경양강 위에서 호랑이를 쳐서 잡았다는 말과 양곡현에서 도두가 되었다고 하더니, 그 후에 들으니 서문경을 죽이고는 어디로 귀양을 갔다더니, 이제 어찌하여 중이 되었느냐?"

무송이 대답했다.

"소제가 형님을 시 대관인의 장원에서 이별하고 경양강 위에서 호랑이를 잡아 양곡현에 보냈다가 지현이 도두를 삼았는데, 저의 형수가 어질지 못하여서 서문경과 통간하여 친형 무대를 약 먹여 죽였기에, 소제가 음부와 간부를 죽이고 본현에 자수하였더니, 부윤이 애써 구하여 맹주로 귀양가다가 십자파에 이르러 장청 부부를 만났고, 뇌성영에 이르러 이리저리하여 시은을 만나고 이리저리하여, 장 도감의 일문 열다섯 명을 죽이고, 장청의 집에 와서 중이 되어 여기 오다가, 오고령에서 왕도인을 죽이고, 술집에서 공량과 싸워 술이 취한 터라 개천에서 꺼꾸러졌다가 붙들려 온 것입니다."

자세한 이야기를 공명과 공량 형제가 듣고 깜짝 놀라 몸을 일으켜 두 번 절하니, 무송이 급히 붙들어 일으키며 말했다.

"먼저 시끄럽게 굴어서 미안하오."

공명과 공량이 다시 말했다.

"우리 형제가 눈이 있으나 태산을 몰라 뵈옵고 죄를 저질렀사오니, 용서하십시오."

무송이 다시 말했다.

"두 형제분이 나를 사랑하시거든 내 도첩과 행리와 옷이며 계도 한 쌍과 일백 단팔 염주를 거두어 잃어버린 게 없게 하여 주시오."

송공명이 말했다.

"그런 것은 염려하지 말게. 벌써 사람을 시켜 거두어 두었네."

무송이 다시 절을 두 번 하고 사례했다.

송강이 공 태공을 불러 무송과 상면을 시키니, 술상을 차려 대접했다. 그날 어두운 후에 송강이 무송과 함께 자리하여 일 년을 쌓아 왔던 회포를 펼제, 송강이 무송을 굉장히 반가워했다.

다음날 날이 밝은 후, 일어나 청소하고 중당에 모여 아침을 먹은 후, 송강은 무송을 대접하고, 공량은 아픈 것을 참고 무송을 관대했다.

공 태공이 닭과 오리며 돼지를 잡아 잔치를 열어 송강과 무송을 같이 즐기게 하니, 이웃 사람과 친척들이 모두들 와서 치하했다.

그날 잔치를 파한 후에 송강이 무송을 보고 물어 보았다.

"현제는 어디로 가려고 하는가?"

무송이 대답했다.

"어젯밤에 형님께 말씀드렸지만, 장청이 편지를 써서 소제를 주며 이룡산 보주사 화화상 노지심이 있으니, 그리로 가서 의지하라 하기에, 거기로 가려고 합니다."

송강이 말했다.

"참 좋은 일이오. 나도 근일에 집에서 기별이 왔는데, 청풍진 지채 소이광 화영(淸風鎭知寨小李廣花榮)이 내가 염파석을 죽인 것을 듣고 나를 보고 오라고 편지하였으니, 내가 청풍진으로 가서 며칠 있을까 하는데, 날씨가 고르지 못하였더니, 이제 나와 동행하여 가세."
　무송이 말했다.
　"형님의 말씀은 감사합니다만, 소제 이룡산으로 가서 낙초하려고 하는 길이요, 더구나 중의 모양이니 형님과 같이 가다가 만일 누를 끼칠까 걱정됩니다. 하늘이 불쌍히 여겨 죽지 않고 훗날 나라에서 죄를 용서하시면, 그때 형님을 찾아도 늦지 않을까 합니다."
　송강이 말했다.
　"현제가 이미 나라에 귀순할 마음을 두었으면, 하늘이 반드시 도우실 것이니, 좀더 기다리게."
　공 태공이 장원에서 십여 일을 묵은 뒤에, 송강이 고집하여 떠나려고 하니, 공 태공이 잔치를 베풀어 송강과 무송의 옷 한 벌과 검은 직철을 짓고 가지고 있던 도첩 한 장과 계도와 염주 금은을 일일이 가져오라고 하고, 다시 백은 오십 냥씩 쟁반에 담아서 두 사람에게 노자에 보태 쓰라고 했다. 송강이 사양하고 받지 않으니, 공 태공의 부자가 가만히 송강의 행장 속에 넣었다.
　송강은 옷가지를 챙기고, 무송은 옷을 갈아입고 검은 직철 입고 승모 쓰고 계도를 차고 백팔 염주를 목에 걸고 바랑을 짊어졌다. 송강은 요도 차고 박도를 끌고 백범양 전립 쓰고 공 태공에게 하직하니, 공명, 공량 형제가 장객을 명하여 행장을 치우고 형제 두 사람이 이십 리를 따라나와 이별했다.

제11장
청풍산의 호걸

 송강과 무송이 작별하고 재촉하여 서룡진에 닿으니, 세 갈래 길이므로 길을 멈추고 그곳 사람에게 물어 보았다.
 "여보시오. 길을 좀 물어 봅시다. 이룡산하고 청풍진을 가려면 어느 길로 가야 합니까?"
 "두 곳의 길이 다릅니다. 서쪽 길로 가시면 이룡산이요 동쪽 길로 가시면 청풍진이올시다. 이 청풍산만 지나면, 거기가 바로 청풍진이올시다."
 송강이 자세한 말을 듣고 나자, 무송이 보고 물어 보았다.
 "우리가 오늘 여기서 헤어져야 할까 보네. 어디 가서 술이나 한 잔 하고 이별하세."
 "조금만 더 가시다가 작별하십시다."
 "구태여 그럴 필요 무엇 있나? 옛사람이 이르기를, 아무리 멀리 가도 한 번 이별은 면하지 못한다 했거늘, 빨리 그곳에 가서 입과하고 술을 좀 경계하여 지내다가, 만일 조정에서 용서하여 부르시거든, 노지심을 권하고 변방에 나가 한 창과 한 칼로 도적을 멸하고, 공훈을 세워 아내를 봉하여 자식에서 음(蔭)을 내리고 빛나는 이름을 청사(靑史)에 드리움이 한 세상에 난 근본이네. 나는 백 가지에 한 가지도 능한 것이 없으니, 비록 충심을 가졌으나 쓸 곳이 없고, 현제의 영웅 지재로는 결단코 대사업을 세울 것이니, 우형(遇兄)의 말을 마음에 새겨 두고 부디 뒷일을 생각하게."
　무송이 일일이 들은 후에, 술집에서 나와 송강에게 네 번 절하고 하직하니, 송강이 다시 당부했다.
　"현제는 부디 내 말을 잊지 말게."
　"삼가 명심하겠습니다."
　송강이 무송의 손을 잡고 눈물을 흘리며 말했다.
　"현제는 앞길을 보중 보중(保重保重)하게."
　무송이 감사한 은혜가 고마워 뼈에 사무치는 것을 이기지 못하여 눈물을 뿌리고, 서쪽으로 향하여 이룡산에 가 노지심과 양지를 만나 입과했다.

　송강이 무송과 헤어진 뒤, 동쪽으로 부지런히 걸어 마침내 이름 높은 청풍산 앞에 다다르니, 사면이 험준하고 흐르는 물소리가 귀에 시원하게 들려왔다. 즐거운 바람에 넋을 잃고 좌우를 둘러보며 천천히 가는 동안에, 어느덧 날이 저물어 마음이 황망하여 생각했다.
　'여름 같으면 하룻밤쯤 숲속에서 지낼 수 있었지만, 지금은 겨울이니 밤에 찬 기운을 어떻게 견디며 만일 호랑이라도 나오면 어떻게 하겠나.'
　하고 동쪽 좁은 길을 향하여 걸음을 재촉하여 가는데, 초경쯤 되어서는 마음이 더욱 급하여 달리는데, 숲속에서 말 묶는 밧줄이 일어나며 방울소리가 나더니, 송강이 엎어지고 말았다. 숨어 있던 졸개 십여 명이 소리를 지르고 나와 송강을 사로잡아 결박했다. 박도와 행장을 빼앗아 송강을 산채로 끌고 가는데, 눈을 들어 살펴보니, 불빛이 환한 곳에, 주위 사면은 목책으로 뜰 한가운데에 한 채 초청이 있고, 청상에는 호피 교의가 셋이 놓여 있고 집 뒤로는 백여 칸 초옥이 있었다.

졸개들이 송강을 들어다 뜰 아래 장군주에 붙들어 매어 놓으니, 청상에 있던 놈이 졸개들에게 말했다.

"대왕께서는 약주가 취하여 주무시니 알리지 말고, 한숨 주무시고 일어나시거든 저놈의 간을 내어 성주탕(醒酒湯)이나 해서 바치고, 그 남은 고기나 우리는 배부르게 먹세."

송강이 장군주 위에서 이 말을 듣고 생각했다.

'내 팔자가 이다지도 기구하단 말인가? 연화창기 하나를 죽이고 온갖 고생을 겪고, 이제는 죽을 때를 당하였으니, 운수 나쁜 것을 원망한다.'

하고 생각하는데, 졸개가 청상에 등불을 밝혔다. 송강이 꼼짝 못하고 사면을 보며 홀로 탄식하는데, 삼경이 지난 후에 뒤에서 졸개 몇 명이 나오며 말했다.

"대왕께서 이제 납신다."

하고 등촉을 돋우므로, 송강이 눈을 들어 보니 그 대왕이라는 자는 머리에 붉은 건 쓰고 몸에 녹전포(錄戰袍) 입고, 한가운데 교의(交椅)에 앉았다. 이 사람은 동래주 사람으로, 성은 연(燕)이요 이름은 순(順)이며, 작호는 금모호(錦毛虎)라 하며, 원래 양과 말을 팔러 다니다가 밑천을 다 잃고 녹림 총중(錄林叢中)에 낙초했다.

그때 연순이 술이 깨어 일어나 나와서, 가운데 호피 의자에 앉아 졸개를 불러 물었다.

"너희들은 어디 가서 뭣을 하고 왔느냐?"

졸개들이 대답했다.

"산 뒤에서 길목을 지키고 있는 중에 숲속에서 방울 소리가 나기에 가서 보았더니, 저 소 같은 놈이 혼자서 보따리를 짊어지고 오다가 말바에 걸려 엎드려졌기에, 잡아다가 대왕께 성주탕을 끓여드릴까 합니다."
 연순이 말했다.
 "참 그거 좋지. 빨리 가서 두 분 대왕을 모시어 오너라."
 졸개가 가더니, 오래지 않아 대청 옆으로 두 명의 호걸이 나타났다.
 왼쪽 교의에 앉은 자는 키는 작고 두 눈에 광채가 찬란하니, 이 사람은 양회(兩淮) 사람인데, 성은 왕(王)이요 이름은 영(英)인데, 작호(綽號)를 왕왜호(王矮虎)라고 부른다.
 본래 수레를 몰고 다니다가 길에서 남의 재물을 보고 욕심이 생겨 객인을 겁박하고, 이 일이 발각되어 관가에 갇히었다가, 감옥 담을 넘어 도망하다가, 청풍산에 올라와 연순을 만나 낙초했다.
 오른쪽의 교의에 나와 앉은 호걸은, 얼굴이 희고 수염이 세 갈래로 입을 막고 어깨가 넓고 모양이 청수하고, 붉은 두건을 썼는데, 이 사람은 절서 소주(浙西蘇州) 사람이니 성은 정(鄭)이요 이름은 천수(天壽)인데, 그 사람이 인물이 준수한 고로, 남이 부르기를 백년 낭군이라 했다.
 원래 은장(銀匠)의 출신으로 창막대 쓰기를 즐겨 하더니, 청풍산을 지나다가 왕영을 만나 오육십 합을 싸웠으나, 승부가 없어, 연순이 그의 무예 수단이 뛰어난 것을 사랑하여 맞아 산에 올라와 셋째 대왕이 되었다.
 당 아래 세 두령이 각각 교의에 앉은 뒤에 왕영이 졸개를 불러 일렀다.
 "저놈의 간을 내어 성주탕(醒酒湯)을 만들어 오너라."
 졸개가 들통을 갖다가 송강의 앞에 놓고, 또 졸개 하나는 소매를 걸어 붙이고 칼날이 번쩍번쩍하는 칼을 들고 송강의 목을 따려고 할 때, 또 한 놈이 냉수를 가지고 와서 송강의 가슴에 뿜었다.

원래 사람의 더운 피가 모두 심장에 있는 고로, 먼저 냉수를 뿜어 피를 식힌 후, 간을 먹으면 연하기 때문에 이렇게 하는 것이었다.

송강이 이 광경을 보고 스스로 탄식했다.

"아! 아깝다. 송강이 이곳에서 죽을 줄 누가 알았을까? 죽음이라는 것이 분명하지 못하다."

연순이 귓결에 듣고 졸개를 불러 잠깐 손을 멈추라 하고 물어 보았다.

"지금 그놈이 무엇이라고 하느냐?"

"아! 아깝다. 송강이 이곳에서 죽을 줄이야, 라고 합니다."

연순이 급히 몸을 일으켜 나와 물었다.

"여보, 당신이 송강을 알우?"

송강이 말했다.

"내가 송강이오. 다시 물어 무엇하겠소"

연순이 가까이 나와 되물었다.

"그럼 당신은 어디 있는 송강이오?"

송강이 대답했다.

"나는 운성현에 있는 송강이며, 내가 일찍 제주부에서 압사 노릇하던 송강이오."

연순이 또 물었다.

"그렇다면 당신이 염파석을 죽이고 강호상에 도망한 산동 급시우 송공명이오?"

"당신이 어찌 알고 있소? 내가 정말 흑송강(黑宋江)이오."

연순이 깜짝 놀라 황급히 졸개의 손에서 칼을 앗아 송강이 결박당한 것을 끊었다. 그리고 자기가 입고 있던 붉은 전포를 벗어 송강에게 입히고 한가운데 호피 교의에 앉히고, 급히 왕왜호와 정천수를 불러 세우고, 세 사람이 함께 절을 했다. 송강이 황급히 교의에서 내려 답례하고 물었다.

"세 분 호걸은 어째서 소인을 죽이지 않고 정중히 예를 행하시니, 이 뜻을 알지 못하겠습니다."

하고 땅에 엎드려 일어나지 않으니, 세 호걸이 일제히 꿇고 말했다.

"소제들이 자신의 눈을 찌르지 못하는 것을 한합니다! 사람을 알아보지 못하고, 하마터면 의사(義士)의 생명을 놓칠 뻔하였습니다! 다행히 하늘이 도우시어 형장이 스스로 성명을 일러 계시니, 우리 무리가 비로소 알아보았습니다. 소제의 무리가 강호상 녹림 중에 십수 년을 있으면서 현형(賢兄)의 의를 중히 하신다는 높으신 존함을 들었으나, 연분이 천박하여 일찍이 존안을 뵈옵지 못하던 차, 오늘에야 천행으로 만났으니, 마음이 흡족하옵니다!"

송강이 말했다.

"조그마한 송강의 몸이 무슨 덕과 능한 것이 있기에, 그대들이 이다지 사랑함을 어찌 감당하겠소?"

연순이 말했다.

"형님께서 예현 하사(禮賢下士)하고 호걸을 반겨 하시니, 이름이 천하에 중천한데, 누가 흠복하지 않겠습니까? 양산박이 이 근래에 십분 흥왕(十分興旺)하니, 강호상에서 이르기를 형님이 주신 바이라 하니, 어찌 감격하지 않겠습니까! 형님께서 어느 곳에 이르셨습니까?"

송강이 조개(晁蓋)를 구하여 준 일이며 염파석을 죽이고 시대관인의 집과 공 태공의 집에 있다가, 이제 청풍채로 가서 소이광 화영을 찾아보려고 가는 일을 세세히 말했다. 세 사람이 크게 기뻐하여 잔치를 베풀어 대접하며 한편으로 새옷을 가져가 바꿔입게 하고, 소와 말을 잡아 오경(五更)까지 술을 마시고 갔다.
　이튿날 진시(辰時)가 된 후에 일어나 세수하고 노상에서 지내는 일과 무송의 그러한 영웅을 칭찬하니, 세 사람이 발을 구르며 한탄했다.
　"참 아깝다. 이곳으로 왔더라면 좋았을 것을 언제 만날 수 있겠습니까?"
하며 정말 아깝게 생각했다.
　송강이 산채에서 육칠 일 동안이나 묵고 있는데, 때는 십이월 초순이었다. 그곳 사람들은 각각 산소에 찾아가는 풍속이 있는데, 하루는 납향(臘享) 날을 당하여 졸개들이 아뢰었다.
　"큰길에 교자 하나가 지나가는데, 육칠 명의 군인들이 쫓아가며 합(盒) 두 개를 이고 산소에 성묘하러 가는 것 같습니다."
하니, 본래 왕왜호는 여자를 좋아하는 사람이니, 이 소식을 듣고 가만히 생각했다.
　'교자 속에는 반드시 부인들이 있을 것이니 쫓아가서 겁탈하여 오겠다.'
하고 졸개 사오십 명을 데리고 산에서 내려가려는 것을, 송강과 연순이 아무리 말려도 듣지 않고 칼을 들고 북을 치며 산에서 내려갔다. 송강과 연순이 채중에서 술을 먹는데, 왕왜호가 내려간 지 서너 시각이 지나 졸개가 아뢰었다.
　"왕 두령이 산에서 내려가, 중로에서 교자를 만나 군인 칠팔 명과 교자를 앗았으나, 향합 한 개와 음식합 한 개뿐 다른 것은 없었습니다."
　연순이 물어 보았다.
　"그 부인을 지금 어디 두었느냐?"
　"왕 두령이 자기 방으로 데리고 갔습니다."
　연순이 껄껄 웃으며 송강이 말했다.

"왕영 형제가 여자를 탐내니 호걸이 할 짓이 아니오."
연순이 말했다.
"둘째 형제가 모든 일에는 다 출중하지만, 거기에는 큰 병입니다."
송강이 말했다.
"두 분 형제는 나와 같이 가서 권하는 것이 어떻소."
하고 연순, 정천수와 함께 뒷산의 왕왜호의 방으로 갔다. 방문을 여니 왕왜호가 그 부인을 부둥켜안고 한창 승강이를 하는 판인데, 세 사람이 들어오는 것을 보고 깜짝 놀라며 부인을 한옆으로 떠다밀고 세 사람에게 자리를 권하니, 송강이 그 부인을 보고 물었다.
"낭자는 어느 집 부인이시오?"
그 부인이 얼굴이 붉어지며 대답했다.
"나는 청풍진 지채의 식구인데, 모친이 돌아가신 날이기에 지금 성묘하러 나온 길입니다. 부디 대왕님은 목숨만 살려주십시오."
송강이 듣고 속으로 은근히 놀라 생각했다.
'내가 화지채(花知寨)에게로 가는 길인데, 어찌 그의 처자를 구하여 주지 않겠는가.'
"그러면 화지채는 왜 같이 안 나왔소?"
"나는 화지채의 안식구가 아닙니다."
"낭자가 지금 청풍진 지채의 안식구라고 말하지 않았소?"
"그것은 대왕님이 모르시는 말씀입니다. 청풍진에는 지채가 두 분이 있는데, 하나는 문관이요 하나는 무관이니, 무관은 화영(花榮)이고 문관은 저의 남편인데, 성은 유(劉)요 이름은 고(高)입니다."
송강이 또 생각했다.
'저 사람의 남편이 화영과 동관이면, 내가 구하여 주지 않고

내일 그곳에 가면, 서로 볼 낯이 없을 것이다.'
하고 왕왜호를 대하여 말했다.
 "내가 한 가지 청이 있는데, 좀 들어 주시겠소?"
 "형님의 말씀이면 어찌 안 듣겠습니까?"
 "호걸들의 하는 일은 시시한 일을 하면 남의 치소를 받을 것이오. 내가 보니 저 부인은 조정 명관의 아내이니, 어찌 무례하게 할 수 있소? 내 낯과 강호상의 대의를 유념하여 저 부인을 놓아 산에서 내려 보내는 것이 어떠하오?"
 "형님은 좀 들으십시오. 내가 지금까지 압채 부인(壓寨婦人)이 없을 뿐 아니라, 지금 조정에 벼슬하는 사람이 대개 간신인데, 그런 계집 하나쯤 뺏기로서니, 형님은 그러실 것까지 없지 않습니까?"
 송강이 무릎을 꿇고 말했다.
 "현제가 만약에 압채 부인이 없으면, 내가 뒷날 꼭 현숙한 부인을 얻어 예로서 맞아 현제를 섬기게 할 것이니, 저 낭자는 소인의 친절한 벗의 정관(正官) 부인이니, 어찌 모른 척하겠소? 저 낭자를 놓아 보내기를 바라오."
 연순과 정천수가 송강을 붙들어 일으키며 말했다.
 "그까짓 쉬운 것을 어찌 이렇게 심려하십니까?"
 송강이 사례하며 말했다.
 "허락하시면 소인이 즉시 보내려고 합니다."
 연순이 송강의 행동을 보고 왕왜호의 심중을 무시하고 교군꾼을 시켜 빨리 태워 가라고 했다. 그 부인이 이 말을 듣고 절하고 송강에게 사례하니, 송강이 말했다.
 "낭자는 나에게 사례하지 마시오. 나는 이곳 사람이 아니오. 운성현서 온 사람이오."
 그 부인이 무수히 칭사하고 교자에 오르니, 교부들이 생명을 도망하듯 교자를 메고 산에서 내려갔다.

왕영이 부끄럽고 또 서운하여 아무 말도 안 하는 것을 송강이 이끌고 청상에 나와서 말했다.
"현제는 섭섭해하지 마시오. 송강이 뒷날 부인 하나를 구하여 현제와 같이 살게 하겠소. 내가 실없는 말이 안 되게 할 것이니 안심하오."
연순과 정천수는 일시에 웃었다. 왕왜호가 비록 송강의 의기로 권함을 거절하지 못하였으나, 실로 마음에 부족하여 노하나, 겉으로 내색은 못하고 웃으며 송강을 모시고 즐겼다.

이때 청풍채 군한들은 본체에 돌아가 유고를 보고 부인이 잡혀간 것을 아뢰자, 유고가 크게 노하여 군한을 호령했다.
"이놈들아! 이 쓸개빠진 놈들아! 그걸 말이라고 하느냐?"
하고 곧 영을 내려 그놈들을 모조리 곤장으로 다스리라고 하니, 군한들이 말을 했다.
"저놈들은 사오십 명이요 소인들은 칠팔 명에 불과한데, 어떻게 그들을 대적하겠습니까?"
"이놈들아 듣기 싫다! 이 길로 곧 가서 무사히 모셔 오면 다행이지만, 그렇지 못하면 살아남지 못할 줄 알아라."
군인들이 마지못하여 본체의 군인들 칠팔십 명을 거느리고 창검을 들고 청풍산으로 향했다.
그러나 절을 떠나 반도 못 가서 산상에서 내려오는 부인의 교자와 마주쳤다.
"아이고! 어떻게 무사히 나오십니까?"
"그놈들이 나를 잡아 산에 올라갔으나, 내가 지채의 안식구인 것을 알고는 놀라 나에게 절하며, 나를 교자에 태워 산에서 내려 보내주더군."
"정말로 불행중 다행입니다. 그러나 여쭙기는 황공하오나, 돌아가시거든 부디 어른께 잘 말씀드려서, 저희들이 요행 목숨이 부지할까 봅니다."

"그것은 내가 알아서 할 것이니 염려 마라."

여러 군인들이 사례하고 교자를 옹위하여 가며 교부에게 물어 보았다.

"평시는 교자를 메고 다닐 적에 걸음이 그렇게 느리더니 오늘은 어이하여 이렇게 빠르냐?"

"전에는 빠르지 못하더니 오늘은 누가 뒤에서 미는 것 같이 빨리 가집니다."

여러 사람들이 말했다.

"아마 귀신이 등뒤에서 미는가!"

하며 서로 껄껄 웃었다.

교자가 벌써 채중에 돌아오니, 유지채가 보고 크게 기뻐하여 물었다.

"누가 당신을 구하여 나왔소?"

"그자들이 나를 잡아 산에 올라가 겁박하려고 하는데, 듣지 않았더니, 그놈이 노하여 죽이려고 하다가, 유지채의 부인이라는 말을 듣고 대경하여 절하며 산 아래로 전송하는데, 여러 군인들이 이르러 돌아왔습니다."

유고가 크게 기뻐하며 은자 열 냥과 돼지 한 마리를 내어 모든 군인들을 상 주었다.

이때 송강이 유고의 부인을 구하여 산 밑으로 내려보내고 육칠 일을 머물다가 화지채를 찾아보고 싶은 마음이 급하여 떠나려고 했다. 세 두령이 잔치를 베풀어 전별할 때, 각각 금백(金帛)을 내어 송강의 짐에다 넣어 주었다.

송강이 대접을 잘 받고 행장을 수습하여 세 두령과 산에서 내려와 이십여 리를 가다가, 큰길에 다다라 이별하고 청풍진으로 왔다.

청풍산이 청주에서 머지 않아 백여 리 길이 되는 곳에 서너 곳 험악한 곳이 있는 고로, 저 청풍진을 세운 것이다.
　그곳에 인가 오천여 채가 있는데, 청풍산에서 몇 리밖에 되지 않았다.
　그날 세 두령이 청풍산으로 돌아가고 송공명은 홀로 보따리를 지고 가다가, 이럭저럭 청풍진에 이르러 화지채(花知菜) 있는 곳을 물었다.
　"청풍채 아문이 진시(鎭市) 중간에 있는데, 남쪽에 작은 아문은 문관 유지채가 머무는 곳이요, 북쪽 작은 아문은 무관 화지채가 머무는 곳입니다."
　송강이 다 듣고 난 다음에 사례하고 북쪽 아문에 다다라 보니 몇 명 군인이 문에 있다가 성명을 묻고 들어가 통보했다.
　채 안에서 소년 군관(少年軍官)이 나와, 송강을 안내하여 청상에 모신 후, 몸을 일으켜 세 번 절하고 일어나 말했다.
　"형님을 이별한 후, 어언간 오륙 년이나 한시도 잊지 않았습니다. 그 후에 들으니, 형님께서 연화 창기 하나를 죽이시고 각처에 추포(追捕)하라고 한 것을 소제가 들으니, 바늘방석에 앉은 것 같았사옵니다. 수십차 글을 보내어 형님댁 소식을 듣자 하는데, 천행으로 형님이 오셔서 만나 뵈오니, 평생 원을 풀었습니다."
하고 또 절했다.
　송강이 붙들고 말했다.
　"아우님은 중한 예를 지나치게 하지 말고 내 말을 또한 들어 보오."
　송강이 염파석 죽인 일, 시 대관인의 집에 갔던 일과 공 태공 장원에서 무송을 만나보고 청풍산 위에서 연순을 만나본 일을 세세히 말하니, 황영이 다 듣고는 말했다.
　"형님께서 허다한 난을 겪었으나, 오늘 다행히 이곳에 오셨으니, 몇 년을 지내시고 다시 의논하십시다."

"아우님이 만일 공 태공의 장원까지 편지를 하지 않았어도 꼭 한 번 아우님을 찾아오려고 하였소."

화영이 기뻐하며 송강을 청하여 후당에 들어가, 자기 부인 최씨(崔氏)를 불러내다가 송강을 아주버님이라고 부르고 절을 시켜 뵌 후에, 또 누이를 불러 오빠라고 부르게 했다. 송강의 옷을 갈아입게 하고 향탕에 목욕하고 새로 잔치하여 술을 먹을 제, 송강이 유지채의 부인을 구하여 보낸 일체를 말했다.

듣고 있던 화영이 눈썹을 찡그리며 말했다.

"형님이 그 부인을 구하여 주어 무엇하셨습니까?"

"왜 그러는가? 내가 들으니, 저 청풍채 지채의 안식구라 하기에 아우님과 동관이라 아우님을 생각해서, 왕왜호가 좋아하지 않는 것을 돌아보지 않고 힘써 구하여 산에서 내려보내었는데, 아우님은 어찌 그리 말하오?"

"형님은 아직 모르십니다. 이 청풍채는 긴요한 곳인데, 만일 소제 혼자서 있다면 멀고 가깝고 간에 있는 도적이, 어찌 감히 청주를 엿보겠습니까만, 근일에 유지채가 정지채(正知寨)라고 하고 와서, 문관이라는 놈이 글자도 제대로 알지 못하고 도임(到任)한 뒤로는 백성을 못살게 굴며 재물을 빼앗고, 조정 법도를 무너뜨리니, 소제는 무관이요 또한 부지채(副知寨)라 항상 저놈에게 업신여김을 받으니, 죽지 못한 것을 한하는 바이오니, 그 탐관 오리의 아내이니 금수만도 못한 놈들입니다. 형님이 저놈의 계집을 구하여 준 것이 하나도 고맙지 아니 하오며, 또 그 계집 역시 착하지 못하여 제 남편을 시켜 온갖 나쁜 짓으로 백성들을 괴롭히고 재물을 탈취하니, 정말 하늘이 가르쳐 그 천인으로 하여금 욕을 받게 한 것을, 형님께서 잘못 구해 주셨습니다."

송강이 다 듣고 있다가 다시 타일렀다.

"아우님은 잘못 생각하였소. 옛부터 원수는 마땅히 풀고 맺지 말라 하였으니, 아우님은 저 사람과 동관이니, 혹시 잘못이 있더라도 덮어 주고 잘한 것은 칭찬하는 것이 옳으니, 이후는 그렇게 생각을 두지 말게."

"형님의 말씀이 지당하신 말씀이오니, 내일 유고를 보고 형님이 구하여 주신 일을 말씀드려, 저로 하여금 감복하게 하렵니다."

"아우는 서로 좋게 지내는 것을 위주로 하게."

화영이 머리를 조아려 응낙하며 날마다 조석 공궤(朝夕供饋)를 정성으로 하는 한편, 잔치하여 즐겼다.

송강이 화영에게서 편히 지내는데, 화영이 아랫사람을 몇 명 골라 매일 번갈아 한 사람씩 모시게 하고, 은자를 맡겨서 송강을 모시고 청풍진 저잣거리에 나가 구경하며 주식을 사서 관대하라 일렀다. 송강이 종인을 데리고 멀고 가까운 도관(道觀)이며 여러 곳에 유람할 때, 종인이 술값을 내려고 하면 송강이 일체 막고 자기 쇄은자를 내어 쓰고 돌아오나, 화영에게는 그런 말을 일체 하지 않으니, 함께 갔던 사람은 은자가 공짜로 생기고 또한 몸이 편하여 매우 기뻐했다.

이리하여 겨울이 다 가고 새해를 당하니, 벌써 원소 가절(元宵佳節)이 다가왔다. 청풍진에 사는 백성이 모이어 등불을 켜기를 준비하고, 원소 가절에 경하(慶賀)하기를 준비할 때, 서로 돈을 거두어 토지대왕(土地大王)의 묘 앞에 일좌소오산(一座小鰲山)을 만들고, 상면(上面)에 비단으로 꽃을 새겨 걸고 육칠백 개의 등대를 세우고, 각색 등을 달고 고을 안 큰길에는 모든 사람들이 허다란 놀음을 벌였다. 비록 서울에는 견줄 수 없으나 무척 화려했다.

그날 송강이 화영의 채에서 술을 마신 후에 화영은 지채의 직역(職役)으로 수백 명 토병을 지휘하여 각처를 경계하며, 또 채문을 지키느라고 한가하게 나가지 못하고 채문 사면에 매복하니, 이 날은 날씨가 참말 화창했다.

이날 송강이 종 두어 사람을 데리고 천천히 걸어서 청풍진 거리로 나와 등을 구경했다. 집집마다 문 앞에 등대를 세우고 각색 찬란한 등을 달았으니, 송강이 보기를 다한 후에 서로 손을 잡고 남쪽으로 육칠백 보쯤 왔는데, 앞쪽의 등불빛이 휘황한 곳에 여러 사람이 둘러섰고, 큰 문 안에서 북치고 나팔을 불며 소리를 지르며 갈채하는 것을 송강이 구경하려고 했지만, 키가 작은 고로 보이지 않아, 종인이 앞의 사람을 헤치고 송강을 인도하여 구경하게 했다.

송강이 보니 놀음하는 사람이 허리를 구부리고 모양을 묘하게 하고 뛰노는 거동이 극히 우습기에, 송강이 보고 크게 웃는데, 마침 그 안에 유지채 부부 두 사람이 구경왔다가 웃는 소리를 듣고, 유지채의 계집이 등불 밑에서 송강의 얼굴을 알아보고 제 남편을 보고 말했다.

"저 키 작고 검은 놈이 전날 청풍산에서 나를 잡아갔던 강도입니다."

유고가 깜짝 놀라 자기 밑에 사람을 불러서 호령했다.

"너희들은 저기 키 작고 검은 놈을 잡아오너라!"

송강이 듣고 놀라 몸을 돌이켜 달아났으나, 군인 십여 명이 달려들어 송강을 잡아 청 밑에 이르니, 송강과 같이 나왔던 사람이 급히 돌아가 화영에게 알렸다.

이때 유지채가 군한을 명하여 청 밑에 앉히고 말했다.

"네 이놈! 청풍산 강적이 여기가 어디라고 감히 이곳에 와서 등 구경을 하느냐? 이제 잡혀 왔으니, 무슨 변명을 할 것이냐?"

송강이 말했다.

"소인은 운성현 사람이오며 이름은 장삼(張三)이올시다. 화지채와 사귄 지가 오래입니다. 이곳에 와서 있은 지 오래인데, 어느 때에 청풍산에 있어서 타겁하였겠습니까?"
 유지채의 부인이 병풍 뒤에서 나오며 꾸짖었다.
 "네 이놈! 끝끝내 변명하려느냐? 청풍산 위에서 나보고 대왕이라고 하던 말을 생각하지 못하느냐?"
 "그 무슨 말씀이십니까? 그때 공인을 보고 말하였지요. 소인도 운성현 사람으로 잡혀 왔다고 하였는데, 나를 보고 청풍산 도적이라고 하십니까?"
 "네가 잡혀 있었으면 어떻게 놓여 산에서 내려왔으며, 이곳에서 등 구경을 하느냐?"
 그 계집이 말했다.
 "저놈이 청풍산에 있을 때 보니, 제일 가운데 교의에 앉아서 꺼덕대던 것을 이제 뚝 잡아떼는구나."
 "아니, 소인이 힘써 구하여 산에서 내려보냈더니, 그 생각은 조금도 하지 않고, 이제 도리어 나를 얽어 잡고 도적이라고 하니, 정말 억울합니다!"
 부인이 크게 노하여 꾸짖었다.
 "저놈이 매를 맞지 않으면 직초를 않을 모양이로구나!"
 "부인의 말이 옳소!"
하고 좌우를 호령하여 힘껏 치라 하니, 형리들이 송강을 사정없이 내려쳤다. 곤장 몇십 대에 가죽이 터지고 살이 헤어져 그 참혹한 꼴이란 차마 눈으로 볼 수 없었다.
 유고가 이것을 보고 영을 내렸다.
 "저놈을 칼씌워 철쇄로 단단히 묶어 갖다 가둬라."
하고 날이 밝으면 함거에 실어 운성현 죄인 호장삼이라 써서 청주부로 압령하려는 것이다.

 한편 송강과 같이 나왔던 사람이 나는 듯이 돌아와 화영에게 알리니, 화영이 깜짝 놀라 급히 글을 써서 유지채에게 보냈다.
　화지채에서 사람이 왔다는 말에 유고가 불러들여서 올리는 글을 펴 보니 글 뜻이 대강 이렇다.

　오늘밤 등불 구경을 나갔다가 요형 상공(僚兄相公)의 존위를 범한 사람은 다른 사람이 아니라, 바로 제주(濟州)에서 온 친척 유장(劉丈)이오니, 부디 저를 보아 용서하시고 즉시로 방면하여 주시기를 바랍니다.

　유고가 다 보고 나서 크게 노하여 꾸짖었다.
　"화영이가 정말 무례하구나. 제가 조정 명관(朝廷命官)인데, 강적떼와 내통하고, 어찌 나를 속이려 든단 말이냐? 제 말은 운성현에서 온 장삼이라 하였는데, 그래 강적놈을 나하고 동성(同姓)을 만들어 놓았으니, 그러면 내가 혹 어떻게 생각하고 그냥 놓아 보내주리라 믿는 모양이구나."
하고 좌우를 호령하여 수종인을 내쳤다.
　수종인이 급히 돌아와서 그 말을 자세히 아뢰니, 화영이 이 말을 듣고 크게 노했다.
　그는 곧 갑옷을 입고 투구를 쓰고 결속을 단단히 하고, 활 메고 창 들고 말에 올라 수십 명 군사에게 창검을 들리어 거느리고 유고의 채로 짓쳐 들어갔다. 문 지키고 있던 군사들이 형세가 험한 것을 보고 놀라며 달아났다.
　화영이 바로 정청 앞까지 들어가 창으로 땅을 짚고 군사들을 좌우로 쭉 늘어 세운 다음 소리를 높여 외쳤다.
　"유지채 나와서 이야기 좀 합시다."
　유고가 이 소리를 듣고 놀라 혼비 백산하니, 화영은 무관인데, 어떻게 당하겠는가? 무서워서 꼼짝 못했다.
　유고가 나오지 않는 것을 보고 화영은 군사들을 명하여 좌우

행각을 뒤지게 했다.
 한곳 구석방에 송강을 밧줄로 묶어서 들보에 매달고, 또 철삭으로 다리를 잡아 가죽과 살이 다 해졌는데, 군사들이 철삭을 끊고 송강을 구했다.
 화영은 송강을 먼저 구하여 집으로 보낸 뒤, 창을 비끼고 말에 뛰어오르며 안을 향하여 소리쳤다.
 "유지채는 정지채라고 해서 권력만 믿고 이 사람을 우습게 보지만, 화영이라고 어째서 친척도 없단 말인가! 공연한 사람을 도적으로 몰아 잡아 가두고 사람을 너무 업신여기지 마시고, 내일 다시 만나서 따져 봅시다."
하고 여러 군사들을 데리고 채에 돌아와서 송강을 간호했다.
 한편 유지채는 화영이 송강을 구하여 가는 것을 보고 두려워서 감히 나오지 못했다가, 화영이 돌아간 후에야 급히 교두 두 사람을 명하여 일렀다.
 "너희 두 사람은 군사를 거느리고 가서 북채의 죄인을 뺏어 와라! 만약에 그놈을 찾아오지 못하면, 그때엔 너희들부터 그냥 두지 않을 테니 그리 알아라!"
 두 교두는 새로 들어와 웬만한 무예를 배웠으나, 어찌 화지채와 비하겠는가? 유고가 명령을 내렸으니, 분부를 거역할 수 없어 물러나와 군사 이백 명을 거느리고 북채로 향했다.
 이백 명 가량의 공격군은 문전에서 얼쩡거리면서 누구 한 사람도 앞서서 쳐들어가려고 하는 사람이 없었다. 모두 화영의 솜씨에 겁을 집어먹었기 때문이었다. 이렇게 우물쭈물 하는 동안에 어느 사이에 완전히 날이 새었다. 양쪽으로 여닫는 대문은 열려진 채였다. 그때 화지채가 관저 쪽으로 나타나서 왼손에 활을 쥐고 오른손에는 화살을 가지고, 그곳에 걸터앉아 큰 소리로 말했다.
 "너의 무리 군사들이 일찍이 못 보았을 것이다. 원수는 각각 머리가 있고 빗은 각각 임자가 있다 했느니라. 유고가 너희들을 보내었는데, 너희들도 유고를 위하여 힘써 보는 것이 좋지 않은가? 너희들 중에 새로 도두가 된 두 놈은 나의 솜씨를 모를 것이니, 오늘은 먼저 내 솜씨를 알게 한 뒤에 유고를 위하여 힘을 내어 보아라."
하고 다시 호령했다.
"왼쪽 문에 문신(門神)의 골타(骨朶)를 맞힐 것이니 보아라."
하고 곧 활에 살을 메워 한 번 쏘니, 시윗소리 일어나는 곳에 화살은 바로 골타두를 맞추었다.
바라보던 무리들은 일제히 입을 딱 벌리고 어이가 없어 하는데, 화영은 살을 다시 집어들며 말했다.
"너희들은 자세히 보아라. 이번에는 오른쪽 문짝에 문신의 머리 위에 쓴 투구의 붉은 상모(象毛)를 맞추겠다."
말이 끝나며 바로 시윗소리가 났다. 이번에도 한 살로 투구의 상모를 맞추니 모든 군사들이 혀를 내두르며 탄복했다.
"정말 귀신 같은 솜씨시다. 양유기(養由基)의 신전(神箭)을 귀하다고 할 수 없을 것이다."
화영이 세 번째 살을 집어들며 외쳤다.
"이번에는 너희들 가운데 있는 저 흰 건포 입은 교두의 심통을 맞출 것이다."
이 말이 채 끝나기 전에 그 교두가 어이쿠 한 소리를 지르며 몸을 돌이켜 달아나니, 모든 군사가 아우성을 치며 서로 앞을 다투어 달아났다. 화영은 군사를 시켜 채문을 걸게 한 다음, 후당으로 들어가서 송강을 보았다.
"제 생각이 미치지 못하여 형님을 욕을 보시게 하였습니다."
"아니! 나는 관계없네만, 두려운 것은 유고 그놈이 가만 있지 않을 것이니, 자네와 다툴까 겁이 나네."
"상관없습니다. 그까짓 것 벼슬을 내놓으면 그만이지요. 후일에 다시 따져 보겠습니다."

"그 부인이 은혜를 잊고 원수를 맺어, 저의 남편을 충동하여 몹시 치니, 내 이름을 댈 수가 있어야지. 운성현 일이 드러날까 하여 거짓말로 운성현 장삼이라고 하였더니, 유고 그놈이 예의 없이 나를 운성 죄인 장삼이라고 하여 함거(陷車)에 실어 청풍산 강도라고 하여 죽이려고 하였네. 마침 아우님이 구하여 주지 않았으면 어떻게 될 뻔했나? 이제는 소장지변(蕭墻之變)을 겸하였어도, 유고의 흑백을 분별하지 못할 것일세."

"저의 소견으로는 유고가 글 읽는 사람이기 때문에 같은 성이라면 조금이라도 좋을까 하여 유장이라고 하였습니다만, 그놈이 인정머리가 없습니다. 그러나 이제는 집에 돌아와 계시니 무슨 걱정이 있겠습니까?"

"아닐세. 자네가 이미 그 기세를 가지고 나를 구하여 왔으니, 만사는 세 번 생각하여 행할 것일세. 그러니 옛사람이 이르기를 밥 먹으면 목메 일 것을 생각하고, 길을 갈 적에는 넘어질 것을 방비하라고 하였으니, 아우님이 공연히 사람을 앗아 왔으니, 저놈이 어찌 가만히 있겠는가? 분명히 문서를 만들어 상사에 알릴 것일세. 그러니 내가 이곳에 있을 수가 없을 것일세. 지금 내가 청풍산에 올라가 버리면, 내일 제가 와서 서로 다툰다고 하여도 증거가 없으면, 상사에서 알아도 문무가 서로 마음이 맞지 않아서 그렇다고 할 것일세."

"글쎄요. 형님 말씀이 옳습니다만, 형님이 그 다리로 어떻게 올라가시겠습니까?"

"그러면 어떻게 하나? 일이 워낙 급하니, 오늘밤을 넘기지 말고 산밑에까지만, 가면 무슨 수가 있겠지."

하고 송강은 새로 고약을 갈아붙이고, 해가 저물녘에 군사를 두어 명 데리고 밤을 도와 청풍산으로 올라갔다.

한편 유지채는 군사가 쫓기어 들어와 화영의 영웅(英雄)한 것을 당하기 어려움과 문신의 골타두와 투구의 끈을 맞춘 솜씨를 세세히 말하니, 유고는 원래가 문관이므로 웬만한 계교가 속에 있어 가만히 생각했다.

'저놈이 장삼이를 앗아 갔으니, 필연코 밤을 도와 산으로 돌려보내고, 내일은 나와 싸울 것이니, 상사에서 알아도 반드시 문무 사이의 불화로 알기 쉬우니, 내가 이 분을 어떻게 풀겠나. 내가 이제 삼십여 명 군사를 가는 길목에다 잠복시켰다가, 요행으로 잡으면 아무도 모르게 집에다 가두고, 상사에 연유를 알게 한 연후에 관군을 풀어 화영까지도 함께 잡아 목숨을 끊고서 나 혼자 청풍채를 차지하면 속이 후련하겠다.'

하고 그날 밤에 군사 삼십 명을 뽑아 각각 무기를 가지고 가니, 오래지 않아 송강을 잡아와 유지채가 크게 기뻐했다.

"과연 내가 짐작하던 것이 틀림없었다!"

하고 후원 깊은 곳에 가두고 밤을 새워가며 심복인을 시켜 청주부에 알렸다.

이튿날 화영은 다만 송강이 무사히 청풍산으로 올라간 줄로 알고 마음을 놓고 집에서 혼자 생각했다.

'유지채가 어떻게 하나 보아야겠다.'

이때 청주부 지부의 성은 모용(慕容)이요 이름은 언달(彦達)인데, 바로 휘종 천자의 총희(寵姬) 용귀비(容貴妃)의 형인데, 모든 일에 세력을 믿고 청주지부로 있으면서 백성을 못살게 굴고 동료들에게는 건방지기 한이 없었다.

이날 문득 좌우 공인이 유지채의 신장 비보 적정 공사를 올리니, 지부가 받아 읽고 나자 소스라치게 놀랬다.

"화영으로 말하면 공신의 후예인데, 어찌하여 청풍산 강적 떼와 관계하였을까? 아직 허실을 분명히 알 수 없으니, 병마도감을 보내서 진위를 분명히 알아오게 하겠다."

하고 본주 병마도감을 불러 청상에 이르니, 원래 그 도감의 성은 황(黃)이요 이름은 신(信)이었다. 일신에 무예가 높고 강하여 위엄이 청주에 날렸다.
 황신이 스스로 생각했다.
 '내가 삼산(三山)의 강적을 다 잡아 지경을 깨끗이 하겠다.'
하니, 사람이 부르기를 진삼산이라 했다.
 청주 관하 삼좌 악산이 있는데, 첫째가 청풍산(淸風山)이요 둘째가 이룡산(二龍山)이오. 셋째는 도화산(桃花山)이니, 이 세 곳에다 강인 초구(草寇)의 무리들이 출몰하는 곳이다.
 황신은 전부터 이 세 곳의 인마를 자기 혼자서 다 잡아 지경(地境)을 깨끗이 하겠다 하고 있는데, 이날 모용지부의 영을 받자 곧 물러나와 갑옷 입고 투구 쓰고 허리에 상문검(喪門劍) 한 자루를 차고 건장한 군사 오십 명을 뽑아 거느리고, 밤을 도와서 청풍채로 갔다.
 유고의 채 앞에 이르니, 유고가 맞이하여 후당으로 들어와 예를 끝내고 주식으로 관대하고 군사들을 배불리 먹이고 송강을 잡아내어 황신을 보이니 황신이 말했다.
 "저놈한테 구태여 물을 것이 없으니, 저놈을 함거에 가두고 붉은 천으로 기를 만들고, 기에 쓰기를 청풍산 적괴 운성현 죄인 장삼(淸風山賊魁鄆城縣罪人張三)이라고 하여 보내는 것이 마땅할 것이오."
 송강이 이렇다 저렇다 말 한 마디 않고 저희들 하는 대로 내버려두었다. 황신이 말했다.
 "저 장삼을 잡아올 때 화영이 알았소?"
 "소관이 밤에 조용히 잡아다가 후원에 가두었으니, 화영은 전혀 모를 것입니다."
 "이미 그러면 일이 참 쉽겠소. 내일 일찍이 양과 술을 준비하여 대채에 잔치를 배설하고, 장막 뒤에 도부수를 숨겨 두었다가, 내가 직접 화영의 채에 가서 불러다가 공청에 오르게 하여, 이르기를 모용지부가 너희들 문무 사이에 화목하지 못하므로, 나를 보내어 술을 권해 화해하게 하시는 것이다 하고 속여 이른 후에, 잔을 던져서 신호를 하여 일시에 내달아 잡으면 일이 쉬울 것이 아니겠소?"

유고가 손뼉치며 말했다.

"계교가 참 묘합니다. 독 속에 든 자라 잡는 것 같습니다."

하고 계교를 정한 후에 밤을 지내고, 이튿날 일찍이 황신이 말 타고 종인 댓 명을 데리고 화영의 채에 이르니, 군사가 들어가서 알리자 화영이 물었다.

"무슨 일로 오셨다더냐?"

"들으니, 황 도감이 직접 오셨다 합니다."

화영이 채에서 나와 맞으니, 황신이 말에서 내려 청상에 올라 예를 끝낸 후, 화영이 물었다.

"상공이 무슨 공사로 오셨습니까?"

"지부의 분부로 당신들 문무의 좋지 않은 것을 근심하여, 특별히 나를 보내시어 화해하게 하라고 하시어, 공청에 잔치를 열어놓고 왔으니, 함께 가십시다."

화영이 웃으며 말했다.

"제가 어찌 정지채를 우습게 여기겠습니까? 정지채라고 뽐내고 무관이라 하여 모든 일에 트집을 잡으려고 하는 고로, 지부 상공이 염려하시고 도감상공이 수고롭게 오셨으니, 화영이 장차 무엇으로 갚겠습니까?"

황신이 화영의 귀에다 대고 속삭였다.

"지부가 그대의 충성함과 용맹을 사랑하니, 만일 도적이 나오면 마땅히 자네를 쓰지만, 그 같은 문관을 무엇에 쓰겠소?"

"도감상공의 은혜는 무엇으로 다 갚겠습니까?"

황신이 화영과 같이 말 타고 대채에 이르러 말에서 내려 공청에 올라 갈제, 황신이 화영의 손을 이끌고 교의에 앉으니, 유고가 나와 세 사람이 자리를 잡고 술을 내다가 서로 권하며, 황신이 아랫사람을 분부하여 화영의 말을 마구에 갖다 매라 하고 채문을 닫으라고 하였으니, 화영은 이 계교를 생각하지 못하고 모든 것을 믿고 의심하지 않았다.

황신이 술을 먼저 유고에게 권했다.

"지부께서 그대들 문무 두 사람이 사이가 좋지 못하여 늘 근심하여, 오늘 특별히 나를 보내어 그대 두 사람 사이를 원만하게 하시니 바라는 것은, 조정의 은혜 갚기를 위주로 하고, 뒷날 무슨 일이 있으면 상의하여 화합하기를 힘쓰시오."

이 말을 듣고 유고가 대답했다.

"소관이 지식이 없고 법도를 알지 못하여, 이로 인하여 지부 은상(知府恩相)의 심려하심을 끼치니, 황공하오나 우리가 서로 다툰다 하는 것은 남들의 와전인가 합니다."

황신이 크게 웃으며 말했다.

"참 묘한 의논이오."

황신이 다시 화영에게 권했다.

"유지채가 이렇게 말하니, 그대는 이 술을 먹고 서로 화해하기를 바라오."

화영이 술을 받아 마시는데, 유고가 또 한 잔을 가득 부어 황신께 권했다.

"도감상공이 먼 곳에서부터 폐지에 임하시어 계시니 술 한 잔으로 수고로움을 치하하옵니다."

황신이 잔을 받아들고 사면을 고시(顧視)하고 술잔을 땅에 던지니, 후당에서 함성이 일어나며 양쪽에서 건장한 군사 사오십 명이 화영을 잡아 꿇렸다.

황신이 호령을 하며 결박 지으라 하니, 화영이 외쳤다.

"내게 무슨 잘못이 있다고 이러십니까?"

황신이 웃으며 말했다.

"네가 오히려 변명하려고 드느냐? 내가 청풍산 강도와 결탁하여 조정을 배반하니, 그 죄가 어떠하겠는가? 내가 그대와 지낸 연분이 두터운 고로, 네 집 처소들이 놀랠까 하여 여기서 잡은 것이다."

"무슨 증거가 있어 날보고 청풍산 강적과 관련이 있다 하십니까?"

"그렇다면 그 증거를 보여 주지."

하고 좌우를 명하여 곧 증참할 것을 가져오라 했다. 조금 있다가 함거 하나를 밀고 오는데, 그 뒤에 붉은 종이 기를 꽂고 밖에서 들어오는데, 화영이 바라다보니 다름 아닌 송강이었다.

눈이 아찔하고 입이 벙벙하여 아무 말도 못하니, 황신이 말했다.

"이 일은 나와는 무관하니, 원고인은 변백하라."

"두려울 것이 무엇이겠습니까. 저 사람은 내 친척이요 운성현 사람이온데 억울하게 도적이라고 하니, 비록 상사에 가도 자연히 분별할 수 있습니다."

"그대 말이 거리낌이 없으니, 같이 가서 밝히게 합시다."

하고 유고를 명하여 군사 일백 명으로 호송하게 하라 하니, 화영이 황신을 보고 말했다.

"도감상공이 나를 속여 잡아왔으나, 조정에 이르면 자연히 분간이 있으려니와, 도감상공이 나와 같은 일반 무신이니, 내 낯을 보아 옷을 벗기지 말고 함거에 들게 하여 주십시오."

"그 정도야 무엇이 어렵겠소 그대의 말대로 하겠소. 그리고 유고와 같이 상사에 가서 밝히시오. 무고한 사람의 목숨을 해치지 않게 하겠소."

하고 그때 황신이 유고와 함께 말에 올라 데리고 왔던 군사 오십 명과 채에 있는 군사 백여 명을 합하여 함거를 옹위하고 청주로 향했다.

　이때 황신이 상문검을 들고 유지채도 말 타고 융복 입고 장차를 손에 들고 군사 일백오십 명이 각각 창검을 들고 허리에 요도 차고 일성 포향(一聲砲響)에 송강과 화영을 압령하고 청주 대로로 향했다.

　사오십 리쯤 가자, 전면에 큰 숲이 가리었다. 점점 이르러 산어귀에 다다르니, 앞에 가던 군사들이 가리키며 말했다.

　"숲속에 사람들이 숨어서 엿봅니다."
하며 걸음을 멈추고 가지를 않는다. 황신이 말 위에서 호령을 했다.

　"너희들은 무엇 때문에 가지 않느냐?"
　"앞 숲속에 사람이 숨어서 엿보고 있어 가지 못합니다."
　황신이 큰소리로 꾸짖었다.
　"비록 숲속에서 사람이 엿본다고, 어찌 두려워 가지 못하는가!"
하고 말을 달려 숲 가까이 이르니, 수림 중에 삼사십 명 바라 소리가 어지럽게 나는 것을 보고, 모든 군사들이 놀라 황망히 달아나려고 하나 황신이 소리를 질러 말했다.

　"너희들은 겁내지 말아라! 내가 스스로 처치하겠다!"
하고 유고를 돌아보며 말했다.

　"그대는 함거를 지키고 있구려!"
　유고가 말 위에서 죽어가는 소리로 대답하고 입으로 하느님을 찾으며 십만권 불경(十萬卷佛經)을 외우고 있었다. 얼굴은 호박빛 같고 한 번은 누르고 한 번은 푸르러 죽기를 각오하나, 황신은 끝끝내 무관이기 때문에 담략이 커서 말을 채쳐나가 보니, 숲 사면에서 사오백 졸개들이 나오는데, 키가 팔 척씩이나 되었다. 힘이 무궁하여 보이고 얼굴들이 모질고 눈망울이 사나웁게 생겼는데, 머리에는 붉은 두건을 쓰고 몸에 푸른 전복을 입고 허리에 이검을 차고 손에 장창을 들고 있었다. 숲속에서 둘러섰다가 황신이 나오는 것을 보고, 그 안에서 세 사람 호걸이 나왔다. 한 사람은 푸른 전복을 입고 한 사람은 붉은 전복을 입었는데, 다 각각 소금만자 두건(銷金萬字頭巾)을 쓰고 요도 차고 박도와 강차를 들었다.

중앙에는 금모호 연순이요 상수에는 왕왜호 왕영이요 하수에는 백면랑 정천수였으니, 세 호걸들이 소리질러 호령했다.

"이 길을 지나려는 놈들은 걸음을 멈추고 삼천 냥의 통행료를 바친 뒤에 지나가거라."

황신이 말 위에서 크게 꾸짖었다.

"너희놈들은 무례하게 굴지 말아라. 진삼산이 여기 있다."

세 호걸들이 눈을 부릅뜨고 대꾸했다.

"네 진삼산은 들먹이지 말고 진만산이라고 하여도 삼천 냥 통행료를 내지 않으면 놓아 보내지 않겠다."

"나는 상사로부터 공무를 분부 받아 온 도감이다. 너 같은 놈에게 통행료가 다 무어냐."

"상사나 도감이 뭐 별거냐? 만일 천자가 지나간다 하여도 삼천 냥 통행료를 받아 내고야 만다. 없다면 그 보증으로 그놈의 죄수를 여기 잡혀 두고 가서 돈을 가지고 온 뒤에 찾아가도록 하여라."

황신이 대단히 노하여 소리쳤다.

"도적놈아, 이 무슨 무례한 짓이냐?"

하며 칼을 휘두르고 연순을 겨냥하여 돌진해 갔다. 세 사람의 호한은 일제히 박도를 집어들고 황신을 맞이했다. 황신은 세 사람이 달려 들어오는 것을 보고 필사적으로 수십 합 이상 마상에서 겨누었으니, 도저히 세 사람에게 상대가 되질 않았다. 세 사람에게 산 채로 잡혀서는 체면이 완전히 없어지겠구나 하고 생각 끝에, 드디어 혼자서 왔던 길로 되돌아갔다. 세 사람의 두목이 박도를 흔들면서 뒤를 쫓았으나, 황신은 같이 왔던 일행을 뒤돌아볼 경황없이 그저 혼자서 말을 달려 청풍진으로 도망하여 돌아가 버렸다.

병사들은 황신이 말을 되돌렸다고 생각하자, 와 하고 일제히 함성을 지르며 호송차를 내동댕이치고 사방으로 흩어져서 도망쳐 버렸다. 혼자 남겨진 유고는 당황하여 말머리를 돌렸고 말채찍을 마구 쳐서 달아나려고 하였으나, 졸개들이 말바를 던져 유고의 말을 당기어 넘어뜨리고 땅에 떨어진 유고를 졸개들이 달려들어 결박지어 놓고 함거를 앗아 깨뜨렸다.

화영은 벌써 자기 포박을 다 끊고 내달으며 함거를 깨뜨려버렸다. 또 송강의 함거를 깨뜨리고 구하여 낸 후에 몇 명 졸개는 밧줄로 유고를 뒤로 결박하여 산채로 올라갈제, 유고의 옷을 벗겨 송강을 입히고, 유고의 말은 송강을 태우고 또 함거를 끌던 말이 서너 필 되는데, 모두들 산채로 올라갈제, 세 호걸은 화영과 송강을 호위하고, 모든 졸병들을 벌거벗겨 묶어서 데리고 산채로 올라왔다.

원래 세 호걸들이 송강의 소식을 알지 못하여 궁금하던 터라, 영리한 졸개를 산에서 내려 보내어 청풍진에 나가서 소식을 탐지하게 했다. 졸개가 전하기를 도감 황신이가 잔을 던져 화영을 잡아 송강과 함께 함거에 가두어 청주로 이송한다는 것을 알고 세 호걸들에게 알렸다.

세 호걸들이 대로로 쫓아나와서 길을 막고 소로에도 또한 졸개들을 보내어서 지킴으로 송강과 화영을 구하고 유고를 잡았다.

그 밤에 대대 인마가 산채에 이르니, 이경이나 되었다. 취의청 위에 모일제, 송강과 화영을 중앙에 앉히고, 세 호걸이 마주 앉아 술과 음식을 내다 대접하고, 졸개들은 저의 마음대로 가서 술먹게 했다.

화영이 청상에서 세 호걸을 보고 말했다.
"화영과 저 형님이 세 분 호걸의 힘으로 목숨을 구하고 원수를 갚게 하여 주셨으니, 이 은혜를 다 갚기 어려우나, 다만 화영의 집안 식구와 매자(妹子)가 청풍진 채에 있으니, 반드시 황신에게 잡혀갈 것입니다. 어떻게 하면 구하겠습니까?"
연순이 말했다.
"지채는 마음놓으십시오. 황신이 감히 잡아가지 못할 것입니다. 비록 잡아간다 하여도 이 길로 지나갈 것이니 앗아오면 될 것이고, 형제들이 산에서 내려가서 식구들을 모셔올 것이니 염려놓으십시오."
화영이 그 은혜를 깊이 사례했다.
송강이 말했다.
"유고 놈을 곧 잡아들이도록 하시오."
연순이 대답하고 졸개를 명하여 유고를 잣대에 달고 심통을 내어 오라고 하니, 화영이 말했다.
"내가 저놈을 처리하겠습니다."
송강이 유고보고 말했다.
"내가 너와 전일에 원수진 일이 없는데, 요악한 계집의 무소(誣訴)를 듣고 나를 해하려고 하였으나, 도리어 잡히었으니, 무슨 말을 하겠느냐?"
화영이 말했다.
"저놈보고 따져야 무엇하시겠습니까?"
하고 칼을 들어 배를 가르고 심간을 내어 송강의 앞에 놓으니, 졸개들이 시신을 끌고 갔다.
송강이 말했다.
"오늘 저 탐관을 죽였으나, 음부를 잡지 못하였으니, 어찌 이 분기가 풀리겠소."
왕왜호가 말했다.

"형님은 마음을 놓으십시오. 제가 내일 중 산채에서 내려가 그 계집을 잡아올 것입니다. 이번에는 제게 주어 압채 부인을 삼게 하여 주십시오."

모두들 껄껄 웃었다. 그 밤에 즐기고 이튿날 청풍채 칠 일을 의논하는데, 연순이 말했다.

"어제 군사들이 고생하였으니, 오늘은 쉬고 내일 산에서 내려가도 늦지 않을 것입니다."

송강이 또 말했다.

"좋은 생각이오. 인마를 쉬어 힘을 기르는 것이 좋소"
하고 산채의 군마를 점고했다.

한편 도감 황신이 필마로 달려 청풍진 채에 와서 인마를 점검하여 사면 채문을 굳게 지키고 두 교두로 하여 모용지부에게 알렸다. 모용지부는 군정의 긴급한 것을 듣고 밤을 새워서 공청에 올라 황신의 공문을 보니, 화영이 청풍산 강도와 결탁하여 조정을 배반하니, 시각간에 청풍채를 보전하기 어렵다고 했다.

일찍이 정병(精兵)과 양장(良將)을 보내어 지방을 지키게 하십시오 하였는데, 모용지부가 크게 놀라 급히 사람을 보내 지휘사 본주병마 통제를 청하여 군정중사를 의논하려고 하니, 그 사람은 산후 개주(山後開州) 사람인데, 성은 진(秦)이요 이름은 명(明)이라. 그 성품이 조급하고 소리는 벽력 같은 고로, 남들이 부르기를 벽력화(霹靂火) 진명(秦明)이라고 했다.

본래 군관 출신으로 낭아곤(狼牙棍)을 잘 쓰며 만부 부당 지용(萬夫不當之勇)을 가졌다.

그날 지부의 부름을 받고 공청에 이르러 지분과 예를 베푼 뒤에 모용지부가 황신의 글을 내어 진명을 보이니 진명이 크게 노하며 말했다.

"미리 붉은 놈들이 어찌 이다지 무례하냐! 공조(公祖)는 근심하지 마십시오. 비록 아무런 재주도 없으나, 군마를 일으켜, 만일 그 도적을 잡지 못하면 공조를 보지 않겠습니다."

모용지부가 말했다.

"장군이 만일 늦게 이행하면 그놈의 무리들이 청풍채를 쳐서 파할까 하오."

"이것은 긴급한 군정이오니, 어찌 늦추겠습니까? 오늘밤으로 인마를 점고하여 청풍채로 진병(進兵)하겠습니다."

지부가 크게 기뻐하며 급히 술과 고기와 건량(乾糧)을 준비하라고 하여 이튿날 행군할 때 쓰게 했다.

진명이 화영의 배반함을 듣고 노기가 등등했다. 말에 올라 지휘사(指揮司) 마을에 이르러 마군 일백 명과 보군 사백 명을 점고하여 먼저 성 밖으로 내어 보내고 뒤쫓아 행했다.

이때 모용지부 먼저 성 밖에 나와 절을 치우고 음식을 장만하여 놓고 한 사람 앞에 술 세 사발과 만두 두 개와 삶은 고기한 근을 주라고 하여 마침 다 준비했다.

먼지가 나는데, 모용지부가 바라보니 군마가 성에서 나오는 중에 홍기(紅旗)를 앞세우고 나오는데, 기호상(旗號上)에 크게 쓰기를 병마 총관 진명이라고 했다.

지부가 바라보니 진명이 의갑을 단정히 하고 손에 낭아곤을 들었는데, 정말 영웅이었다.

모용지부가 먼저 나와 기다리는 것을 보고, 급히 말에서 내려 병만 군사에게 맡기고 지부와 서로 예를 끝낸 뒤, 지부가 잔을 들고 권하며 부탁했다.

"총관(總官)이 조심하여 반드시 돌아오기를 바라오."

진명이 응낙하고 일성포향에 지부를 하직하고, 몸을 날려 말에 오르며 삼군을 재촉하여 대도 활부(大刀濶斧)로 짓쳐 청풍채로 향했다.

원래 청풍진이 청주 동남쪽에 있는데, 정남 쪽을 쫓아 행군

했다.
 한편 청풍산 졸개가 이 일을 산 위에 알렸다. 이때에 모든 호걸들이 막 청풍진을 치려고 하는데, 진명이 군사를 이끌고 온다는 말을 듣고 모두들 얼굴을 보며 두려워하는데, 화영이 나서서 말했다.
 "여러분들은 겁내지 말고 들으시오. 자고로, 이르기를 군사가 오거든 힘으로 막아라 하였으니, 졸개들을 배불리 먹이고 나를 따라 먼저 힘으로 대적하고, 나중에는 지혜로 할 것이니, 여차여차 하는 것이 어떻겠습니까?"
 연순과 송강이 칭찬하며 말했다.
 "참 그 계교가 좋으니, 그대로 합시다."
하고 그날로 송강과 화영이 먼저 계교를 정한 뒤에 졸개들로 하여금 스스로 준비하라 이르고, 화영이 홀로 한 필의 말을 타고 한부의 궁전(弓箭)을 차고, 이화창 가지고 산에서 내려와 진명을 기다렸다.
 한편 진명은 군사를 거느리고 청풍산에 이르러 십 리를 떠나 하채하고 청풍산 공활처를 가리어 인마를 머무르고 북 치며 싸움을 돋우더니, 산 위에서 나팔 소리 나는데, 진명이 보니 한떼 인마가 나는 듯이 내려오며 졸개들이 소이광 화영을 옹위하며 산아래 내려와서 일성포향에 진세를 이르고, 화영이 마상에서 창을 비끼고 진명에게 예를 했다.
 진명이 크게 꾸짖었다.
 "화영! 너는 장문(將門)의 자손으로 조정 명관이 되어 벼슬이 지채로 있어, 일경을 진수하고 후(厚)한 녹봉(祿俸)을 받거늘, 나라에서 너에게 무엇을 박하게 하기에 도적과 결탁하여 조정을 배반하는가? 내 이제 너를 잡으러 왔으니, 네가 만일 잘못을 알거든 직접 말에서 내려 묶이는 것이 편하지, 억지로 내 손을 더럽히지 않게 하여라."

화영이 웃으며 말했다.
 "총관, 상공은 화영의 억울한 것을 통촉하십시오. 내가 어찌 조정을 배반하겠습니까? 유고가 실상이 없는 것을 얽어 사사로이 원수를 갚으려고 핍박하니, 내 집이 있으나 갈 곳이 없기에 우선 이곳에 머물렀으니, 바라옵거니와 용서하십시오."
 진명이 꾸짖어 말했다.
 "네가 말에서 내려 묶임을 받지 않고 오히려 감언 이설로 군심을 미혹하려고 하느냐?"
하고 좌우를 명하여 북을 치라 하고 진명이 낭아곤을 휘두르며 나오니, 화영이 껄껄 웃으며 말했다.
 "진명 네놈도 원래 좋은 사람을 알지 못하는구나. 나는 너를 상사 총관이라고 하여 대접하였는데, 내가 두려워서 그러는 줄 안단 말이냐?"
하고 말을 놓아 서로 싸워 오십 합이 되도록 승부가 나지 않았다. 화영이 거짓 패한 체하고 말을 돌이켜 산 밑 소로로 달아나니, 진명이 크게 노하여 따르는 것을, 화영이 창을 말길마에 걸고 왼손으로 활을 지고 오른손으로 살을 뽑아 진명을 겨냥하여 쏘니, 빠른 살이 진명의 투구 위에 구슬을 맞추었다. 진명이 깜짝 놀라 감히 따르진 못하고 말을 돌이켜 군사들을 한꺼번에 치려고 하니, 벌써 산 위에 올라갔는 고로, 진명이 더욱 크게 노했다. 저 도적놈들이 어찌 이같이 무례하겠는가, 하고 바라와 북을 울리며 산으로 올라오려고 하는데, 보군이 먼저 산머리에 오르니, 갑자기 산 위에서 뇌목 포석(擂木砲石)과 회병 금집(灰瓶金什)이 비같이 내려왔다. 앞으로 나간 군사들이 미처 피하지 못하여 맞아 죽는 자가 무려 사오십 명이었다.
 진명이 노한 것이 극하여 군마를 이끌고 산을 돌며 길을 찾았다. 산 서편에 바라 소리 진도하며 수림 총중에서 일대 홍기군이 짓쳐 나오니, 진명이 군마를 이끌고 따라가 보니 갑자기 바라 소리도 없고 홍기군이 하나도 없어 대로는 없고 길이 있으나, 몇 날 초로에 나무를 베어 길 어귀를 막았으니, 능히 올라갈 수 없어 군사들을 시켜 길을 열려고 하는데, 탐마가 아뢰었다.

"동쪽 산변에 한떼의 홍기군이 또 나왔소"

하기에 진명이 군사를 몰아 쫓아가 보았으나, 막상 이르러 보니 징 소리도 안 들리고 홍기군도 보이지 않았다.

진명은 군사를 풀어 사면으로 길을 찾게 했다. 그러나 그곳도 옳은 길이라곤 없고 나무를 쌓아 막아놓은 좁은 길뿐이었다.

진명이 옳은 길을 찾아나가려고 하는데, 탐마가 아뢰었다.

"서북쪽 산에서 금고 소리가 진동하며 홍기군이 나타났습니다."

진명이 말을 돌려 다시 서북쪽 산으로 달려갔다.

그러나 마찬가지로 헛수고였다. 또 이번에는 정서쪽 산에 금고 소리 진동하며 홍기군이 보인다고 하여 진명이 군사를 이끌고 달려갔다.

하지만, 마찬가지였다.

진명이 원래가 성미가 급한 사람이라 노기가 머리끝까지 치솟아 이를 북북 갈며 어쩔 줄을 모를 때, 또 동쪽 산가에서 금고지성이 진동하며 홍기군이 움직인다 했다.

진명이 다시 말을 몰아 동쪽 산가에 달려갔다.

또 전이나 마찬가지였다. 진명이 또 길을 찾아 산에 올라가려고 하는데, 또다시 서쪽 산에서 함성이 들려왔다. 진명이 노기가 충천하여 그는 군마를 크게 몰아서 서산가에 달려갔다.

거기도 마찬가지였다. 산 위에나 산밑에나 사람이라곤 개미새끼 하나 구경도 못했다.

진명이 군사를 꾸짖어 길을 찾으려고 하는데, 마침 그때 군사 한 사람이 말했다.

"이곳은 도무지 정로(正路)가 아니니, 동남쪽 위로 보이는 길이 큰길인가 하옵니다. 만일 이곳에서만 길을 찾다가는 잃음이 있을까 합니다."

"큰길이 있으면, 어찌 가지 않겠는가?"

하고 인마를 재촉하여 동남각상을 달려갔다.

이때 이미 날이 저물으니, 모든 군사들과 말들이 지쳐 피곤했다. 산밑에 당도하여 하채(下寨)하고 삼군(三軍)이 우선 저녁을 지어 먹게 했다. 산 위에서 횃불이 어지러이 일며 징과 북이 요란하게 울렸다. 진명이 크게 노하여 군사 사오십 명을 이끌고 산 위로 치달려 올라가려고 했다.

그러나 반도 채 못 가서 양쪽 숲속에서 화살이 빗발치듯 날아와 군사가 태반이나 상했다.

진명이 하는 수 없이 말을 돌이켜 산 아래로 내려왔다. 채에 이르러 다시 밥을 짓게 했다. 그때 산 위에서 횃불이 무수히 일며 바람을 타고 휘파람 소리가 들려왔다.

진명이 급히 군사를 이끌고 나오니, 마침 횃불이 딱 꺼져버리고 휘파람 소리도 들리지 않았다.

밤 하늘에 달빛은 있으나, 구름이 가리어 밝지는 못하여 진명이 크게 노하여 군사를 명하여 잡목에다 불을 놓게 했다.

그때 산 위에서 피리부는 소리가 들려왔다. 진명이 다시 말을 몰아 올라가 보니, 산 위에 횃불이 십여 개가 밝혀 있고, 화영과 송강이 마주 앉아 술을 마시고 있었다. 진명이 분통이 터질 듯하여 그곳에 말을 세워 놓고 소리를 가다듬어 꾸짖었다.

화영이 웃으며 가리켜 말했다.

"진통관, 너무 조급히 굴지 말고, 오늘은 그대로 돌아가 편히 자고, 내일 다시 싸워 너는 죽고 나는 살리라."

진명은 크게 호령했다.

"이 도적놈아! 지금 썩 못 내려오느냐? 나하고 삼백 합을 싸우고 다시 얘기하자."
 그러나 화영은 소리내어 웃으며 말했다.
 "진통관, 당신이 오늘은 몹시 고단할 것이니, 내가 지금 싸워서 이겼다 하여도 남들에게 칭찬받을 일이 못되니, 그대로 돌아가고 내일 다시 만납시다."
 진명이 더욱 노하여 꾸짖으며 산으로 올라가고 싶으나, 화영의 활이 겁이 나서 다만 산아래서 욕설만 퍼붓는데, 자기 영채 안에서 본부 군마들이 함성을 지르고 있었다. 진명이 급히 말을 돌이켜 산 아래로 내려가 보니, 뜻밖에도 그쪽 산에서 화포(花砲)와 화전(火箭)이 어지럽게 쏟아져 내려오며, 그 뒤에 이삼백 명 졸개들이 어두운 곳에 숨어서 궁노를 쏘니, 본부 인마들이 산 옆 깊은 구렁으로 피했다. 이때는 거의 사경이 되었다.
 모든 군사들이 살을 피하여 구렁 속으로 들어가 있을 때, 갑자기 산 위 골짜기에서 물이 쏟아져 내리니, 순식간에 물바다가 되었다.
 일행 인마가 물속에 빠져 언덕에 기어오르는 것을, 졸개들이 모조리 요구창으로 잡아올려 가고, 미처 기어오르지 못한 놈은 다 물에 빠져 물귀신을 면하지 못했다.
 이때 진명이 이 광경을 보고, 노기가 충천하여 죽으려고 하다가 옆에 좁은 길이 있는 것을 보고, 죽을 힘을 다하여 짓쳐 올라가는데, 사오십 보를 다 가지 못하여 말과 함께 구렁으로 빠져버렸다.
 양쪽에 숨었던 요구수(撓拘手)들이 일제히 쫓아나와, 요구창으로 진명을 사로잡아 옷을 벗기고 결박하여 청풍산으로 올라가니, 전마를 끌어올려 함께 올라갔다.
 원래 이 계교는 화영의 착상이니, 먼저 졸개들을 분부하여 동쪽에도 있고 서쪽에도 있어, 진명을 유인하여 군사와 말이 지쳐 견디지 못하게 하고, 먼저 포대에다가 모래를 집어 넣어 물을 막았다가 일시에 터놓으니, 깜깜한 밤에 어떻게 피할 수 있겠는가?

진명이 이끌고 온 군사 오백 명이 거의 반은 잡혀 오고 전마 칠팔십 필을 노획했다.

당하에 진명과 일행이 졸병들을 잔뜩 결박지어 산채에 이르니 날이 밝았다.

다섯 분 호걸들이 취의청에 앉았는데, 졸개들이 진명을 결박지어 청 앞에 이르니, 화영이 급히 내려가 묶인 것을 끄르고 붙들어 일으키며 청상에 올려다 교의에 앉히고 절을 했다. 진명은 눈이 휘둥그렇게 되어 황급히 답례를 하며 묻는다.

"나는 사로잡혀 온 사람인데, 그대들은 나를 만단에 내어 죽일 것이온데, 무슨 연고로 후하게 대접하여 줍니까?"

화영이 꿇어 엎드려 고했다.

"졸개들이 존비(尊卑)를 아지 못하고 호위(虎威)를 거스렸으니, 바라거니와 죄를 용서하십시오."

하고 비단 옷을 내다가 진명을 입히니 진명이 말했다.

"저 가운데 앉으신 분은 누구십니까?"

화영이 대답했다.

"저분은 우리 형님 운성현 송 압사인데, 휘자는 강이십니다."

"저 송압사라면 강호상에서 급시우 송공명이라고 부르는 분이 아니십니까?"

송강은 화영이 미처 대답하기 전에 나서며 말했다.

"그렇소 소인이 바로 송강입니다."

하니, 진명이 급히 일어나 절하며 말했다.

"선생의 이름을 들은 지 오래입니다만, 여기서 뵈올 줄은 정말 뜻밖입니다."

하니, 송강이 황망히 답례하는데, 다리 쓰는 것이 매우 거북하여 보였다.

"아니? 다리가 불편하신 것 같으신데, 웬일이십니까?"

진명이 묻는 말에, 송강이 자기가 운성현을 떠나던 일부터 유고에게 잡혀 가 고초를 겪은 일과, 다리가 편하지 못한 것도 유고에게 맞아서 상한 일 등을 자세히 말했다.

진명이 듣고 나서 머리를 설레설레 흔들며 말했다.

"만일 한 쪽 말만 들었더라면 큰 일을 그르칠 뻔하였습니다. 만일 저를 돌려 보내 주신다면, 돌아가 모용지부를 뵈옵고 사정을 자세히 전하겠습니다."

연순이 칭사하며 진명을 머물게 할 때, 소와 말을 잡아 크게 잔치를 베풀고, 붙들어 온 군사들을 산 뒤 집에 두고 술과 밥을 먹게 했다.

진명이 두어 잔 술을 마신 후에 몸을 일으키며 말했다.

"여러분 호걸께서 좋은 뜻으로 진명을 살려 주시려면, 곧 돌아갈 수 있도록 갑옷과 마필과 군기를 내어 주십시오."

연순이 말했다.

"총관이 잘못 생각하십니다. 이미 청주의 병마 오백을 거느리고 오셨다가 이제 다 잃고 없으니, 어찌 돌아가며, 또한 모용지부가 패군한 죄를 용서하시겠습니까? 더 이곳에 계시다가 청평(淸平)한 때를 기다리어, 저의 채가 비록 장사들이 머무르시기가 불편할 것이나, 낙초하여 금은을 고루 나누어 좋은 의복을 마음대로 입을 것이오. 그곳에 계시어 간신의 업신여김을 받는 것보다, 어찌 못하리오."

진명이 다 듣고 나서 땅에 엎드려 절하며 말했다.

"진명은 대송(大宋) 사람이라 죽어도 대송 귀신이 되려고 마음먹은 터입니다. 조정이 나를 병마총감을 삼으시고, 겸하여 통제사의 관직을 내리신 터에, 내가 녹림에 몸을 던져 조정을, 어찌 배반하겠습니까? 여러분들이 나를 죽이시려면 죽이십시오. 내가 결코 뜻을 굽힐 수가 없습니다."

강경한 어조로 말하니, 화영이 곧 땅에 좇아 내려와 그를 붙들어 일으키며 말했다.

"총관의 말씀이 다 충언이신데, 누가 감히 그르다고 하겠습니까? 소인도 또한 조정 명관이온데, 형세가 핍박하여 견디지 못하여 부득이 이렇게 되었습니다만, 이미 총관이 즐기어 낙초하시려고 않으시는데, 어찌 감히 강제로 하겠습니까? 자리에 나오시어 술을 잡수시다가, 마땅이 의갑과 투구와 군기와 마필을 차려드릴 것이오니, 마음놓고 돌아가십시오."

진명이 끝내 즐겨서 앉지 않으니, 화영이 다시 권했다.

"총관께서 지난밤에 많이 수고하여 사람도 피곤하겠지만, 말인들, 어찌 배고프지 않겠습니까?"

진명이 화영의 말을 듣고 속으로 생각하니, 옳은 소리였다. 다시 정상에 올라 술을 먹을제, 다섯 호걸들이 돌아가면서 술을 권했다.

진명은 첫째는 몸이 곤하고 둘째 여러 사람이 권하는 것을 거절하지 못하여 마음놓고 먹어서 대취하여 붙들어 장에 들어가 자게 하고 여러 사람이 계교를 행했다.

진명이 하룻밤을 길게 자고, 다음날 사시에 비로소 잠이 깨어 일어나 준비하여 산에서 내려가려고 했다.

여러 사람들이 급히 만류하여 말했다.

"총관은 참 급하시기도 하십니다. 조반도 잡숫지 않으시고 가시려고 하십니까?"

하고 부지런히 술과 식사를 안배하며 관대하여 투구와 의갑을 주며 말과 낭아곤을 다 내어 진명이 의갑을 정돈함에 다섯 호걸이 진명을 전송하여 산에서 내려보내고 돌아왔다.

진명은 말에 올라타고 낭아봉을 들고 해가 중천에 떠오를 때, 청풍산을 뒤로 하고 단숨에 청주로 달려갔다. 단숨에 청주성 가까이 도달했을 때, 저 멀리에서 연기가 자욱한 것이 보이고, 그 근처에는 사람 그림자가 하나도 없었다. 진명은 그것을 보고 마음속으로 이상하게 여기면서, 드디어 성 밖에 당도하여 보니, 전에 있었던 인가는 하나도 남김없이 모두가 불태워졌고, 넓고 넓은 불탄 자리에는 데굴데굴 남녀의 시체가 수없이 굴려져 있었다. 진명은 깜짝 놀라 말에 채찍질을 하여 성벽 밑으로 달려가서 큰소리로 호령했다.

"문을 열어라!"

하고 바라보니, 문 앞에 있는 조교(弔橋)는 드높게 매달려 있고 군사, 깃발, 던질 통나무, 투석들이 즐비하게 널려 있었다. 진명은 말을 멈추고 큰소리로 불러 댔다.

"조교를 내리고 나를 건너게 하라!"

성벽 위에서는 그가 진명인 것을 알아보자 북을 울리며 함성을 올렸다. 진명은 더욱 크게 소리쳤다.

"나는 진총관이다! 왜 나를 건네 주지 않느냐?"

가슴이 터지는 것 같아 말이 나오지 않고 성 위에서 화살이 비오듯 내려오니, 진명이 피하여 물러나와 보니, 들에 자욱한 불꽃이 아직 꺼지지 않았다.

진명이 말을 돌이켜 죽을 곳을 찾으며 가만히 생각했다.

'어떤 놈이 이런 몹쓸 노릇을 하였는가?'

하며 오던 길로 말을 놓고 십여 리를 갔을 때, 한떼 인마가 나오는데, 이 사람은 다름 아닌 송강, 화영, 연순, 왕영, 정천수 다섯 호걸들과 졸개 이백 명이었다.

송강이 흠신하여 말했다.

"총관은 어찌 청주로 돌아가지 않으시고 이곳에서 혼자 방황하십니까?"

진명이 노기가 머리끝까지 치밀어 말했다.

"어떤 죽일 놈이 나의 모습을 하고 성을 치고 백성을 살해하여 내가 돌아갈 길을 끊어 놓고, 처자를 다 죽이고 하늘에도 올라가지 못하고 땅 속으로도 들어가지 못하게 하였으니, 그놈을 만난다면 낭아곤을 들어 만 조각을 내어, 내 분한 기운을 풀을 것이오."
송강이 말했다.
"총관은 고정하십시오. 소인이 드릴 말씀이 있으니, 우선 산채로 올라가셨다가 천천히 이야기하십시다."
진명이 청풍산으로 올제, 산에 이르니, 여러 사람들이 말에서 내려 정자 위에 오르니 졸개들이 벌써 술과 식사를 차려 놓았더라. 다섯 호걸이 진명을 맞아 취의청 위에 올라와 진명을 중간에 앉히고 다섯 호걸들이 일제히 꿇어 엎드리니, 진명이 급히 답례하여 또한 꿇어 엎드렸다.
송강이 말했다.
"총관은 놀라지 마십시오. 총관이 굳이 낙초하시지 않으시려 하시기에 송강이 부득이 이 계교를 행하였습니다. 졸개 가운데 총관과 같은 자를 총관의 의복을 입히고 총관의 말을 태우고 낭아곤을 들고 붉은 수건으로 머리를 싸고, 성 아래에 다다라 사람을 죽이고 불을 놓아 인가를 태우며, 왕왜호는 졸개 오십여 명을 거느리고 싸움을 도우며 총관의 가족을 취하여 돌아와 총관이 돌아갈 길을 끊으려고 하였는데, 모용지부 그놈이 총관의 가족을 해하였으니, 이는 생각 밖입니다. 그래서 오늘 여러 사람이 청죄(請罪)합니다."
진명이 이 말을 듣자 노기가 하늘을 찌른 듯했다. 송강 등과 사생을 겨루려다가 다시 생각했다.
'첫째는 상계(上界)의 성신(星辰)으로 천수함(天數含)이요, 둘째는 송강의 의리들이 공손한 예로 대접하는 것이요, 셋째는 저 무리들과 싸워 봐야 이기지 못할 것이다.'
다만 분기를 참고 말했다.
"여러 형제분들께서 좋은 뜻으로 함께 있게 하시려다가 잘못 되었으나, 진명에게는 처자를 다 죽이고 커다란 화를 끼치게 되었습니다."
 송강이 말했다.
 "그렇게 되지 않았으면 형장이 어찌 낙초하겠소. 이미 부인이 돌아가셨으니, 화지채의 매채가 극히 어진 사람인데다가 모든 일을 담당하여 총관의 내자를 정하면 어떻겠소?"
 진명이, 여러 사람들이 이렇듯 후하게 대하자, 비로소 마음을 내키어 항복했다.
 화영이 송강을 청하여다가 첫째 교의에 앉게 하니, 진명이 말했다.
 "좋소, 그렇게 합시다!"
하고 진명, 화영을 좌우에 앉히고 다음으로 세 사람을 차례대로 앉힌 후, 술 마시며 청풍채 칠 일을 의논하는데, 진명이 듣고 있다 나서며 말했다.
 "그것은 쉬운 일입니다. 의논도 필요없습니다. 첫째 지금 그곳을 지키고 있는 황신은 내 수하에 있는 사람이요, 둘째는 내가 손수 무예를 가르쳤고, 셋째는 나와 극진한 사이이니, 내일 내가 먼저 가서 황신을 만나 권하여 저도 산으로 들어오게 하고 채문을 열고 영접하게 하겠습니다."
하니, 이 말이 처음으로 예를 다한 것이었다. 송강이 유고의 계집을 잡지 못한 것을 한하니, 진명이 다시 말했다.
 "형님은 그것도 염려하시지 마십시오. 화지채의 보권(寶眷)을 모셔 오도록 하고, 유고의 계집을 잡아다가 형님의 원수를 갚게 하시는 것이 어떻겠습니까?"
 송강이 기뻐하며 말했다.
 "총관이 그렇게 하시면 그만 바람이 없을 것입니다."
하고 밤이 깊도록 즐기다가, 이튿날 일찍이 일어나 조반을 물리고 각각 갑옷 입고, 진명이 먼저 말 타고 낭아곤 들고 청풍진으로 향했다.

　한편 황신이 청풍진에 돌아와 군민을 풀어 채에 있는 군사와 함께 계책을 지키고 있을 뿐, 대적하여 싸우지를 못하고, 여러 번 사람을 청주에 보내 구원병을 청하였으나, 접응하는 군사가 오지 않으니 초조하여 있는데, 마침내 진통제가 채 밖에 혼자 이르렀다 했다.
　황신이 이 말을 듣고 말에 올라 나는 듯이 채문에 나와 보니, 과연 필마 단신(匹馬單身)이었다.
　다른 반당이 없는 것을 보고 황신이 문을 열라고 하고 사다리를 놓은 후에, 진명을 맞아 대채에 이르러 공청에 올라 예를 끝내었다.
　황신이 물어 보았다.
　"총관이 어찌하여 이곳에 혼자서 오셨습니까?"
　진명이 먼저 병마를 잃게 된 일체를 말하고, 추후는 산동 급시우 송공명이 장의 소재하여 천하 호걸들을 모두 사귀니, 누가 저 사람을 공경하지 않겠소.
　이제 청풍산에 있는 것을 그들과 나는 이미 합세하였소. 그대는 집안 식구가 없는 사람이니, 어찌 내 말에 따르지 않을까 여기며, 만일 대채에 입과하면 다른 날에 문관의 업신여기는 것을 면한다고 말했다.
　"벌써 은관(恩官)이 그곳에 합세하여 계시다면 황신이 어찌 감히 안 쫓겠습니까? 그런데 일찍이 송공명이 그곳에 있다는 소리를 듣지 못하였는데, 은관의 말씀을 들으니, 송공명이 산채에 있다 하시니, 어디에 있다가 오셨답니까?"
　"그대가 알지 못하는구려. 전일의 운성현 죄인 장삼이라 하는 사람이 바로 송공명이었소. 자기가 만일 본 성명을 말했다가 저의 죄가 나타날까 하여 거짓 장삼이라 하였소."

황신이 아깝다는 듯이 발을 구르며 말했다.
"장삼이 만일 송공명인 줄 알았으면 중간에서 벌써 놓았을 것인데, 유고의 말을 곧이 듣고 하마터면 목숨을 앗을 뻔하였소."
하고 진명과 황신이 천상에서 서로 앉아 일을 의논하는데, 채병이 알려왔다.
"양로 인마가 북치고 나팔 불고 짓쳐 들어옵니다!"
하는데, 진명과 황신이 말에 올라 급히 채문에 나왔다.
　이때 낭하에 진명이 황신과 같이 채문 밖에 나와 바라보니 양로병이 모두 당도했다. 일대는 송강과 화영이요, 또 일대는 연순과 왕왜호인데, 각각 졸개 오십 명씩을 거느렸다. 황신이 군사를 시켜서 다리를 놓고 크게 채문을 열고 영접하여 양로인마가 일시에 대채로 들어오려고 하니, 송강이 전령을 내려 백성을 조금이라도 살해하지 말아라 이르고, 군사를 명하여 유고의 채에 들어가 일가 노소를 다 죽였다.
　왕왜호가 짓쳐 들어가며 먼저 그 부인을 앗고 졸개들은 금은재보(金銀財寶)가 있는 것을 모조리 걷어 수레에 실으니, 소와 양과 말이 얼마가 있는지 수를 헤아리지 못했다.
　화영은 자기 집에 들어가 집안에 있는 모든 집물이며 금은과 매자 처속(妹子妻屬)을 수레에 싣고, 여러 호걸들이 수습하기를 기다려, 청풍진을 떠나 산채로 돌아갈제, 거장(車杖)과 인마(人馬)가 육속(陸續)하여 산채에 이르렀다. 정천수가 마저 취의청 위에 이르러 서로 볼제, 황신이 여러 호걸들에게 예를 베푼 후에 화영의 아래에 앉으니, 송강이 분부하여 화영의 일가 노소를 한 곳에 있게 하고 유고의 재물 앗아온 것은 나누어 졸개들을 상 주었다.
　왕왜호는 그 계집을 앗아다가 자기 방에 감추었는데, 연순이 물어 보았다.

"유고의 계집을 잡아다가 어디에다 두었느냐?"
"이번에는 찾지 말고 내 압채 부인을 삼게 해 주십시오."
"그렇게 할 것이니, 잠깐 불러오라. 내가 한 마디 할 것이 있다네."
송강이 말했다.
"내가 정말 한 번 보려 하였었네."
왕왜호가 즉시 불러다가 청 앞에 이르니, 송강이 꾸짖었다.
"이 간부(奸婦)년아! 좋은 마음으로 산에서 내려보낸 것을 명관의 아내이기에 유념하는 것인데, 너는 어찌하여 은혜를 도리어 원수를 삼아, 나를 해치려 하다가, 오늘에 잡혀 왔으니, 무슨 말을 하려고 하느냐?"
그 부인이 울면서 살려 달라고 비는 것을 연순이 말했다.
"저런 요망한 계집을 데리고 따져야 무엇에 쓰겠습니까?"
하고 요도를 뽑아 한 번 치니, 목이 떨어졌다.
왕왜호가, 연순이 부인을 죽이는 것을 보고 속으로 크게 노하여, 박도를 가지고 연순과 싸우려고 하니, 송강 등이 일시에 말리고는, 송강이 말했다.
"아우님, 연순이 저 부인을 죽인 것은 나를 위한 것이 아니라 저 계집의 마음이 어질지 못하여 죽인 것이다. 보았지 않은가? 저를 힘써 구하여 산에서 내려보냈더니, 저희들 부부가 의구(依舊)하게 만났으면 은혜를 알고 지냈어야 원수를 삼았으니, 아우님이 만일 같이 살다가 한참 후에 반드시 화가 미칠 것이오. 그러니 송강이 후에 현숙한 부인을 구하여 아우님에게 가연을 맺게 하여 아우님의 마음에 들게 하겠소."
연순이 말했다.
"아우님도 생각하여 보십시오. 저런 마음씨가 착하지 못한 계집을 살려 두어 무엇에 쓰려오?"
왕왜호가 여러 사람의 말을 무시하지 못하여 아무 말을 하지 못했다.

 연순이 군사를 시켜 부인의 시체를 치우고 피 흔적을 없애게 한 후, 경하연(慶賀宴)을 차리라고 했다.

 이튿날, 화영이 송강을 청하여 진명의 혼사를 주장하게 했다. 정천수는 중매가 되어 화영의 매자를 진명에게 시집을 보내려고 모든 제구는 화영이 다 준비했다.
 사오 일을 연이어 잔치하는데, 탐색하는 졸개가 산에 올라 아뢰기를, 청주 지부가 조정에 아뢰어 중서성(中書省)에 화영, 진명, 황신 등의 일을 자세히 밝히고, 대군을 이끌고 소멸하려고 한다 하자 모든 사람들이 듣고 의논했다.
 "이곳은 적은 곳이라 여기서 오래 있지 못할 것이오니, 만일 대병이 이르러 사면을 포위하면 어떻게 막고 대적(對敵)하겠습니까?"
 송강이 말했다.
 "내게 한 가지 계교가 있으니, 여러분들의 뜻이 어떨지 모르겠소?"
 "어떠한 계교이신지 말씀해 주십시오."
 "여기서 서남쪽으로 가면 한 곳이 있는데, 그곳 이름은 양산박이오. 넓이가 팔백여 리나 되고, 가운데 완자성과 요아애(蓼兒洼)가 있어서 조천왕(晁天王)이 사오천 명 인마를 몰고 그곳을 지키는데, 초도 관군이 제대로 바라보지 못하는 곳이니, 우리들도 인마를 수습하여 양산박으로 들어가 입과하는 것이 어떠하겠소?"
 진명이 말했다.
 "이미 그런 곳이 있으면 더 바랄 나위 없습니다만, 다만 인도할 사람이 없어서 근심입니다."
 송강이 껄껄 웃고 생신강을 도적질한 일과 유당이 글을 가지고 이르러 그 빌미로 하여 염파석을 죽이고 강호상에 도망하여 다니던 일 등을 말했다.

진명이 듣고 크게 기뻐하며 말했다.

"이미 그렇다면 형님은 그곳에 큰 은인이온데, 여기서 일을 늦추지 못할 것이오니, 빨리 수습하여 당장이라도 곧 떠나게 하십시다."

하고 그날로 상량(商量)하기를 다한 후에, 수십 채 수레에다 모든 금은 재백(金銀財帛)과 의복 행장(衣服行狀) 등물(等物)을 싣고 남녀 노소를 태우고, 좋은 말 삼사백 필을 가려놓고, 졸개들 중에도 같이 가려고 하는 자는 군안(軍案)에 넣고 가기 싫다는 자는 저의 뜻대로 다른 곳으로 가서 살도록 하니, 전부가 군액(軍額)이 육칠백 명이다.

송강이 명하여 세 패로 나누어 양산박 도적을 잡으러 가는 군관의 차림으로 하여 모든 것을 수습하여 놓은 후에, 산채에다 불을 놓고 삼대 인마가 차례로 산에서 내려갈제, 송강은 화영과 함께 사오십 명을 거느리고 마군 오십기(馬軍五十騎)를 거느리고, 각 사람들의 가족과 재물을 실은 수레 십여 채를 거느리고 먼저 떠났다. 진명과 황신은 마군 팔구십 기와 군기 집물을 수레에 싣고 두 번째로 산에서 내려오고, 후면에는 연순, 왕왜호, 정천수 세 사람이 이백여 명 군사와 칠팔십 필 전마로 청풍산을 떠나 양산박으로 향했다.

무수한 인마가 기호상(旗號上)에 쓰기를 수포초구관군(收捕草寇官軍)이라고 하였으니, 누가 감히 막겠소 육칠 일을 가다가 보니 청주부를 멀리 할 수 있었다.

이때 송강과 화영 두 사람이 말 타고 앞에 있으며 뒤에서 오는 거장 인마(車杖人馬)를 재촉하여 이십 리는 왔는데, 앞쪽에 산 하나가 있었다. 지명은 대영산(對影山)이요, 양쪽에 다 높은 산이요, 가운데 한 길이있어 두 사람이 말머리를 같이 하여 가는데, 갑자기 산 앞에서 바라와 북소리가 진동했다. 화영이 말했다.
 "이 앞에 반드시 강인이 있습니다!"
하고 창을 길마에 찌르고 궁전을 꺼내 들고 군사들로 하여금 위에서 오는 군사를 재촉하고 거장을 뒤에 머물게 했다. 송강, 화영 두 사람이 이십여 기를 거느리고 앞으로 나가며 살필제, 한쪽 인만 이백 명이 붉은 옷과 붉은 갑옷을 입고, 한 소년 장군(少年將軍)을 옹위하고 있었다. 그 소년 장군이 붉은 전포 입고 창을 비끼고 말을 언덕에 세우고 크게 꾸짖었다.
 "오늘은 너와 겨루어 승부를 결단하겠다."
하니, 산 뒤쪽에서 백여 인마가 무리를 지어 나오는데, 말 위에 소년 장군이 백의(白衣)와 백갑(白甲)을 입고 수하 군사(手下軍士)들도 다 흰옷을 입고 있었다. 손에 방천화극(方天畵戟)을 들었는데, 저편은 흰 기요 이편은 붉은 기다. 홍백기가 어지러이 움직이더니 장사(將士) 두 사람이 서로 아무 말도 않고 각각 수중에 들었던 병기를 휘두르고 말을 재촉하여 큰길가에서 삼십여 합을 싸우나 승부가 없었다. 화영과 송강이 말 위에서 구경하며 손뼉치기를 그치지 않았다.
 화영이 천천히 말을 몰아 앞으로 나가며 보니, 두 장사가 서로 싸울제, 하나는 화극 위에 금전 표자(金錢豹子)를 달았고 하나는 금전 오색번(金錢五色幡)을 달았다.
 표미(豹尾)와 오색번(五色幡)의 융사(絨絲)가 서로 얽히어 한 뭉치가 되어 떨어지지 않는 것을 화영이 말 위에서 자세히 보고, 왼손으로 비어대 속의 활을 꺼내어 들고, 오른손으로 주수호중(走獸壺中)의 살을 꺼내어 표자와 오색번이 서로 얽힌 곳을 겨냥하여 한 번 쏘니, 그 융사가 떨어지며 그 두 개의 화극이 땅으로 떨어지며 두 편으로 갈라섰다.
 양쪽의 이백 군사가 손뼉치고 두 장사가 같이 말을 놓아 송강의 앞에 이르러 흠신(欽身)하여 말했다.

"바라옵거니와, 신전 장군(神箭將軍)의 높은 존함을 알고자 합니다."

송강이 미처 대답하기 전에 화영에게 나서며 말했다.

"이분은 운성현 압사 산동 급시우 송공명이시고, 나는 청풍진 지채 소이광 화영이오!"

그 두 장사가 화극(畵戟)을 각기 땅에 던지고 말에서 뛰어내려 일제히 절하며 말했다.

"존함을 들은 지는 오래 되었습니다!"

송강이 황망히 말에서 내려 두 장사를 붙들어 일으키며 물어보았다.

"두 분 장군의 대명을 듣고자 합니다."

붉은 옷입은 장사가 먼저 대답했다.

"소인의 성은 여(呂)이며 이름은 방(方)입니다. 담주(潭州) 사람으로 평생에 여포의 위인을 사랑하여 방천 화극(方天畵戟)을 쓰기를 배웠습니다. 남들이 부르기를 소온후 여방(小溫候呂方)이라고 합니다. 양을 팔러 산동으로 다니다가 본전을 다 잃고 고향에 돌아가지 못하여, 아직 대영산에 있어 집을 겁박하고 촌을 노략하여서 하루하루 지내는데, 요즈음 저 사람이 와서 산채를 빼앗고자 하기에, 이 산을 반씩 나누자 제의했으나, 듣지 않고 날마다 시살하더니, 생각하지 아니한 연분이 정한 것이 있어 오늘에 존안을 뵈오니, 다행이옵니다."

"저 흰옷 입은 장사의 고성 대명(高姓大名)을 알고 싶소."

그 장사가 대답했다.

"소인의 성은 곽(郭)이요 이름은 성(盛)입니다. 서천 가능(西川嘉陵) 사람으로 수은(水銀)을 팔러 다니었는데, 황하를 건너다가 풍파를 만나 배가 파산하여 물건을 잃고 고향에 돌아가지 못하고, 본처병마 장 제할(本處兵馬張提轄)에게 화극 쓰기를 익혀 소인을 새인귀 곽성(賽仁貴郭盛)이라고 부르는데, 소문에 들으니, 대영산에 화극 쓰는 사람이 있다 하기로 화극을 비교하려고 일부러 와서 수십 합을 비교하나 승부를 결정짓지 못하던 차에, 오늘은 다행히 두 분을 만나니 하늘이 지시하심인가 합니다."

송강이 또한 자기의 일편을 이르니, 두 사람이 크게 기뻐하는 것을 보고 송강이 말했다.

"장사들이 이미 나를 사랑하시거든 다시 다투지 않는 게 어떻겠소?"

두 사람이 응낙하여 송강이 크게 기뻐하며 뒤쪽에서 오던 인마가 육속(陸續)하여 이르러 하나하나 따로따로 본 후에, 여방이 먼저 여러 사람을 청하여 산채에 당도하여 소와 말을 잡아 크게 잔치하여 대접하고, 이튿날 곽성이 술과 식사를 준비하여 송강 등을 관대할 때, 송강이 두 사람을 권하여 무리에 들고 함께 양산박으로 들어가 조개와 취의하기를 이르니, 두 사람이 기뻐하며 즉일에 양쪽 산 인마를 점고하여 재물을 수습하여 행하려고 했다.

"이렇게 한꺼번에 가지 못할 것이오. 가령 우리 인마가 오륙백 명이나 되는데, 양산박으로 향하여 가면 그곳에도 또한 탐색군이 있을 것이니, 우리가 정말 수포 군관(收捕軍官)으로 잘못 알면 어찌 가만히 있겠소? 내가 연순과 함께 먼저 가서 알릴 것이니 그대들은 뒤따라 오시오."

화영, 진명이 말했다.

"형님의 말씀이 옳으니, 우리는 뒤에서 가고 형님은 반일 길만 앞서 가시면 되겠습니다."

송강과 연순이 여러 사람들과 이별하고 종인 십여 명을 거느리고 먼저 양산박으로 향하여 갔다.

한 이틀 가다가 점심때쯤 되어 길가 큰 주점을 만나 송강이 말했다.
"너희 여러 사람이 시장할 것이니, 이 주점에 들어가서 요기나 하고 가게 하자."
하고 송강이 연순과 함께 말에서 내려 술집으로 들어가서 종인을 분부하여 말 배띠를 늦추어 주라 하고 안으로 들어와 보니, 원래 자리가 넓지 못한데, 다만 교의가 세 개밖에 없었다. 윗머리에는 한 사람이 먼저 앉았는데, 송강이 그 사람을 살펴보니, 머리에 일정저취 두건을 쓰고 뒷머리에 대원부 순금 관자를 달고, 몸에 검은 전포 입고 허리에 잡색대 띠고 발에는 마혜 신고 탁자가에 단봉을 세우고, 그 옆에 큰 보따리를 벗어 놓고 앉아 있었다. 키는 팔 척이 넘고 얼굴은 누르고 눈이 솟고 수염이 조그만 했다.

송강이 술집 주인을 불러 말했다.
"내 일행이 많아 앉을 자리가 부족하니, 안에 다른 곳이 없거든 저분 손님을 한쪽으로 모시고, 그곳을 치워 내 일행을 앉게 하여 주구려."
"네, 분부대로 하겠습니다."
하고 나가는 것을 송강이 먼저 술집 주인을 보고 술을 갖다가, 한 사람마다 석 잔씩과 고기 한 근을 주어 먹게 하라고 했다.

술집 주인이 연하여 대답하고 보니, 일행이 화롯가에 둘러서서 앉을 곳이 없어 하는 것을 보고, 술집 주인이 먼저 앉은 손님에게 말했다.
"죄송합니다. 손님께서 저쪽 자리로 좀 바꾸어 주셨으면 감사하겠습니다."
그 큰 사나이가 기분이 좋지 않게 여겨 말했다.
"무슨 잔소리요? 내가 먼저 왔으니, 이 자리는 내 자리요! 나중에 온 분들이 일행이 많고 작고간에, 나보고 얘기할 것이 무엇인가? 나는 자리를 바꾸어 주지 않겠소."
 연순이 듣고 송강을 보고 말했다.
 "형님은 저놈의 무례한 대답을 듣고 가만 있습니까?"
 "우리가 나서 무엇하리오? 그대는 저 사람과 말하지 마오."
 연순은 참고 아무 말도 않으니, 그 큰 사나이가 머리를 돌이켜 송강과 연순을 보고 냉소하기를 마지않았다.
 술집 주인이 또다시 말했다.
 "손님께서 양보하시어 앉은 자리를 바꾸어 주시기를 바랍니다."
 그 큰 사나이가 크게 노하여 말했다.
 "이놈이 정말 존비(尊卑)를 모르는 놈이다! 내가 혼자 왔다고 업신여기느냐? 이 자리는 천자가 오신다고 하여도 내주지 않겠다. 만일 내 성미를 건드리면 소리만 커질 것이요, 더하면 주먹 밖에 너를 상대할 것이 없다!"
 "제가 무슨 말씀을 잘못하였습니까?"
 "네 이놈, 어찌 말대꾸를 하느냐?"
 연순이 듣고 그 성미로 도저히 그냥 참을 수가 없어 나서며 말했다.
 "여보, 큰소리를 하는 자! 자리를 바꿔 주지 않으면 그만이지 무슨 큰소리를 하시오?"
 그 큰 사나이가 뛰어 일어나며 손에 초봉을 집어들고 말했다.
 "내가 술집 주인을 보고 꾸짖는데, 네가 웬 참견이냐? 나는 천하에 두 사람만 알고, 그 밖에는 다 발밑에 진흙같이 여긴다!"
 연순이도 노함을 참지 못하고 곧 곁에 놓인 걸상을 번쩍 집어 들어서 그 사나이를 치려고 했다.
 송강이 그 사나이의 말이 속되지 않은 것을 보고 몸을 날려 막으며 말했다.
"그대들은 싸우지 말아라. 지금 말씀이 천하에 단지 두 사람만 어렵게 안다 하니, 그것은 대체 어이한 사람이오?"
"내 말을 들으면 아마 깜짝 놀랄 것이오!"
"아무려나 어서 말씀이나 하여 보십시오."
그 사나이 팔을 걷어붙이며 뽐내어 말을 했다.
"그 한 분은 창주 황해군 시세종의 적파 자손(嫡派子孫)인데, 부르기를 소선풍 시진(小旋風柴進)이라 합니다."
송강이 싱긋이 웃으며 또 물어 보았다.
"또 한 사람은 어떤 사람이오?"
"그 분은 더 유명한 분이온데, 운성현 압사 산동 급시우 호보의 송공명입니다!"
송강이 연순을 쳐다보며 빙그레 웃으니, 연순이 손에 들었던 걸상을 놓아버렸다.
그 사나이는 다시 말했다.
"그 두 분만 아니면, 비록 천자가 온다고 하여도 내가 두려워하지 않소!"
송강이 물어 보았다.
"나도 그 두 사람을 알지만, 그 두 사람은 어디서 보았소?"
"나는 아직 만나보지는 못하였소."
"그렇다면 어떻게 아시오?"
"내가 삼 년 전에 다만 시 대관인의 집에서 넉 달 동안이나 있었으나, 불행히 급시우는 만나지 못하였습니다."
"그렇다면 흑삼랑을 만나고 싶소?"
"내가 지금 그 사람을 찾아가는 중이오."
"누가 그대더러 그 사람을 찾으라고 합디까?"
"그 사람의 친동생 철선자 송청이 나한테 가서를 맡기고 그 사람을 찾아 전하라 합디다."

송강이 크게 기뻐하여 앞으로 나가며 손을 잡고 말을 했다.
"인연이 있으면 천 리에서도 만나고 인연이 없으면 마주 보고 서로서로 모른다 하였으니, 내가 곧 흑삼랑이오!"
그 사나이가 이윽히 보더니 문득 절하며 말했다.
"천행으로 형님을 여기서 만났습니다! 하마터면 공 태공의 집에 헛걸음할 뻔하였습니다!"
송강이 붙들고 안으로 자리를 정하고 물어 보았다.
"그대가 우리집에서 왔다 하니, 요즘 다른 일이나 없던가?"
"형님은 제 말을 들으십시오. 소제의 성은 석(石)이요 이름은 용(勇)입니다. 원래 대명부 사람인데, 일찍이 내기 하기를 업으로 했습니다. 고향 사람이 저의 별명을 지어 석장군 석용(石將軍石勇)이라고 합니다. 도박하는 마당에서 사람과 다투다가 한 주먹으로 사람을 때려 죽이고 강호상에 도망하여 시 대관인의 집에 가서 너덧 달을 묵는데, 그곳에 출입하는 사람의 말을 들으니, 형님의 대명은 저의 귀를 놀라게 하였습니다. 그러므로 운성현으로 형님을 찾아갔더니, 무슨 일로 인하여 나갔다 하고, 송청이 일러 주기를 백호산 공 태공의 장상에 머무니, 그리로 찾아가서 보고, 가신(家信)을 전하여 드리라 하므로, 공 태공의 집을 향하여 가는 길입니다. 송청이 소제를 보고 천만번 부탁하기를 만일 형님을 만나거든 급히 돌아오시라고 말씀하라 합니다."
송강이 이 말을 듣고 심중으로 의혹하여 물어 보았다.
"그대가 우리집에서 머물었으면 우리 부친을 보았는가?"
"소인이 다만 하룻밤을 지내고 도로 떠났기 때문에 태공을 뵙지 못하였습니다."
송강이 양산박으로 가는 일체를 이르니, 석용이 기뻐하며 말했다.
"소인이 시 대관인의 장상을 떠나 강호상으로 오며 형님의 장의 소재(仗義疏財)하고 부위 제곤(扶危濟困)한다 하는 큰 이름을 많이 들었는데, 어찌 저를 버리겠습니까? 바라거니와 소제를 데리고 같이 가게 하십시오."
하고 술집 주인을 불러서 술을 가지고 와서 석 잔씩을 마신 후, 석용이 보따리를 풀고 가신(家信)을 꺼내어 송강에 바치었다.
송강이 받아 보니 겉봉에 평안 두 자가 없는 고로, 속으로 의심이 나서 급히 떼어 사연을 보니 내용은 이러했다.
'부친이 금년 정월초에 병이 들어 귀천(歸天)하였습니다. 이제 상구(喪具)를 집에 모시고 형님이 돌아오시기를 기다려 장사를 지내려고 하오니, 바라옵니다만 그르치지 마시옵소서. 사제(舍弟) 송청은 피눈물을 흘리고 글월을 올립니다.'
송강이 자기 가슴을 치며 스스로 꾸짖었다.
"노부가 돌아가셔도 능히 사람의 자식 노릇을 못하니, 짐승이나 다를 것이 무엇이오!"
하며 머리를 벽에 부딪치며 방성 대곡(放聲大哭)했다. 석용이 붙들어 만류하는 것을, 송강이 한참을 울다가 겨우 정신을 진정하니, 연순과 석용이 위로했다.
"형님은 너무 낙심하지 마십시오."
"연순 아우님, 내 정성이 부족하여 그런 것이 아니라, 아버님께서 이미 돌아가시고, 동생이 내가 오기를 기다리고 있으니, 나는 이 길로 돌아가야겠소 형제들은 먼저 양산박으로 가시오."
"태공이 벌써 돌아가셨으니, 형님이 빨리 가신다고 다시 뵙겠습니까? 세상에 죽지 않을 부모가 어디 있겠습니까? 마음을 진정하십시오. 우리 형제들을 거느리고 산에 올라 입과한 후에, 소제가 다시 형님을 모시고 분상하셔도 늦지 않을 것이옵니다. 옛날부터 이르는 말이 뱀이 머리가 없으면 행하지 못한다 하였습니다. 만일 형님이 가지 않으시면, 양산박에서 어떻게 우리를 반기겠습니까?"
 "만일 형제들과 같이 산에 올라가면, 어느 때에 돌아가 아버님 상사(喪事)를 지내겠소? 그것은 안 될 말이오! 내가 편지 속에다가 자자한 말을 다 이르고 석용과 함께 입과하게 할 것이니, 아우님은 나를 막으려 하지 마시오. 나는 지금 더 머물지 못할 것이니, 하늘이 가르침에 나로 하여금 알게 할 것이오. 이제는 하루가 일 년 같으니, 눈썹에 닿은 불 같고, 말도 하기 싫고, 여러 사람들도 데리고 가기 싫으니, 혼자 밤을 도와가겠소!"
 연순과 석용이 아무리 말리나 어찌 듣겠소. 송강이 술집 주인을 불러, 필연(筆硯)을 빌려 종이 한 장을 구하여, 글을 써서 봉하지 않고 연순에게 주었다. 모든 형제들이 다 본 후에 봉하여 가지고 가게 한 후, 석용이 마혜를 바꾸어 신고 은낭을 몸에 지니고 요도 차고, 석용이 가졌던 단봉(單棒)을 가지고 술과 음식을 입에 대지 않고 문을 나서려고 하는 것을 보고, 연순이 말했다.
 "화지채와 진통제를 잠깐 기다려서 보시고 가시는 것이 좋을 것입니다."
 "나는 지금 조금도 지체하지 못할 것이오. 글 속에 자세한 말을 다하였으니, 의심하지 마시오. 석용 아우님도 나를 위하여 여러 형제들에게 내가 분상(奔喪)하기가 바빠서 가는 것을 말씀 좀 하여 주시오."
하고 한 걸음에 집에 가지 못하는 것을 한하며 혼자 걸어갔다.
 연순과 석용이 술값을 치르고 말 타고 삼사 리를 가다가 큰 술집에 들어가 뒤에서 오는 일행을 기다렸다.

제12장
송강의 귀양길

이튿날 진시는 되어 모든 일행이 모였다.
연순과 석용이 송강이 분상하러 간 것을 알리니, 모두들 연순을 원망하며 말했다.
"어찌 감히 만류하지 못하였소?"
석용이 말했다.
"자기 부친이 돌아가셨다는 말을 듣고는 죽지 못하는 것을 한하니, 어찌 머물 생각이 있겠습니까? 글 한 봉을 쓰고 자세한 말을 하여 놓았노라 하였으니, 어떻게 말리겠습니까? 여러분은 저 글을 보십시오."
화영, 진명이 글을 받아 서로 돌려보고 차탄하며 의논했다.
"일 중도에 있어서 진퇴 양난이니 돌아갈 길도 없고 헤어질 길도 없습니다. 그 글을 봉하여 가지고 모두들 양산박으로 가서, 만일 용납하지 않으면 다시 좋은 묘책을 강구합시다."
하고 아홉 호걸들이 육칠백 인마를 거느리고 가까이 당도하여 사람과 말을 갈숲 속에 감추고 숲 옆을 지나 주귀의 주점을 찾으려고 하는데, 그때 갑자기 물위에서 바람 소리와 북 소리, 징 소리가 요란하게 났다.

여러 사람들이 함께 바라보니 만산 편야(滿山遍野)에 모두가 기치요, 물 가운데서 쾌선 두 척이 나는 듯이 쫓아나오니, 맨 앞에 오는 배에는 졸개가 사오십 명이나 타고 있는 뱃머리에 자리를 잡고 있는 두령은 곧 표자두 임충이었다. 뒤를 따라오는 배에도 오륙십 명의 졸개들이 타고 있는데, 뱃머리에 앉아 있는 두령은 적발귀 유당이니 앞에 나오는 배에서 임충이 소리를 크게 질렀다.

"너희들은 어디서 오는 관군인데, 감히 여기까지 와서 우리를 잡으려고 하느냐? 너희들도 우리 양산박의 소문을 들었겠지? 너희들 한 놈도 살아서 돌아가지 못할 줄 알라!"

화영, 진명의 무리들이 모두 말에서 내려 산언덕에 서서 대답했다.

"우리들은 관군이 아니오. 산동의 급시우 송공명의 편지를 가지고 대채에 의지하러 온 사람이오!"

임충이 듣고 말했다.

"송공명의 서신을 가지고 오신 분이시라면 우선 저 앞 주귀 주점으로 들어가십시오. 서신을 뵈인 다음에 서신을 산채로 올려 보내십시오."

하고 청기를 한 번 두르니, 갈대 숲속에서 작은 배 한 척이 노를 저어 나왔다. 배 위에 어부 서너 사람이 있어 한 사람은 남아서 배를 지키고 두 사람은 물위로 올라와 화영의 무리를 보고 외쳤다.

"여러분 호걸들은 저를 따라오십시오!"

하는데, 이때 물위에서는 초선 두 척이 노를 저어 나오며 한 척 배에서 백기를 한 번 두르고 바라 소리 크게 울리더니, 그 흩어졌던 전선이 일시에 헤어져 자취를 감추어 버렸다.
　화영의 일행은 이것을 보고 칭찬했다.
　"과연 이곳에 어느 관군이 범접하겠소? 우리들 산채야 어린 아이들 소꿉장난 같소!"
하고 어부를 따라 주귀 주점으로 향했다.
　주귀는 곧 그들은 앞으로 맞아들인 다음에 소 두 마리를 잡고 술과 음식을 내어 관대하며, 송공명의 서신을 받아 본 후, 수정(水亭)으로 나가 창을 열고 작화궁(鵲畵弓)에다 향전(響箭)을 묶어 건너편 갈대 숲속에 대고 쏘았다.
　건너편 갈대 숲속에 쾌선 한 척이 나는 듯이 달려왔다. 주귀는 곧 졸개를 시켜 송강의 글을 봉하여 산채로 먼저 올려 아뢰게 한 다음, 또 양과 돼지를 잡아 아홉 명 호걸들을 대접하고 이날 밤은 주점에서 쉬게 했다.
　이튿날, 군사 오학구가 몸소 주점으로 내려와 호걸들과 서로 대하여 예를 마치자, 한 사람 한 사람의 내력을 자세히 묻는다.
　그후 삼십 척 큰 배에 아홉 명 호걸을 싣고 노소(老少), 거량(車輛), 인마(人馬), 행리(行李), 재백(財帛)을 모조리 배에 실은 다음에 금사탄(金沙灘)을 바라고 나아갔다.
　일행이 뭍에 오르자 송림 속으로 여러 두령이 조개를 따라 고악(鼓樂)을 울리니 나와서 맞았고, 호걸들의 무리들은 각기 말을 타고 취의청으로 올라갔다.
　취의청에 당도하여 각자 인사가 끝나자 좌측에는 조개, 오용, 공손승, 임충, 유당, 원소이, 원소오, 원소칠, 두천, 송만, 주귀, 백승 그리고 우측에는 화영, 진명, 황신, 연순, 왕영, 정천수, 여방, 곽성, 석용이 두 줄로 나누어져서 앉았다. 중앙에는 향로에 향을 피워서 한 사람 한 사람씩 서약을 했다. 식이 엄숙하게 끝난 뒤, 입단한 사람들을 위해서 술과 음식을 장만하여 잔치를 베풀었다.

화영과 진명이 석상에서 송공명의 인품을 여러 가지로 칭찬
하고, 청풍산에서 원수를 갚았던 싸움을 말하니, 두목들은 그
말을 듣고 크게 기뻐했다. 이어서 또 여방과 곽성은 두 사람이
창 솜씨를 겨루어서 맞싸웠던 일부터, 화영이 화살 한 대로 술
의 끈을 쏘아서 끊고 두 사람의 화극을 갈라놓았다는 이야기에
이르자 조개는 믿기 어려운 듯이,
 "그렇게 잘 쏘신다면, 한 번 날을 가리어 또 솜씨를 뵙고 싶
습니다."
하고 애매한 말투로 받아넘겼다.
 이리하여 분위기도 무르익고 좋은 음식이 여러 가지 나왔을
때, 두목들은 밖으로 나와 천천히 걸음을 옮겨가며 산 경치를
바라보면서 즐겼다. 그때 산채의 제 삼관 문까지 갔을 때, 하늘
에는 몇 줄기의 기러기 떼가 울면서 날아가는 소리가 들려왔다.
 화영이 속으로 생각했다.
 '아까 조개가 나의 활 쏘는 법을 곧이 듣지 않으니, 이제 내
가 저 기러기를 맞추어 나의 솜씨를 보여서, 여러 사람들이 나
를 경복(敬服)하게 하겠다.'
하고 주위 사람을 보니, 그 가운데 궁전을 차고 있는 자가 있
어 화영이 활과 살 한 개를 빌려 손에 들고 보니 힘에 맞는다.
 조개를 보고 말했다.
 "먼저 형님이 여방과 곽성이 소제의 사법(射法)을 말씀드릴
때 믿지 않으셨으니, 저 공중에 기러기떼 날아가는 것을, 소인
이 자랑하는 말이 아니오라, 이 살로 셋째 놈의 머리를 맞춰
여러 두령의 한때 웃음을 돋울까 합니다. 혹시 맞추지 못하더
라고 과히 조롱은 하지 마십시오."
하고 왼손으로 활을 다리고 오른손으로 살을 먹여 기러기를 향
하여 한 번 쏘니, 별같이 닫은 살이 과연 셋째 기러기에 박히
어 산언덕 아래로 떨어졌다.

조개는 급히 군사를 시켜 언덕 아래로 떨어진 기러기를 주워 오게 하여 보니, 과연 어김없이 한 살로 기러기 머리를 꿰뚫었다. 조개와 여러 두령은 다 놀래어 말했다.
"이는 과연 신비 장군이십니다!"
또 오용이 말했다.
"장군은 소이광에게다 비하시지 말고, 우리 보기에는 양유기(養由基)라도 따르지 못하겠습니다!"
하여 어느 누가 이로부터 흠경하지 않은 이가 없었다.
다음날 산채 안에서는 다시 잔치가 벌어지고, 그리고 그 자리에서 두령들의 자리를 정했다.
제일위는 탁탑천황 조개요, 제이위는 지다성 오용이요, 제삼위는 일청도인 공손승이요, 제사위는 표자두 임충이요, 제오위는 소이광 화영이요, 제육위는 벽력화 진명이요, 제칠위는 적발귀 유당이요, 제팔위는 진삼산 황신이요, 제구위는 입지태세 원소이요, 제십위는 단명이랑 원소이요, 제십일위는 활엄라 원소칠이요, 제십이위는 금모호 연순이요, 제십삼위는 왕왜호 왕영이요, 제십사위는 소은후 여방이요, 제십오위는 세인귀 곽성이요, 제십육위는 백명랑군 정천수요, 제십칠위는 석장군 석용이요, 제십팔위는 모착천 두천이요, 제십구위는 운리금강 송만이요, 제이십위는 한지홀률 주귀요, 제이십일위는 백일서 백승이다.

한편, 송강이 술집을 떠나 밤낮을 가리지 않고 행하여 고향에 이르니, 때는 신시나 되었다.
촌 어귀 술집 장사장 집에 들어가 잠깐 쉬어서 집으로 들어가려고 했다. 원래 장사장은 송강과 가까운 사이이니 송강의 눈물 흘리는 것을 보고 물어 보았다.
"압사는 오랜만에 돌아오는 것이니 집안의 기쁜 일인데, 무슨 일로 상심하시오? 더욱이 기쁜 바는 판사에서 이미 사하심을 얻어 큰 죄를 감하였는데, 어찌 기쁘지 않겠소!"
 송강이 대답했다.
 "노인장께서는 가중사(家中事)의 감사하온 말씀은 무엇이라고 드릴 수 없습니다. 그런데 죄를 짓고 타향으로 떠돌아 다니느라고 가친의 임종도 못 뵈었으니, 어찌 상심하지 않겠습니까?"
 장사장이 껄껄 웃으며 말했다.
 "온 압사도 농담도 분수가 있지. 영존 태공(令尊太公)께서 지금 막 내 집에서 약주 잡수시고 가신 지 불과 반 시각이 못 되었습니다."
 "노인장께서야말로 무슨 농담을 그리하십니까? 집에서 온 편지가 여기 있습니다."
하고 편지를 내어 장사장에게 내어 보이니, 노인은 보고 나자 이상하게 생각하면서 말했다.
 "그것 참, 영존 태공께서 오시기 전에 동촌 왕 태공과 함께 오셔서 약주 잡숫고 가셨는데, 내가 거짓말을 하겠소?"
 송강이 듣고 마음속으로 의심하여, 어찌할 줄을 몰라 했다. 날이 저물기를 기다려서 장사장을 하직하고 떠났다. 남의 이목을 피하여 조용히 집으로 들어가며 살폈다. 그러나 문안에 들어와도 아무 동정이 없고, 장객들이 송강을 보고 일시에 내달으며 절을 하는데, 송강이 급하게 물어 보았다.
 "우리 태공께서 어디 계시냐?"
 "태공께서는 매일 압사 돌아오시기를 얼마나 기다리셨는지 모릅니다. 돌아오셨으니, 몹시 기뻐하실 것입니다. 조금 전에 동촌 사시는 왕 태공과 함께 약주 잡수시고 돌아오셔서 후당에서 주무시고 계십니다."
 송강이 그 말을 듣고 깜짝 놀라 손에 들고 있던 초봉(哨棒)을 땅에 버리고 급히 후당으로 들어가는데, 마침 송청이 안에서 나오다가 마주쳐 문안을 드린다.

　송강이 보니, 과연 거상(居喪)도 입지 않았다. 마음속으로 크게 노하여 꾸짖었다.

　"이 오역 축생(忤逆畜生)아! 그게 무슨 짓이냐? 지금 아버님께서 당상에 계신데 어떻게 돌아가셨다 하느냐. 또한 내가 몇 번씩이나 죽을 곳을 찾게 하니, 너 같은 불효 불제(不孝不悌)한 놈이 어디 있느냐?"

　송청이 대답을 하려고 하는데, 병풍 뒤에서 태공이 나오며 말했다.

　"얘야, 너무 그러지 말고 고정해라. 그것은 내가 네 동생에게 시켜서 한 것이지, 네 동생이 스스로 한 것이 아니다. 너를 생각하여 보고 싶은 마음이 얼마나 크면 그랬겠냐! 혹시 강호상에 도적떼들이 많다고 하니, 네가 일시 남의 꾀임에 불충 불효할까 두려워서 글을 부치게 하여 돌아오게 한 것이다. 이 일은 다 내가 한 것이지 네 동생에게는 아무 죄도 없으니, 원망하지 말아라."

　송강이 듣고 나서 곧 그 자리에 엎드려 문안을 드렸다. 태공이 기쁘고 근심하던 것이 상반(相半)했다.

　송강이 다시 웃으며 여쭈었다.

　"요즈음 나라에서 대사(大赦)를 내리셨다 하오니, 제 생각에는 죄가 감하여졌으리라 믿습니다. 장사장이 아까 그런 말을 하는 것을 들었사옵니다."

　"네가 돌아오기 전에는 주동, 뇌횡 두 도두의 힘을 입어 말썽이 없었는데, 요즈음 조정에서 황태자를 봉하시고 사문(赦文)을 내리어 민간에서 범한 죄는 모조리 일등과(一等科)를 감하시어 처단하기로 했다니, 네가 이제 설사 집에 돌아온 것이 알려져 관사로 붙들려 간다 하여도 고작 귀양이나 가면 가겠지, 목숨을 잃을 것은 아니지 않겠느냐? 천천히 의논하여 보자."

"그럼 주동과 뇌횡 두 도두는 자주 집에 옵니까?"
송청이 대답했다.
"며칠 전에 들으니, 주동은 공사로 인하여 동경에 가고 뇌횡은 어디로 갔는지 통 보이지 않습니다. 요즈음 새로 조가 성 가진 사람 둘이 도두가 되었다 하오니, 잘 모르겠습니다."
태공이 말했다.
"네가 먼 길에 오느라고 고생이 심하였을 것이니, 오늘은 일찍 방에 들어가서 쉬어라."
하고 벌써 밤이 깊었고, 달이 동녘에 솟아 낮과 같이 밝다. 모든 사람들이 한참 잠이 들어 조용할 때다. 갑자기 뒷문에서 함성이 크게 들리며 사면에 화광이 충천하여 외쳤다.
"송강을 달아나지 못하게 하여라!"
하니, 태공이 규고(叫苦)하기를 마지않았다.
송 태공이 사다리를 놓고 담에 올라가 밖을 바라보니, 횃불이 조요(照耀)한 가운데 백여 명 토병이 두 사람의 도두를 옹위(擁衛)하였으니, 이 자들은 새로 도두가 된 사람인데, 조능(趙能)과 조득(趙得) 두 형제였다.
이 사람들이 소리 질러 말했다.
"송 태공은 그만한 사리를 알 터이니, 어서 자제를 이리로 썩 내보내시오! 만일 감추고 안 내놓으면 영감도 욕볼 것이오."
"아니, 내 아들이 언제 돌아왔길래 이렇게 시끄러운가?"
"무슨 변명이오? 송강이 장사장 집에 들어오는 것을 본 사람이 있고, 또 그 뒤를 따라 집까지 와서 들어가는 것을 본 사람이 있는데, 어찌 변명하시오?"
송강이 그 밑에서 이 말을 듣고 자기 아버지에게 말했다.
"아버지는 다투지 마십시오. 저놈이 원래 소 잡던 놈이 새로 도두가 되었으니, 무슨 의리가 있겠습니까? 제가 친의가 없으니, 공연히 저놈에게 빌어야 헛수고입니다."

태공이 울며 말했다.
"공연히 너를 불러 액을 당하게 하였구나!"
"제가 만일 강호상에 있을 것이면, 사람을 죽이고 불을 놓은 일반 형제와 어울려, 어찌 아버님을 뵙겠습니까? 이제 잡혀도 귀양 정도로 끝날 것입니다. 뒷날에 풀어 돌아와 아버님을 모시는 것이 원이옵니다."
"네 말이 정말로 그렇다면, 당상 당하에 인정을 쓰고 좋은 곳으로 가게 하여야겠다."
송강이 담에 올라가 불러서 말했다.
"내가 지은 죄는 이미 감하였을 것이니, 죽을 죄는 아니니, 그대 두 사람은 장상에 들어와 술 한 잔 드시고 몸이나 좀 쉬시고 가십시오."
조능이 말했다.
"너는 누구를 속이려고 하느냐?"
"무슨 말씀을 그렇게 하십니까? 염려하시지 말고 들어오셔서 한 잔 하시고 쉬어 가십시오."
말을 마치자, 송강은 즉시 사다리에서 내려가 장문을 활짝 열고 두 도두를 안으로 맞았다. 당상 당하(堂上堂下)가 그 밤으로 닭을 잡고 거위를 요리하여 술자리를 벌이어 토병들도 밤에 배를 채웠다.
송 태공은 모든 토병에게 각각 약간 전물(錢物)을 주고 따로 이십 냥 은자를 호간전(好看錢)으로 두 도두에게 보냈다.
그날 밤 두 도두는 송가장에서 편히 쉬고, 그 다음날 새벽에 송강을 잡아 압령하여 고을로 들어갔다. 지현 시문빈이 때마침 공청에 나왔다가 기뻐하기를 마지않는다.
곧 초사를 받을제 송강이 대답했다.
"전날 잉첩 염파석(滕妾閻婆惜)이 불량하여 취중에 서로 다투다가 실수하여 죽었기 때문에, 죄가 두려워 도망했다가, 이제 잡혔으니, 감사 무원(甘死無怨)이올시다."

지현이 초사를 받고 옥에 하옥했다.

운성현 고을 모든 사람들이 누구나 한 사람 애석하게 여기지 않는 이가 없기 때문에, 지현 앞으로 나가서 송강을 위하여 용서를 빌었다.

지현 또한 송강을 돌보아 주려고 하던 차에, 송 태공이 상하에 인정을 많이 썼고, 염파석이 죽은 지도 오래된 데에다, 장삼이 또한 마음이 해이해졌기 때문에 주장할 사람이 없었다. 척장(脊杖) 이십을 쳐서 강주 뇌성에 보낼제, 본부 관리들도 송강과 가깝고 상하로 인정을 썼기 때문에, 문서를 꾸며 공차(公差) 두 명으로 압령했다.

송강이 공차 두 사람 장천(張千), 이만(李萬)에게 이끌리어 강주 뇌성으로 떠나는 날, 송 태공과 송청이 술을 가지고 나와서 대접했다. 한편으로 송강은 옷을 고쳐 입고 마혜 신고 하는데, 송 태공이 한 옆으로 데리고 가서 부탁했다.

"강주는 땅이 좋은 곳이라 일부러 인정을 써서 그곳으로 보내달라고 청했다. 마음을 단단히 먹고 가서 있으면 인편있는 대로 자주 연락하마. 그런데 강주로 가는 길목에 양산박을 지날 것이니, 만일 저 사람들이 겁박(劫迫)하더라도 행여 듣지 말아라. 하늘도 무심하시지는 않을 터이지. 네가 돌아와 부자 형제가 볼 날이 반드시 있을 것이다."

송강은 눈물을 뿌리며 부친과 하직하고, 송청이 다시 몇 리를 더 가서 이별할 때, 송강이 부탁했다.

"내가 이번에 떠나는 것을 너무 걱정하지 말아라. 다만 아버님께서 연만하시니 시봉(侍奉)할 사람이 부족하구나. 나는 불효막심하여 아버님께 누만 끼치고 강주로 가나, 강호상에 아는 사람이 많으니 반전의 간핍(艱乏)할 것이나, 만일 하늘이 도와 돌아오게 되면, 그때는 더욱 반가울 것이다. 그러니 아버님을 봉양하고 나를 너무 걱정하지 말아라."
　송청이 눈물을 흘리며 하직하고 집으로 돌아가 부친을 봉양하더라.

　한편 송강이 공인 두 사람과 함께 가는데, 장천, 이만이 송강이 호걸인 줄 알고 돈냥이나 얻었기 때문에 조심하여 송강을 복시(伏侍)하여 가는데, 하루는 저문 후에 주막에 들어 술과 고기를 사서 먹고 쉴 적에 공인들을 보고 말했다.
　"그대들을 속이지 않겠소. 내일은 양산박을 지나가게 되는데, 산 위에 친한 호걸들이 있는데, 혹시 산에서 내려와 겁박을 하게 되면 혼이 날 것이니, 내일은 일찍이 일어나서 샛길로 숨어서 가는 것이 몇 리를 돌더라도 편하게 가는 것일게요."
　"압사께서 알려 주시지 않으면 저희가 무엇을 알겠습니까? 저희들과 샛길로 가시도록 하십시다."
하고 의논을 정한 후에 밤을 지내고, 이튿날 오경에 일어나 밥을 지어먹고 송강과 주막을 떠나 샛길로 삼사십 리를 갔을 때, 배후(背後)에 한떼 호걸들이 나오는데, 송강이 오는 사람을 보니 앞에 선 호걸은 적발귀 유당이었다. 졸개 사오십 명을 거느리고 달려오더니 공인 두 사람을 잡아 죽이려고 하는 것을 장천, 이만이 땅에 꿇어 엎드려 살려달라고 비니 송강이 말했다.
　"네가 누구를 죽이려고 하는가?"
　유당이 말했다.
　"이 두 공인을 살려두어 무엇하겠습니까?"
　"그대는 손을 더럽히지 말고, 칼을 빌려 주면 내가 죽이겠소."
　유당이 칼을 송강에게 내어 주니 송강이 칼을 받아들고 유당을 보고 물어 보았다.
　"그대가 공인을 죽이려는 것이오?"

"산 위에 형님의 장령을 받자와 사람을 보내어 형님의 소식을 알아보니, 판사에 걸리시어 운성현 옥중에 갇히었다 하기로, 옥을 깨치고 구해내려 하려다가, 다시 들으니, 강주로 귀양간다 하기 때문에, 사면으로 보내어 길목을 지키게 하여 형님을 맞으려 하더니 천행으로 소제가 먼저 뵈었으니, 저 두 사람 공인을 어찌 살리겠소?"

송강이 말했다.

"이는 그대들이 나를 위하는 것이 아니오. 도리어 송강을 불효 불충에 빠지게 하는 것이니, 만일 이렇게 하려고 하며는 내가 먼저 죽겠다."

하고 칼을 들어 자기 목을 베려고 하니, 유당이 급히 칼을 빼앗으며 말했다.

"형님은 서서히 말씀드릴 것이니, 너무 급히 구시지 마시오."

"그대들이 만일 송강을 사랑하면 나를 놓아 보내 주게. 강주 뇌성영에 이르러 기한이 찬 후에 돌아와 그대들과 만나겠다."

"이 일은 소제가 혼자서 결정하지 못할 것이오니, 저 앞 큰 길에 군사 오학구와 화지채가 함께 형님을 맞으려고 나와 있습니다. 소제가 사람을 보내어 청하여 오시게 하여 의논합시다."

"이것은 내가 할 일이니 그대들이 무슨 의논할 것이 있겠는가?"

하는데, 졸개가 달려왔다.

"오 군사께서 화지채와 말을 타고 오시는데, 그 뒤에 십여 명이 따라옵니다."

하는데, 벌써 앞에 와서 내려 서로 인사를 끝낸 후에, 화영이 유당을 보고 말했다.

"왜 형님의 칼을 벗기지 않았소?"

송강이 말했다.

"형제들은 무슨 말을 하는 것이오? 이것이 국가의 법도인데,

어찌 벗겠소."

오학구가 웃으며 말했다.

"내가 형장의 마음을 알겠으나, 형장은 잠깐 산채에 올라가 며칠 쉬어 가십시오. 조 두령이 형장과 만나서 서로 이야기하지 못한 것을 평생에 한을 하시더니, 이제는 잠시라도 회포를 펴고 가시게 하십시오."

송강이 웃으며 대답했다.

"정말 오 선생이 이 송강의 마음을 아십니다."

하고 두 사람 공인을 붙들어 일으키며 말했다.

"그대들은 마음을 놓으시오. 나는 차라리 내가 죽으면 죽었지, 어찌 그대들을 해치게 하겠소."

두 사람 공인이 말했다.

"다만 저희들은 압사의 두호(斗護)하여 주시는 것만 받겠습니다."

하고 일행이 큰길을 떠나 갈대숲 언덕에 이르니, 벌써 배를 준비하여 놓았다. 일행은 물을 건너 금사탄에 이르렀다. 그곳에는 또 산교(山轎)가 등대하고 있었다. 일행은 산교를 타고 단금정(斷金亭) 위에 이르러 잠깐 쉬는데, 졸개가 사면으로 모든 여러 두령을 청하여 영접하여 취의청에 이르러 서로 인사할 때, 조개가 사례하며 말했다.

"운성현에서 저희들의 목숨을 구하여 주신 뒤, 이곳에 이르러 대은을 생각하지 않겠습니까? 또 지난번에는 여러분 호걸들을 천거하여 주셔서 산채에 빛이 더 하오니, 이 은혜를 갚을 길이 없습니다."

송강이 대답했다.

"제가 형장을 이별하고 음부 염파석을 죽이고 목숨을 도망하여 다니다가, 우연히 여러 형제를 만나 규합하여 산채에 올라와 형장을 뵈오려고 하는 도중, 촌주막에서 석용을 만나 가서

(家書)를 받아 보니, 아버님께서 돌아가셨다 하여 저를 돌아오게 하시었습니다. 본래 아버님께서 제가 여러분 호걸들을 따라 집에 돌아오지 않을 것이라 여기시고 한 일이신데, 관사에 잡히었으나, 모든 여러분들이 힘을 써 주셔서 상하지 않고 이제 강주로 귀양가는 길이오. 그곳이 또한 좋은 곳이므로 가더라도 큰 고생은 안 할 듯합니다. 형제께서 부르심을 받고 감히 오지 않을 수 없어 와서 형장의 존안을 뵈었으니, 기약이 있는 길이오니, 오래 머물지 못하고 곧 떠나야 하겠습니다."

조개가 또 말했다.

"아니, 형장이 이렇게 급하시오? 아직 조금만 앉아 쉬십시오."

하고 가운데 앉으니, 송강이 공인 두 사람을 앞에 앉히고 잠시를 떠나지 못하게 했다.

소두목(小頭目)이 술을 건네 두어 순배가 지난 후에, 송강이 몸을 일으켜 칭사(稱謝)했다.

"여러분 형제 서로 공경하나 정에 그만 하면 되었소 송강이 귀양가는 죄수의 몸이니 너무 오래 끄는 것도 옳은 일이 아니니, 이제 떠나려고 합니다."

조개가 말했다.

"인형이 어찌 그다지 서두르십니까? 인형이 이미 공인 두 사람을 해치지 않으려고 하니, 그들에게 금은을 많이 주어 보내어 길에서 양산박 호걸들에게 겁탈당했다고 하면 그들에게 무슨 죄책이 돌아오겠습니까?"

송강이 말했다.

"형장은 그런 말씀하시지 마십시오. 그것은 송강을 위하여 주시는 것이 아니라, 저를 더 괴롭게 하는 것이며, 집에 늙으신 아버지께서 생존하여 계시니, 제가 일찍이 효도로 봉양하지 못하였으니, 어찌 이르시는 말씀을 어기겠습니까? 지난번 잠깐 홍을 띄워 여러 형제와 함께 오는데, 천행으로 술집에서 석용을 만나 집에 돌아가 아버님을 뵈온 후, 관사에 잡혀 가 길을 떠날 때, 부친이 천만번 부탁하여 늙은 애비에게 연루되게 하지 말라 하시었습니다. 송강이 만일 하늘의 뜻을 거역하고 이대로 아버지의 교훈을 저버려 불효 막심한 사람이 되면, 세상에 살아 있어 무엇이 유익하겠습니까? 만일 여러분 형제들이 저를 보내주시지 않으신다면, 저는 여러분 앞에서 시원하게 죽어버리겠습니다."
하고 말이 끝나자 눈물을 비같이 흘리며 땅에 엎드려 일어서지 않으니, 조개, 오용, 공손승이 일시에 붙들어 일으키며 말했다.
 "형장께서 이미 마음에 정하여 강주로 가시려고 하시려거든 마음을 편안히 하시고, 오늘은 편히 쉬시고, 내일 우리 산에서 내려 가시더래도 충분하실 게 아닙니까?"
 송강이 기뻐하여 산채에서 술먹고 즐길제, 칼을 벗지 않은 채 공인 두 사람과 기거를 같이 하여 그 밤을 지내고, 이튿날 일찍이 일어나 떠나려고 하니, 오학구가 말했다.
 "저와 매우 가까운 사람으로서, 지금 강주에서 옥리를 하고 있는 사람이 있습니다. 대종(戴宗)이라고 하며, 그곳 사람으로부터는 원장이라고 불리어지고 있습니다만, 이 자는 하루에 팔백 리 길을 걷는 술법을 터득하고 있기 때문에, 사람들로부터 신행 태보(神行太保)라는 별명을 듣고 있으며, 또한 매우 욕심이 없고 의리가 두터운 남자입니다. 어젯밤 제가 편지를 써 두었으니, 그곳에 가시게 되면 그와 가까이 지내시도록 하여 주시면 참으로 감사하겠습니다."
 송강이 서신을 받아 떠나려 하니, 여러 두령들이 말리다 못하여 전별할 때 금은 보석을 한 쟁반 내어다가 송강의 보따리에 넣고 또 이십 냥 은자를 공인 두 사람에게 상 주니, 송강이 보따리를 지고 공인과 같이 산에서 내려가며 모두에게 전부 이별하고 모든 두령은 산채에 올라갔다.

 이때 송강은 공인 두 사람과 같이 강주로 갈제, 공인 두 사람은 산채의 여러 두령이 송강에게 절하며 공경하는 것을 보고, 또 저희들이 약간 금은을 얻었으니, 조심하여 송강을 모시었다. 반 달이나 걸려서 걸으니, 앞에 큰 고개가 있는데, 공인이 가리키며 말했다.
 "저 고개가 계양령입니다. 저기서 심양강이 멀지 않으니, 물길로 가면 멀지 않을 것입니다."
 송강이 말했다.
 "날씨가 몹시 더우니 일찍이 떠나 고개를 넘어가서 자는 게 어떻소?"
 공인이 대답했다.
 "압사의 말씀이 옳습니다."
하고 세 사람이 함께 고개를 넘어갈제, 산 위에서 술집 하나를 만났다. 문앞에 이상한 나무가 많고 주막 위에 모두 초방이요 버드나무 사이로 주기(酒旗)가 보이는데, 송강이 보고 기뻐하며 공인을 대하여 말했다.
 "우리가 배도 고프고 한데 고개 위에 술집이 있으니, 우리 들어가서 술 한 잔 먹고 갑시다."
하고 세 사람이 주막에 들어가 보따리를 내려놓고 수화곤(水火棍)을 벽에 세우고 공인 두 사람을 상좌에 앉히고 송강이 그 아래 앉아 있는데, 반시가 지내도록 사람 하나 나오지 않아 송강이 외쳤다.
 "이 집에는 주인이 없소?"
 "네! 지금 나갑니다!"
하고 한 사람이 나오는데, 얼굴이 붉고 뺨에 수염이 거스려나고 범의 눈이며 머리에 파두건을 쓰고 몸에 베적삼을 입고 송강들 세 사람에게 인사하고 물었다.
"손님들은 무엇을 드시겠습니까?"
"우선 우리들이 배가 고프니, 여기 무슨 고기가 있소?"
"삶은 고기와 술이 좋은 것이 있습니다."
"우선 고기 두 근만 썰어 오고, 좋은 술 한 통 가져오시오."
"손님께서는 이상하게 여기지 마십시오. 이 고개에서는 돈을 먼저 받고 술과 고기를 팝니다."
"그렇다면 우선 돈을 주면 될 것이 아니오."
하고 보따리를 열고 돈을 내어 주는데, 술집 주인이 곁에서 보따리 안에 돈이 많이 있는 것을 보고 몹시 기뻐하며 돈을 받아 가지고 안으로 들어갔다.
 술 한 통과 고기 한 쟁반을 내어다가 탁자 위에 사발 세 개를 놓고 술을 걸러 주니, 세 사람이 먹으며 하는 말이,
"요즈음 강호상에서 도적이 많아 천하 호걸들을 독약을 먹여 죽이고, 재물을 뺏고 고기는 만두 속을 넣는다는데, 여기도 그렇소?"
"아, 그러시다면 저의 술을 잡수시지 마십시오. 우리집 술에 독약이 들었습니다."
송강이 웃으며 말했다.
"여보, 노하지 마시오. 우리가 농담을 한 말이오."
공인 두 사람이 말했다.
"술이 차니 데워다 주었으면 좋겠소."
"그러시다면 데워다 드리지요?"
하고 주전자에 술을 데워다 석 잔을 나누어 부었다. 목이 컬컬한 김에 술과 고기를 만났으니, 단숨에 먹어 버렸다. 그러나 술과 고기를 먹다가 공인 두 사람이 입으로 침을 흘리며 서로 나가떨어지는 것을 보고 송강이 뛰어 일어나며 말했다.
"당신네들이 술 한 잔에 어찌 저다지 취하겠소."

하며 붙들려고 하다가 아찔하여 나가떨어졌다. 술집 주인이 하는 말이,

"며칠 동안 장사가 되지 않더니, 오늘은 하늘이 도우신 것인지, 이렇게 좋은 것을 만났네!"

하고 송강을 끌고 인육방에 있는 사람 벗기는 등상 위에 다 놓고, 다시 공인 두 사람을 끌어다 놓은 후에 행장을 거두어 들어가 풀어 보니, 금과 은이 많이 있었다.

술집 주인이 몹시 기뻐하며 혼자 하는 말이,

"내가 술집을 연 지가 오래 되었으니, 지금까지 귀양가는 죄수가 이렇게 가지고 다니는 것을 보지 못하였는데, 오늘에야 큰돈을 얻었으니, 이것은 하늘이 주시는 복이로다!"

하고 밖에 나와 화반(火伴)이 돌아오기를 기다려서 하수하려고 하나, 한 놈도 돌아오지 아니 하니 초조하게 하고 있는데, 고개 밑에서 세 사람이 올라왔다. 술집 주인이 보니 다 잘 아는 사람들이다.

술집 주인이 맞으며 물었다.

"형님은 어디서 오십니까?"

그 가운데 큰 사나이가 말했다.

"우리는 특별히 이 고개 위에 올라와 한 사람을 만나려고 하나 만나지 못하고 있네. 이 길밖에 없는데, 날마다 와서 기다리고 있으나, 어찌된 것인지……."

"형님이 기다리는 사람이 누구이십니까?"

"그 사람은 유명한 사람이오."

"유명한 사람이면 호걸입니까?"

그 사나이가 웃으며 말했다.

"그대가 정말 그 사람의 성명을 알고 싶은가? 그 사람은 바로 운성현 송공명이오."

"그러면 강호상에서 이르는 급시우 송공명이시오?"

"바로 그렇네."

"무슨 일로 이 길로 갑니까?"

"나도 그 일은 잘 모르나, 얼마 전 친한 사람이 제주에서 와서 전하는 말이 송 압사께서 무슨 일인지 강주 뇌성영으로 귀양간다 하니, 내 생각에는 이 길이 아니면 다른 데로 갈 길이 없는데, 그 사람이 운성현에 있을 때에 한 번 찾아가서 사귀려고 했는데, 하물며 이곳을 지나가는 길인데, 어찌 안 만나겠는가? 이곳에서 만나려고 날마다 고개 위에서 아래까지 드나드는지가 벌써 닷새가 되었으나, 귀양가는 사람을 만나지 못하여 근심하여 오늘은 두 사람의 형제를 데리고 나왔는데, 고개 위에 올라와 술도 사 먹고 너도 만나보려고 왔는데, 요사이 장사가 잘 되는가?"

"사실대로 말씀드리겠습니다. 몇 달이 되도록 노랑전 한 푼도 쥐어보지 못하다가, 오늘은 하늘이 도우셔서 지나가는 세 사람을 잡고 또한 물건을 얻었습니다."

그 사나이는 깜짝 놀라며 말했다.

"그 세 사람은 어떻게 생긴 사람인가?"

"공인 두 사람과 죄수 한 사람이오."

"죄수라는 사람이 살색이 검고 키가 적더냐?"

"작은 키에 얼굴이 아가위빛 같습니다."

"그렇다면 잡아치웠나 아직 잡지 않았나?"

"인육방에 두고 화반이 오기를 기다리고, 아직 손을 쓰지 않았소."

"가만히 있게. 가서 직접 보면 짐작이 가겠지."

하고 네 사람이 인육방에 들어가니, 사람 잡는 등상에 송강과 공인 두 사람이 누웠지만, 큰 사나이가 송강의 얼굴을 알지 못하는지라 맹연히 깨달아 하는 말이,

"공문을 가져오게."

"그렇게 하면 되겠군요."
하고 보따리를 가져와 열고 보니 한 덩이 큰 은자와 쇄은자가 있고, 공문이 있는 것을 큰 사나이가 펴 보더니 말했다.
"하늘이 나로 하여금 고개 위에 올라오게 한 것이다! 하마터면 나의 형님의 목숨을 끊을 뻔하였소! 급히 해독약을 가져다가 우리 형님을 구하여 주게!"
하니, 먼저 칼을 벗기고 붙들어 일으키고 약을 떠 넣으니, 이윽히 있다가 깨어 눈을 뜨고 여러 사람을 보니, 아는 사람은 없고 큰 사나이와 두 사람이 송강을 붙들어 앉게 하고 머리를 숙여 절하니, 송강이 말했다.
"댁들은 누구시오? 이것이 꿈이 아니오?"
그 술 팔던 사람이 절을 하니, 송강이 말했다.
"이곳이 어디이며, 두 분의 높은 존함이 무엇입니까?"
"제 성은 이(李)요 이름은 준(俊)이옵니다. 여주(廬州) 사람입니다. 양자강 가운데에 있으며 배를 위업(爲業)하여 사공 노릇을 하여 능히 물에 익은 고로, 남들이 부르기를 혼강룡 이준이라고 하고, 이곳은 계양령 사람인데, 술집을 하여 사사로운 장사를 하는데, 서명은 이립(李立)이요 작호는 최명판관입니다. 또 저 두 사람은 심양 강변 사람인데, 소금장사하여 다니다가 소제의 곳에 와 의탁하니, 대강중에서 배를 잘 조정하며 물에 익으니, 하나는 출동교 동위(出洞交童威)이오며 하나는 번강신 동맹(飜江蜃童猛)이라 합니다."
하고 동위, 동맹이 송강에게 절을 하니, 송강이 물어 보았다.
"아까는 내게 몽한약을 먹이더니, 또 어떻게 아시고 살려 주는 것이오?"
이준이 대신 나서서 전모를 아뢰니, 송강은 또한 염파석을 죽인 일로 위시하여, 마침내 강주 뇌성영으로 귀양살이 가게 된 것을 이야기했다.

네 사람이 모두 감탄했다.

이립이 말했다.

"그러시다면 형님은 이곳에서 머무르시고 구태여 뇌성영으로 가실 것이 없지 않습니까?"

송강이 말했다.

"그렇다면 양산박에서 말리는 것을 듣지 않았는데, 이곳에 어찌 있겠소? 집에 늙으신 아버님이 계시고 동생이 있는데, 연루가 되면 어찌 하겠소 그러기 때문에 있을 수가 없습니다."

이준이 다시 이립에게 말했다.

"우리 형님은 구태여 그른 일을 안 하시려고 하니, 그대는 빨리 공인 두 사람을 구하게."

이립이 화반을 명하여 두 공인을 메어다가 좌석에 누이고 해독약을 풀어 입에 흘려넣으니, 이윽고 정신을 차려 일어나서 서로 돌아보며 말했다.

"우리들이 먼 길을 오느라 피곤한 탓으로 술이 취했습니다."

하니, 사람들이 껄껄 웃으며, 날이 저물어서 이립이 술을 내다가 여러 사람을 관대하여 하룻밤을 지내고, 이튿날 또 술과 음식을 차려 대접하고는 보따리를 도로 주었다.

송강과 두 공인이 이립을 이별하고 이준과 동위, 동맹과 함께 고개에서 내려와 이준의 집에 이르니, 이준이 술을 내다가 대접하며 의형제를 맺은 뒤, 며칠을 머무른 후에 송강이 떠나려고 하니, 이준이 은냥을 내어 여비로 쓰라고 했다.

송강은 칼을 고쳐 쓰고 보따리를 수습하여 떠날제, 이준이 동행을 데리고 계양성까지 내려와 송별했다.

제13장
송강의 시조

　송강이 두 공인과 함께 가는데, 미시(未時)는 되어 한 곳에 다다르니 촌락이 중중(重重)하고 시정(市井)이 교밀한 꽤 큰 저잣거리였다.
　송강 일행이 지나다가 보니 사람들이 겹겹이 서서 무슨 구경들을 하고 있기에, 여러 사람을 헤치고 들여다보았다. 약을 파는 사람이 한바탕 창봉을 쓰다가, 다시 권법을 쓰니, 송강이 구경을 하다가 손뼉을 치며 말했다.
　"참 좋은 솜씨요!"
　그 사람이 손에 쟁반 하나를 들고 말했다.
　"이 사람은 먼 곳에서 온 사람입니다. 이곳 풍속도 모르고 비록 사람을 놀라게 하는 특별한 재주는 없으나, 열심히 구경하시는 관인을 믿습니다. 만일 이 고약을 쓰실 데가 없으면 은 냥이나 좀 주시어 반전(盤纏)에 보태게 하여 주십시오."
　하고 여러 사람의 앞으로 다니나, 허다한 사람이 눈을 찌푸리고 구경만 할 뿐이었다.
　한 사람도 돈을 내어 주는 사람이 없었다.
　송강이 보다가 참지 못하여 자기 보따리에서 닷 냥 은자를 내어 들고 불렀다.
　"여보, 교두! 나는 죄를 짓고 귀양가는 사람이라 많이 보태 주지는 못하오. 얼마 되지 않는 닷 냥 은자 비록 작으나, 우선 박한 정을 표하는 것이니 받으시오."
　그 사람이 받으며 말했다.
　"이 계양진이 유명한 곳인데, 한 사람도 호걸을 알아보는 사람이 없더니, 관인은 비록 죄를 짓고 귀양가시다가 닷 냥 은자를 주시니, 어찌 감사하지 않겠습니까? 이른바 풍류 호걸은 아는 사람에게 있고 부귀하고 옷을 잘 입었다고 있는 것이 아니오. 은인의 닷 냥 은자가 다른 사람의 오십 냥 은자보다 더 값집니다. 바라거니와 은인의 높은 존함을 듣고저 합니다. 소인이 강호상에 널리 다니며 전파하려고 합니다."
　송강이 대답했다.
　"교두는 너무 처사하지 마시오. 조그만한 성의를 어찌 과하게 말씀하시오."
하고 말하는데, 한 큰 사나이가 여러 사람을 헤치고 들어오며 큰 소리로 외쳤다.
　"어디서 온 놈인데, 계양진에서 창봉을 자랑하여 잘난 체 하느냐? 그리고 내가 벌써 진상에 분부하여 돈을 주지 말라고 일렀는데, 어디서 온 죄수 놈이기에 감히 은자를 갖고 함부로 계양진 위풍을 떨어뜨리느냐?"
　송강이 말했다.
　"내가 내 돈을 주는데, 당신이 무슨 상관인가?"
　그 큰 사나이가 송강을 붙들고 꾸짖듯이 말했다.
　"이놈아! 어디서 내 말에 대꾸냐?"

"무엇 때문에 네 말에 대답 못하느냐?"
 그 큰 사나이가 주먹을 들고 송강을 때리려 하는데, 송강이 고개를 돌려 피하니, 큰 사나이가 다시 달려들어 오며 치려고 했다.
 송강이 맞서려고 하는데, 창봉 쓰던 교두가 사람들 틈을 헤치고 달려와 한 손으로 그 사나이의 두건을 잡고 한 손으로 그 사나이의 허리를 잡고 집어 던졌다.
 그대로 펑 하고 소리를 내고 보기좋게 바닥에 가서 덜어졌다.
 교두는 그 사나이가 나가떨어져 버둥거리는 것을 쫓아들어가며 발로 허리를 내질렀다. 공인 두 사람이 보다 못하여 나서서 말리니, 그 사나이는 땅에서 기어 일어나더니, 송강과 교두를 번갈아 보며 말했다.
 "이놈들 어디 좀 나중에 보자!"
하고는 어디론지 달아났다. 그제야 송강이 교두를 향하여 말했다.
 "어디에서 온 누구신지요?"
 "저는 하남 낙양 사람으로 성은 설(薛)이요 이름은 영(永)입니다. 조부는 노충경략 상공의 장전군관으로 있었는데, 남의 유해를 입어 승천하지 못하시고 돌아가셨습니다. 자손들이 창봉 쓰기를 위업으로 삼았는데, 강호상 사람들이 소인을 병대충 설영(病大虫薛永)이라 부릅니다. 감히 묻습니다만, 높으신 존함은 어찌되십니까?"
 "이 사람은 성은 송이요 이름은 강이라고 하오."
 "그러시다면 산동 급시우 송공명이 아니신지요?"
 "그렇소, 제가 송강입니다."
 설영이 깜짝 놀라 일어서서 다시 절을 하니, 송강이 급히 붙들어 일으키며 말했다.

"우리 어디 가서 술이나 한 잔 하십시다."
"명성을 익히 들었습니다만, 존안을 이런 데서 뵙게 된 것이 천만 다행입니다."
하고 설영이 급히 창봉을 약보따리를 수습하여 가지고 송강과 함께 술집에 찾아갔다.
술집에서 술을 달라고 하였더니, 술집 주인이 말했다.
"술과 고기는 있습니다만, 저희 마음대로 손님께 팔지 못합니다."
송강이 물어 보았다.
"어째서 우리에게는 팔지 않소?"
"아까 손님과 다투던 큰 사나이가 와서 팔지 말라고 분부하였으니, 만일 손님에게 팔았다가는 우리 주점이 부서집니다. 그렇기 때문에 팔지 못합니다. 저 사람은 계양진의 우두머리이오니, 누가 감히 저의 말을 듣지 않겠습니까?"
"그렇다면 우리가 다른 데로 가겠소. 저놈이 또 찾게 될 것이오."
"소인도 주막에서 방세를 치르고 이삼일 내로 강주로 가서 형장을 찾겠습니다."
송강은 할 수 없이 두 사람의 관리들과 몇 집을 돌아다녔으나, 어디서나 같은 인사를 되풀이할 뿐이었다. 세 사람은 동네 끝까지 가서 몇 집의 싸구려 주막을 찾았으나, 방을 빌리려 하자 막무가내로 승낙하질 않았다. 그 이유를 물어 보니 모두 같은 말을 되풀이했다. 체념을 하고 세 사람은 거리 쪽으로 급히 갔으나, 어느새 어두운 밤이 찾아왔다. 어쩌다 바라보니 저 멀리 건너쪽에 나무 사이로 불빛이 새어나오는 것이 보였다.
"저 등불이 비치는 곳에서 하룻밤을 청하여 봅시다."
하고 찾아가려고 하니, 공인들이 말했다.
"저기 등불이 비치는 곳은 큰길이 아닙니다."

"큰길이나 샛길이나 우선 가고 봅시다."
 세 사람이 급히 행하여 이 리쯤 다 못 가서 큰 장원이 있는데, 송강이 나아가 문을 두드리니 한 사람이 나왔다.
 "어디서 온 사람인데, 이 어두운 밤에 남의 집 문을 이렇게 두드리오?"
 "귀양가는 사람인데, 오늘 잘 곳이 없어 그러니, 댁에서 하룻밤 자고 가게 하여 주십시오."
 "그렇다면 잠깐 기다려 보시오. 내가 들어가 태공님께 여쭈어 보겠습니다."
하고 들어가더니 다시 나와 말했다.
 "태공께서 들어오라고 하십니다."
 송강 일행이 들어오니, 장상에 태공이 앉았는데, 절하여 인사하니, 태공이 장객에게 명했다.
 "문간방을 치우고 쉬시게 해라."
하고 저녁밥을 하여 주라고 하니, 장객이 송강 일행을 데리고 문머리 방을 치우고 등잔을 켜고, 밥과 국이며 채소 등물을 가져와 세 사람을 먹게 했다. 먹고 난 뒤에 완첩을 거두어서 안으로 갔다.
 두 공인이 말했다.
 "압사께서는 이곳에 아무도 없으니, 칼을 벗고 하룻밤 편히 쉬시고 내일 일찍이 떠나십시다."
 "그것 참 좋소."
하고 칼을 벗고 송강이 밖에 나와 뒤를 보고 들어오며 살펴보니, 하늘에 별은 총총 땅은 칼칼하고 뒷마당 옆에 샛길이 있는데, 송강이 자세히 보고 손씻고 방에 들어와 두 공인과 같이 의논했다.
 "장주 태공이 우리를 용납하시어 자게 하여 주니 참 고마운 일이오."

하며 이야기하는데, 불빛이 마당에 환하게 비추었다. 송강이 문틈으로 내다보니, 태공이 불을 켜들고 모든 곳을 비추어 보면서 걷으니, 송강이 감탄했다.

"저 태공 영감도 우리 아버지와 같으시어 온갖 것을 다 손수 점검하고 계시오. 일찍이 자지 않고 샅샅이 직접 살펴보는구려."

바로 이런 말을 하고 있는데, 밖에서 소리가 들려왔다.

"문 열어라."

하니, 장객이 급히 문을 열어주니 육칠 명이 들어오는데, 큰 사나이가 손에 박도를 들고 뒤에 놈들은 도리개와 곤봉을 들고 있었다.

불빛 가운데 송강이 자세히 보니, 박도든 그 자는 바로 계양진상에서 자기를 치려고 하던 사나이였다.

송강이 또 들으니, 태공이 물어 보았다.

"너는 또 어디 가서 누구하고 싸웠기에 이 밤에 그런 꼴로 다니느냐?"

"아버지는 모르시니 가만히 계십시오. 형님은 집에 있습니까?"

"네 형은 술에 취하여 뒷 정자에서 자고 있다."

"거서 형님을 깨워 가지고 함께 이놈을 쫓아가서 잡아야겠군!"

"너는 어떤 사람과 시비를 하였기에, 네 형을 깨워서 가려고 하느냐? 네 형을 깨웠다가는 일만 더 커질 것이니, 대체 무슨 일이냐?"

"아버지는 내막을 모르시니까 그런 말씀을 하시지요. 오늘 낮에 진상에 분부하여 푼전 한 푼도 주지 못하게 하였는데, 어디서 온 죄수놈이 닷 냥씩 은자를 내어 주기에, 우리 계양진의 품위를 떨어뜨리고 또 나를 쳐서 지금까지 허리가 아픕니다.

내가 이미 술집마다 분부하여 주식을 못 팔게 하였으니, 그놈이 오늘밤에 잘 곳이 없을 것입니다. 아까 사람시켜 고약 팔던 놈은 잡아다가 한바탕 쳐서 도두의 집에 매달아 놓았습니다. 내일 강변에 가서 혼내 주고 강속에 넣어 분한 기운을 풀 것입니다. 그런데 두 공인과 귀양가는 놈을 찾으나, 종적이 묘연하니, 술집이나 주막에서는 재워주지 않을 것입니다. 어디가 있는 것을 알지 못하여 형님을 깨워서 같이 찾으려고 합니다."

"너는 단명한 일을 하지 말아라. 제돈을 제가 주었는데, 너와 무슨 관계가 있느냐? 다행히 많이 상하지 않았으니, 내 말대로 너의 형을 깨우면 가만 두지 않을 것이다! 어찌 무단히 사람의 목숨을 해치려고 하느냐? 너는 네 방에 들어가서 잠이나 자고 깊은 밤 삼경에 집안을 시끄럽게 하지 말라!"

그 자가 태공의 말을 듣지 않고 안으로 들어가는 것을 태공이 또한 뒤따라들어갔다.

송강이 두 공인과 같이 의논했다.

"아니, 무슨 일이 이렇게 공교롭게 법의 굴속으로 들어왔으니, 일찍이 달아나는 것이 상책일 것이오. 혹 저놈의 무리가 알면 상하기 쉬울 것이오. 비록 태공은 말을 않는다 하더라도, 장객들이야 무엇이 답답하여 숨겨 두겠소?"

"압사의 말씀이 옳으니, 우리 지금 달아나는 것이 좋겠습니다."

"달아난다고 하여도 뒷벽은 트고 달아나야겠소."

두 공인은 보따리를 지고 송강은 썼던 칼을 들고 벽을 트고 도망했다. 별빛을 안고 숲속을 헤치며 샛길로 달아나니, 어언간에 밤은 이미 삼경은 되었다.

앞면에는 눈에 뵈는 것이 전부가 갈대꽃이요 한 줄기 큰 강이 물이 그들먹하게 출렁거리며 흐르고 있는 것이 곧 심양 강변이다.

이때 등뒤에서 함성이 크게 들리고 불빛이 하늘에 치솟았다. 바람결에 휘파람 소리가 들리며 추병이 급한데 송강이 부르짖으며 하늘을 우러러 살기를 빌었다.
갈대 숲속에 몸을 감추고 뒤를 돌아보니 횃불이 점점 다가왔다.
세 사람이 마음속으로 더욱 조급하여 뚝길을 한하고 달아나 강가에 다다르니, 큰 강이 길을 막아 송강이 하늘을 우러러 탄식했다.
'이럴 줄 알았으면 차라리 양산박에나 있었을걸. 이곳에 와서 죽을 줄 알았으리오.'
하고 정말 위급한데 홀연 갈대 숲속에서 배 한 척이 나왔다.
송강이 보고 소리쳐 불렀다.
"보시오, 사공! 우리를 빨리 구해 주시오. 돈은 얼마든지 드리리다."
사공이 돈을 얼마든지 준다는 말을 듣고 물었다.
"당신들은 무엇하는 사람들인데, 그곳에 있소?"
"도적들에게 쫓기어 숨었소. 한시가 급하니, 빨리 배를 대어 우리들을 구하여 주면 보답하겠소."
사공이 배를 앞으로 갖다대자 세 사람은 보따리부터 배 위에 싣고 공인 한 사람은 수하곤을 들고 배를 밀어 물에 띄울제, 사공이 보따리를 선창에 들여놓으며 소리나는 것을 듣고 마음속으로 은근히 기뻐하며 노를 저어 강 가운데로 떠나갔다.
한편 언덕 위에서 따라오던 놈들이 벌써 여울가에 다달아 십여 개의 횃불을 비추니, 그 가운데 두 놈이 박도를 가지고 그 나머지 놈들은 각각 창봉을 들고 있었다. 여러 놈들이 배를 보고 소리 질렀다.
"사공은 배를 빨리 돌려 이쪽으로 대어라!"
송강 일행은 선창에 엎드려 사공을 보고 말했다.

"나중에 돈을 많이 줄 테니, 배를 대지 마시오."

사공이 고개를 끄덕하고 언덕에서 하는 말을 대답하지 않고 배를 저어 강 가운데로 저어 가는 것을 보고 언덕에서 여러 사람들이 외쳤다.

"저 사공은 감히 배를 대지 못할까? 아니 너희들이 모두 죽고 싶으냐?"

그 사공은 코웃음을 치며 도무지 아무 대꾸도 않았다.

그 놈들이 또 외쳤다.

"저 사공놈이 어떤 놈인데, 감히 거역하느냐?"

사공이 냉소하며 대답했다.

"나 말이냐? 장사공이시다! 너희들을 두려워하지 않는다!"

언덕 위에 큰 사나이가 외쳤다.

"아, 장대가(張大哥)시구먼! 그렇다면 우리 형제를 알아보시겠네?"

"왜 내가 청맹관인가? 그대들을 몰라보게."

"그러시다면 배를 돌리시지 않으시오? 그대와 잠시 할 말이 있소."

"할 말이 있으면 내일 아침에 하게나. 오늘은 중요한 볼일이 있어 그대들과 말하지 못하겠소."

"우리는 다만 귀양가는 세 놈을 잡으려고 그러우."

"세 사람은 우리 집 친척이오. 모시고 가서 판도면(板刀麵)이나 대접하겠네!"

"그대는 아무 염려 말고 배만 저어 오시면 의논할 말이 있으니."

"내게 온 의식(衣食)을 그대를 주어 즐겁게 할 수 없네."

"장대가는 그러지 마시게. 우리는 다만 귀양가는 놈만 잡으면 그만이니까."

상공은 대답하지 않고 한편으로 배를 저으며 말했다.

"내 좋은 의식을 그대들에게 주겠나? 그대들은 나를 이상하게 생각하지 말게. 뒷날 만나서 말함세."

송강이 어린 듯이 사공의 말을 알아듣지 못하고 배 안에 있으면서 두 공인에게 말했다.

"저런 사공을 만나기가 어렵다. 우리 생명을 구하여 주니, 이 은혜를 다음날 잊지 말고 갚아야지."

이제는 배를 저어 언덕에서 멀리 떨어졌다. 송강이 바라보니 횃불이 흩어져 갈대 숲속으로 들어가 불빛만 보이었다. 송강이 하늘을 향해 사례했다.

'이제는 좋은 사람은 가까이 있고 나쁜 사람은 점점 멀어지니 큰 재앙을 벗어났습니다.'

하니, 사공이 입으로 노래를 부르는데, 송강이 가만히 들어 보았다.

노야, 심양 강변에 생장하여
사귀어 노는 것을 사랑하지 아니하고 돈만 사랑한다.
야광이 배에 비치더니
오늘 아침에 일투 금박(一套金磚)을 얻었도다!

하는데, 송강이 노래를 듣고 무슨 뜻인지 모르고 선창 안에 엎드려 다만 보니 사공이 노를 뱃속에 놓고 선창으로 들어오며 말했다.

"이놈들아! 네놈들이 어디서 오는 놈들이더냐? 너희들은 공인 모양을 하였으니, 평소 백성들을 속여 재물을 많이 빼앗아 먹던 놈들로 오늘 내게 잡혔으니, 너희 세 놈들은 판도면(板刀麵)을 먹을 테냐, 혼둔병(混鈍餠)을 먹고 싶으냐?"

송강이 이상히 여기면서 말했다.

"사공은 농담을 하지 마시오. 무엇이 판도면이요? 혼돈병은 또 무엇이길래 먹으라고 하시오?"
　사공이 눈을 부릅뜨고 말했다.
　"노야가 어찌 너희들과 농담을 하겠는가? 너희들이 만일 판도면을 먹으려면 내게 새파랗게 갈아 둔 칼이 있는데, 그 칼로 너희를 두 동강을 내어 물에 넣는 것이고, 혼돈병은 너희들이 옷을 다 벗고 알몸으로 물에 뛰어들어 내 손을 더럽히지 않는 것이다."
　송강이 듣고 두 공인을 붙들고 말했다.
　"이 일을 어찌하겠소? 옛부터 이르는 말이 복은 한꺼번에 이르지 않고 화는 겹쳐다닌다 하더니, 어찌하면 좋겠소?"
　사공이 꾸짖어 말했다.
　"너희 세 놈은 빨리 선책하여 대답하라!"
　송강이 말했다.
　"우리들은 할 수 없이 죄를 짓고 강주로 귀양가는 길이오니, 제발 덕분으로 우리를 살려 주시오. 우리 보따리 속에 있는 금은을 모두 바칠 것이니, 세 사람의 목숨만 살려 주시오."
　그 사공이 크게 노하여 선창 속으로 들어가더니 시퍼런 칼을 들고 나오며 소리 질러 꾸짖었다.
　"너희들은 어떻게 할 것이냐?"
　송강이 하늘을 우러러 탄식했다.
　"내가 하늘을 공경하지 못하고 부모께 불효를 지은 죄로 너희들까지 연루가 되었구나!"
　두 공인은 송강을 붙들고 말했다.
　"우리들이 죽더라도 귀신이 한 곳에서 있게 하고 흩어지지 않게 하라."
　사공이 큰소리로 호통을 쳤다.
　"빨리 옷을 벗고 물로 뛰어들어가라! 그렇지 않으면 내가 처넣겠다!"

송강 일행이 강을 바라보며 우는데, 별안간 상류에서 노젓는 소리가 들렸다. 사공이 머리를 돌이켜 보니 쾌선 한 척이 나는 듯이 상류에서 내려오고 있었다. 배 위에 세 사람이 있고 뱃머리에서 큰 사나이 하나가 오고차(五股叉)를 비껴 들고 노를 저어오다가 우리 배 앞에 닿았다.

뱃머리 위에 오고차를 가진 큰 사나이가 소리를 질렀다.

"앞에 어떤 사공이 감히 당항(當港)하여 착한 일을 하느냐? 내가 보았으니, 물화(物貨)를 혼자 못 차지할 것이다."

사공이 급히 말했다.

"목소리를 들으니, 이대가(李大哥)시군요? 나는 빼놓구 혼자만 장사를 다니시우?"

"나는 누군가 했더니 아우님이시군! 그래 오늘 벌이는 대체 뭐야?"

사공이 웃으며 말했다.

"요즈음 여러 날을 두고 통 행화가 없고 노름은 지기만 하여 신세가 말이 아닌데, 오늘도 심심하여 또 나와 보았더니, 이놈 셋이 쫓겨 오고, 그 뒤를 수십 명 장정이 횃불을 밝히고 쫓기에, 얼른 배를 갖다대고 세 놈을 실었는데, 두 놈은 공인이고 하나는 죄수인데, 그 죄수는 키가 작고 얼굴은 검은데, 보따리는 기름지기에 생각하니, 하늘이 나에게 지시한 것인가 하오."

"어디서 오는 사람이라고 하던가?"

"어디서 오는 것은 모르나 강주로 귀양가는 놈이라고 합니다. 목에 칼을 쓰지 않고 언덕 위에 따라오던 진상의 형제 두 사람이 나를 보고 저놈을 잡아달라 하였으나, 기름진 것 같기에 주지 않고 저 배에 있는데, 지금 요절을 내려던 참이오."

그 사나이가 혀를 차며 말했다.

"아니, 우리 형님 송공명이 아니신가?"

송강이 음성을 듣고 귀에 익은지라, 배 속에서 선창 밖으로 뛰어나오며 말했다.

"저 배에 있는 호걸은 어떤 사람인지 송강의 목숨을 구하여 주십시오!"

"정말 우리 형님이시구려!"

송강이 배 위에서 보니, 별빛이 명랑한 가운데 뱃머리 위에 선 호걸은 혼강룡 이준이었다. 배 위에서 노젓던 사람은 출동교동위와 번강신 동맹이니, 그 이준이 송강의 목소리를 듣고 뛰어오르며 말했다.

"형님, 그래 얼마나 놀라셨습니까? 제가 조금만 늦게 왔더라면 또 큰일날 뻔하였습니다. 그렇지 않아도 오늘 웬일인지 집에 있는데, 공연히 마음이 불안하여 견딜 수가 없기에 벌이나 나서 볼까 하고 강으로 나왔지요. 나오기를 천만 다행입니다."

이때 장사공이 혼자 어리둥절하여 이준의 얼굴만 물끄러미 바라보다가 물어 보았다.

"그럼, 저분이 급시우 송공명이시오?"

"그렇다네. 이제야 알겠나?"

뱃사공이 문득 절을 하고 말했다.

"몰라 뵙고 한 일이기는 하지만, 웬 이런 황송할 데가 없습니다! 참말이지 하마터면 이놈이 큰일을 저지를 뻔하였습니다! 용서하십시오!"

하고 죄를 사과하니, 송강이 이준에게 물어 보았다.

"저 호걸의 존함이 누구신가?"

"이 사람은 저와 의형제를 맺은 사람인데, 성은 장(張)이요 이름은 횡(橫)이니, 소고산 밑에 사는 사람인데, 별호는 선화아(船火兒)이고 심양강에서 저런 착한 일만 합니다."

송강의 일행이 웃기를 마지않으며 배를 저어 언덕에 몰아 송강을 붙들어 올리고, 배는 강변에 대고 올라오며 장횡보고 물었다.

"아우님, 내가 늘 천하에 의사(義士) 산동 급시우밖에 없다고 하지 않던가? 오늘 자세히 보게."

장횡이 부싯돌을 쳐서 불을 일으키고 송강을 다시 본 후에 사탄상 모래가 깔린 여울목에서 다시 절하며 말했다.

"형님은 저의 죄를 용서하십시오! 무슨 일로 강주로 귀양가십니까?"

이준이 송강의 지낸 일과 강주 뇌성영으로 가는 것을 쭉 이야기하니, 장횡이 듣고 말했다.

"제가 형님께 부탁드릴 일이 좀 있습니다. 소제의 친동생이 하나 있는데, 온몸이 눈빛같고 희고 물속에서 사오십 리와 칠팔일을 갑니다. 살만 휠 뿐 아니라 일신의 무예 고강(武藝高强)하므로 남들이 낭리 백조(浪理白條)라고 부릅니다. 당초에 심양강에서 형제가 서로 의지하였습니다."

"지금은 무슨 생업을 하고 있소?"

"형제가 내기하다가 돈을 다 잃으면 배 한 척을 가지고 여울가에 있으면, 여러 손님들이 다투어 오른 후에 장순이로 단신 객인 모양으로 꾸며서, 내 배에 오른 후에 배를 중류에 두고 선가를 받을제, 삼관전씩 내라고 하며는 손님들이 투덜대며 잘 주지 않으려고 할 때, 아우가 일부러 비싸다고 시비를 하면, 소제가 노하여 손을 들어 아우의 머리를 잡아 강중에 던지면, 모두들 놀래 가지고 떨며 내라 하는 대로 내고, 아우는 벌써 조용한 곳에 기다리고 있다가, 사람없는 곳에서 나누어 가지고 노름판에 가서 노름하기를 위업(爲業)으로 하고 있습니다."

송강이 웃기를 마지아니하고 이준 등이 크게 웃으니, 장횡이 말했다.

"이제는 우리 형제, 생업을 고쳐 소제는 심양강에서 행인을 건너주고 제 아우는 강주로 가서 생선장사의 주인 노릇을 하고 있습니다. 형님 가시는 편에 편지를 보냈으면 합니다. 그러나

제가 무식하여 어찌할까요?"
 이준이 말했다.
 "이 사람아, 촌으로 들어가서는 누구 문관 선생(文舘先生)에게라도 부탁하면 되지 않나?"
 동위, 동맹을 그곳에 남겨 두고 배를 지키게 하고 이준, 장횡이 소강 일행과 함께 촌으로 가는데, 한 오 리쯤 건너 저편 길 위에 횃불이 보인다.
 장횡이 말했다.
 "저 형제들이 아직도 길에서 헤매고 있구먼!"
 이준이 의아해하며 물었다.
 "저 형제라 하니, 그 어떤 사람인가?"
 "목가네 형제 두 사람 말이오."
 "목가 형제라면, 청해다가 형님께 뵙게 하세."
 송강이 이 말을 듣고 펄쩍 뛰며 만류했다.
 "아니! 그 사람들을 부르다니? 그러지 않아도 나를 잡지 못하여 안달일 텐데."
 이준이 다시 말했다.
 "형님은 아무 염려 마십시오. 저 사람들이 형님이 누구신지 모르니까 그랬지, 알고야 어딜 감히 그럴 법이 있겠습니까?"
 하고 휘파람을 한 번 휘익 분다.
 그 소리를 듣자, 횃불을 든 무리들은 한달음에 이편으로 달려왔다. 와서 보니 참으로 뜻밖에 저희들이 잡지 못하여 눈이 벌겋던 죄인을 이준과 장횡 두 사람이 바로 받들어 모시고 있는 것이 아닌가? 목가 형제는 어리둥절하여 물었다.
 "형님들, 어찌된 연유로 저 세 사람을 알고 계십니까?"
 이준은 크게 웃으면서 말했다.
 "이분이 누구신 줄 아느냐?"
 "모르겠습니다. 거리에서 창봉을 쓰는 놈에게 돈을 주고서는 우리들의 체면을 온통 엉망으로 만들었기 때문에 붙잡아서 혼을 내주려고 했었는데요……."
"이분은 내가 항상 너희들에게 말했던 운성현에 사시는 산동 급시우 송공명 형님이시란다. 어서 인사를 올리도록 하여라."
형제 두 사람은 박도를 내던지고 엎드려 절을 했다.
"존함은 오래 전부터 듣고 있었습니다! 좀 전엔 대단히 결례를 저질러 놓게 되었사오니, 부디 용서하여 주시기 바랍니다!"
송강은 두 사람을 일으켜 세우고 말했다.
"부디 성함을 들려 주십시오."
이준이 대신 말했다.
"저 형제 두 사람은 이곳 사람인데, 형은 목홍(穆弘)인데, 부르기를 몰차란(沒遮欄)이라 하고, 아우는 목춘(穆春)이니 소차란(小遮欄)이라 하니, 계양 진상에서 으뜸이고, 계양 영상 영하는 소제와 이립이 으뜸이고, 심양 강변은 장횡, 장순이 으뜸이니 세간에서 일컫기를 세 으뜸이라 하오니, 형님께서 알아두십시오."
이 말을 듣고 송강이 말했다.
"내가 어떻게 그런 일을 알겠소? 이미 그렇거든 설영을 구하게 하여 주시오."
목홍이 웃으며 말했다.
"창봉 쓰는 그 사람입니까? 형님은 염려 마시오."
하고 즉시 목춘을 보고 말했다.
"너는 즉시 설영을 구하여 오게 하여라. 나는 형님을 모시고 집으로 가겠다."
이준이 이 말에 다시 말했다.
"참 그게 제일 좋으니, 아우님 장상으로 갑시다."
하니, 목홍이 장객에게 일렀다.
"너희가 배를 지키고 동위, 동맹을 장상으로 모이게 하라."

하고 한편으로 장객을 보내어 양과 돼지를 잡아 준비하게 하고 동위, 동맹을 기다려서 일행이 함께 장상에 이르니, 때는 오경(五更)이었다.

목홍이 잔치를 베풀어 송강을 대접하고 그날을 지낸 후, 송강이 떠나려고 하는데, 목홍이 어찌 보내겠소. 장상에서 머물러 있다가 며칠을 지낼제, 진상의 경치를 구경하여 또 삼사 일을 보냈다.

송강이 떠나려고 하니, 목홍이 마지못하여 잔치를 베풀어 전송할 때, 송강이 목 태공을 작별하고 떠날제, 설영을 보고 분부했다.

"그대는 아직 여기서 묵고 있다가 강주에 와서 만나세."

목홍이 말했다.

"형님은 염려하지 마십시오. 제 일은 제가 알아서 하겠습니다."

하고 금은 한 쟁반을 행장 속에 넣고 또 은자를 내어 두 공인을 주었다. 장횡이 글을 닦아 장순에게 전하여 주기를 부탁하고 심양 강변에 도착하여 송강을 전별할 때, 목홍이 선척을 분별하여 배에 오를제, 송강이 행가(行枷)를 고쳐 쓰고 술을 먹고 이별하니, 여러 사람들이 눈물을 뿌리며 전별하고 일행은 장상으로 돌아왔다.

한편 송강은 두 공인과 함께 배타고 심양강을 건너는데, 사공이 순풍에 돛을 달고 순식간에 강을 건너니 곧 강주였다. 두 공인이 행장을 지고 강주부내로 들어갔다.

이때 강주 지부의 성은 채(蔡)요 이름은 득장(得章)인데, 당조 태자 채경의 아홉째 아들이었다. 그래서 강주 사람들은 부르기를 채구 지부(蔡九知府)라고 한다.

강주는 전량(錢糧)이 풍부하고 인물이 번성한 곳이다. 채구의 위인이 원래 됨됨이가 탐욕스럽고 매사에 교만하기 때문에 채태사가 그를 특별히 이곳을 지키게 한 것도 그 때문이다.
당시에 두 공인이 청하에 이르러 공문을 바쳤다. 채구 지부가 송강의 쓴 칼에 봉한 것이 없는 것을 보고 물었다.
"여봐라! 네가 쓰고 온 칼에 봉한 것이 없으니, 어떻게 된 거냐?"
공인 두 사람이 아뢰었다.
"오는 길에서 비 맞고 이슬 맞고 바람에 시달리어 다 떨어졌습니다."
지부가 분부했다.
"빨리 문첩을 만들어 두 공인과 함께 뇌성영에 보내라."
강주 공인이 문첩을 써 가지고 두 공인과 함께 송강을 압령하여 뇌성영으로 갈제, 길에서 술집을 만나 송강이 너덧 냥 은자를 내놓고 공인들을 술 먹이고 영리에 들어가니, 송강은 단신방에 두고 공인이 먼저 관영과 차발에게 송강의 여러 가지 좋은 점을 말하고 본부로 돌아갔다. 두 공인도 송강을 이별하고 돌아갈제, 서로 의논하여 말하였다.
"우리가 비록 놀라운 일은 겪었어도 허다한 은자를 얻었으니, 다행이오."
이때 송강이 사람을 구해 인정을 차발에게 보내고 단신방에 들어가서 열 냥 은자와 또 닷 냥 은자를 더하여 관영에게 보내고, 또 사환과 군관에까지 다 각각 몇 푼씩 주어 술 사 먹게 했다.
이렇게 되니 영리의 누구 한 사람 그를 좋아하지 않는 자가 없었다. 이윽고 그는 점시청에 끌려왔다. 점시청 앞에 이르러 점고할 때 칼을 벗기고 예를 행한 후, 벌써 관영이 뇌문을 받았는지라 공손히 얘기한다.
"새로 귀양온 송강은 들으라. 태조 무덕황제가 지으신 법에 새로 귀양온 죄인은 일백 살위봉을 맞기로 되었으니, 그리 알렸다. 여봐라! 어서 형구를 갖추어 죄인을 쳐라."
　송강이 아뢰었다.
　"소인이 노성에서 병이 들어 아직도 완치 못하였습니다."
　관영은 이미 그에게서 많은 뇌물을 받은 터이라, 송강의 입에서 그 말이 나오기가 무섭게 말했다.
　"저 사람이 중도에서 병들었다는 말이 옳구나. 아직도 얼굴에 병색이 가시지 못하여 누런 빛이 남았으니, 치는 것을 아직 미루어 두어라. 또 저 사람이 본래 아전 출신이니, 아직 문서방에 두어 여러 가지 문부를 하게 하여라."
　송강이 사례하고 단신방에 가서 행장을 수습하여 가지고 문서방에 이르니, 모든 죄수들이 송강이 면목있는 것을 보고 술을 가지고 와서 경하하니, 이튿날 송강이 또 주식을 장만하여 여러 사람에게 베풀어 사례하고 패두와 차발을 때없이 술을 대접하니, 송강의 신변에 있는 것을 금은 재물뿐이다.
　금은을 물같이 쓰니, 누가 그것을 싫다고 하리오. 반 달이 못가서 온 영내 사람들이 모를 사람이 없게 되니. 송강이 하루는 차발과 술을 먹을제 차발이 말했다.
　"형님, 제가 전에도 말씀드렸지만, 절급에게 보내는 상례전을 보내지 않아 벌써 열흘이 지났으니, 내일은 틀림없이 올 것 같으니, 절급이 직접 오신다면 일이 거북하지 않겠습니까?"
　"그 일은 걱정하지 마십시오. 제가 오면 나도 할 말이 있소."
　"압사는 저 사람이 제일 까다로우니, 만일 말하다가 조금 무례한 것이 있으면 욕보기 쉽기 때문입니다"
　"형장의 말씀은 감사하오나 내가 스스로 대답할 것이오니, 형장은 염려 마십시오."
하고 술을 먹는데, 패두가 황망히 아뢰었다.
　"지금 절급이 청상에 앉아 크게 꾸짖어 이르기를, 새로운 배군이 상례전을 보내지 않으니, 누구 세력을 믿고 그러는가? 하고 잡아 오라고 합니다."
　차발이 자리에서 벌떡 일어났다.
　"그러게 내가 뭐라고 합디까?"
　송강은 도리어 싱글싱글 웃으며 말했다.
　"너무 근심 마시오. 오늘 좀더 마시고 술을 즐기려고 하였는데, 내가 시간이 없어 다른 날 사죄하겠습니다."
　"나는 저 사람과 말하기를 싫어하니, 나는 먼저 가겠소"
하고 몸을 일으켜 나간 뒤에, 송강은 점시청을 향했다.
　송강이 점시청에 다다르니, 절급이 능상에 걸터앉아서 소리를 쳤다.
　"어느 놈이 새로 온 죄수인가?"
　송강을 가리키며 말했다.
　"저 사람올시다."
　절급이 다시 꾸짖었다.
　"네 저기 온 놈이 어떤 사람의 세를 믿고 상례전을 보내지 않는가?"
　송강이 말했다.
　"인정을 보내는 것은 사람에게 달려서 자기 마음대로 하는 것인데, 어이 남의 재물을 도색하려고 하시오? 참 소인의 행동이구려?"
　주위에 있는 사람들이 송강의 말을 듣고 땀이 흐르는 것을 깨닫지 못하니, 절급이 크게 노하여 꾸짖었다.
　"저 정배군이 어찌 감히 말대꾸를 하느냐? 감히 나를 보고 소인이라고 하니, 내가 화가 나지 않겠소?"
하고 좌우를 주시하며 말했다.
　"송강을 잡아 엎어 놓고 곤장 백 대를 쳐라!"
　이르니, 주위에 섰던 사람이 송강과 다 좋은 사람이라 치라는 말을 듣고 동시에 흩어져 달아나고, 다만 절급과 송강 두 사람만 남았었다.
 그 사람이 여러 사람이 달아나는 것을 보니 속으로 더욱 분노하여 곤장을 들고 손수 송강을 치려고 하니, 송강이 말했다.
 "당신은 나를 때리려고 하십니다만, 나에게 무슨 죄가 있다고 하시는 것입니까?"
 "네놈은 내 수중에 있는 물건에 불과하여 기침소리 한 번 내어도 그것이 죄가 되는 거다!"
 "아무리 저의 잘못을 찾아보아도, 설마 나를 사형으로 할 수는 없을 것 아니겠소?"
 "뭐 사형이 될 수 없다고? 홍! 너를 없애는 것쯤은 아무것도 아니란 말이야."
 "정해진 헌납금을 바치지 않는 것이 죽을 죄가 된다면 양산박의 군사 오학구하고 가깝게 지내는 놈을 글쎄, 도대체 어떠한 죄목이 되겠소?"
 절급은 그 말을 듣자, 당황해서 손에 쥐고 있었던 곤장을 던져 버리고 말했다.
 "이놈아, 무어라고 했느냐?"
 "그 유명한 군사, 오학구하고 절친한 사이라고 말했소. 그것이 어떻다고 그러는 거요?"
 "당신은 대체 누구며, 어디서 그런 말을 들으셨소?"
 송강이 웃으면서 대답했다.
 "나는 산동의 운성현에 살던 송강이라고 하오."
 절급이 급히 다가와서 웃으며 말했다.
 "이곳은 말할 곳이 못 되니, 감히 절하고 뵙지 못합니다. 함께 성내에 들어가 말씀하십시다."
 "아니, 잠깐만 기다리시오. 내가 방문을 잠그고 오겠소."
 급히 방에 돌아와 오용의 편지를 가지고 은자를 몸에 지니고 방문을 잠근 후에 패두에게 일렀다.
"내가 밖에 좀 갔다 올 터이니, 방을 잘 지키라."
하고 뇌성영을 떠나 성에 들어가 한 술집을 찾아 누상에 올라가 마주앉았다.
"형장께서 어디서 오학구를 만나보셨습니까?"
송강이 품속에서 글월을 내주니 절급이 피봉을 떼고 죽 내려 보더니 서신을 소매 속에 집어 넣고 일어나 송강에게 절을 했다.
송강이 답례하고는 말했다.
"조금전 너무 말을 함부로 하였으니, 모든 것을 너그럽게 생각하시오."
"제가 들으니, 송가 성 가진 사람이 뇌성영에 왔다고 하는데, 항상 귀양오는 사람이 닷 냥을 보내는데, 이번에는 여러 날이 지나도 보내지 않기에, 오늘은 한가한 틈을 타서 찾으러 왔다가 뜻밖에 형장을 만났습니다. 영내에서 말을 함부로 하여 위엄을 촉범(觸犯)하였으니, 형님은 죄를 용서하기를 바랍니다."
"차발이 이야기를 해 주어서 대명을 들었지만, 제가 존안을 찾아 뵙고 싶어도 머무는 곳을 모르는 고로, 지금까지 찾아오기를 기다려 만나보려고 여러 날이 지나도록 보내지 않은 것이오. 닷 냥 은자를 아껴 보내지 않은 것이 아니며 오늘 만났으니, 이제 모든 것이 만족하오."
이 사람은 다른 사람이 아니라 오학구가 천거한 강주 양원절급(兩院節級)인데, 부르기를 대원장 대종(戴院長戴宗)이라 하니, 송나라 시절에 금농 일대에서는 절급을 가장(家長)이라고도 부르고 하남 일대에서는 절급을 원장(院長)이라고 불렀다.
원래 대원장은 사람을 놀라게 하는 도술이 있는데, 만일 길에 나서면 긴급 군정 공사를 가지고 행할 때에, 다리에다 갑마(甲馬)를 매고 신행법을 행하면 하루에 오백 리를 갈 수 있고,

갑마 네 개를 매년 팔백 리를 달리는 고로, 사람들이 부르기를 신행 태보(神行太保)라고 했다.

당하(當下)에 대원장(戴院長)이 송강과 함께 심중에 품은 것을 이야기하고, 기꺼움을 기록하지 못하여 술집 주인을 불러 술을 가져오게 하고, 과일과 채소를 갖추어 송강이 오는 길에서 호걸을 만난 일을 말했다.

대종이 또한 오학구와 절친한 정의를 이야기하며 둘이 서로 얘기하다가 들으니, 다락 아래에서 떠들썩하는 소리가 나며 술집 주인이 급히 들어오며 외쳤다.

"대원장께서 좀 내려가 봐 주십시오. 이 양반은 대원장님이 아니시면 듣지 않사오니, 좀 내려가셔서 타일러 주십시오."

"아니 지금 떠드는 게 누구이기에?"

"항시 대원장께서 함께 다니는 철우 이대가이십니다."

"무슨 일로 다투는데,?"

"저의 집에 와서 돈 빌려 주지 않는다고 그러잖습니까?"

대종이 웃으며 말했다.

"원 참, 하는 수 없군! 형님 잠깐만 기다리십시오."

하고 대종이 내려가더니, 오래지 않아 젊고 늠름한 큰 사나이를 데리고 누상으로 올라왔다.

송강이 놀라 물어 보았다.

"저 분은 누구시오?"

대종이 말하기를,

"이 사람은 저를 따라 다니는 소뢰자(小牢子)인 성은 이요 이름은 규입니다. 기주 기수현 사람이요 제몸에 이상한 별명을 가졌으니, 흑선풍이라 합니다. 또 이철우라고 하는데, 근본이 사람을 때려 죽이고 도망하여 이곳에 와서 있다가, 비록 사를 만났으나 돌아가지 않고 이곳에 있는데, 술주정이 사나운 고로, 남이 다 두려워하고, 쌍도끼를 잘 쓰고 권법이 익어서 제가 거두어 소뢰자를 시키고 있습니다."
 이규가 송강을 보고 대종에게 말했다.
 "저 검은 놈은 어떤 놈입니까?"
 대종이 웃으며 송강에 대하여 말했다.
 "형님은 저놈의 버릇을 보십시오. 아무 체면도 모릅니다."
 이규가 다시 말했다.
 "내가 형님께 물었는데, 무슨 버릇 이야기를 합니까?"
 대종이 말했다.
 "이 사람아! 물으려면 저분 관인이 어떠한 분입니까 하지, 저 검은 놈이 어떤 놈이냐고 하니, 그것이 버릇없는 것이지 무엇이냐? 내가 너를 보고 이르는데, 늘 보통 때에는 가 뵙지 못한다고 근심을 하던 의사 형님이다."
 이규가 말했다.
 "그러면 산동 급시우 흑송강인가?"
 대종이 혀를 차며 말했다.
 "내 저놈이 어찌 범상하여 휘자(諱字)를 함부로 부르느냐? 높고 낮은 것을 여전히 모릅니다. 빨리 절하고 뵙지 않고 뭣하고 있느냐?"
 이규가 말했다.
 "만일 송공명 형님이시면 절하고 뵙지만, 다른 사람 같으면 내가 어찌 절하겠소 절급 형님은 속여서 절을 하게 하고 웃지 마오."
 송강이 말했다.
 "내가 바로 산동 흑송강이오."
 이규가 손뼉을 치며 말했다.
 "우리 형님은 일찍이 말씀하시어 칠우를 기쁘게 하실 것이 아닙니까?"
 말을 끝마치고 절하니, 송강이 민망히 답례하며 말했다.

"장사는 수고롭게 절하지 말고 앉으시오."
대종이 조용히 말했다.
"아우님은 내 곁에 앉아서 술이나 먹게."
이규가 말했다.
"그러시다면 조그만 술잔으로 하시지 말고 큰 사발로 먹게 하십시오."
송강이 바라보며 물어 보았다.
"그대는 무슨 일로서 아래서 다투었던고?"
이규가 대답했다.
"제가 돈이 필요하여 은을 전당잡히고 대은자를 빌려 쓰려고 하였더니, 그 경을 칠 주인놈이 빌려 주지 않기에, 그놈을 혼내 주려고 하였더니, 마침 이 형님이 내려오셔서 부르시기에 올라왔습니다."
"열 냥 은자를 빌려 쓰면 따로 이자가 붙는가?"
"이자는 대개 있습니다."
송강이 전대에서 열 냥 은자를 내어 이규에게 주며 말했다.
"그대는 가지고 가서 쓰게."
대종이 막으려고 하였으나, 송강이 주는 은자를 이규가 벌써 받아 손에 들고 있었다.
"두 분 형님은 잠깐 앉아 계시면 은자를 도로 찾아다가 형님께 갚고 남는 것은 술 먹읍시다."
송강이 말했다.
"내가 기다릴 것이니 빨리 다녀오게."
이규가 발을 들고 나가는데, 대종이 말했다.
"형님은 쓸데없이 은을 주셨습니다. 아까 소제가 막으려다가 벌써 저의 손에 들어갔기에 그만 두었습니다."
"그게 무슨 말이오?"
"저 사람이 비록 솔직하고 곧으나, 술을 좋아하고 내기를 탐하기 때문에 제가 무슨 은이 있어 남에게 전당하겠습니까? 형님이 속아 이규에게 은자를 주었기 때문에 급히 갔사오니, 내기하러 갔습니다. 다행히 이기면 은자를 얻어와 형님을 드릴 것이오니, 내기에 지면 어디에서 은을 얻어다가 형님에게 갚겠습니까? 대종이 오히려 얼굴이 붉어집니다."

송강이 웃으며 말했다.

"형이 극히 세심하오. 그것쯤 얼마 안 되는 은자를 어찌 다시 말하겠소? 비록 잃었다고 하여도 무엇이 상관이 있겠소? 내가 보니 사람이 참 충직한 사람인가 하오."

"마음이 아무리 곧다 하여도 담이 커서 강주에서 술만 취하면 사람을 치나 당할 사람이 없습니다. 소제가 괴로운 때가 한두 번이 아닙니다. 혹시 길에서 제 비위에 거슬리는 자만 보면 취기에 마구 때리곤 합니다. 이러기 때문에 강주성 안에서 사람들이 다 두려워합니다."

"우리 술이나 마시고 성 밖에 나가서 구경이나 합시다."

"소제 또한 그런 생각을 하고 있었습니다. 형님과 같이 경치(景致)를 완상(玩賞)하십시다."

송강이 크게 기뻐하여 두 사람이 술을 들었다.

이때 이규가 송강에게 은자를 얻어 가지고 나오며 생각했다.

'송강 형님이 일찍이 나와 깊이 사귄 일이 없는데, 은자를 아끼지 않고 주니 과연 장의 소재(仗義疎財)하다고 들었는데, 확실하구나. 내가 이제 내기에 져서 돈이 한푼도 없는데, 어떻게 저분을 청하여 술대접을 하겠는가? 이제 열 냥 은자를 얻었으니, 지금 쫓아가서 내기하여 꼭 이기어 은자를 따서 저를 대접하리라.'

하고 뛰어 성 밖에 나와 소장을의 집에 찾아가서 열 냥 은자를 땅에 던지고 말했다.

"소장을! 내가 너하고 내기하려고 왔다."

소장을이 원래 이규가 내기하면 바른 것을 알기 때문에 말했다.
"대가(大哥), 우리 먼저 장기 두어 내기해 봅시다."
"그거 좋소. 그렇게 합시다."
하고 은자 닷 냥을 던지고 내기하기로 작정하고 두었다.
둘이서 두다가 이규가 이겨서 닷 냥을 땄다. 의기 양양하여 다시 두어서 계속하여 세 번을 졌다. 소장을이 잃은 돈과 이규의 열 냥을 다 가져가려 하자, 이규가 돈을 내놓지 않으려고 했다.
소장을이 말했다.
"내기하여 졌으면 줄 것이지, 왜 이러는가"
"저 은자는 남의 것이니, 줄 수 없다."
소장을이 냉소하며 말했다.
"누구의 것이든 내기하여 졌으면 줄 것이 아닌가?"
"이번은 내가 정말로 어쩔 수 없는 일이니, 이것을 나를 꾸어주면 내일 중으로 갖다 갚겠소."
"그게 무슨 소리요? 내기 마당에서는 부모 형제도 그렇지 않는데, 내기하여 지고 은자를 주지 않는가?"
이규가 포삼 자락을 거두어 치고 소리를 버럭 질렀다.
"주려느냐? 안 주려느냐?"
소장을이 말했다.
"이대가가 전에는 내기하여 극히 정직하더니, 오늘은 어찌 이리 무례한고?"
이규는 대답하지 않고 땅에 있는 열 냥과 다른 사람의 은자를 한데 집어 포삼 소매에 싸 가지고 눈을 부릅뜨고 말했다.
"소장을, 그 전에는 내기에 경계가 극히 바르긴 했지만, 오늘은 잠깐 옳지 못한 일을 하오."
소장을이 급히 달려들어 은자를 빼앗으려 하였으나, 이규가 한 손으로 밀어치니, 소장을이 자빠지고 내기하던 사람들이 또 한 달려들어 빼앗으려 하니, 이규가 동쪽으로 가로질러 밀치며 여러 사람들이 피할 곳을 찾느라 정신이 없었다.

이규가 문으로 나오자 문 지키던 사람이 막고 내어 보내지 않으니, 이규가 크게 노하여 한 옆으로 밀어치고 한 발로 문을 차서 깨치고 달아나니, 모든 사람이 따라나와 문 앞에 서서 소리쳤다.

"이대가, 어찌 이다지 무례하여 남의 은자까지 빼앗아가는가?"

하며 한 사람도 감히 가까이 오지 못했다.

이규가 막 달아나는데, 등뒤에서 한 사람이 따라오며 옷자락을 붙들고 외쳤다.

"네가 어찌 남의 재물을 빼앗아가느냐?"

이규가 대답했다.

"네게 무슨 관계가 있어서 이러느냐? 죽고 싶어서 나를 붙드느냐?"

하며 머리를 돌이켜 보니, 이는 바로 대종과 송강이었다.

이규가 보고 깜짝 놀라 황공하여 부끄러운 빛이 얼굴에 역력하여 말했다.

"형님은 이상하게 보시지 마십시오. 철우는 보통 때에는 내기하는데 극히 정직하던데, 오늘은 형님이 주신 은자를 다 잃었으니, 형님을 위하여 술먹을 돈이 없기 때문에 할 수 없이 옳지 못한 짓을 하였습니다."

송강이 이 말을 듣고 껄껄 웃으며 말했다.

"아우님은 만일 돈이 필요하면 나를 보고 달라고 할 것이고, 오늘은 이미 내기에 졌으면 줄 것이지 왜 주지 않으려고 하는가? 빨리 갖고 있는 돈을 주인에게 돌려 주게."

이규가 포삼 자락에 쌌던 돈을 송강에게 주니, 송강이 받아 손에 들고 소장을을 불러서 주니, 소장을이 받으며 말했다.
"소인은 다만 본전만 가져 가렵니다. 이대가의 잃은 돈은 받지 않으렵니다. 뒷날의 후환이 두렵습니다."
송강이 웃으며 말했다.
"그대는 염려 말고 받아 가게."
소장을이 어떻게 즐겨서 받겠소. 송강이 말했다.
"저 이대가가 그대들을 때려서 다친 사람은 없소?"
"이 돈을 집어 가지고 달아날 때, 길을 막던 사람이 맞아서 안에 누워 있습니다."
"쯧쯧, 저런! 이 돈으로 다친 사람들을 치료해 주구려. 앞으로는 이대가를 여기 오지 못하게 하리다."
소장을이 백배 사례하고 받아 가지고 갔다. 송강이 말했다.
"우리 이 아우와 함께 술이나 마십시다."
대종이 답했다.
"저 앞 강변에 비파정(琵琶亭)을 지었는데, 당나라 백락천(白樂天)의 고적(古跡)이 있습니다. 우리 거기 가서 술 한 잔 마시며 경치도 구경하십시다."
"그러면 성 안에 가서 안주할 것을 사 가지고 갑시다."
"그러실 필요없습니다. 무슨 안주든 다 그곳에 있습니다."
대종이 대답했다.
"그렇다면 다행이오. 그냥 갑시다."
당하(當下)에 세 사람이 비파정에 이르러 정자 위에 올라 바라보니, 한편은 심양강을 의지하였고 한편은 술파는 집을 의지하였고, 비파정 위에 십여 개 등상이 놓였는데, 대종이 정한 자리를 골라서 송강에게 앉게 하고, 대종은 마주 앉고 이규는 그 아래 앉은 후에, 술집 주인을 불러 채소와 과일을 가져오라 했다.
주인이 병옥호춘주(瓶玉壺春酒) 두 병을 가져오니, 이것은 강

주의 제일 유명한 상등호주라 병부리를 떼니, 이규가 하는 말이,

"큰 사발을 가져오시오. 작은 잔은 필요없소."

대종이 소리 질러 나무랐다.

"아무 잔이든 술을 먹으면 되지 무슨 큰 대접이니 사발이니 떠드느냐?"

송강이 주보를 보고 말했다.

"우리 앞에는 작은 잔을 놓고 저 대가의 앞에는 큰 사발로 술을 권하게."

주보가 이규 앞에는 사발을 놓고 술을 부으니, 이규가 싱글싱글 웃으며 말했다.

"정말 송강 형님은 다르시다구. 사람들이 전하는 말이 헛되지 않아. 철우의 성미를 잘 알아 주시니, 내가 형님으로 모셔도 부끄러울 것이 없지."

주보가 술을 부어 서너 잔 드니, 송강이 두 사람을 보고는 심중에 별안간 생선탕이 먹고 싶어 문득 대종을 보고 물어 보았다.

"이곳에도 생선 파는 데가 있소?"

대종이 웃으며 손으로 가리키며 말했다.

"형님이 저 강주의 어선이 보이지 않습니까? 이곳은 어미지향(魚米之鄕)이온데, 생선이 없겠습니까?"

송강이 말했다.

"그렇다면 싱싱한 생선을 사서 생선탕을 끓여서 안주하면 어떻겠소?"

대종이 주보를 불러 백어탕을 하여 오라 하니, 오래지 않아 화려한 그릇에 담아 왔다.

송강이 흐뭇해하며 말했다.

"음식이 제아무리 좋아도 좋은 그릇에 담은 후에야 맛이 더

난다고 하니, 비록 술집이라도 과연 그릇만큼은 정제(整齊)하여 있소."
하고 저를 들어 서로 권하여 먹을제, 이규는 저를 대지 않고 손으로 생선을 움켜 먹으며 뼈를 버리지 않고 모조리 싹 씹어서 삼킨다.

　며칠 후, 송강이 혼자 그 술집을 찾아와 술을 마시는데, 술이 점점 취하여 오자, 돌연 생각나는 바가 있어 말했다.
　'내가 산동에서 출생하고 운성현에서 영웅 호걸들을 사귀고 비록 이름만 얻었으나, 이제 나이가 삼십이 넘었으니, 일은 하나도 얻은 것이 없고 이제 불행히 양쪽 뺨에 자자하고 이곳에 귀양와서 집안에 늙으신 아버지와 형제를 그리워하니, 어지 애달프지 않으리오.'
하고 눈물을 떨어뜨리니, 풍경을 대하여 마음이 자연 감동한 것을 홀연히 서강월사(西江月詞)란 글을 생각하고 주보에게 지필을 빌려 가지고 몸을 일으켜 벽 위를 치밀어 보니, 분벽상(粉壁上)에 선인의 지은 글이 많지만, 송강이 생각하기를,
　'오늘 이곳에 글을 쓰고 제명(題名)하여 두었다가 다음날 만일 몸이 영귀하게 되어 다시 와서 본다면, 오늘날 괴롭던 일을 한때 꿈으로 생각하지 아니하는가!'
하고 붓에 먹을 묻혀 분벽상에 다음과 적었다.

　　어려서부터 경사를 많이 읽었음에
　　장성하여 또한 권모있었네.
　　마치 맹호가 거친 언덕에 누워서
　　발톱과 어금니를 감추고 기운을 참고 있음에
　　불행이 두 뺨에 자자하고
　　강주에 귀양와서 있는 것을 어찌 견디리.

다른 해에 원수를 갚을 수도 있을진대
피를 심양강 어구에 뿌리리로다.

송강이 쓰기를 마치고 크게 기뻐하며 혼자 웃고 기뻐하기를 이기지 못하여 손발이 덩실덩실 춤추는 듯하여 흥이 나므로 다시 붓을 들고 그 곁에 또 칠절 한 수를 썼다.

마음은 산동에 있고 몸은 오에 있네
강해에 표탕하여 공연히 차탄하누나.
다른 때만 일능 운하는 뜻을 이룬다.
황소의 장부 아닌 것을 후일 웃으리라.

송강이 쓰기를 마치고 그 위에 다섯 자를 덧붙였다.

운성 송강 작

붓을 던지고 혼자 한바탕 노래를 부르고 술을 두어 잔 마시더니 바로 침취하였는데, 주보를 불러 술값을 세어 주고 약간 은자를 주보에게 준 다음 소매를 떨쳐 누에서 내려 비척거리며 영으로 돌아와 방문을 열고 상 위에 몸을 눕히고 잠을 오경까지 자다가 깼으나, 어제 심양강 주루에서 글짓던 일체를 까마득히 모르고 술먹은 뒤에 난 병을 조리하고 있었다.

그런데 이 강주 강 건너 쪽에는 무위군이란 들이 있었는데, 이곳에는 퇴직한 통판(通判)으로서 황문병(黃文炳)이란 사내가 비록 사서를 읽었으나, 위인이 간사하고 아첨하고 남을 모함하는 졸장부인데, 마음이 좁아서 재능이 있는 사람은 샘하여 싫어하고, 자기보다도 뛰어난 사람은 함정에 빠뜨리며 저보다 모자란 사람은 바보 취급하는 남자였다. 고향에서 사람들을 괴롭히고만 있었는데, 어찌어찌하다가 채구 지부가 하늘 같은 권세를 자랑하는 채 태사의 자식인 것을 안 뒤에는, 자주 찾아가서 기분도 맞춰 주고, 번번이 강을 건너가 그의 힘을 빌려서 다시 한 번 관직에 복직할 것을 꾀하고 있었다.

이때, 송강의 운수가 불길하여 괴로움이 닥치는 고로, 이런 업원(業冤)을 만났다.

이날 황문병이 제 집에서 할 일이 없어서 하인 두어 사람을 데리고 새로 나온 과품을 사 가지고 쾌선(快船) 한 척(隻)을 타고 강을 건너와 채구 지부를 보려다가, 일이 공교롭게 지부와 친한 벗들과 같이 잔치하는데, 감히 들어가지 못하고 도로 돌아 가려고 하는데, 종인이 배를 심양강 아래 푸른 버들에 매고 있기 때문에 황문병이 날씨가 심히 덥기로 누상에 올라가 쉬어 가려고 주루에 올라와 난간을 의지하여 강가 주변 경치를 구경했다. 좌우를 살펴보며 벽 위에 쓴 글이 많은 중에 혹 잘된 것도 있고 보잘것없는 것도 있는데, 문병이 깔보며 비웃다가 송강이 지은 서강월사(西江月詞)와 아래 칠절 일수를 보게 되었다.

보다가 깜짝 놀라 말했다.

"이것이 반드시 역모하는 글이다. 어떠한 사람이 지었나?"

하면서 보니, 그 뒤에 운성 송강 작이라 다섯 자 쓴 것을 보고 다시 그 글을 천천히 읽어 본다.

'어려서 경사를 읽고 자라서 권모있다' 함에 비웃으며,

"저놈이 스스로 제 자랑하는 것이 적지 않구나!"

'맹호가 언덕에서 누워서 발톱을 감추다'라고 한 것을 보더니, 머리를 흔들어 말했다.

"저놈이 분명히 분의를 지키지 않는 놈이다!"

'불행이 두 뺨에 자자하고, 어찌 강주에 와서 견디리요'라고

한 것을 보다가는 웃으며 고개를 끄덕였다.
 "알겠다. 저놈이 귀양온 죄수로구나."
하고 또 보다가 다른 날에 만일 풍운을 얻으면 원수를 갚을 진 대 피를 심양강에 뿌리리라 한 것을 보더니, 머리를 흔들며 생각했다.
 '저놈이 누구와 원수가 졌기에 이곳에서 갚으려고 하며, 제가 귀양온 놈이 무슨 수단이 있겠소 또한 제가 황소를 적게 여겼으니, 이것은 반드시 역모하는 글이 아니고 무엇이오? 또 제 스스로 운성 송강 작이라 하였으니, 생각건대 나도 그 이름을 많이 들었는데, 저놈이 조그만 아전이 분명한데 무슨 큰 의사가 있겠는가?'
하고 주보를 불러 물었다.
 "저 글이 언제 어떤 사람이 쓴 글인가?"
 "간밤에 어떤 사람이 술 한 병을 혼자서 먹고 글씁디다."
 "그 사람이 생김생김이 어떠하던고?"
 "얼굴 위에 두 줄 금인이 있는 것을 보니, 생각에 뇌성영에 있는 것 같고, 얼굴은 검고 키는 작은데 살이 쪘습디다."
 황문병이 필연을 빌려 그 글을 베껴 소매 속에 넣고, 주보에게 부탁하기를 긁어버리지 말라 하고, 누를 내려와 하룻밤 자고 이튿날 밝은 후, 과일 담은 바구니를 하인 시켜 들리고 채구 지부 문 앞에 이르렀다.

 지부가 아침 공사를 끝마치고 내당으로 들어갔다.
 황문병이 오래 기다리자 채구 지부가 알고 사람을 내보내어 부르니 후당에서 만나자 말했다.
 "소생이 밤에 강을 건너와 상공을 뵈오려고 하였더니, 상공이 주연을 베푸시는 것을 알고 감히 들어오지 못하고 오늘에야 비로소 들어와 뵙니다."

"통판은 심복의 벗인데, 들어온들 무엇이 상관이겠소. 하관(下官)이 맞는 예를 잊었었구려."
 좌우에서 차를 들여오니, 다 마신 후에 황문병이 물었다.
 "상공께 잠깐 묻겠습니다. 요즘 존부태자(尊府太子)께서 일찍이 무슨 기별이나 있었습니까?"
 "일전에 편지하신 일이 있소."
 "외람된 질문이지만, 요즈음 경사에 무슨 새 소식이 있습니까?"
 "아버님 소식으로는 이번에 태사원의 사천감(司天監)의 상소에 의하면 밤에 천문을 보니 강성이 오(吳), 초(楚)의 땅을 비추어 다스린다는 것입니다. 그것은 역모를 꾀하는 놈들이 있는 것 같으니, 일일이 형세를 살펴서 알리고 화근을 제거하도록 하라는 분부였습니다. 더욱이 거리의 아이들이 부르는 유행가가 함께 적혀 있는데, 그 노래란 것은 다음과 같소.

 나라를 멸망시키는 것은 집과 나무요
 싸움하는 것은 물과 공(工)
 날뛰며 돌아다니는 삼십육(三六)
 소란의 근원은 산동이라네.

해서, 하관에 분부하여 지방을 엄히 지키라고 하였소."
 황문병이 듣고 나서 잠시 후에 웃으며 말했다.
 "그 일이 우연이 아닙니다."
하며 소매 속에서 초한 글을 내어 지부에게 내어 주며 말했다.
 "생각하지 않는 바 아니오나, 그 일이 노래 네 구절에 응하는 것이 있습니다."
 지부가 받아 보고 말했다.
 "이것이 역모의 시요! 통판은 어디 가서 이 시를 얻으셨소?"

"소생이 간밤에 감히 존부께 들어오지 못하고 할 일이 없어서 강변에 나아가 심양루에 올라가 벽에 지은 글을 이것저것 구경하는데, 그 가운데에 새로 쓴 글이 있기에 적어 가지고 왔습니다."

"어떤 사람이 쓴 글이오?"

황문병이 대답했다.

"상공께서는 앞에 쓴 것을 보시지 못하십니까? 산동 송강 작이라고 적혀 있지 않았습니까?"

"송강이라는 사람은 뭣하는 사람이오?"

"제가 글에 쓰기를 불행히 얼굴에 자자하고, 어찌 강주에 귀양와서 견디리오 하였으니, 필연 뇌성영에 귀양온 죄수가 아닌가 생각합니다."

"보잘것없는 죄수가 저런 큰 뜻이 있겠소?"

"상공은 우습게 보지 마십시오. 아까 상공께서 말씀하시던 바 존부 은상(尊父恩相)께서 편지에 알리신 아이들의 노래가 그 놈의 몸에 적중한 것 같습니다. 그 노래에 나라를 멸망시키는 집과 나무라고 하는 것은 집 우 관 밑에 나무 목 자, 분명 그것은 송(宋)이란 글자가 됩니다. 그리고 다음 구절에 싸움하는 물과 공(工)이라고 하는 것은 물 수 변에 공(工) 자 즉 말하자면 강(江)이란 글자가 됩니다. 그런 고로, 그 사나이 성은 송, 이름은 강이라고 하는 놈이 됩니다."

"날뛰며 돌아다니는 삼십육이라는 것은?"

"삼십육의 해[年]가 아니면 삼십육의 수(數) 자라는 것일 것입니다. 하여간 '소란의 근원은 산동이라네'라고 하는 것을 보면 운성현은 바로 그 산동이 됩니다. 이 4구절의 유행가가 바로 들어맞습니다."

"잘 모르겠소. 이곳에 그 사람이 있나요?"

"소생이 간밤에 주보에게 물었더니, 저의 대답이 뇌성영에 있는 사람인 듯하다 하오니, 뇌성영의 문서를 갖다 찾아보시면 알 것이 아닙니까?"
 "통판의 말씀이 그럴 듯하오!"
하고 종인을 불러 뇌성영에 가서 문서를 가져오라고 했다.
 종인이 문서를 가져왔는데, 곧바로 문서를 찾아보니 과연 오월 달에 새로 귀양온 죄수가 있는데, 운성현 송강이라 했다.
 "과연 아이들의 노래에 맞혔으니, 이 일의 원만한 일인데, 어찌 지체하겠습니까? 만일 더디게 하면, 두려운 것이 소식이 누설되어 달아나기 쉬우니, 급히 사람을 뇌성영에 보내어 잡아오도록 하시고 다시 의논합시다."
 "그 말이 옳소"
하고 즉시 양원 절급(兩院節級)을 불러 분부했다.
 "네 이 길로 공인을 데리고 뇌성영으로 가서, 심양부에서 역모의 시를 읊은 범인 운성현 송강이란 자를 잡아오되, 시각을 지체하지 말렸다!"
 영을 받고 대종은 소스라치게 놀랐으나, 즉시 대답을 하고 그 앞을 물러나왔다.
 즉시 사신방에 나와 뇌자 십여 명을 뽑아서 각기 자기 집에 가서 창봉을 들고 자기 있는 관음암 앞 성황묘 안으로 모이라고 이른 다음, 대종은 급히 뇌성영에 가 초사방으로 들어가 보니, 송강이 방안에 앉았다가 대종이 들어오는 것을 보고 황망히 맞이했다.
 "내가 전에 성내에 들어가 아우님을 아무리 찾았으나, 만나보지 못하고 혼자서 울적하기에 심양루에 올라가 술을 마셨더니, 술이 과했는지 술마신 다음 병이 나서 지금까지 정신이 몽롱하여 지내고 있소."
 대종이 급히 물었다.
 "다른 말은 말고, 형님이 그날 심양루에서 무슨 글을 지었습니까?"
 "술이 취하여 별의별 헛된 소리를 하였은들, 어찌 기억을 다 하겠소?"
 "아까 지부 상공이 청상에 앉아서 분부하시기를, 공인을 많이 데리고 가서, 심양루에 반시를 지은 운성현 죄인 송강을 잡아 대령하라 하였으니, 소제가 너무나 놀라 먼저 모든 뇌자들은 성황묘로 모이라고 하고 소제가 급히 찾아와서 이르오니, 이 일을 어떻게 하면 무사히 지낼 수 있겠습니까?"
 송강이 이 말을 듣고 나자, 소스라치게 놀라며 말했다.
 "원! 이런 노릇을 어떻게 하나? 이번에는 영락없이 내가 죽을 판국이구려!"
하고 어찌할 바를 몰랐다.
 대종이 잠깐 궁리 끝에 말했다.
 "형님, 제게 계교가 있으나, 잘 될는지는 모릅니다. 이제 저는 여기서 지체할 수 없으니, 성황묘로 돌아가 공인을 데리고 다시 형님을 잡으러 올 것이니, 형님은 머리를 풀어헤치고 땅에서 뒹굴며 거짓 미친 행세를 하시오. 그러면 제가 잡아가 지부 상공께 그 연유(緣由)를 아뢰면, 혹시 구할 수 있는 계책이 있을까 합니다."
 송강이 사례하며 말했다.
 "아우님의 계교가 참 그럴 듯하오. 그러니 모든 일에 주선하여 주기를 바라오."
 대종이 황망히 송강을 이별하고 성 안에 돌아와 성황묘에 이르러 모든 공인을 거느리고 나는 듯이 뇌성영에 이르러 모르는 척 물었다.
 "어느 놈이 새로 귀양온 송강이냐?"
 패두가 절급과 여러 사람을 인도하여 초사방으로 들어갔다.
 손으로 가리키는 곳을 보니 송강이 머리를 풀고 대소변을 싸

뭉개어 온몸에 칠하고 누웠는데, 대종이 보고 일부러 소리 질러 외쳤다.
"당장 저놈을 잡아와라!"
그 소리를 듣자 송강은 일어나 앉으며 눈을 치켜뜨고 떠들어 댔다.
"너희들이 감히 누구를 잡으려고 하느냐? 나는 옥황상제의 사위님이시다. 우리 장인이 나를 보고 십만 군병을 거느리고 강주에 와 너희놈들을 모조리 죽이라고 하시었다. 선봉은 염라대왕으로 삼고 후군은 오대장군인데, 내가 가진 금은이 팔백 근이 넘는다."
모든 공인들이 이 꼴을 보고 아뢰었다.
"이런 실성한 사람을 잡아다가 무엇합니까?"
대종이 역시 고개를 끄덕이며 말했다.
"너희들이 옳으니, 우리 그만 돌아가 본 대로 아뢰고, 그래도 잡아 오라면 다시 와서 잡아 가자."
하고 함께 부중으로 돌아왔다.
채구 지부가 청상에 앉아 기다리는데, 대종이 모든 공인을 데리고 와서 고했다.
"송강이란 놈이 알고 보니 미친놈입니다. 머리를 풀어헤치고 대소변을 온몸에 범벅을 하고, 그저 미친 소리를 무수하게 늘어놓는데, 그래도 잡으려고 하여 보았으나, 온몸에서 냄새가 코를 찔러 그대로 돌아왔습니다."
채구 지부가 그 연유를 자세히 물으려고 하는데, 황문병이 병풍 뒤에서 달려 나와 지부를 보고 아뢰었다.
"상공은 그 말씀을 믿지 마십시오. 그자의 시를 보든지 또 필적을 보든지 결코 실성한 놈일 수는 없습니다. 그놈이 무슨 흉물을 떠는지도 모르니 잡담 제하고 무조건 잡아 오는데, 혹 거동하지 못하면 들것에 담아 메고 오도록 하십시오."

"정말 통판의 말씀이 옳소!"
하고 다시 대종을 향하여 명령했다.
"그놈이 미쳤거나 말거나 그것은 아랑곳할 것 없이, 빨리 가서 잡아 오렸다!"
대종은 공손히 대답하고 다시 공인을 거느리고 뇌성영이 가서 송강에게 넌지시 귀뜀했다.
"형님, 일이 뜻하던 대로 되지 않았으니, 좌우간 한 번 다녀 오십시다."
하고 큰 대채롱에 넣어 울러메고 강주부에 이르러 청 밑에 꿇리니 지부가 소뇌자를 호령했다.
"그놈을 잡아 이리로 끌어들여라."
송강이 어찌 공손히 꿇을 것이오. 눈을 부릅뜨고 지부를 향하여 꾸짖었다.
"너는 어떤 놈인데, 감히 나를 오라가라 하느냐? 나는 옥황상제의 사위로 이제 명을 받들어 십만 군병을 거느리고 강주놈을 모조리 죽이러 왔다. 선봉은 염라대왕이요 후군은 오도장군을 삼았는데, 내게 금은이 있어 무게가 팔백근인데, 네 무섭지 않아 감히 피하지도 않느냐?"
채구 지부 이 말을 듣고, 어찌할 줄을 몰라하는데, 황문병이 지부를 보고 아뢰었다.
"우선 패두와 차발을 불러서 저놈이 처음 왔을 때부터 실성기가 있었는지, 요사이 새로 발작을 하였는지 물어서, 만일 요 사이에 난 병이라고 하면 능청을 떠느라고 하는 것이니 자세히 물어 보십시오."
"통판의 말이 옳습니다."
하고 지부는 사람으로 하여금 관영과 차발을 불러다가 후당으로 함께 들어가 자세히 물으니, 두 사람이 비록 송강의 뇌물을 받아 좋게 지내는 사이이나 감히 거짓을 아뢰지 못하고 바로 아뢰었다.
"저 사람이 올 때에는 그런 짓을 몰랐는데, 요사이 저 병이 났는가 봅니다."
지부가 크게 노하여 좌우를 호령하여 송강을 잡아 엎지르고 큰 매로 연하여 오륙십 장을 치니, 송강이 살이 흩어지고 피가 흘러내리게 되었다.
대종이 곁에서 이 광경을 보고 혼자 마음만 아프고 안타까울 뿐, 송강을 구해 낼 아무런 도리가 없다.
송강은 처음에 헛된 말을 무수히 하다가 독한 매 오십 대에 송강은 더 견디어 내지 못하고 마침내 실토했다.
"일시 취중에 잘못 외람된 글을 적었습니다만, 실은 다른 뜻이 없습니다."
채구 지부 확실한 초사를 받은 후에 죽일 죄인 씌우는 칼을 씌워 옥에 가두었다.
송강이 원체 심하게 맞아서 두 다리가 상하여 움직이지 못했다. 뇌자들이 붙들어 옥에 가둘 때 대종이 소뇌자들을 보고 분부했다.
"곱게 모셔라."
하고 음식을 준비해 송강을 공손히 대했다.
한편 채구 지부가 후당에 들어와 황문병을 대하여 칭찬하며 사례했다.
"만일 통판의 높으신 소질이 아니었으면 하관이 그놈의 꾀에 넘어갈 뻔하였습니다."
황문병이 겸손해하며 덧붙여서 말했다.
"물론 상공께서 소홀히 하시진 않으시리라 생각됩니다만, 이 사건은 조급히 처리하시지 않으면 안 되겠습니다. 서둘러서 서찰을 적으시고 춘부장님께 보고하시도록 하십시오. 그리고 각하의 공훈을 명백히 하셔야 됩니다. 그리고 또한 이렇게 여쭙도록 하여 주십시오. 즉 산 채로가 좋으시면 호송차로 도성으로 압송하도록 하고, 도중에서 도망칠 걱정이 있기 때문에, 그렇게 하지 않아도 좋으시다면 이곳에서 목을 쳐서 큰 화근을 없애겠사오니, 어찌 처리하면 좋겠습니까? 이렇게 하신다면 반드시 폐하의 귀에도 이 소식이 들어가서, 그분들이 대단히 좋아하실 것으로 생각됩니다."

"그렇군 그래. 곧 사람을 보내도록 하겠소. 서찰에는 당신의 공적을 말씀드려 아버님으로부터 직접 폐하에게 주장하시도록 하겠습니다."

"소생의 앞날은 상공의 문하에 의지하여 은혜를 갚겠습니다." 하고 채구 지부를 도와 글을 이루고 인감을 찍고 나자, 황문병이 물었다.

"이번 일은 특히 심복인을 시키셔야 하겠는데, 누가 마땅한 사람이 있습니까?"

"본부에 심복인이 있는데, 그는 양원절급인데, 성명은 대종이요 축지법을 쓸 줄 아는 사람이라, 하루에 능히 팔백 리 길을 가는 터이라, 내일 아침에 일찍 떠나면 넉넉잡고 열흘 안이면 경사를 다녀올 것입니다."

"그 참 신기한 재주를 가졌습니다그려. 그 사람을 보내시면 참 좋겠습니다."

지부가 술을 내다 접대하고 날이 밝은 후에 황문병이 지부를 하직하고 무위군으로 돌아갔다.

이때 지부는 채롱 두 개에 금은 보배와 갖가지 좋은 물건을 담고 겉을 단단히 봉한 후, 이튿날 대종을 불러서 후당에 들어와 분부했다.

"한 봉 글과 채롱 두 개에 든 예물을 동경 태사부에 보내어 유월 십오일 날 애 부친의 생신에 축하하려 하나, 날짜가 촉박하여 내가 너의 재주를 알고 있어 특별히 쓰려고 하니, 네가 고생이 되는 것을 좀 생각하지 말고 한 번 가서 회서를 받아오면 후하게 상을 주겠다."

대종이 듣고 감히 사양하지 못하고 지부에게 예물과 서신을 맡아 가지고 하처에 나와 행장을 꾸리고 옥에 가서 송강을 만나 말했다.

"형님은 염려 마십시오. 지부가 나를 보고 경사에 다녀오라 하니, 다녀오려면은 불과 십여 일이 될 것이오. 태사부에 친한 사람이 있으니, 형님을 구할 도리가 있을까 합니다. 날마다 조석 수발은 이규에게 분부하여 잘못이 없을 것이오니, 마음을 너그럽게 하시고 며칠이 되든지 기다리십시오."

"아우님은 송강의 남은 생명을 구하여 주리라 믿겠소."

대종이 당면하여 이규를 보고 분부했다.

"형님이 잘못 반시를 짓고 옥에 갇혔으니, 뒷일이 어떻게 될지 모르나, 내가 이제 동경에 가게 되어서 형님의 조석을 네게 부탁하니, 부디 잊지 않고 때를 어기지 않게 하여라."

"반시가 무엇이 그리 대단하겠소 모반하는 놈들도 도리어 큰 벼슬을 하는데, 형님은 염려 마시고 동경에 다녀오십시오. 옥중에 누가 감히 잘난 체 하겠소. 만일 무슨 일이 있거든 내 쌍도끼로 아무 놈의 머리라도 쳐부수겠소!"

대종이 웃으며 떠나기 전에 다시 분부했다.

"아우님은 조심하여 술을 먹지 말고, 형님이 조석을 빠뜨리지 않게 살피게."

"형님은 마음 놓으십시오. 만일 나를 의심하신다면 오늘부터 술을 끊고 형님이 돌아오신 후에 다시 먹겠습니다. 그리고 송강 형님을 모시면 무엇이 안 되겠소."

대종이 듣고 크게 기뻐하여 말했다.

"아우님이 그렇게만 하여 준다면 무엇이 염려되겠소."

하고 당일에 송강을 이별하고 떠났다.
　이규는 과연 그날부터 술을 입에 대지 않고 조석으로 송강을 시중들며 잠시도 곁을 떠나지 않았다.

　한편, 대종이 숙소에 돌아와, 옷을 바꾸어 입고 다시 마혜 신고 누런 전포 입고 만자 두건 쓰고 허리에 선패(宣牌)를 차고, 편지와 예물을 메고 반전을 몸에 지니고 성 밖에 나와, 네 갑마를 두 다리에 매고 입으로 진언을 염하여 축지법을 행하여 삼시간에 가는데, 늦게야 주막에 들어 갑마를 풀어놓고 부작을 사른 후에 그 밤을 편히 자고, 이튿날 일찍이 일어나 조반 지어 먹고 갑마를 매고 길을 떠나니, 다만 귓가에 바람소리만 들리고 다리가 땅에 닿지 아니했다. 길에서 간단한 점심을 사 먹고 가다가 늦은 후에 주막에 들어 자고, 이튿날 오경에 일어나 갑마를 매고 한 삼백 리는 갔다. 한낮이 되어도 깨끗한 주막을 만나지 못했다. 때는 유월 염천이라 날씨가 몹시 더운데 땀이 흘러 옷이 젖으니, 더위를 먹을까 하여 천천히 갈제, 갈증이 심한데 홀연 앞에 수풀 사이로 물을 격하여 술집 하나가 있었다.
　대종이 잠깐 사이에 그 앞에 이르러 자세히 보니 수십 개 붉은 칠한 교의를 난간 앞에 놓았으니, 대종이 행장을 내려놓고 전포를 벗어 걸고 물을 떠 양치질을 한 후에 교의에 앉았다.
　그러자 주보가 나와 물었다.
　"손님께서는 술을 얼마나 하고 안주는 무엇을 드시렵니까? 양고기, 돼지고기, 소고기도 있습니다."
　"술은 많이 말고 밥과 소찬을 가져오게."
　"우리 집에서는 술도 팔고 밥도 팔고 고기도 팔고, 또 만두도 팝니다. 맛은 없을지 모르나 손님은 마음대로 잡수십시오."
　"나는 비린 것을 먹지 못하니, 무슨 채소는 없는가?"
　"녹두묵과 두부가 어떠하십니까?"

"참 좋소 가져오게."

주보가 가더니 오래지 않아 두부 한 사발과 여러 가지 채소와 술 세 사발을 가져다가 탁자에 놓았다. 대종이 기갈이 심하여 무엇을 생각하겠는가. 술과 두부를 삽시간에 다 먹고 다시 밥을 가져오라고 하는데, 별안간 천지가 아득하며 정신이 아찔하여 꺼꾸러지니 주보가 보고 손뼉치고 말했다.

"잘 꺼꾸러졌다!"

하는데, 말이 끝나기 전에 안에서 한 사람이 나왔다. 이 사람은 다른 사람이 아니라, 양산박 한지홀률 주귀였다.

주귀가 주보에게 명했다.

"보따리를 안에 들여가고 저 사람의 몸을 뒤져 무슨 물건이 있나 보아라."

하니, 두 사람이 대종의 몸을 뒤져 전대를 찾아 그 속을 뒤져 보니 서신이 있었다.

주귀가 받아 보니, 한 봉의 서신이었다. 겉봉에 쓰기를 '평안 가신 백배봉상 부친 슬하 남자채덕장근봉(平安家信百拜奉上父親膝下男子蔡德章謹封)'이라 했다. 주귀가 뜯어보니 상면(上面)에 하기를,

'이제 요인(妖言)을 응(應)하여 반시를 지은 산동의 송강을 잡아 옥에 가두고 회서(回書)를 보아 처치(處置)하겠습니다.'

주귀가 다 읽고 나서 반시각이나 얼이 나간 듯 아무 말도 못하다가, 대종의 몸에 주홍 칠한 패가 차여 있는 것을 보고 가져오라고 하여 자세히 보니, 강주 양원압뇌 절급대종(江州兩院押牢節級戴宗)이라고 은색 글씨로 새겨 있었다.

주귀가 화반을 보고 말했다.

"아직 죽이지 말아라. 내가 전에 군사 오학구의 말을 들으니, 강주에 신행 태보 대종이라고 하는 사람이 있는데, 오 군사와 상당히 가까운 사이에다가 서로 아끼면 위한다는데, 바로 이

사람이 아닌가? 어찌하여 이 글을 가지고 도리어 송강을 해하러 가는고? 이 일이 천행으로 나의 수중에 들어왔으니, 빨리 소생하는 약을 먹여서, 저 사람이 깨어난 후에 사실을 자세히 물어야겠다."

화반이 황망히 해독약을 물에 타 가지고 대종을 붙들어 앉히고 먹이니, 잠시 후에 대종이 사지를 움직이며 눈을 떠서 살펴보았다.

대종은 주귀가 서신을 손에 들고 읽는 것을 보고 소리 질러 꾸짖었다.

"너희들이 어떠한 사람인지는 몰라도 담이 정말로 크구나. 몽한약으로 나를 넘어뜨리고 또 태사부(太師府)에 나는 편지를 네 마음대로 떼어보니 그 죄를 알렸다!"

"저 좀 같은 편지쯤이야 무엇이 그리 대단하겠소. 태사부 편지는 그만 두고, 이곳은 대종황제(大宗皇帝)와 상대하고 있단 말이오."

대종은 그 말을 듣고 깜짝 놀라며 물었다.

"당신은 누구십니까? 성함을 들려 주십시오."

"양산박의 호걸 한지홀률 주귀란 놈이오."

"그러시다면 오학구 선생을 알고 계시겠죠?"

"오학구는 우리들 대채의 군사로 병권을 잡고 있는 분인데, 당신이 어떻게 그분을 알고 계시오?"

"그분과 나는 매우 친숙한 사이입니다."

"그러면 당신은 군사가 말씀하시던 강주의 신행 태보인 대종이십니까?"

"그렇습니다. 제가 그렇습니다."

"전날 송공명 형님이 강주로 귀양가시면서 우리 산채에 지나실 때, 오 군사가 글을 보내 그대에게 부탁하였는데, 무슨 연고로, 도리어 송강의 목숨을 해하려고 가시오?"

"송공명은 나와 지극히 친숙한 사이인데, 어찌 해할 리가 있겠소? 이제 반시를 짓고 옥에 갇혀 사생을 알지 못하는데, 내 힘으로 능히 구할 길이 없어 지금 경상에 올라가 구하여 볼까 하고 있는데, 어찌 그 목숨을 해하려고 하겠소?"

"그대가 내 말을 믿지 않거든 이 편지를 보시오."

대종이 편지를 보고 깜짝 놀라며, 오학구가 처음 글을 부쳐 송강과 모이던 일과 송강이 심양루에서 술 취하여 반시를 지어 지금 옥중에 있는 일을 절절이 말했다.

주귀가 자초 지종을 듣고 말했다.

"그러시다면 원장은 산채에 올라가셔서 모든 두령들과 좋은 계책을 생각하여 송공명의 목숨을 구하도록 하십시다."

주귀가 술과 음식을 내어 대종을 대접하며 정자의 창문을 열고 건너편 갈대숲을 향하여 화살을 쏘았다.

졸개들이 배를 저어 오니, 주귀가 대종과 같이 배에 올라 행장을 싣고 금사탄에 이르러 언덕에 올라서 큰길로 대채에 올라갔다.

오용이 먼저 이 소식을 듣고 급히 관에 내려 대종을 맞았다.

"이별한 지 참 오래간만이오. 그래 무슨 바람이 불어서 여기까지 오셨소? 어서 대채로 올라갑시다."

대종은 대채에 들어가서 여러 두령과 인사가 끝나기가 바쁘게, 이번에 송강이 불의의 변을 당하게 된 앞뒤의 전모를 자세히 이야기했다.

조개는 듣고 나자 깜짝 놀라 즉시 여러 두령들을 모이게 하여 크게 군마를 일으켜 강주를 치고 송강을 구하여 오려고 하니, 이것을 보고 오용이 만류했다.

"아직 너무 급하게 굴지 마십시오. 강주가 여기서 원체 먼데, 군마를 동원하여 간다면, 이것은 풀을 쳐서 뱀을 놀라게 하는 격입니다. 또 한편 송공명의 목숨이 오히려 상할까 걱정됩니다.

그러기 때문에 이 일은 안 될 것입니다. 그러니 이 일에는 힘으로는 안 되고 꾀로 하여야만 될 일인데, 오용이 비록 재주는 없으나, 한 번 계교를 써 구해 낼 것이니, 이 일이 전부 대원장에게 달렸습니다."

"그러면 군사의 계교를 들어봅시다."

오용이 여러 두령을 둘러보고 계교를 말했다.

"지금 채구 지부가 대원장을 시켜 글을 동경에 보내어 태사의 답장을 기다려 송공명을 처치하려고 한 것입니다. 그러니 거짓 글 한 봉을 써서 대원장을 돌려 보내어, 반 역시를 쓴 송강을 행여 그곳에서 죽이지 말고 경사로 보내어 모든 것을 자세히 밝히고, 저잣거리에서 베고 호령하여 동요를 없애겠다 하여, 저희 이곳을 지나가거든, 그때 모두 산에서 내려가 구하는 것이 제일 좋은 계교인가 합니다."

"그랬다가 만일 이곳으로 지나가지 않고 다른 길로 간다면 모든 일을 그르치는 게 아니겠소?"

"그야 우리가 사람을 여러 곳에 미리 잠복시켜 어느 길로 가나 알아보면 그만이지요."

조개가 오용을 바라보며 말했다.

"그것은 그렇다 하더라도 채경의 필적으로 쓸 사람이 있겠소?"

"그것은 벌써 소생이 생각한 바가 있습니다. 지금 천하에 알려지고 있는 것을 4가지의 글씨체로서 즉 소동파, 황노적, 미원장, 채경의 4가지의 글씨체를 말합니다. 그런데 제가 일찍이 제주의 거리에서 한 사람의 서생과 알게 되었습니다. 그 사람의 이름은 소양(蕭讓)이라고 하였고, 4가지의 서체를 흉내내는 것을 기막히게 잘함으로 사람들로부터 성수 서생이라는 별명을 듣고 있습니다. 또 창도 쓸 줄 알며 칼도 익히고 있습니다. 그 사람이라면 채경의 필적을 흉내낼 수가 있으므로, 대원장께서 수고하시어 그의 집에 가셔서 태안주의 악묘(嶽廟)의 비문을 부탁하러 왔다고 속인 뒤에 그를 끌어, 그 다음에 사람을 보내서 가족들을 산으로 데리고 온 뒤, 그 사람을 우리 무리에 들게 하는 게 어떻겠습니까?"

"그럼, 그것은 그렇다 하고 인감 도장이 없으니, 이것은 어떻게 하겠소?"

"그 일도 소생이 벌써 생각하여 두었습니다. 역시 그 사람도 중원의 유명한 제사입니다. 제주 성 안에 살고 있는데, 성은 김(金)이요 이름은 대견(大堅)입니다. 비문을 잘 새기고 옥을 잘 다듬어 도장 조각을 잘합니다. 또 창봉을 잘 쓰고 주먹 쓰는 법이 능란하여 남들이 부르기를 옥비장(玉臂匠)이라고 합니다. 역시 은자 한 오십 냥을 주고 속여서 데리고 오다가 중로에서 여차여차하여 산채에 이르게 하며는 쉽게 될까 합니다."

"그렇게만 된다며는 좋다 뿐이겠소."

이날 산채에서 잔치를 벌이고 대종을 관대하고 밤을 지낸 뒤에, 이튿날 일찍이 밥먹고 대종이 태보(太保)의 행장을 하고 은자 이백 냥을 가지고 떠났다.

대종은 다리에 갑마하고 산에서 내려와 배타고 금사탄을 건너 언덕에 올라 신행법으로 제주성으로 향했다.

양산박을 떠난 지 두어 시각이 못 되어 그는 벌써 제주성 안에 들어갔다.

길에서 성수 서생 소양의 집을 찾으니, 아는 사람이 일러 주었다.

"아문 동쪽에 문묘가 있는데, 그 사람 집이 바로 그 문묘 앞이오."

대종이 그리로 찾아가 문 앞에 이르러 헛기침을 한 번 하고 소리를 크게 하여 불렀다.

"소 선생 안에 계십니까?"

하고 주인을 찾으니, 안에서 한 수재가 나와서 대종을 보나 아는 사람이 아닌 고로, 수재가 물었다.
"태보는 어디서 오셨으며 무슨 일로 찾으십니까?"
대종은 정중하게 예를 베푼 다음에 말했다.
"이 사람은 태안주 악묘에 있는 타공 태보입니다. 이번에 오악루를 중수하고 본 고장에서 상호 재주가 비석을 세우게 되어, 이렇게 소생이 선생을 모시러 온 것입니다. 특별히 백금 오십 냥을 보내시어 선생댁 가용을 돕고 모시고 오라고 하기에 왔으니, 선생은 수고를 아끼지 마시고 빨리 가시기를 바랍니다."
소양이 공손히 말했다.
"소생은 글이나 짓고 글자는 쓸 줄 아나 다른 재주는 없는데, 만일 비문을 지어 비를 세우시려면 조각할 사람이 있어야 할 것이 아니겠소?"
"그렇지 않아도 날짜가 촉박하여 여기 또 백금 오십 냥을 따로 가지고 왔습니다. 옥비장 김대견의 집을 일러 주십시오. 만나서 같이 가시게 하는 것이 좋겠습니다."
소양이 쾌히 응낙하고 오십 냥을 받아 집에 두고 문 앞을 지나려고 하는데, 소양이 손을 들어 일러 주었다.
"저 앞에 오는 저 사람이 옥비장 김대견입니다."
하고 김대견을 보고 불러서 대종과 서로 인사를 시켰다.
"대안주 상호 재주들이 오악루를 중수하고 비문을 지어서 비석을 세우려고 하여, 태보가 각각 오십 냥 은자를 봉하여 가지고 너와 나를 청하러 오셨다."
김대견 은자를 보고 마음으로 크게 기뻐하며 두 사람을 청하여 술집에 들어가 술을 대접했다.
대종이 백금 오십 냥을 내어 김대견을 주면서 말했다.
"다녀오실 때까지 가용에 보태 쓰십시오."
하고 대종이 또 소양과 김대견을 보고 말했다.

"택일한 날짜가 이미 촉박하오니, 오래 머물지 못할 것입니다. 오늘이라도 떠나시도록 하십시다."
 그러자 소양이 말했다.
 "날씨가 이렇게 더우니, 오늘 떠나도 그리 많이 가지 못할 것이니, 공연히 주막에서 고생을 하는 것보다 태보께선 우리 집에서 쉬고 내일 일찍이 떠나는 것이 좋지 않겠소?"
 김대견이 이 말을 듣고 고개를 끄덕였다.
 "그 말이 참 좋소."
하고 서로 정한 다음에 김대견이 제집으로 돌아가서 쉬고, 이튿날 오경(五更)에 보따리를 지고 소양의 집에 이르러, 세 사람이 함께 제주성을 떠나 십여 리를 갔다.
 얼마를 가다가 대종이 말했다.
 "두 분은 천천히 오십시오. 저는 먼저 가서 상호 재주들에게 두 분이 오시는 것을 알리어 나와서 맞게 하겠습니다."
하고 먼저 가버렸다.
 소양, 김대견이 큰 보따리를 등에 지고 천천히 걸어 칠팔십 리쯤 갔는데, 미시(未時)는 되었다.
 두 사람이 길을 가는데, 난데없는 휘파람 소리가 저편에서 일어나며 산 언덕 아래로 호걸 한 사람이 졸개 오륙십 명을 데리고 휘몰아 나오니, 맨 앞에 선 호걸은 청풍산 왕왜호였다.
 왕왜호가 큰소리로 호통했다.
 "너희 두 놈은 어디로 가는 놈들이냐? 졸개들아, 너희들은 저 놈을 잡아 염통을 내어 술안주하게 하여라."
 소양이 공손히 대답했다.
 "소인 두 사람은 태안주로 비문을 새기러 가는 길이니, 무슨 물건을 가진 것이 있겠습니까? 낡은 의복 몇 벌밖에 없습니다."
 왕영이 다시 소리를 버럭 지르며 말했다.
 "이놈들아, 네놈들에게 언제 돈 내라고 하였느냐? 옷을 달랬느냐? 너희 두 놈의 총명한 심통을 내어 술안주하려고 한다."
 두 사람이 애를 태우다가 각각 제 재주를 믿고 창봉을 들고 왕영을 대하여 두 사람이 달려드니, 왕영이 또한 박도를 휘두르며 내달아, 세 사람이 서로 어울려 칠팔 합이 되어 왕영이 몸을 돌이켜 달아나니, 두 사람이 그 뒤를 쫓으려고 하는데, 산 위에서 북소리, 나팔소리가 진동하며, 왼쪽에는 운리금강 송만이요 오른편에는 모착천 두천이요 등 뒤에는 백면랑군 정천수가, 각각 삼사십 명씩 거느리고 나와 세 호걸이 말했다.
 "두 분은 두려워하지 마십시오. 우리들은 조천왕의 장령을 받들어 그대들을 산채로 우리 무리에 들이려고 하는 것이오."
 "우리를 무엇에 쓰겠소? 아무 재주 없고, 다만 밥이나 먹고 잠이나 잘 줄밖에 모릅니다."
 두천이 말했다.
 "우리 오 군사께서 두 분을 잘 아시고 두 분의 무예가 있는 것을 알아, 특별히 대종을 보내어 그대들의 집에 가서 청한 것입니다."
 소양과 김대견이 서로 보며 아무 말도 못했다.
 한지홀률 주귀의 주막에 이르러 술과 음식을 대접하고 그 밤에 졸개를 산채에 보내어 조개, 오용에게 먼저 알리고 바로 대채에 이르러 서로 만나니, 두 사람이 오용을 붙들고 말했다.
 "우리 둘이 여러 두령을 모시는 것은 관계없으나, 가족들을 관가에서 바로 잡아갈 것입니다."
 오용이 웃으며 말했다.
 "아우님들은 근심하지 마십시오. 날이 밝으면 다 알게 될 겁니다. 아무 염려 말고 술이나 먹고 즐깁시다."
 두 사람이 술을 먹고 있는데, 날이 밝았다.
 졸개가 말했다.
 "다들 오셨습니다."

오학구가 듣고 소양과 김대견에게 말했다.
"아우님들은 손수 가서 집안 식구를 맞으시오."
두 사람이 반신 반의하며 산에서 내려왔다. 교자 두 개에 두 집안 식구들이 와 있는데, 어리둥절하여 각각 연고를 물었다.
"가장이 나가신 후에, 한떼 사람들이 교자를 가지고 와서 하는 말이, 그대가 중로에서 병이 들어 죽게 되었으니, 빨리 가서 구하여 주십시오, 하기에 우리들이 머뭇거리자 그 사람들이 불문 곡직하고 교자에 태워 이곳에 이르니, 무슨 이유인지 아무 것도 모릅니다."
소양이 듣고 김대견과 같이 아무 말을 못하고 어쩔 수 없이 산채로 올라가서 집안 식구들을 편히 있게 하고 여러 두령들에게 사례했다.
오용이 소양을 불러 채경의 글씨를 흉내내어 송강을 구할 일을 의논하자 김대견이 말했다.
"채경의 가세를 흉내내고 도장을 새겨 편지에 찍어 보내는 일은 소생들이 담당하겠습니다."
하고 두 사람이 손을 놀려 조금도 틀림없이 만들었다.
급히 잔치를 열고 대종으로 하여금 길을 떠나게 할 때, 편지 사면에 자세한 말을 낱낱이 일러 주었다.

제14장
영웅들의 백룡묘 모임

 대종이 여러 두령과 하직하고 산에서 내려와 금사탄에 이르니, 졸개들이 황망히 배를 대어 대종을 태워 주귀 주막에 도착하여 주식을 먹은 후, 다리에 갑마를 네 개나 매고 주귀를 작별하고 신행법을 행하여 갔다.
 이때 오용이 대종을 전송하고 여러 두령과 함께 산에 돌아가 바로 주연을 베풀어 홀연히 오용이 소리치며 어쩔 줄을 모른다.
 여러 사람이 궁리하며 물었다.
 "군사가 무슨 연유로 이다지도 고통스러워하십니까?"
 "너희 여러 사람들은 모르시오. 내가 계교를 써 편지를 보내 도리어 대종과 송공명의 목숨을 해하게 하였소."
 여러 두령들이 깜짝 놀라 급히 물었다.
 "군사께서 생각하시기에 편지 사연에 잘못된 곳이 있소?"
 "내가 잠깐 일을 치밀하게 생각 못하여 다만 앞만 보고 뒷일은 조금도 생각지 못하여 크게 잘못된 일이 있으니, 이것을 어떻게 하면 좋을지 모르겠소."
　소양과 김대견이 함께 말했다.
　"소생들이 쓴 자체와 사연이며 조각한 도장이 털끝만치도 잘 못된 것이 없는데, 모르겠습니다만 어느 구절이 잘못된 것이 있는지 바라옵건대 군사는 밝혀 주십시오."
　그러자 여러 두령들이 놀래어 물었다.
　"군사께서 무슨 일로 이리 놀래십니까?"
　"아까 대원장이 가지고 간 답장에 찍은 도장에 한림 채경이라고 새기지 않았소. 그 도서로 인하여 대종이 필연 죽을 것입니다."
　김대견이 납득을 못하겠다는 듯 재차 물었다.
　"소제가 늘 보았으나, 채 태사의 서함이나 다른 문첩에 모두들 저러한 도장을 썼고, 이번 새긴 도장도 털끝만치도 잘못된 것이 없는데, 왜 그러시는지요?"
　"너희들 여러 사람들이 아직 모르고들 있소. 지금 강주 채구 지부는 바로 채 태사의 아들인데, 어찌하여 아비가 자식에게 편지하는데, 성명 도장을 찍어서 보내겠는가? 이렇기 때문에 잘 못되었다는 것이니, 강주에 이르면 반드시 세세히 문초하여 진위가 나타날 것이니, 어찌 두 사람이 죽음을 면하겠소."
　"그러면 빨리 사람을 보내 대종을 돌아오게 합시다."
　"어떻게 저 사람을 쫓아가 부르겠습니까? 저 사람이 신행법을 쓰니, 그 사이 벌써 오륙백 리는 갔을 것인데, 이 일은 정말 늦추지 못할 것이오. 우리 두 사람은 정말 구하지 못할 것입니다."
　조개가 말했다.
　"선생은 무슨 계교를 쓰시려고 하시오?"
　오용이 졸개의 귀에다 대고 두어 마디 이르고 말했다.
　"주장은 가만히 영(令)을 내려 여러 사람을 알게 하고 즉시 움직여 때를 어기지 말게 하십시오."
 조개가 크게 기뻐하며 전령하니, 여러 사람이 영을 듣고 각기들 수습하여 밤을 도와 강주로 향하여 떠났다.

 한편 대종이 기한을 맞추어 강주에 이르러 청 밑에 닿아 답장을 올리니 채구 지부가 대종이 기약을 어기지 않고 돌아온 것을 보고 크게 기뻐하며 먼저 삼배주를 주고 물었다.
 "그래 네가 태사 대감을 뵈었느냐?"
 "소인이 밤에 도착하여 밝기 전에 도로 떠났으므로 은상대감을 뵙지 못하였습니다."
 지부가 고개를 끄덕이며 글을 떼어보니 첫면에는 행담에 금은보화를 받은 것을 낱낱이 말하고, 중간에는 반시를 쓴 송강은 황상께서 손수 보시려고 하시니, 함거에 호송하여 비밀리 사람을 시켜 밤을 새워 경사로 보내는데, 중로에서 도망가지 않게 하라고 하였고, 편지 끝에는 황문병은 조만간 천자께 주달하여 좋은 벼슬을 제수시키실 것이라고 했다.
 지부가 다 보고 나서 크게 기뻐하며 한 두레 스물닷 냥되는 은자를 꺼내 대종에게 상 주고 한편으로 함거를 만들라고 하여 사람을 시켜 경사로 보내려고 했다.
 대종은 자기 처소로 물러나와 술과 고기를 사 가지고 옥으로 송강을 찾아가 보러갔다.
 채구 지부가 급히 함거를 마련하여 하루이틀 사이에 송강을 경사로 호송하려고 하는데, 문득 군사가 들어와서 무위군 황통판이 뵈러 왔다고 하니, 지부가 후당으로 청하여 들어가 주안을 차려 접대하며 지부가 축하하여 말했다.
 "축하합니다. 조만간에 반드시 좋은 고을로 승천하실 경사가 있을 것입니다."
 "상공께서 어찌 아십니까?"

"어제 경사에 갔던 사람이 돌아왔는데, 요인 송강은 경사로 압송하고 통판은 수일내에 천자께 아뢰어 승탁하신다고 답장에 자세히 말씀하셨기 때문입니다."
"정말 그러시다면 하관이 감격하오며 크며 글을 가지고 갔던 사람은 참으로 믿을 수 있는 사람입니다."
"통판이 이 말을 믿지 않으신다면 편지를 보면 내가 거짓말을 않는다는 것을 알 것이오."
"남의 집안 편지를 제가 어찌 보겠습니까만, 상공께서 이렇게까지 말씀하시니 한 번 보기를 청합니다."
"통판은 한 집안 식구나 다름없는데, 본들 무슨 일이 있겠소."
하고 종인을 불러서 가서를 내어 오라 하여 황문병을 보니, 그는 받아들고 처음에서 끝까지 한 번 읽고 나서 다시 봉투를 보고 또 거기 찍힌 도서를 살핀 다음 머리를 흔들고 말했다.
"이것은 정말 춘부장께서 내리신 것이 아니올시다."
"통판, 그게 무슨 말씀이오? 자존의 필적이오. 자체가 틀림없는데, 무엇을 보고 그러시오."
"그럼 감히 묻겠습니다만, 전에도 가서(家書)에 이 도장을 쓰신 일이 있습니까?"
"전에는 도장을 찍어 보내신 일이 없소. 그렇지만, 도장이라는 것은 아무 것이고 손에 닿은 대로 쓰는 게 아니오? 아마 도서갑(圖書匣)이 가까이 있으니까 치신 것이겠지요."
"상공께 말이 많은 것은 황공합니다만, 소생은 그렇게 생각지 않습니다. 이 편지는 남이 쓴 가짜입니다. 지금 천하에 성행하는 글씨체가 소동파, 황산곡, 미원장, 채 태사 이 네 집의 글씨체를 숭상하여 익히지 않는 사람이 없습니다. 또 이 봉투에 찍힌 도서는 존부 은상께서 한림학사로 계실 때에 법첩문자 위에 찍은 것은 많이 보았으나, 지금은 태사승상이 되셨는데, 어떻게 한림 때에 쓰시던 도장을 쓰시겠습니까? 겸하여 아버지가 아들에게 편지를 하는데, 어떻게 도장을 찍겠습니까? 영존태사께서는 식견이 천하에 고명하신데, 어찌 잘못하시겠습니까? 만일 소생의 말을 믿지 않으시거든, 편지를 가지고 갔던 사람을 불러 부중에서는 어떤 사람이 나와 맞더냐고 자세히 질문하여, 만일 대답이 모호하면, 이것은 분명히 위조한 편지입니다."

"그것이 무엇이 어렵겠소. 그는 전에 서울 가 본 일이 없으니, 한 번 물어 보면 진위를 알 것이오."

하고 황문병을 병풍 뒤에 숨기고 즉시 청상에 앉아 군사를 시켜 대종을 찾아오라고 했다.

모든 공인들이 지부의 명령을 받아 사면으로 헤어져 대종을 찾았다.

한편, 대종이 옥에 찾아가 송강을 보고 가만히 귀에다 대고 전후 이야기하니, 속으로 기뻐했다.

그 이튿날 대종이 술집에서 사람들과 술을 먹는데, 공인들이 찾아다니다가 대종을 보고 지부의 명을 전하고 대종을 데리고 청 앞에 이르러 예를 갖추니 지부가 물었다.

"내가 너를 시켜 동경에 보내서 일을 이루고 왔는데, 수고가 많았다."

"이것은 소인이 할 일이온데, 어떻게 상공께서 말씀하시겠습니까?"

"내가 날마다 바빠서 너보고 자세한 것을 묻지 못하였는데, 네가 동경에 들어갈제, 어느 문으로 들어갔느냐?"

"소인이 동경에 당도하였을 때 날이 이미 저물어서 그 문이 무슨 문이라고 하는지 모르겠습니다."

지부가 재촉해 물었다.

"네가 우리집에서 문 앞에 누가 나와 맞으며, 너는 그날 어디서 잤느냐?"

"소인이 문 앞에 이르니, 바로 문 지키는 사람이 있기에 가서를 전하고 기다렸더니, 한참만에 다시 나와서 예물을 달라기에 주고 소인은 그 근처 객점에 가서 묵었습니다. 그리고 이튿날은 오경에 다시 나가서 문 앞에서 기다리고 있으려니까, 전날에 그 사람이 또 나와서 회서를 내어 주길 소인이 기한 안에 못 돌아올까 염려가 되어 자세한 말은 한 마디도 못 들어보고 그대로 나왔습니다."

"내가 다시 물어본다만 우리집에 있는 문지기가 나이가 몇 살이나 되었으며 살빛깔이 검더냐 희더냐? 키는 작더냐 크더냐? 수염이 있고 없고를 말하여 보아라."

"그때 날이 저물어 어둡기 때문에 확실히는 못보았습니다. 키는 중기이며 수염은 조그만치 난 것 같았습니다."

그의 말이 떨어지자, 지부는 노기가 등등하여 벽력같이 소리를 질러 말했다.

"네 저놈을 빨리 잡아내렸다.!"

하니, 양쪽에 있던 옥졸과 뇌자들이 내달아 대종을 섬돌 아래 무릎을 꿇렸다.

지부의 엄한 분부를 듣고 옥졸과 뇌자의 무리들은 인정을 볼 수 없이 대종을 형틀에 잡아매고 치는데, 살이 흩어지고 유혈이 낭자했다.

대종이 견디다 못하여 이실 직고했다.

"사실은 그 글이 위조입니다."

"네 이놈! 그 글을 어디서 가지고 왔느냐?"

"소인이 양산박 앞을 지나다가, 산속에서 한떼 도적들을 만나 소인을 결박하여 산으로 올라가 심통을 내어 술안주하려고 하다가, 소인의 몸을 뒤져 서신과 예물을 앗아가고 그제야 소인을 살려 주었으나, 고향으로 돌아올 수가 없어 다만 산중에서 죽기만 기다리는데, 그놈들이 저 글을 만들어 주기에 소인이 죄를 입을까 두려워 잠깐 상공을 속인 것입니다."
"그러고 보니 네가 양산박 적인들과 함께 꾀하여 내 예물통과 편지를 없애고, 어찌 변명하려 하느냐? 다시 저놈을 쳐서 바른 말이 나오도록 하여라."
대종이 모진 매를 견디며 양산박 호걸들과 도모하던 말은 하지 않았다.
채구 지부가 대종을 계속하여 쳐서 물었으나, 한결같이 앞뒷말이 같으니, 지부가 포기하고 물었다.
"다시 더 물어 무엇하겠느냐? 큰 칼 씌워 옥에 가두어라."
하고 물러나와 후당으로 들어와서 황문병에게 치하했다.
"만일 통판의 높으신 소견이 아니었으면, 제가 하마터면 큰 잘못을 저지를 뻔하였소!"
"보아하니, 저놈이 양산박 도적들과 같이 뜻을 통하여 한통속이 되었으니, 만일 빨리 죽이지 아니하면 후환이 두렵습니다."
"저 두 놈을 초사를 받아 문서를 꾸며 저잣거리에서 먼저 베인 후에 표를 올려 조정에 알려야겠소."
"상공의 소견이 가장 정확하시니 이러하다면, 첫째는 조정이 기뻐할 것이요 상공의 공로도 크고, 둘째는 양산박 도적놈들이 와서 옥을 부숴버릴 위험도 면할 것입니다."
"통판의 소견이 심히 밝으시니, 하관이 마땅히 문서를 만들어 통판의 높은 공을 천자께 직접 주달하겠소."
이튿날 지부가 청상에 올라 담당 관리를 불러 분부했다.
"곧 조서를 마련하고 송강과 대종의 공술서를 게시해 두어라. 내일 형장으로 끌고 가서 목을 쳐서, 후일의 화를 면하려는 것이다."
담당하던 관리는 대종과 가까운 사이였었는데, 아무래도 살릴 길은 없고, 단지 며칠이라도 명을 부지시켜 주고자 함에 상소했다.

"내일은 국가의 기일이며 모레는 7월 15일, 중원절이 되기 때문에 이 모두가 형 집행을 멈추지 않으면 안 되겠습니다. 그리고 더욱 글피는 천자님의 생신이므로 결국 닷새 후에 집행하는 것이 좋을까 합니다."

채구 지부는 공목의 말을 따랐다. 그리하여 바야흐로 육일째 되는 아침 먼저 네 갈래 길에 마련된 처형장에 관군과 목자르는 관리를 합해서 대중 오백여 명을 불러 모으고 담당계원인 관리는 참(斬)이란 글씨를 두 개 써서 멍석 위에 붙였다. 드디어 준비가 완료되자, 육칠십 명의 옥졸들은 송강을 앞장 세우고, 대종을 뒤에 세워, 처형장이 있는 네 갈래 길까지 가서, 창봉으로 그 둘레를 뺑 돌아 포위했다.

송강은 등을 북쪽에 대고 남쪽을 바라보게 하고, 대종은 등을 남으로 하여 북쪽을 바라보게 한 뒤, 두 사람을 꿇어앉혔다. 오후 한 시 감찰관이 도착하면 칼을 휘두르도록 기다리고 있었다. 강주 거리의 건달패들은 서로 밀고 젖히며 구경하려고 모여들어 그 수는 이천 명이 넘었다.

모든 구경꾼들이 머리를 들어 범유패를 쳐다보니, 그 위에 다음과 같이 쓰여 있었다.

강주부의 죄인 한 사람 송강은 반시를 짓고 요언을 지어 백성들을 유혹하여 양산박 도적들과 결연 모반하였기에, 법에 의하여 참죄에 처한다. 죄인 하나 사람 대종은 송강을 위하여 양산박 도적들과 결탁하여 모반하였기 때문에 법에 의하여 참죄를 처한다.

감참관 강주지부 채모

이때에 채구 지부가 말을 세우고 처형 사각 통보를 기다리고 있는데, 법장 동쪽에서 한떼 걸인들이 들어오려고 하니, 토병들이 떠다밀며 들어오지 못하게 하는데, 좀체로 물러나지를 않는다.
　그러자 이번에는 법장 서쪽에서 떠들썩하여 보니, 창봉을 쓰며 약팔러 다니는 사람들이 한떼 사람들 틈에 들어오려는 것을 병사들이 막고 서서 호령했다.
　"너희들이 사리 분별을 모르는구나! 이곳이 어디라고 마음대로 들어오려고 하느냐?"
　그 사람들도 비웃으며 지지 않고 대들었다.
　"이놈들아, 너희들 말이 우습구나! 우리들은 마을과 고을에 다니며 살인한 것을 안 본 것이 없고, 천자가 친히 사람을 죽인다고 하여도 우리들을 구경하게 하는데, 너희들이 조그마한 곳에서 사람 두엇 죽이는 것을, 천지를 흔들며 사람을 금하여 보지 못하게 하느냐?"
하며 토병과 서로 다투는 것을 감참관이 꾸짖었다.
　"너희들은 저놈들을 들어오지 못하게들 해라! 저런 괘씸한 놈들이 있나?"
했다.
　이번에는 또 법장 남쪽에서 짐꾼들이 한떼가 짐을 지고 사람을 헤치고 들어오려고 하는데, 토병들이 소리를 벽력같이 지르며 말렸다.
　"너희들은 어딜 이렇게 짐을 지고 마구 들어오느냐?"
　그 사람들이 대꾸했다.
　"이것은 지부 상공께 가는 짐들이오. 왜 가지 못하게 막소?"
하고 소리를 버럭 지르니 토병들이 만류했다.
　"아무리 지부 상공께 가는 짐이라도 이리로는 못가니, 딴길로 돌아가라."

"그럼, 이왕이면 여기서 구경이나 하고 가겠소."
하며 짐들을 내려놓고 사람들 틈에 끼어 섰다.

또 이번에는 법장 북쪽에서 한떼 상인들이 수레를 밀고 사람들 틈을 헤치고 염치좋게 앞으로 나오려고 한다.

토병들이 달려들어 그 앞을 가로막고 호령했다.

"웬 사람들이 어딜 가려고 마구 밀고 들어오느냐?"

"갈길이 바빠 이러오. 이리로 가게 좀 해주시오."

"이곳은 사람을 죽이는 법장이니, 아무리 급해도 이리는 못 간다 샛길로 돌아가라."

"우리는 경사 사람이오. 이곳에 샛길이 어디 있는지 알 수 있소? 다만 큰길로 가는 수밖에 없지 않소. 할 수 없군. 여기서 기다리다가 길이 나거든 가야겠군."

객인들의 무리는 저희들끼리 지껄이며 수레를 내려놓고 그 뒤에 올라서며 구경을 한다. 이렇게 사면이 한참 시끄러울 때 법장 한가운데서 한 사람이 외쳤다.

"오시 삼각(午時三刻)이오."

감참관이 분부했다.

"빨리 행하고 아뢰라!"

소리가 끝나자마자, 가운데에 있던 한 사람이 호주머니로부터 작은 징을 꺼내들고 수레 위에 일어서서 꽝꽝 하고 두 번 세 번 때려서 소리를 울리니, 사방으로부터 와 하고 한떼의 사람들이 쳐들어 왔다.

그러자 그곳에 또 네거리에 있는 술집 이층으로부터 호랑이 같은 모습을 한 시커멓게 큰 사내가, 알몸으로 손에 두 자루의 도끼를 쥐고, 마치 중천에 우박이나 내리는 것 같은 큰소리로 울부짖으면서 공중에서 뛰어내려 척 하고 손을 흔들어 울리자마자, 벌써 처형장의 목베는 관리 두 사람을 잘라 쓰러뜨리고 감참관의 말 앞으로 달려들었다. 군졸들은 당황해서 창으로 막으면서 저항하려 하였으나, 물론 막을 길도 없이 입동은 채구지부를 둘러싸고 목숨만 겨우 건진 채 도망가 버렸다.

동쪽에 있었던 그 한떼의 걸인은 손에손에 단도를 빼들고 사병들을 겨누고 찌르고, 서쪽에 있었던 그 한떼의 창봉을 쓰는 자들은 일제히 함성을 지르면서 마구 칼질을 하면서, 군졸이나 옥졸들의 무리들을 쓰러뜨리고, 남쪽에 있었던 한떼의 짐을 지고 왔던 짐꾼들은 천칭봉을 휘두르면서 이리저리로 마구 날뛰면서, 군졸이나 건달들을 때려눕히고, 북쪽에 있었던 한떼의 상인들도 일제히 수레를 밀면서 쳐들어가 도망가는 놈들의 길목을 막아버리고, 그 중의 두 사람이 안으로 숨어들어가 한 사람은 송강을 또 한 사람은 대종을 등에 업었다.

원래 객상의 모양을 한 사람은 조개, 화영, 황신, 여방, 곽성이요, 창봉 쓰러 다니던 사람의 모양 한 사람들은 연순, 유당, 두천, 송만이고, 짐을 지고 왔던 사람들은 주귀, 왕왜호, 정천수, 석용이요, 걸인 행색을 한 사람들은 완소이, 완소오, 완소칠, 백승이었다.

그 일행 양산박 호걸 열일곱 두령들이 졸개 일백사오십 명을 데리고 사면으로 짓쳐 들어온 것이다.

사람들 틈에서 시커먼 큰 사나이 하나가 쌍도끼를 들고 마구 치는데, 조개들 무리는 서로 모르나, 다만 힘을 제일 많이 써 사람을 죽인 공이 가장 컸다.

조개는 처음에 그가 누군지를 몰랐으나, 갑자기 대종이 양산박에 들렀을 때, 송강이 강주에 내려온 뒤로 흑선풍 이규라는 사람과 가깝게 지낸다고 하던 생각이 났다.

'옳지, 그 사람이로군!'

하고 앞으로 나서서 소리질러 불렀다.

"여보슈! 그 앞에 있는 호걸은 흑선풍이 아니시오?"

했다.

그러나 어찌 알아듣겠소. 그 시커먼 사나이는 제세상이나 만 난 듯 사람을 닥치는 대로 넘어뜨렸다. 조개는 즉시 송강과 대 종을 업은 졸개를 보고 명했다.

"너희들은 저 도끼 쓰는 사람의 뒤만 따라가라!"

이때에 네거리 넓은 길에 군민이 죽어 땅에 덮였으니, 피는 흘러 내가 되었고 상하고 쓰러진 사람이 부지 기수였다.

모든 두령들이 수레와 짐을 거느리고 그 사나이를 따라 성 밖으로 나갔다.

화영, 황신, 여방, 곽성 네 사람이 쏘는 살이 흐르는 별같이 내리니 강주 백성이 누가 감히 가까이 오겠소.

앞을 선 시커먼 사나이가 강변에까지 이르니, 온몸에 남의 피를 받아 시뻘겋다.

조개들 무리는 어디로 가는지도 모르고 그냥 그 사나이의 뒤 만 따라온 것이 가까이 와 보니, 큰 강이 앞을 탁 가로막고 달 리 길이 없다.

조개가 내심 당황하여 여러 사람을 돌아보는데, 그 사나이는 아주 천연스럽게 말했다.

"여러분들은 너무 걱정하실 것이 없습니다. 우선 저 묘 안에 들어가서 좀 쉽시다."

하고 앞장을 서서 들어간다.

모든 사람이 따라가 보니, 강을 뒤로 하고 묘 하나를 짓고 문 두 짝을 단단히 닫았다. 그 시커먼 사람이 도끼를 들어 문 을 깨뜨리고 들어가니, 모든 사람들도 그를 따라 들어갔다.

양쪽에 늙고 커다란 소나무가 늘어서 낮에도 햇빛을 못보겠 는데, 앞에 현판 위에 쓰기를 '백룡신묘(白龍神廟)'라 금색으로 새겨 있었다.

졸개가 송강과 대종을 묘 안으로 업고 들어가서 비로소 내려 놓으니, 송강이 눈을 들어 조개 이하 여러 두령을 보고 울면서 말했다.
 "형님, 이것이 꿈이나 아니오?"
 조개가 위로했다.
 "먼젓번에 그냥 산에 계시었으면 이러한 고초도 겪을 필요가 없을 것을 괜한 고생만 하셨소. 그리고 대체 저 시커먼 사내는 누구요? 쌍도끼로 사람을 제일 많이 죽이고 힘도 셌는데!"
하고 물었다.
 "혹 들으셨을지 모르지만, 저 사람이 흑선풍 이규입니다. 그동안 몇 번씩이나 나에게 옥을 탈출하여 달아나라고 하였으나, 벗어나갈 길이 없어 붙들릴 것만 같아서 내가 듣지를 않았소."
 "저런 장사는 만나기도 쉽지 않고, 게다가 창과 활을 무서워 않습니다."
 화영이 두 분 형장들에 옷을 갖다가 입힌 후, 서로 인사하려고 하는데, 이규가 도끼를 들고 낭하로 뛰어내려오는 것을 송강이 붙들었다.
 "여보게, 자네 어디를 가려고 하나?"
 "내 이 묘 안에 있는 묘지기를 찾아 죽이려고 합니다. 그놈이 우리가 오는 것을 보았으면 나와서 영접을 안 하고 되려 문을 잠그고 어디 가서 숨어 버렸으니, 그런 놈을 그냥 둘 수 있소?"
 "자, 이곳에 와서 형님이랑 두목들에게 인사드려라."
 이규는 송강이 하는 말을 듣자 두 자루의 도끼를 던져버리고 조개를 향하여 엎드리며 말했다.
 "형님, 이놈의 경솔함을 너무 노여워 마십시오!"
하고 말하면서, 다른 일동하고도 인사를 나누었는데, 주귀가 동향임을 알게 되어 누구보다도 기뻐했다.
 화영이 조개에게 물었다.
 "형님, 형님이 모두에게 이형 뒤를 따라가라고 하셔서 결국 이렇게 왔습니다만, 만일에 성중에 있는 관군이라도 뒤쫓아 온다면 어떻게 싸우면서 빠져 나갈 수가 있겠습니까?"
 "뭐 걱정없습니다. 내가 당신들과 함께 다시 한 번 성내로 쳐들어가 그놈의 채구 녀석 보잘것없는 지부를 비롯하여 모두들 갈기갈기 모조리 잘라버리고 그리고 나서 돌아옵시다."
 대종은 이때에 비로소 정신이 들어서 듣고 말했다.
 "아우님, 너무 터무니없는 소리 그만 하시오. 성내에는 육칠천 명 가량의 군사들이 있소. 쳐들어간다고 한들 얻어 터질 것이 뻔하오."
 완소칠이 말했다.
 "저 멀리 바라보니 강을 사이에 두고 배 두어 척이 언덕에 대여 있으니, 우리 형제 세 사람이 헤엄쳐 건너가 앗아다가 우리 여러 사람을 건너게 하는 것이 어떻겠소?"
 "그 참 그럴 듯하군."
하니, 완가 삼형제들이 옷을 벗고 각각 첨도를 몸에 감추고 물 속으로 뛰어들어갔다.
 그러나 그들이 반 마장도 가기 전에 상류 쪽에서 캐선 세 척이 살같이 내려오는데, 배 위에는 각각 장정이 십여 인씩 병장기를 들고 서 있다.
 여러 사람들이 일제히 자리를 박차고 일어나니, 송강이 보고 탄식했다.
 "내 운명이 이다지도 험한고. 아마 죽을 팔잔가보다."
하고 남보다 먼저 묘 밖으로 쫓아나가 오는 배를 지켜보았다.
 그 맨 앞 뱃머리에선 한 큰 사나이가 손에 오고차를 들고 입으로 휘파람을 부는데, 송강이 보니 다른 사람이 아니라 바로 장순이었다. 송강이 황망히 손을 흔들어 불렀다.
 "아우님! 여보게, 나 좀 구하여 주게."
 장순이 송강을 보고 크게 외쳤다.

"아이구, 이게 웬일이십니까?"
하고 나는 듯이 배를 저어 강변에 대었다.
삼완 형제는 이것을 보고 몸을 돌이켜 헤엄쳐 나왔다.
일행 여러 사람들이 언덕에 올라 묘 안에 이르러 송강이 보니, 장순은 혼자서 장객 십수 명을 거느리고 왔고, 또 한 배에는 장횡이 목홍, 목춘. 설영이 장객 십수 명을 거느리고, 다른 배에는 이준, 이립, 동위, 동맹이 함께 화반 십수 명을 거느리고 각각 창봉을 들고 언덕에 오르며, 장순이 송강을 보니 반가운 마음에 눈물을 흘리며 절한 다음에 그동안 지낸 이야기를 한다.
"형님께서 관사의 괴로움을 입은 후로, 소제가 한시도 편하지 않아 안타까워하는데, 요사이 들으니, 대원장이 마저 잡혔다 하고, 또 이대가도 통 만나지 못하여 내가 혼자 가형을 찾아보고, 같이 목 태공의 장상에 찾아가 여러 아는 동지들을 데리고 오늘은 우리 무리가 바로 강주로 쳐들어가 옥을 부수고 형님을 구하려고 하였더니, 생각밖에 여러 호걸들이 형님을 구하여 이곳에 이르렀으니, 다행입니다. 감히 묻습니다만 저기 계신 호걸이 양산박의 조천왕이 아니십니까?"
송강이 맨 위에 선 사람을 가리켰다.
"저분이 바로 조천왕이시니, 그대들 여러 사람들은 묘 안에 들어가 예로써 뵙구려."
장순의 무리들의 아홉 명과 조개들 열일곱 명과 송강, 대종, 이규를 합하여 스물아홉 명이 백룡묘에 들어가 예를 갖췄다. 이것이 이른바 백룡묘 소취의(白龍廟小聚義)이었다.
당하에 스물아홉 명 호걸이 각각 예를 끝낸 후, 바로 이야기를 하려고 하는데, 졸개가 황망히 들어와 아뢰는 말이 있었다.
"강주성 안에서 뇌고 납함하여 무수한 군마가 나옵니다. 멀리 바라보니 기치는 햇빛을 가리우고 창검은 수풀 같은데, 앞에는 갑옷 입은 군마가 오며 뒤에는 창검을 가진 군병들이 백룡묘로 옵니다."

여러 호걸들이 백룡묘에서 이야기하려다가 강주의 군마가 쳐들어 온다는 말을 듣고 흑선풍 이규가 벽력같이 소리를 지르며 쌍도끼를 들고 묘문 밖으로 내달으니, 조개 크게 노하여 호통했다.

"우리들이 그냥 있을 수 없으니, 여러분 호걸들은 강주 군마를 모조리 죽이고 일제히 양산박으로 들어가지 않으시려오."

여러 호걸들이 일시에,

"바라거니와, 존명대로 쫓겠습니다."

하고 일백사오십 명이 일제히 소리지르며 강주로 들어갈제, 유당과 주귀는 송강과 대종을 모시고 배에 먼저 오르고 이준, 장순, 삼완 형제는 배를 정비했다.

강변에서 바라보니 관군이 대략 육칠천 명 나오는데, 앞에 나오는 군사들은 각각 갑옷을 입고 투구 쓰고 활차고 손에 장창을 들고, 뒤에는 보병이 옹위하여 기를 두르고 소리 지르며 쳐들어왔다.

이때 이규가 맨 앞에서 쌍도끼를 휘두르며 웃통을 벗어 버리고 나는 듯이 뛰어나가고 등 뒤에 화영, 황신, 여방, 곽성 네 장수들이 옹위하고 시살할 때, 화영이 혹시 이규가 상할까 염려하여 철화살을 뽑아 가지고 화궁에 먹여 들고 마군 가운데 두령인 듯싶은 자를 겨누어 힘껏 쏘았다.

시윗소리 울리는 곳에 장사 하나가 몸을 번드쳐 그대로 말에서 거꾸로 떨어졌다.

이것을 보자 마군들은 깜짝 놀라 말머리를 돌려 목숨을 도망할 때, 그 통에 뒤를 따르던 보군의 태반은 저희편 군사의 말굽에 짓밟혀 죽었다.

여러 호걸들은 그대로 관군을 쳐부수니 죽염이 들에 덮였고 피가 흘러 강물을 보태었다. 바로 강주성 밑까지 몰아 들어가니, 성 위에서 지키던 군사들이 나와 패군을 맞아 들어가고 나무와 바위로 성문을 받쳐 굳게 닫고 여러 날을 감히 나오지 못했다.

여러 호걸들이 흑선풍을 옹위하여 백룡묘에 돌아와 배에 오를제, 조개가 여러 사람을 점고하고 각각 쾌선을 타고 순풍에 돛을 높이 달아, 허다한 많은 사람과 여러 두령이 목 태공 집으로 향할 때, 순식간에 언덕에 닿았다.

일행 인마가 배에서 내려 장상에 이르니, 목홍이 여러 호걸을 인도하여 내당에 들어갈제, 목 태공이 나와 여러분 호걸들을 맞아 위로했다.

"여러분 호걸들은 여러 날 밤을 고생하셨으니, 우선 객방에 가셔서 각각 귀체를 편히 쉬게 하십시오."

여러 사람들이 객방에 나가 쉬고 옷과 기계를 정돈했다.

이튿날, 목홍이 장객을 명하여 황소 한 마리와 수십 마리의 돼지와 양이며 닭과 오리며 거위들을 잡아서 진수 성찬을 준비하여, 여러 두령들을 관대하여 술이 얼큰하여 서로 중간 풍파를 말할 때, 조개가 치하했다.

"만일 장이가와 여러분 형제가 배를 가지고 오셔서 살려 주시지 않으셨으면, 우리들이 다 살지 못하였을 것입니다."

"당신들은 그런데, 어찌하여 그 길로 오셨습니까?"

하고 목 태공이 묻자 이규가 대답했다.

"저는 그저, 사람들이 많이 모여 있는 곳을 향하여 쳐들어가 앞으로 왔습니다. 그런데 이 사람들 일행이 제멋대로 따라왔습니다. 저는 한 번도 부르지 않았는데요."

일동은 그 말을 듣고 일제히 웃으니, 송강이 엄숙한 얼굴로 말했다.

"이 송강은 만일 여러분에게 구출되지 못했다면 대원장과 더불어 비참한 최후를 하게 되었을 것입니다. 뭐니뭐니하여도 원수는 황문병 그놈입니다. 이 원한은 어떻게 하여서든지 풀지 않으면 마음이 풀리지 않습니다. 다시 한 번 여러분의 힘을 빌려서 무위군을 공격하여, 황문병을 때려잡고 이 송강의 원한을 풀도록 하여 주십시오."
라고 말하자 조개가 말했다.
"이번에는 일단 산채로 되돌아 가기로 하고, 다시 대군을 일으켜 오학구, 공손승 선생님이나 임충, 진명과도 함께 총동원하여 보복하러 오면 되겠지요."
송강이 다시 말했다.
"지금 산채로 돌아가며는 다시 오기가 어려우니, 첫째는 거리가 멀고 길이 험하며, 둘째는 강주에서 필연 공문을 각처에 보내서 단단히 채비할 것이니, 지금 기회에 처리하는 것이 좋을 것 같소."
이번에는 화영이 말했다.
"형님의 말씀은 옳으나, 이곳의 길을 아는 사람이 없으니, 어떻게 하겠습니까? 먼저 사람을 시켜 성중 소식을 탐지하고, 무위군이 출몰하는 곳과 황문병이 있는 곳을 안 다음에 시작하여야 할 것입니다."
이때 또 설영이 몸을 일으켜 말했다.
"소제가 강호상에 많이 다녀 무위군 길을 잘 압니다. 한 번 가서 알아오는 것이 어떠합니까?"
송강이 반색을 하며 말했다.
"아우님이 다녀온다며는 더 말할 것 없소."
설영이 그날로 여러 사람을 하직하고 혼자서 떠났다.
한편 송강이 두령들과 함께 목 태공 장상에 있으며 무위군 칠 생각을 하며 군기 도창을 점검(點檢)하고 활과 화살을 분배

하며 크고 작은 배를 준비하고 기다렸다. 며칠이 지나서 설영이 사람을 하나 데리고 장상에 돌아와 송강에게 절하고 뵈이니 송강이 물었다.
"지금 이분은 어떠한 분이시오?"
설영이 대답했다.
"저 사람의 성은 후(候)요 이름은 건(健)입니다. 조상은 홍도인(洪都人)이온데, 솜씨가 뛰어나 바느질을 잘하고 창봉 쓰기를 좋아하여 전에 이 설영을 스승으로 섬겼고, 사람이 몸 쓰임이 무척 날렵합니다. 지금 무위성에서 살며 황문병의 집에서 생활하기에 소제가 데리고 왔습니다."
송강이 듣고 크게 기뻐하며 자리를 권하고 대사를 의논하니, 이 사람도 또한 의기 투합했다. 송강이 강주 소식과 무위군의 길이 어떤가를 물으니, 설영이 말했다.
"이제 채구 지부가 관군과 백성의 상한 것을 세어 보니, 죽은 자는 백여 명이요 칼에 상하고 살에 맞은 자는 이루 헤아릴 수 없으며, 지금 사람을 조정에 보내어 아뢰고 날이 밝은 후, 성문을 열고 어둡기 전에 성문을 닫고 수상한 사람을 수색합니다. 원래 형님이 해를 입으신 것은 채구 지부가 한 것보다 황문병 그놈이 여러 차례 주둥아리를 놀리어, 채구 지부가 모르는 것을 가르쳐서 형님을 모해하였답니다. 지금 여러분 호걸들이 법장을 겁박한 것을 보고는, 성안 인심이 사나워 밤낮으로 단단히 지키므로, 소제가 간신히 성안에 들어갔다가 형제를 만나서 자세한 소식을 들었습니다."
송강이 후건을 보며 물었다.
"형은 어떻게 그렇게 잘 아시오?"
"소인이 어려서부터 창봉을 좋아하여 설사부(薛師父)의 가르치심을 많이 입었는 고로, 그 은혜를 잊지 못하였습니다. 요사이 화통판이 소인을 불러 옷가지를 짓도록 하여 그 집에 있는데, 우연히 사부를 만나 형님의 높으신 존함을 말씀하시기에 소인이 형님께 뵈올려고 자세한 소식을 가지고 왔습니다. 저 황문병에게 형님 한 분이 있는데, 이름은 문엽(文燁)입니다. 문병이와 한 어머니 자식인데, 황문엽은 평생에 좋은 일을 하기에 힘써 다리를 놓고 길을 닦고 부처님을 공양하고 위태한 것을 보면 구해 주고 가난한 사람을 돌보아 주니, 이러므로 무위군 성 안에서는 남이 부르기를 황면불(黃面佛)이라고 합니다. 황문병은 지금 통판 벼슬을 하고 있으나, 심지가 어둡고 독하여 남을 해하기를 즐기고 몹쓸 일을 하기 때문에 무위군에서 부르기를 황봉자(黃蜂刺)라고 합니다. 그 형제가 집을 골목 하나 격하였는데, 소인이 그 집에 있으면서 들으니, 황통판이 집에 돌아와 자랑하기를, 채 지부가 그놈들에게 넘어간 것을 내가 일깨워서 송강을 베라 하고, 후에 조정에 보고하라고 했다는 것을 황문엽이 듣고, 네가 또 명 재촉한 짓을 하여 남을 못살게 하지만, 하늘의 뜻에 어긋난 것이 있으면 보복이 눈앞에 있는 것이니, 어찌 도리어 화를 부르는 것이 아니겠는가? 하였는데, 황문병이 요즈음 법장을 겁박하는 것을 보고는 놀래어, 어젯밤에 강주로 가서 채구 지부와 의논한다고 하더니 아직 돌아오지 않았습니다."

"황문병의 집이 그 형의 집과 얼마나 떨어졌소?"

"전에는 한 집에서 살다가 이제 채원(菜園) 하나를 사이에 두고 살고 있습니다."

"그렇다며는 황문병의 집에 식구가 몇이나 되오?"

"남녀 소속이 사오십 명쯤 됩니다."

"이것은 하늘이 도우신 것이오. 내가 원수를 갚으라고 저 동생을 보내 주었으니, 여러분 형제들의 힘을 믿소."

여러 사람들이 말했다.

"저런 탐관 오리들을 죽여 형님의 원수를 갚고 한을 풀게 하겠습니다."
 송강이 다시 말했다.
 "허나, 이 사람의 원수는 황문병이 한 놈이지 무위군 백성들은 아무 상관이 없습니다. 또 그 형되는 사람도 그처럼 덕이 있는 사람이라니 결코 해치지 말도록 하여야 되겠습니다. 이제 일을 시작하려면 사전에 할 일을 정해야 하는데, 여러분 호걸들은 이 사람 말씀을 들어주시겠습니까?"
 여러 두령이 일제히 대답했다.
 "형님, 어서 말씀만 하십쇼."
 송강은 먼저 목 태공을 보고 말했다.
 "태공께 폐를 끼쳐야만 되겠습니다. 포대 팔구십 개와 갈대 백 뭇만 좀 주선해 주십시오. 또한 배가 작은 것 두 척, 큰 배 다섯 척이 있어야 하겠습니다."
 "네, 그는 어렵지 않은 일입니다."
 목 태공이 선선히 응낙하자, 송강은 각자에게 명했다.
 "후건은 설영과 백승을 데리고 먼저 무위군으로 가서 성내에다 숨겨 두고, 내일 삼경 이점(三更二點)을 정하여 성문 밖에서 방을 단 소리개 나는 소리가 들리는 대로, 곧 백승을 성 위로 올려 보내서 접응하게 하고, 또 황문병의 집 앞 성 위에다 흰 기를 꽂게 하오."
 "석용과 두천은 걸인으로 변장하여 성문 근처에 숨어 있다가, 불이 일어나는 것을 신호로 곧 문 지키는 놈을 죽이게 하오. 또 이준, 장횡은 배 위에 서 있다가 오가는 사람을 맡으시오."
 이리하여 송강은 배치를 정하고 먼저 설영, 백승, 후건을 출발시켰다. 그 뒤로부터 석용과 두천은 걸인 모양으로 꾸미고 호주머니에 단도를 숨겨 넣게 한 뒤 출발시켰다. 두목들은 정한 시각이 되자, 각자 복장을 갖추고 무기를 들고 배 안에 병사를 숨긴 뒤, 각각 나누어서 배를 탔다. 주귀와 송만은 목 태공의 집에 남아서 강주 성내의 동정을 살피면서 기다리고 있기로 되어 있었다. 먼저 동위가 빠른 어선으로 나갔다.

그날밤 술시경, 모든 배는 무위군의 강기슭에 당도하여, 갈대가 무성하게 자라 있는 곳을 골라서 일렬로 배를 매어 놓았다. 그런데 동위가 배를 되돌려 몰고 와서는 말했다.

"성내에는 아무런 움직임이 없습니다."

송강은 곧 수하 장정들에게 명했다.

"배에 싣고 온 모래 넣은 포대와 갈대 뭇을 강언덕에 날라 올리고 호령을 기다려 여차여차 하라."

하고 성 안의 동정을 살피니, 성내에서 마침 경점(更點) 이경(二更)을 알렸다.

송강은 장횡, 완소이, 완소오, 완소칠과 동위, 동맹의 여섯 사람은 남아서 배를 지키며 접응하게 하고, 나머지 두령은 모두 배에서 내리게 하고, 성 위를 바라보니, 북문과의 거리가 두어 리 가량 되므로, 송강은 곧 소리개 목에 방울을 달아서 공중에 날리니 밤하늘에 방울소리가 들리자, 성 위에 흰기가 꽂힌 장대가 올라왔다.

이것을 보자 송강은 바로 그 아래에다 모래 넣은 포대를 쌓아 성의 높이와 같게 하고, 졸개를 시켜 기름 칠한 갈대를 지고 성 위로 오르게 했다.

송강이 성 위로 올라가니, 백승이 기다리다가 일러 주었다.

"바로 저것이 황문병의 집이올시다."

또 송강이 물었다.

"설영과 후건 두 사람은 어디 있소?"

"그놈의 집에서 형님 오시기만 기다리고 있습니다."

"석용과 두천은 어디 있는지 아오?"

"그 두 사람도 성문 근처에 가 숨었는가 봅니다."

송강은 곧 여러 호걸을 이끌고 황문병의 집에 가서 보니, 후건이 저의 방 처마 밑에 몸을 숨기고 있었다.
 송강이 손짓하여 앞으로 부른 다음, 그의 귀에 계교를 일러 주니, 후건은 고개를 끄덕이고 먼저 가만히 채원 문을 열어 놓았다. 졸개들이 기름칠한 갈대를 집 뒤에 쌓고 설영이 불을 질렀다.
 후건은 앞문으로 달려가서 손을 들어 문을 요란스럽게 두드리며 큰소리로 외쳤다.
 "뒤 대관인 댁에 불이 났소. 댁에다 맡기려고 짐을 날라왔으니, 어서 문 좀 여슈."
 안에서 그 소리를 듣고 뜰로 나와서 보니, 과연 집 뒤에서 불빛이 가득하다. 그들은 허둥지둥 뛰어나와 대문을 열어 주었다.
 조개와 송강의 무리는 일제히 소리 지르며 안으로 달려가 제각기 보는 대로 죽여 버렸다.
 잠깐 동안에 황문병의 안팎 대소 사오십 명을 모조리 죽였으나, 정작 황문병은 볼 수가 없다. 집안을 샅샅이 뒤져보니 황문병이 이제까지 양민들에게 빼앗아 두었던 금은을 다 수습하여 가지고 휘파람소리 한 마디에 성 밖으로 도망쳤다.
 이때 석용과 두천을 불이 일어나는 것을 보자, 각각 칼을 뽑아들고 문 지키는 군사를 죽이니, 그때 동네사람들이 물통과 사다리를 갖고 나와서 불을 끄고 있다.
 석용과 두천이 큰소리로 외쳤다.
 "그대들 여러 사람들은 빨리 피하시오! 우리는 양산박 호걸들이오. 황문병 일문을 죽여서 송강과 대종의 원수를 갚으려고 하는 것이니, 당신네들과는 상관없으니, 빨리 집으로 돌아가시오!"
 백성들이 곧이 듣지 않고 서서 구경하다 흑선풍 이규가 쌍도끼를 들고 사람을 오이 베이듯 하며 오니, 모든 백성들이 그제야 소리를 지르며 허둥지둥 물통과 사다리를 버리고 도망들 했다.

그러자 성 밖에 있는 몇 명 군사들이 요구창과 화구를 가지고 불을 끌려고 오는 것을 화영이 맨 앞에 오는 자를 쏘아 죽이고 이규가 크게 외쳤다.

"죽고 싶은 놈은 와서 불을 꺼라!"

나머지 군사와 백성들이 그대로 발길을 돌려 달아났다. 이때 설영은 홰에 불을 붙여 들고 황문병의 집 안팎으로 뛰어다니며 불을 질렀다.

그때, 석용과 두천이 문 지키는 군사를 죽이자 이규가 쇠줄을 끊고 성문을 활짝 열어놓으니, 한 절반은 성을 넘어 나가고 절반은 성문으로 나갔다.

강변에 남아 있던 장횡의 무리들이 곧 내달아 맞싸우니, 원래 무위군의 군민 백성들은 전날 양산박 호걸들이 강주성 안에 들어가 법장을 들이치고 사람을 수없이 죽인 것을 알고 있기 때문에, 감히 나와서 그들의 뒤를 쫓으려고 하는 사람은 없다.

이러기 때문에 송강의 무리는 빼앗은 재물을 배에 싣고 유유히 목 태공 장상으로 돌아갔다. 단지 황문병 한 놈을 죽이지 못한 것을 한할 뿐이다.

이때, 강주성에서는 무위군에서 불이 크게 일어난 것을 보고 별의별 소문이 다 돌았다. 황문병이 마침 주안에 들어와 채구 지부와 일을 의논하다가 이 소문을 듣고 지부께 아뢰었다.

"제가 있는 곳에 불이 일어났다 하오니, 소인은 곧 집으로 돌아가 보아야 하겠습니다."

하니, 채구 지부는 사람을 시켜 곧 성문을 열어 주게 하고 또 관선 한 척을 내어 그를 태워서 강을 건너 주게 했다.

황문병이 물러나와 종인을 데리고 곧 배에 올라 성화같이 배를 저어 무위군을 향하고 나아가며 바라보니, 불길이 어찌나 맹렬한지 물에까지 비치어 물 위가 그대로 시뻘겋다.
 사공이 말했다.
 "불은 북문 안에서 났다나 봅니다."
 황문병이 그 말에 마음이 더욱 급하여 노질을 재촉하니, 거의 강 한 중간에 이르렀을 때, 작은 배 한 척이 저편으로 사라지더니 다시 한 척이 저편에서 나타나 이편 관선을 바라고 바로 들이받을 듯이 달려들었다. 종인이 소리를 가다듬어 꾸짖었다.
 "웬 배가 이렇게 함부로 달려드느냐?"
 소리가 떨어지자 손에 요구창을 들고 뱃머리에 앉았던 큰 사나이가 나서며 말했다.
 "지금 강주로 불난 소식을 알리러 가는 배요!"
 "황문병이 그 마을 듣고 뱃머리로 나오며 물었다.
 "어디서 불이 났소?"
 "북문인 황통판 집에 양산박 호걸들이 쳐들어와 집안 식구를 모조리 죽이고 가산을 모두 가져가고 집은 지금까지 타고 있습니다."
 황문병이 이 말을 듣고 큰소리로 탄식했다.
 그 큰 사나이가 황문병의 말을 듣고 요구창으로 이편 배를 끌어당기자, 황문병은 눈치가 빠른 놈이라 이 광경을 보고 그는 곧 물속으로 뛰어들었다. 그러자마자 물속에서 한 사나이가 있다가 곧 그의 덜미와 허리춤을 잡아서 도로 배 위로 던지니, 물 속에 있던 사람은 낭리백도 장순이요 요구창을 들고 배를 몰고 나온 사람은 혼강룡 이준이었다.
 두 사람이 굵은 끈으로 황문병을 잔뜩 결박지어 놓자, 사공은 무릎을 꿇고 엎드리어 제발 살려줍시오, 하고 비니 이준이 한 마디 했다.

"우리는 황문병 이 놈만 잡으면 그만이지, 구태여 너희들까지 죽이려는 것이 아니다. 돌아가거든 채구 지부를 보고 단단히 일러 주어라. 우리 양산박 호걸들이 아직은 그냥 돌아가지만, 조만간에 다시 강주성을 함몰하고 너의 일가노소를 다 무찌르마고 말이다."

말을 마치자 이준과 장순은 황문병을 저의 배로 옮겨 싣고 바로 목 태공 장상을 향하여 돌아갔다.

강변에 도착하여 황문병을 잡아온 이야기를 하자, 송강 이하로 모든 두령이 다들 기뻐했다.

"그놈이 어떻게 생긴 놈인가 상판이나 한 번 보자."

이준과 장순이 황문병을 잡아 언덕에 올리니, 여러 사람이 황문병을 보고 침뱉고 꾸짖으며, 앞에서 끌고 목 태공 장상으로 돌아갔다. 주귀와 송만이 분주하게 나와서 맞아 준다.

여러 두령들이 초청 위에 자리를 잡고 앉아, 송강은 황문병을 벌거벗겨 높은 나무에다 매달아놓고 술을 가져오라 하여, 조개로부터 백일서 백승에 이르기까지 서른한 명 호걸들이 모두 잔을 든 다음에 그는 황문병을 내려다보며 소리를 가다듬어 꾸짖었다.

"이 몹쓸 놈아! 내가 너와 원수를 진 일이 없는데, 네가 어찌하여 나를 해치려고 하였단 말이냐? 채구 지부를 충동하여 나를 해하려고 하니, 무슨 일이며 네가 벌써 입으로 성현서를 읽고도, 어찌 사람을 해하기를 부모 때려 죽인 원수같이 하느냐? 내가 듣자하니, 네 친형 문엽은 너와 한 어머니 소생으로 평생에 착한 일을 행하기 때문에 성 안 백성들이 황면불(黃面佛)이라고 부르지 않느냐? 그러기 때문에 간밤에 조금도 건드리지 않았다. 너는 한 고장 사람을 못살게 굴기를 일삼아서 권세있는 사람을 찾아다니며 아첨하고 일반 백성들에게 못살게 굴기 때문에, 무위군 백성들이 너를 황봉자(黃蜂刺)라고 부르는 것을 벌써 알았으니, 내가 오늘은 백성들을 위하여 벌을 내려야겠다."
 황문병이 입을 열어 말했다.
 "소인이 이미 죄를 아오니, 죽여 주시오!"
 조개가 큰 소리로 호령했다.
 "네 이놈아! 살려줄 줄 알았느냐? 오늘날 이런 줄 알았으면 처음부터 그렇게 않을 것이 아닌가?"
 송강이 더욱 노하여 소리쳤다.
 "누가 내 대신 내려가서 저놈의 배를 가룰까?"
 흑선풍 이규가 뛰어 내려가며 말했다.
 "내가 형님을 위하여 저놈의 살찐 고기를 베어 숯불에 구워 술안주하여서 먹게 하겠습니다."
 "그 말이 정말 좋소! 첨도를 가지고 한편으로 구워서 술안주를 하며는 아우님의 원(怨)을 풀게 하겠소!"
 이규가 첨도를 손에 들고 황문병을 보고 웃으며 말했다.
 "네가 채구 지부의 후당에 앉아서 이러쿵저러쿵 하며 사실이 없는 것을 지어내다 사람을 모함하더니, 오늘은 일찍 죽기를 바랐더냐? 너를 천천히 죽이겠다."
 "부디 살려 주십시오!"
 "염치없는 놈!"
하고 이규가 칼을 들어서 치니, 황문병이 이미 세상 사람이 아니었다.
 여러 호걸들이 이규의 황문병 죽인 것을 보고 일시에 청상에 올라가서 송강에게 한을 푼 것을 하례했다.
 송강이 별안간 땅에 내려가 엎드렸다.
 여러 호걸들이 황망히 아뢰었다.
 "형님이 무슨 말씀을 하시면 누가 감히 듣지 않겠습니까?"
 "소제 송강이 재주가 없고 고로, 아전질 하는 것을 즐겁게 생각하였소. 본심이 천하의 호걸을 사귀기 좋아하였습니다. 힘이 약하고 재주가 없어서 평생 원을 이루지 못하였는데, 강주로 귀양올 때에, 조 형님의 굳이 만류하시는 것을, 송강이 아버님의 가르침이 엄하신 것을 어기지 못하여 머물지 못하고 심양강에 와서 허다한 고초를 겪고, 생각하지 않았던 일로 술이 취하여 시를 지어서, 하마터면 대원장의 목숨까지 상할 뻔하였습니다. 감사하는 것은 여러분 호걸들의 의기로 어렵고 힘든 것을 피하지 않고 용담 호혈(龍潭虎穴)에 들어와 힘을 써 간명을 구하여 주시고 또 도우신 것을 힘입어 원수를 갚았으나, 하늘에 가득한 죄를 짓고 두 번 성지에 쳐들어갔으니, 필연 조정에 주달하였을 것입니다. 오늘 일은 송강이 양산박으로 가지 않으면 갈 곳이 없게 되었음에, 형님을 따라 의탁하려고 합니다만, 여러분의 의향은 어떠하신지 궁금합니다. 만일 쫓아가실 의향이 계신 분은 행장을 수습하여 지금 곧 떠날 것이요, 가기를 원하지 않는 자는 자기 마음대로 가십시오. 공연히 결단치 못하고 주저하면 만일의 경우 화를 입으실 것입니다.”

말이 끝나자마자, 이규가 뛰어 일어나며 소리를 지르면서 말했다.

"어느 누가 거역하리오. 만일 가지 않으려고 하는 사람이 있으면 이 쌍도끼로 찍어 두 조각 내겠다.”

송강이 이규를 보고 꾸짖었다.

“네가 어찌 그렇게 말을 함부로 하느냐? 형제들의 마음을 합한 다음에 같이 가게 될 것이오.”

여러 사람이 의논했다.

“우리가 허다한 관군을 죽이고 두 고군을 들쑤셨으니, 어찌 조정에 보고하지 않았겠습니까? 필연 군마를 일으켜 잡으려고 할 것이니, 지금 형님을 따라가서 사생을 같이 안 한다면 어디로 가겠습니까?”

송강이 크게 기뻐하여 여러 사람들에게 사례하고 주귀와 송만을 먼저 산채에 올라가서 소식을 알리게 했다.
 그리고 군사를 다섯 무리로 나누어 제일대는 조개, 송강, 화영, 대종, 이규요, 제이대는 유당, 두천, 설영, 후건이요, 제삼대는 이준, 이립, 여방, 곽성, 동위, 동맹이요, 제사대는 황신, 장순, 장횡, 완소이, 완소오, 완소칠이요, 제오대는 목홍, 묵춘, 연순, 왕왜호, 정천수, 백승으로 다섯 떼로 나누어, 두령 스물일곱 명이 그 많은 인마를 거느리고, 황문병의 집에서 얻은 재물을 각각 수레에 싣고 목홍의 부친 태공과 많은 식구와 금은 보화를 실어 산채로 갈제, 그중에 가기 싫어하는 장객은 은자를 주어 다른 데로 가서 살게 하여 수습하기를 끝마치니, 수레로 수십 채가 되었고, 장원을 불로 태우고 밭과 땅을 다 버리고 양산박으로 들어갔다.
 제일진인 조개, 송강, 대종, 이규 등의 다섯 명은 수레와 부인들을 이끌고 앞으로 가기를 삼일. 일행은 황문산이라는 곳에 당도했다. 송강은 마상에서 조개에게 말했다.
 "저 산은 어쩐지 뒤숭숭해 보이는군요. 사나운 도둑놈이 숨어 있는 것 같습니다."
 말을 마치기도 전에 별안간 앞산의 산 중턱에서 징과 북소리가 울리기 시작했다. 화영은 곧 활에 화살을 대고 조개와 대종은 각각 박도를 집어들고, 이규는 두 자루의 도끼를 쥐고 송강을 지키며 일제히 말을 달려가 보니, 언덕길 근처에 사오백 명의 산적들이 뛰어나왔다. 일행은 그들이 어떻게 나오나 하고 주시했다. 선두에 앞세워져 나온 네 명의 호한들은 큰소리로 떠들어댔다.
 "너희들이 강주에서 혼란을 일으켜 무위군을 겁박하고 허다한 관군과 백성들을 죽이고, 이제 양산박으로 돌아가려고 한다니 참 담도 크구나. 우리 네 사람이 여기서 기다린 지 오래다.

그러나 너희들이 송강을 이곳에 바치고 가면 너희들을 살려 보내겠다."

송강이 이 말을 듣고 곧 말에서 내려 땅에 무릎을 꿇고 말했다.

"송강이 저올시다. 제가 남의 모함을 입어 죽게 된 몸이 요행히 사방에서 호걸들이 구하여 주신 덕택으로 이렇게 살아서 가는 길입니다. 제가 네 분 호걸들과 무슨 잘못한 것이 있는지 모르지만, 용서하여 주시기 바랍니다."

송강이 이렇게 빌자, 그들 네 사람이 송강이 덕망이 있는 것을 보고 황망히 말에서 내려 병장기를 땅에 던지고 절을 하며 말했다.

"우리 네 사람이 산동의 급시우 송공명의 높으신 함자를 들은 지 오래입니다. 한 번 뵈옵고 정회를 풀으려고 하던 중, 일전에 형님께서 강주부에서 반시를 읊으시고 관가에 잡히셨다는 말씀을 듣고, 저희들이 강주로 가서 옥을 부술까 생각하였습니다만, 뜬소문인가 하여 졸개를 한 사람 보내어 소식을 탐지하여 오라고 하였으니, 여러분 호걸들이 강주 법장을 겁박하고 형님을 구하여 계양진으로 갔다고 하더니, 그 후에 또 무위군을 쳐들어가 황문병의 집을 겁박했다고 하기에, 우리 생각에는 형님의 일행이 반드시 이곳으로 지나가실 줄 알고 기다리는데, 과연 형님을 만났으나, 정말 형님인지 알려고 하여 형님을 화나게 했으니, 부디 용서하시고 오늘 형님을 뵈오니, 모든 일이 죄송합니다만, 저희들의 채에 올라가셔서 주연을 베풀고자 합니다."

송강이 크게 기뻐하며, 네 사람을 일으키며 말했다.

"원하거니와 호걸들의 이름을 듣고저 하오."

그중에 맨 앞에 선 사람이 대답했다.

"소인의 성은 구(歐)요 이름은 붕(鵬)이고 작호는 마운금시(摩

雲金翅)라고 부릅니다. 황주 사람으로 대강군호를 지내다가 본
관에게 미움을 받아 도망하여 강호상에 숨어 다닙니다. 둘째는
성이 장(蔣)이요 이름은 경(敬)인데, 호광 담주(湖廣潭州) 사람
이니 낙방 거자(落榜擧子)로 과거를 못하여 글을 버리고 무에를
숭상하여, 머리속에 지략이 넘치고 계산이 정확하여, 그 많은
재물을 계산하나 털끝만치도 착오가 없었고, 또한 창봉을 잘
쓰고 그 중에 산법(算法)이 절묘하여 남들이 부르기를 신산자
(神算子)라고 합니다. 셋째는 성이 마(馬)요 이름은 린(麟)이요
금릉건강부(金陵建康府) 사람이온데, 근본은 한가하게 다니던
사람으로 철피리를 잘 불고 대곤도(大滾刀)를 잘 쓰기 때문에
남들이 부르기를 철적선(鐵笛仙)이라고 부릅니다. 또 넷째는 성
이 도(陶)요 이름은 종왕(宗旺)이니 광주 사람이온데, 농장에서
성장한 사람으로 한 자루 철퇴를 잘 쓰기 때문에 남들이 부르
기를 구미구(九尾龜)라고 합니다."

　네 호걸이 송강의 일행을 모시자, 졸개가 술과 고기를 올렸
다.

　구봉의 무리들이 잔을 들어 조개와 송강에게 권하고 다음에
화영, 대종, 이규에게로 돌렸다. 한참 술 마시며 이야기하는데,
제 이 대 두령들이 당도했다.

　우선 두 대의 열 명 두령이 산으로 올라가기로 하니, 두 구
봉의 무리는 졸개를 그곳에 남겨 두어, 뒤에 오는 호걸들을 모
시도록 하고 산채로 돌아가서, 곧 소잡고 말을 잡아 크게 주연
을 베풀었다.

　술자리를 벌인지 한 나절이 못 되어, 뒤에 떨어진 세 대의
열여덟 명 두령도 모두 이르렀다.

　이날은 취의청에서 모두들 취하도록 마시고, 그 자리에서 황
문산 네 사람들도 함께 양산박으로 입당하기로 결정이 되어,
이튿날, 산채 안의 금은 보화를 모조리 수습하여 수레에 싣고

산채에는 불을 지른 다음, 그들은 제육대가 되어 길에 올랐다.
 송강이 또 호걸 네 사람을 얻어서 마음속으로 기뻐 말 위에서 조개를 보고 말했다.
 "송강이 강호상에서 여러 번 다녔으나, 놀라운 일을 여러 번 겪었습니다. 문득 허다한 호걸을 얻고 여러분 형제들의 도움으로 죽음을 면하여 오늘은 형님과 함께 채에 올라가니, 감회가 새롭습니다."
하며 한참 가는데, 어느덧 주귀의 주점에 이르렀다.
 마침내 일행이 모두들 이르니 북치고 피리불고 하는 가운데, 여러 호걸들이 각기 마교를 타고 산채로 올라가니, 오용과 여러 두령이 관 아래까지 내려와서 예를 갖춘 다음에 일행을 취의청으로 인도했다.
 조개가 기쁨을 감추지 못하여 좋은 향을 피우고 대소 두령을 청하여 송강을 첫째 교의에 앉히려고 하니, 사양했다.
 "그게 무슨 말씀이십니까? 형님의 은혜를 갚을 길이 없고 산채의 주인이신데, 어찌 소제에게 사양하시려고 하십니까? 만일 형님이 이같이 사양하신다면, 송강이 형님 앞에 죽겠습니다."
 "아우님이야말로 그게 무슨 말이오? 처음에 아우님이 우리들의 목숨이 위태한 것을 구하여 이 산채로 보내 주지 않으셨으면, 어찌 우리가 목숨을 보전했겠소? 그러기 때문에 이 산채에 은인이니 아우님 말고 이 자리에 앉을 사람이 누가 있겠소?"
 송강이 극구 사양했다.
 "형님, 연세를 봐도 형님이 제게 십 년 이상이신데, 송강이 첫째 교의에 앉으면, 어찌 부끄럽지 않겠습니까?"
하고 재삼 사양하니, 조개가 마지못하여 첫째 교의에 앉고, 송강은 둘째 교의에 앉고, 오용이 셋째 교의에 앉고, 공손승이 넷째 교의에 앉아 자리를 정하자 송강이 나서서 말했다.
 "다음은 공로가 많고 적음을 따지지 말고, 먼저 양산박에 계시던 두령들을 왼편에 앉으시게 하고, 새로 들어온 두령들은 오른편에 앉으시게 하고, 뒷날 공을 세우는 것을 보아 다시 자리를 정하도록 하십시다."
하니, 여러 사람들이 다 좋다고 했다.

이렇게 되어 왼편 교의에는 임충, 유당, 완소이, 완소오, 완소칠, 두천, 송만, 주귀, 백승 등 아홉 사람이 앉고, 오른쪽에는 나이 차이를 따져 서로 추천하여 화영, 진명, 황신, 대종, 이규, 이준, 목홍, 장횡, 장순, 연순, 여방, 곽성, 소양, 왕왜호, 설영, 김대견, 도종황 등 스물일곱 두령이 자리를 잡으니, 조개 이하로 모두가 사십 명 두령들이 좌정한 후, 크게 잔치를 벌여 북치고 나팔불며 즐기는데, 송강이 채구 지부의 동요를 예로 꾸민 이야기를 말했다.

이 말을 듣고 있던 여러 두령들이 말했다.

"황문병 그놈이 제게는 아무 관계 없는 일을 부추겨 허다한 사실을 만들어 형님과 대원장을 해하려고 하였으니, 어찌 흥분하지 않겠습니까?"

"대원장이 위조 편지를 전하여 일이 발각이 되니, 황문병이 지부를 보고 먼저 목을 베고 나중에 고하라 하니, 그때 만약 여러 형제가 구하여 주시지 않았더라면, 송강이 어떻게 지금 이 자리에 있겠소."

이규가 일어나 말했다.

"형님은 천상에서 보낸 분이라 비록 괴로움을 겪었으나, 황문병을 베었으니, 속이 시원한 일이오. 어떻습니까? 조개 형님은 대강황제 되시고, 송강 형님은 소송황제가 되고, 오학구는 승상이 되고, 공손승은 군사되고, 우리는 장군이 되어 동경에 가서, 저 황제의 자리를 앗아 그곳에서 쾌활하게 즐기면, 양산박에서 살면서 강도질하는 것보다 낫지 않겠습니까?"

대종이 꾸짖어 호령했다.

"철우야! 그대가 어찌 말을 함부로 하는가? 이곳은 강주와 달라 함부로 하지 않고, 양쪽에 허다한 사람이 다 형님의 명령을 쫓는데, 만일 방심하고 조심하지 않으면 혀를 베일 것이요 무거우면 머리를 베어 여러 사람을 징계할 것이네."
하고 친절히 꾸짖으니, 이규가 놀라 말했다.
"에그머니! 내 머리를 자르면 언제 다시 술 먹겠소?"
하니, 여러 두령들이 껄껄 웃었다.
"전에 형님이 관군을 막던 소식을 듣고 제가 놀랍게 생각하여 어쩔 줄 몰랐는데, 오늘에 송강 제 자신이 당할 줄 어떻게 알았겠소?"
라고 송강이 말하자 오용이 대답했다.
"형님이 먼젓번에 소제의 말씀대로 산채에 계셨으면 편안할 것이며, 강주에 가지 않았으면 허다한 일을 저지르지 않았을 것인데, 모두 하늘에서 정한 것인가 합니다."
송강이 말했다.
"황안(黃安)을 잡아왔더니, 지금 어디 있습니까?"
"그놈이 두어 달이 못 되어 죽었소."
송강이 이 말을 듣고 고개를 끄덕이며 다시 술을 내다가 잔뜩 취하여 헤어졌다.
이튿날 조개는 일을 나누어 목 태공의 일가 노소를 모시고, 황문병의 집에서 앗아온 재물을 졸개들에게 공의 대소를 따져 나누어 주고, 경사로 가던 예물통은 대종을 주어 쓰게 하니, 대종이 어찌 받겠소 산채의 살림에 보태도록 했다.
그리하여 술과 음식을 차려 모든 두령과 졸개들을 위로하니, 그 잔치가 여러 날 계속 되었다.
그러던 어느날 그날도 잔치를 벌여 모두들 즐겁게 즐기는데, 일청도인 공손승이 수심에 잠겨 있다.
'나의 늙으신 어머님이 홀로 제주에서 계신데, 내가 집을 떠난 지가 오래고, 그 사이에 어떻게 된 것을 모르니 어찌할꼬?"
하여 여러 사람들이 술먹고 즐기는데, 문득 공손승이 몸을 일으켜 여러 두령들에게 말했다.
"소제가 형님을 따라 산채에 올라와 날마다 즐기기 때문에, 고향에 돌아가 늙은 어머님을 위로하지 못하였습니다. 겸하여 스승 나진인(羅眞人)께서도 제가 돌아오기를 고대하실 것입니다. 그래서 잠깐 고향에 돌아가 늙으신 어머님을 뵈옵고 스승을 뵈온 연후에 돌아올 터이니, 한 삼사 개월만 말미를 주시면 다녀와서 다시 여러 두령들을 뵙겠습니다."
"어머님께서 북방에 계시며 수발하는 사람이 없다는 말씀은 선생께 들어서 잘 아는 터입니다. 선생의 말씀하시는 것을 우리가 어떻게 막겠습니까? 그러나 오늘은 떠나신다고 하여도 이미 늦었으니, 내일 떠나시도록 하십시오."
라고 조개가 말하자 공손승은 조개에게 깊이 사례했다.
　이날은 밤늦게까지 취하도록 마시고 즐기다가, 이튿날 공손승이 길을 떠나는데, 예전대로 운유 도사(雲遊道士)의 행색으로 여러 두령들을 하직하고 떠날 때, 조개가 말했다.
"일청 선생이 이번 행도에 머물 길이 없어 이별하는 것은 영존당(令尊堂)이 당상(堂上)에 계시기 때문이니, 백일 안에 부디 돌아와 기약을 어기지 마오."
　공손승이 머리를 조아리며 말했다.
"여러분 두령들이 소도(小道)를 아끼시는 마음을 어찌 모르겠습니까? 돌아오마 하는 기약을 어기지 않겠습니다. 집에 돌아가 스승 나진인께 뵈옵고 늙으신 어머니를 편히 계시게 한 후, 즉시 오겠습니다."
　송강이 말했다.
"선생이 사람을 데리고 갔다가 존당 어머님을 모시고 산채에 올라 오시는 것이 편하시지 않겠습니까?"

그러나 공손승이 겸손히 사양했다.

"어머님께서는 평생에 청정하신 것을 즐기시기 때문에 모셔 올 수가 없습니다. 집안에 약간 논밭이 있으며, 또 조석은 노모께서 손수하여 잡수시는 터이오라, 이번에 잠깐 가서 뵈옵고만 올 생각입니다."

송강이 고개를 끄덕이며 말했다.

"이미 그러하시다면 선생의 뜻대로 하시어 빨리 돌아오게 하십시다."

조개가 금은을 내어다가 여비에 보태 쓰라고 했다. 공손승이 사양하며 말했다.

"구태여 그렇게 많이까지 무엇하겠습니까? 노자 쓸만하면 되겠지요."

조개가 한 쟁반을 덜어서 보따리에 넣어 주더니, 공손승이 여러 사람을 이별하고 금사탄을 건너서 제주를 향하여 떠났다.

여러 두령들이 공손승을 보내고 술 마시다가 보니, 문득 이규가 크게 울며 관하에서 올라오는 것을 송강이 급히 물었다.

"아우님, 무슨 일로 그리 섧게 우시오?"

"그래 세상에 이럴 수가 있소? 어떤 사람은 아버지를 가서 데려오고 저 사람은 어머니를 보러 가는데, 나만 이게 뭐요? 나도 땅에서 저절로 솟아나온 놈은 아니라오."

조개가 물었다.

"그렇다면, 어떻게 하려고 하는 말이오?"

"나도 집안에 늙은 어머니가 한 분 계십니다. 우리 형님이 있기는 하나, 남의 집에 가서 고용살이 하는 사람이 어머니 봉양을 변변히 하겠습니까? 나도 이번에 어머니를 호강 좀 시켜 보겠소."

"아우님의 말이 옳소. 몇 명 사람을 정하여 아우님과 같이 가서 모셔 오는 것이 좋을까 하오."

송강이 이 말을 듣고 고개를 내저으며 말했다.

"자네가 워낙 성질이 있어서, 고향에 돌아갔다가는 필경 또 일을 저지르고 말 것이오. 그렇다고 다른 사람을 같이 보낼 수도 없는 것이, 원체 성미가 급해서 밤낮 싸움이나 하고 뜻이 맞지 않을 거요. 또 그뿐인가. 자네가 강주에서 사람을 수없이 죽인 것은 세상이 다 아는 일이니, 고향에 발을 들여놓았다가는 당장 잡힐 것이다. 조금 더 있다가 바람이 좀 자거든 가보도록 하게."

이 말을 듣고 이규가 성을 벌컥 내며 말했다.

"형님은 참 경우가 없는 양반이오! 누구 아버지는 산채로 모셔다 호의 호식하게 하고, 우리 어머니는 촌구석에 틀어박혀 고생만 하게 내버려 두어야 옳단 말이오? 이거 참 부아가 나서 배가 터지겠소!"

송강이 그제야 말했다.

"자네가 정 그렇다면 보내 주기는 하겠지만, 나하고 세 가지 약속을 하여 꼭 지켜야 한다."

이때 이규가 송강을 보고 물었다.

"세 가지라는 게 무엇입니까?"

"네가 정말 기수현에 가서 네 어머니를 모시고 오려고 하면, 첫째는 길에서 술을 삼가고, 둘째는 성미가 급해 누가 같이 갈 사람이 없으니, 혼자 가서 네 어머니를 모시고 올 것이요, 셋째는 네 쌍도끼를 가지고 가지 말고 조심하여 빨리 다녀올 것이오."

"그 정도가 뭐 어렵겠습니까? 형님, 염려 마십시오! 철우가 오늘부터 세 가지를 꼭 지키겠습니다!"

제3권으로 계속

수호지

제2권/ 영웅들의 백룡묘 모임
(전3권)

1998년 1월 5일 인쇄
1998년 1월 15일 발행

지은이/ 시내암
옮긴이/ 최송암
펴낸이/ 최상일

펴낸곳/ **태을출판사**ⓒ
등록/ 제4-10호(1973. 1. 10.)
주소/ 서울특별시 강남구 도곡동 959-19

*저작권은 본사가 소유하며, 인지의 첨부를 생략합니다.
*파본은 교환해 드립니다.

값 6,000원

주문 및 연락처
우편번호 100 - 456
서울특별시 중구 신당 6동 52 - 107(동아빌딩 내)
전화 *233-6166, 237-5577*